너는 돌

너는 돌

초판 1쇄 인쇄일 2016년 06월 21일
초판 1쇄 발행일 2016년 06월 24일

지은이 | 정은향
펴낸이 | 김기선
편집장 | 김은지

펴낸곳 | 와이엠북스(YMBOOKS)
출판등록 | 2012년 7월 17일 (제382-2012-000021호)
주소 | 서울시 도봉구 노해로 379, 1005호(창동, 대성빌딩)
전화 | 02)906-7768 / **팩스** | 02)906-7769
E-mail | ymbooks@nate.com

ISBN 979-11-322-3807-2 03810

값 9,000원

너는 돌

정은향 장편소설

YM BOOKS
ROMANCE
STORY

BOOKS

차 례

프롤로그. 오빠의 속사정

그곳은 마치 자궁과도 같았다. 어둡고, 습하고, 황량했다. 그리고 혼자였다. 생선뼈처럼 솟아오른 앙상한 목재 구조물에선 덜 마른 나무냄새가 비릿한 혈향처럼 축축하게 풍겨 나왔다. 먼 곳에서 들려오는 웅성거림이 꿈결처럼 아련했다. 쿵쿵 심장이 뛰었다.

탄생을 기다리는 어린 생명처럼, 그는 이곳에서 세상으로 나갈 때를 기다리고 있었다. 벌써 수백 번이나 같은 순간을 맞이하는데도 언제나 똑같이 떨리고 두려웠다. 그가 가장 사랑하고, 또한 가장 힘겨워하는 시간이 바로 지금이다.

-준비됐어요?

"네."

귓속에 깊이 찔러 넣은 인이어 이어폰에서 들려오는 음성에, 테아는 담담한 목소리로 짧게 대꾸했다.

-그럼 갑니다. 고!

출발을 알리는 총성처럼 이어폰 속의 목소리가 커다랗게 소리쳤다. 순간 절걱대는 소음이 발밑에서부터 울리고, 마침내 바닥이 지진이 난 것처럼 진동했다. 그리고 그의 몸을 지탱하던 사방 1미터의 네모난 바닥이 천천히 솟아오르기 시작했다. 테아는 천천히 숨을 들이마셨다. 마치 세상을 향한 첫 울음을 준비하는 어린애처럼.

마침내 천장이 열리고 환한 빛이 쏟아져 들어오는 순간, 고막이 찢어질 듯 커다란 음악 소리가 사방을 에워쌌다. 그리고 수천 명이 쏟아내는 함성이 먹먹하게 울려 퍼졌다. 테아의 몸이 무대 바닥에서 천천히 솟아오르는 동안, 환호는 점점 더 절정으로 달아오르고 있었다. 환희와 두려움으로 온몸이 오싹오싹 떨려왔다.

테아는 자신을 향해 쏟아지는 환호를 향해 눈을 돌렸다. 하지만 오랫동안 어둠에 익숙해져 있던 눈은 찌르는 듯한 빛의 공격을 견뎌내지 못했다. 제 기능을 잃어버린 검은 동공 안으로는 오직 미친 듯이 현란하게 빛나는 빛무리만이 눈부시게 쏟아져 들어올 뿐이었다. 천장까지 높이 올린 철제 트러스에는 색색의 조명들이 잘 여문 옥수수처럼 빼곡하게 매달려 있었고, 관객석에는 수천 명이 함께 흔들어대는 야광봉 불빛이 별처럼 빛나고 있었다. 오직 빛으로만 가득 찬 그곳은 역설적으로 아무것도 보이지 않는 공간이기도 했다. 새하얀 빛 속에서 새카맣게 점멸하는 시야를 애써 다잡으면서, 테아는 당당하게 정면을 응시했다. 굳이 눈으로 보지 않아도 알 수 있었다. 이곳에 있는 모든 이들의 시선이 온통 자신에게만 꽂혀 있다는 것을.

테아는 아무렇지도 않은 듯 싱긋 웃으며 손을 높이 들었다. 곧이어 세상을 향한 그의 커다란 목소리가 빛으로 가득한 무대를 향해 울려 퍼졌다.

이제부터 진짜 쇼타임이었다.

"테아 씨, 오늘도 멋졌어."

"수고했어. 관객들 반응 죽이던데. 역시 최고야."

"이따 뒤풀이 올 거지?"

좁은 통로를 지나가는 동안 수많은 사람이 말을 걸어왔다. 하지만 테아는 그저 빠른 걸음으로 걷기만 할 뿐, 아무런 대답도 하지 않았다. 시큰둥한 그의 반응에 웃는 얼굴로 다가오던 사람들이 삐죽한 표정을 지으며 돌아서는 게 느껴졌지만, 그런 것을 신경 쓰기엔 너무 피곤했다. 자기들끼리 모여 건방진 녀석이라며 숙덕거리겠지만 상관없었다. 웃으면서 대꾸해줘도 결과는 비슷하다는 걸 아주 오래전에 깨달은 덕분이다.

바쁘게 움직이는 걸음을 멈추지 않은 채, 테아는 입고 있던 재킷을 내던지듯 벗었다. 뒤따라오던 스타일리스트 윤희주가 허겁지겁 받아다 소중히 갈무리하는 게 보였지만, 지금 이 순간 테아에겐 다시는 꼴도 보기 싫은 옷이었다. 번쩍거리는 붉은 재킷은 조명 아래서 보기엔 상당히 그럴싸했지만, 실제로는 턱없이 답답하고 꽉 끼었다. 무엇보다도 통풍이 잘 안 됐다. 엔딩곡과 앙코르 무대 내내 입고 있던 붉은 재킷 안쪽은 이미 땀으로 흥건했다.

땀으로 검게 젖은 민소매 셔츠 하나만을 입은 채 대기실 의자에 털썩 몸을 던지니, 로드매니저인 정태가 뚜껑을 딴 생수를 내밀었다. 벌컥벌컥 물만 들이켜고 있노라니, 윤희주가 난처한 얼굴로 주변을 어물쩍거리는 게 보였다. 단발머리를 찰랑이는 윤희주의 어린애 같은 얼굴엔 선망과 걱정이 뒤섞여 있었다. 땀에 젖은 테아의 모습에 새삼 반하고 있는 '여자의 마음'과 얼른 저 화장을 지워야 한다는 '직업인의 마음'이 치열하게 싸우고 있는 얼굴이었다. 하지만 희주는 메이크업 박스만 손에 든 채 동동거릴 뿐, 테아에게 쉽게 다가가지는 못하고 있었다. 남신처럼 아름다운 외모와는 별개로, 더러운 성질머리로도 유명한 그의 휴식을 방해한다는 것은 상당한 용기가 필요한 일이었기 때문이었다.

테아는 그런 그녀를 흘낏 바라보다 조그맣게 한숨을 내쉬었다. 얼마 뒤 있을 화장품 CF를 생각한다면 두껍게 얼굴을 덮어씌운 무대용 화장을 한시라도 빨리 지워내야 한다는 걸 알지만, 지금 당장은 꼼짝도 하기 싫었다. 테아가 나른하게 눈을 감자, 옆에서 서성대던 스타일리스트 윤희주가 눈치껏 다가와 그의 얼굴을 덮은 두꺼운 화장을 지워내기 시작했다. 피곤한 듯 얌전히 눈을 감고 있는 테아의 모습은 그야말로 잠시 나른한 오수를 즐기고 있는 남신처럼 우아해 보였다. 뽀얗고, 선이 고운 얼굴은 미소녀처럼 예쁘기도 했고, 시원하게 뻗어내린 눈썹과 단단하게 솟아오른 콧날은 그 누구보다 남성적인 매력을 뽐내고 있었다. 그를 바라보는 희주의 눈빛에는 숨길 수 없는 찬탄이 피어오르고 있었다. 입사한 뒤 이제 육 개월. 그동안 매일같이 코앞에서 마주하고 있는 얼굴인데도 도무지 적응되지 않을 만큼 잘생긴 얼굴이었다.

수백 대 일의 경쟁률을 뚫고 륜엔터테인먼트에 입사한 것은 그녀의 인생에서 가장 잘한 일임에 틀림없었다. 돈 주고도 못 볼 얼굴을 월급까지 받으면서 바로 옆에서 보다니 아마도 자신은 전생에 나라를 구했음이 틀림없다고, 희주는 생각했다. 윤희주 25세. 테아의 전속 스타일리스트이자 테아의 팬카페 테아미의 전 운영진이었던 화려한 경력의 소유자 그녀는 자신이야말로 성공한 덕후임에 틀림없다며, 다시 한 번 마음속으로 감격의 눈물을 흘렸다.

하지만 정작 테아는 그런 희주의 시선은 조금도 신경 쓰지 않는 눈치였다. 언제나 비슷한 시선을 받고 살아가는 그에게는 그다지 새로운 일도 아니었던 것이다. 지금 이 순간 그의 마음을 가득 채운 것은 전혀 다른 종류의 일이었다. 소파 등받이에 아무렇게나 몸을 기대며, 테아는 정태를 향해 심드렁한 목소리로 말을 걸었다. 애써 별일 아닌 것처럼 굴고 있긴 하지만, 사실은 공연 내내 그의 머릿속을 떠나지 않던 바로 그 질문이었다.

"정태야."

"네, 형님."

"아줌마는? 진짜로 안 왔어?"

"……네."

"지금 어디래?"

"발리요."

그 순간 테아가 마시던 생수병이 허공을 날았다. 반쯤 남아 있던 생수가 제멋대로 날아올라 사방에 튀었지만, 그에 대해 불평하는 사람은 아무도 없었다.

"웃겨, 진짜."

테아는 분에 못 이겨 씩씩댔다. 하지만 그가 찾는 아줌마, 송윤옥이 발리에 있다는 사실이 변하는 것은 아니었다. 이번에도 테아는 버림받았다. 그게 끝이었다.

"전화 연결해."

"안 받을 텐데요."

"연결해."

"명색이 신혼여행인데 밤중에 전화 거는 건 좀……."

"나 지금까지 두 번 말했다. 내가 세 번까지 말해야 돼?"

"네, 연결할게요."

쭈글쭈글한 목소리로 간신히 대답한 정태가 휴대폰을 손에 들었다. 다행히도 정태의 걱정과는 달리 윤옥은 몇 번의 신호가 울리기도 전에 전화를 받았다. 안도의 기색이 환하게 피어오른 정태가 휴대폰을 얼른 테아의 손에 넘겨주었다.

"나."

-알아.

"진짜 간 거야?"

-응.

"나한테 말도 안 하고?"

-말하면 지랄할 거잖아.

휴대폰 너머로 들려오는 윤옥의 말에 테아는 가만히 입을 다물었다. 자기가 생각해봐도 윤옥이 간다고 직접 말했다면 지랄을 해댔을 게 분명했으니까.

"그렇다고 말도 없이 그냥 가?"

-그냥 간 거 아냐. 믿을 만한 후임자도 구해놨고, 인수인계도 철저히 시켜놨어. 너 성격 더럽다는 것도 미리 말해놨어. 지금이랑 똑같을 거야. 달라지는 건 없어.

"싫다고! 아줌마 아니면 내가 싫단 말이야. 내 성격 몰라? 나 사람 가리는 거 한두 번 봐?"

-싫으면? 평생 나하고만 살래? 장가도 안 가고?

"여기서 장가 얘기가 왜 나와? 암튼 빨리 와. 아줌마 자리 그대로 비워둘 테니까."

수화기 너머로 잠시 동안 침묵이 내려앉았다. 가벼운 한숨 소리가 들리는 듯하더니, 달래는 듯 한풀 꺾인 목소리로 윤옥이 입을 열었다.

-태공아.

"그 이름 싫댔지."

-잘 들어, 강태공.

"말해."

-너 열네 살에 만났으니까 우리 같이 일한 지도 14년이야. 이제 나도 늙고 지쳤어.

"마흔다섯이 뭐가 늙었다 그래?"

-현역으로 뛰기에 적은 나이는 아니지. 이제 나도 지금까지와는 좀 다르게 살아보고 싶어. 여자로도 살고 싶고, 사람으로도 살고 싶어. 이해해줄 거지?

"싫어, 이해 안 돼. 내가 아는 건 아줌마가 나 버리고 그 놈팡이 자식한테 갔다는 것뿐이야."

-강태공! 말 들어.

"싫어. 안 돌아올 거면 끊어."

거칠게 끊어진 휴대폰이 또다시 허공으로 날았다. 혹시라도 새로 지른 전화기에 흠집이라도 날까 봐, 주인인 정태가 해쓱한 얼굴로 휴대폰을 쫓아갔다. 다행히 최소한의 양심은 있는지 정태의 휴대폰은 폭신한 소파 위로 통통거리며 떨어지는 중이었다. 하지만 휴대폰을 집어 던지고도 한참이나 구시렁거리며 불만을 뿜어내던 테아의 입에서 나온 것은 뜻밖의 이야기였다.

"정태야."

"네, 형님."

"우리 그때 발리 공연 때 묵었던 호텔 이름 뭐였지?"

"리츠칼튼 리저브요."

"거기 스위트룸으로 방 좀 빼줘. 호텔로 연락해서 내 이름 대면 해줄 거야."

"네? 발리에 호텔을요? 왜요?"

"왜긴 왜야? 아줌마 지금 발리라며."

"그, 그런데요?"

"그 놈팡이 자식, 분명히 호텔도 후진 데 잡았을 거야. 그냥 척 봐도 후지게 생긴 자식이잖아. 방 잡히면 아줌마한테 전화해서 그쪽으로 옮기라 그래."

"혀, 형님!"

"네 말대로 신혼여행이잖아. 원래 여자들은 이런 거 신경 쓴단 말이야. 뭐, 이왕 간 거, 제대로 놀다 오라고 해."

여전히 불퉁하고 심통맞은 얼굴이었지만 정태는 알고 있었다. 이 변덕스럽고 심술궂은 남자가 사실 뼛속까지 못돼 처먹은 놈은 아니라는 사실을.

전화를 끊은 후 뭔가를 생각하는 듯한 얼굴로 한동안 의자 손잡이만 톡톡 두드리고 있던 테아가 마침내 입을 열었다.

"그래서 지금 그 여자가 내 집에 와 있다고?"

"네. 오늘 밤부터는 새 담당자님이 경호를 맡게 되셨다고…….."

"그러니까, 내 집에, 내 허락도 없이, 내가 본 적도 없는 여자가, 내 경호를 하러 와 있다고?"

"아니, 맘대로는 아니고…… 대표님이 허락하셔서…….."

싸늘하게 내리꽂히는 테아의 목소리에 정태의 목소리는 점점 더 기어들어갔다. 지금 당장에라도 대기실 문을 열고 달아나고 싶은 마음을 애써 참으며, 정태는 반쯤 울먹이고 있었다. 윤옥이 가 버린 것도, 그녀 대신 새 경호원이 파견된 것도, 그 어느 것 하나 정태의 탓이 아니었음에도 불구하고 분노한 테아의 뒷감당은 오 롯이 정태의 몫이었으니 억울할 법도 했다.

"가자."

"네? 어, 어디로요?"

"어디긴 어디야. 집이지."

테아는 웃고 있었다. 여전히 분노로 이글거리는 눈빛으로 한쪽 입술만 비스듬히 올려 웃고 있었다.

"손님이 기다리고 있다잖아."

정태는 싸아 하고 피가 빠져나가는 듯한 기분이 들었다. 안광을 번득이며 웃고 있는 테아의 모습은 그야말로 공포영화의 한 장면 같 았다. '아아, 이젠 틀렸어.'라고 정태는 마음속으로 중얼거렸다. 평소 에도 더러운 성질머리의 테아가 바짝 독기까지 오른 상태이니, 이젠 그를 막을 수 있는 사람은 아무도 없을 터였다. 미약한 자신의 힘으 로는 더 이상 어쩔 수 없음을 깨달은 정태는 아무것도 모른 채 집에 서 기다리고 있는 선량한 희생자를 위해 애도의 기도를 올렸다. 부 디 새 경호원님께 아무런 일도 일어나지 않기를. 분노에 날뛰는 이 짐승의 손아귀에서, 부디 안전하게 살아남을 수 있기를.

테아가 분노에 차서 집으로 돌아오고 있던 그 시각, 화려한 테아의 저택에는 불안한 얼굴로 동동거리는 두 남자와 평안한 얼굴로 차를 마시는 한 명의 여자가 응접실의 소파 위에 앉아 있었다. 테아의 소속사 륨엔터테인먼트의 사장 김정률과 륨엔터테인먼트의 실질적 브레인이라 불리는 치프매니저 윤민권 실장, 그리고 오늘부터 전임경호원 송윤옥의 뒤를 이어 새로운 경호원으로 일하게 될 최현수였다. 흔들리는 눈빛으로 출입문 쪽만 몇 번이고 바라보는 두 사람과는 달리, 말갛게 우러난 작설차를 홀짝거리고 있는 현수의 얼굴은 그야말로 평온해 보였다.

"하하, 생각보다 많이 늦네. 기다리기 지루하시죠?"

"아닙니다."

현수의 대답은 짧았다. 그녀의 대답은 너무나 짧고 명료해서, 조금이나마 분위기를 띄워보려던 김정률 대표의 노력은 헛된 시도로 끝나고 말았다. 그녀의 짧은 대답을 끝으로, 또다시 응접실에는 무거운 침묵이 맴돌았다. 김정률 대표는 윤민권 실장에게 힐끗 눈짓을 하며 뭐라도 말을 걸어보라는 제스처를 해 보였지만, 윤민권 실장은 그저 어깨만 으쓱일 뿐이었다. 김정률 사장은 난처한 얼굴로 이마에 송송 밴 땀을 닦아내며, 맞은편에 앉아 있는 젊은 여자의 얼굴을 몰래 힐끔거렸다.

믿을 만한 사람이라고, 전임 경호원인 송윤옥은 분명히 그렇게 말했었다. 하지만 지금 이 순간, 김정률 사장은 바다건너 먼 나라로 신혼여행을 떠난 그녀를 불러다 물어보고 싶었다. 정말로 믿을 만한 사람이 맞느냐고. 그 까탈스러운 테아의 곁을 14년이나 지켜 온 베테랑 경호원 윤옥을 대신할 수 있는 믿음직한 사람이란 게, 정말로 이 여자가 맞는 거냐고.

자신을 최현수라 소개한 새 경호원은 그들이 생각했던 것보다 훨씬 앳됐다. 그리고 아주 예뻤다. 경호원이라기보다는 신인 아이돌이 되겠다며 오디션을 보러 온 가수지망생 같았다. 창백할 만큼 하얀 피부는 별다른 화장기가 없는데도 보얗게 빛났고, 길게 뻗은 단아한 눈매와 오밀조밀 자리 잡은 이목구비는 흡사 잘 빚어낸 도자기 인형처럼 보였다. 물론 경호원이 예쁜 건 큰 문제가 아닐 수도 있었다. 그보다 더 큰 문제는 여자의 모습이 정말로 인형 같다는 점이었다. 처음 만났을 때 단정한 태도로 고개를 숙여 보인 것을 제외하고, 그녀는 진짜 도자기 인형이라도 되는 것처럼 움직임도 없이 가만히 앉아 있었다. 질문을 하면 예의 바르게 대답하긴 하는데, 묘하게 무기질적인 느낌이 드는 여자였다. 그녀의 주변에만 고요하고 묵직한 공기가 내려앉아 있는 듯한, 꼭 그런 느낌이 들었다. 과연 그녀가 까탈스럽기 짝이 없는 테아를 감당해낼 수 있을지, 김정률 사장은 도무지 자신할 수가 없었다. 아니, 그보다 먼저 테아가 그녀를 마음에 들어할지부터가 걱정이었다.

테아는 아이돌이었다. 열세 살 무렵 천재 꼬마 래퍼로 데뷔할 때부터 아이돌이었고, 한때 대한민국을 주름잡던 삼인조 보이그룹 렉스로 활동할 때도 아이돌이었고, 솔로가수로 활동하고 있는 지금도 여전히 대한민국의 톱 아이돌이었다. 올해로 스물여덟이 된 그는 인생의 반 이상을 아이돌로 살아왔다. 그리고 그의 아이돌 인생 대부분을 송윤옥과 함께 보냈다. 그녀는 그의 경호원이었다.

하지만 주위의 대부분은 그녀를 보모라고 불렀다. 물론 테아가 듣지 않는 곳에서만. 송윤옥은 그에게 있어 고용인이 아니라, 엄마이고 친구였다.

하지만 테아의 까칠한 성격을 다룰 수 있는 유일한 인물이었던 송윤옥은 어제부로 사표를 제출하고 발리로 떠났다. 테아의 공연을 따라다니며 경호를 서던 그녀가 뜻밖에도 무대감독과 정분이 나서 회사를 그만두게 되는 날이 오리라고는 그 누구도 상상하지 못했다. 하지만 원래 사랑이란 천재지변 같은 법이 아닌가. 누구도 예측하지 못한 곳에서 운명처럼 갑자기 찾아오는 그런 게 바로 사랑인 거니까.

문제는 갑작스런 윤옥의 늦사랑 덕분에, 테아만 낙동강 오리알 신세가 되어버렸다는 점이었다. 사람에게 버림받는 것에 유독 예민한 테아에게 말도 없이 발리로 떠나버린 윤옥의 소식은 그야말로 아닌 밤중에 홍두깨 같은 비보가 아닐 수 없었다. 나이 먹고 아이까지 딸려서 하는 결혼이니 그냥 조용히 치르겠다며 가족끼리 소박한 예식을 치른 그녀는 그길로 아예 사표를 쓰고 영영 떠나버렸다. 여자로, 엄마로, 아내로, 그렇게 제2의 인생을 살고 싶다는 이유였다. 하지만 윤옥이라면 결혼 후에도 자신의 곁에 남아 있으리라고 철석같이 믿고 있던 테아는 그야말로 배신감에 몸을 떨 수밖에 없었다.

분노 게이지가 가득찬 상태에서 이곳으로 향하고 있을 테아를 생각하며, 김정률 사장은 다시 한 번 부르르 몸을 떨었다. 두 사람이 만났을 때 어떤 일이 생길지는 그로서도 도무지 짐작할 수가 없었다. 그저 최악의 사태만 면할 수 있기를 바랄 뿐이었다.

그리고 얼마의 시간이 흘렀을까. 마침내 저벅거리는 발소리가 복도를 요란스레 울리기 시작했다. 분명히 감정이 잔뜩 실린 테아의 발소리였다. 공포영화에서 점점 다가오는 귀신을 맞이하는 기분으로, 김정률 사장은 두 눈을 질끈 감으며 짧은 기도를 올렸다. 하나님, 부처님, 알라신님, 부디 아무 일도 일어나지 않게 해주세요. 제발!

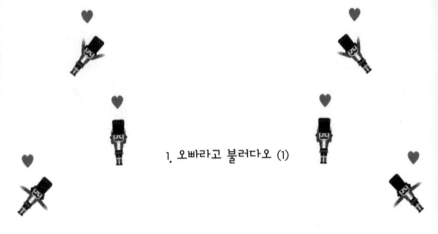

1. 오빠라고 불러다오 (1)

예고도 없이 벌컥 거칠게 문이 열렸다. 아까부터 초조하게 커피잔의 손잡이를 두드리며 기다리고 있던 김정률 대표는 소파에서 튀어 오르기라도 할 것처럼 깜짝 놀랐다. 괜찮을 테니 안심하고 기다려도 된다고 몇 번이나 강조하던 아까의 태연함과는 크게 다른 모습이었다. 그도 그럴 것이, 지금 막 문을 박차고 들어선 남자에게선 지옥에서 막 뛰쳐나온 듯한 흉흉한 기운이 물씬물씬 뿜어져 나오고 있었기 때문이었다. 대충 이렇게 될 것이라고 예상은 하고 있었지만, 언제나 그렇듯 현실은 상상보다 훨씬 더 가혹한 법이었다. 준비기간 한 달, 공연기간 3일의 힘겨운 콘서트 여정을 막 마치고 집으로 돌아온 테아는 그야말로 지옥에서 막 돌아온 야차와 다를 바 없는 무시무시한 모습이었다.

참으로 아이러니하게도, 문 앞에 떡하니 버티고 선 테아는 평소보다도 더 잘생겨 보였다. 그의 머리카락 끝까지 가득 메운 듯한 분노의 기운이 사내다운 박력을 한층 더 강화시켜준 덕분에 평소보다도 더 매력적이고 위험한 수컷으로 보였다. 우아하고 아름다운 모습으로 먹잇감을 찢어발기는 고양잇과 맹수 같은 모습으로, 그는 천천히 다가오고 있었다. 짐승돌로도 유명한 그의 근육질 몸뚱이에선 위험한 기운이 흉흉하게 내뿜어져 나오는 중이었다. 그 모습을 바라보는 김정률 대표의 이마엔 벌써부터 한 줄기 식은땀이 흘러내리고 있었다.

"와, 왔어?"

조금 떨리는 목소리로 김정률 대표가 입을 열었다. 반쯤 머리가 벗겨진 그의 얼굴에는 애처로울 만큼 어색하고도 환한 접대용 미소가 가득 걸려 있었다. 대한민국의 누구나 알 법한 유명 엔터테인먼트 회사인 률엔터테인먼트의 설립자이자 현 대표이사인 김정률이었지만, 지금 이 순간만큼은 사장의 권위 따위를 찾을 때가 아니었다. 제 발 저린 도둑처럼 움찔거리고 있는 김정률 대표의 표정은 이젠 다 틀렸다는 듯한 절망의 표정으로 문밖에서 고개를 흔들고 있는 정태의 얼굴과 크게 다를 바가 없어 보였다.

"코, 콘서트는 어땠어? 잘했지?"

김정률 대표가 애써 밝고 태연한 목소리로 말을 걸어보았지만, 지금 막 문 안으로 들어선 사내의 눈동자는 그가 아닌 다른 곳을 향해 있었다. 김정률 대표의 옆자리에 반듯한 자세로 앉아 있는 여자를 향해서였다. 하지만 분노로 불타고 있던 그의 눈동자는 어느덧 당혹함으로 채워지고 있었다. 자신의 눈앞에 펼쳐진 광경을 의심이라도 하는 듯이, 그의 고운 미간에 슬쩍 주름이 졌다.

"뭐야. 저건⋯⋯."

읊조리는 듯한 혼잣말이 작게 벌어진 그의 입술에서 흘러나왔다. 테아의 눈앞에 나타난 여자는 그가 생각하던 것과는 전혀 다른 모습의 경호원이었기 때문이었다.

"안녕하십니까?"

한편, 1층 현관과 연결된 응접실에 앉아 있던 여자가 테아를 보고는 조용히 일어나서 허리를 굽혀 보였다. 테아는 잠시 머뭇거렸다. 자신의 허락도 없이 고용된 경호원을 향해 잔뜩 퍼부어주려고 돌아왔는데, 막상 그녀가 '그녀'일 거라는 확신이 없었기 때문이었다. 테아를 따라 허둥지둥 뒤따라온 로드매니저 정태는 김정률 대표와 함께 머뭇머뭇 테아의 눈치만 살피고 있었다. 그들 역시 테아의 지금 심경을 모르는 바가 아니었다. 그들 역시 그녀를 처음 보았을 때, 똑같은 감상을 느꼈으니 말이다.

여자를 보고 한참이나 고개를 갸웃거리던 테아가 마침내 입을 열었다.

"⋯⋯혹시?"

"최현수입니다."

침착한 어조로 여자는 자기 이름부터 댔다. 하지만 테아가 궁금한 건 여자의 이름 따위가 아니었다.

"연습생이야?"

"아닙니다. 경호원입니다."

"헐!"

테아는 뒷목을 잡았다. 이 아줌마가 진짜! 나랑 지금 장난하자는 건가! 테아의 눈앞에 있는 여자는 믿을 만한 후임이라고 큰소리를 뻥뻥 치던 윤옥의 말과는 달라도 너무 달랐다. 테아는 발리에 있는 윤옥 대신 눈앞에 있는 김 사장을 노려보았다. 김 사장이 열심히 손을 흔들어 보이며 자신은 죄가 없음을 필사적으로 호소했다.

쇼파에 앉아 있던 여자는 아주 앳됐다. 처음 본 순간 테아는 그녀가 소속사의 연습생인가 했다. 검은색의 맵시 나는 슈트를 입고 있긴 했지만, 그녀는 전반적으로 걸그룹 아이돌 지망생 같은 인상이었다. 호리호리한 체격에 곱상한 얼굴을 한, 그야말로 계집애 같은 얼굴이었다. 남자들도 함부로 덤빌 수 없는 여걸 같은 인상을 가진 송윤옥과는 그야말로 하늘과 땅 차이였다.

"장난해, 나랑?"

일부러 시비거는 어조로 시시껄렁하게 대거리를 시작했는데도 여자의 표정엔 큰 변화가 없었다. 그저 갸름하고 새카만 눈으로 테아가 하는 양을 가만히 바라보고 있을 뿐이었다.

"경호원이라고? 그 얼굴로? 그 체격으로?"

"실력이라면 안심하셔도 좋습니다."

여자는 테이블 위에 놓여 있던 종이 한 장을 손가락으로 가볍게 밀었다. 종이에 붙은 조그만 사진 속에는 지금과 똑같은 무표정한 얼굴의 여자가 들어 있었다.

"뭐야, 이력서?"

"네."

"스물여덟이라고? 그 얼굴로?"

마지못한 듯 이력서를 손에 든 채 테아는 여자를 아래위로 훑어보았다. 누가 와 있든 그 자리에서 내쫓아버리겠다며 씩씩대던 처음의 다짐과는 사뭇 달라진 태도긴 했다. 눈앞의 여자가 하도 어이가 없어서 그런 거라며, 테아는 자기 자신을 납득시키는 중이었다. 여자는 잘해봐야 대학생 정도 되는 얼굴이었다. 그것도 고등학교 내내 곱게 공부만 했을 것 같은 그런 얼굴. 남을 경호하기는커녕 본인부터가 누군가에게 보호받아야 할 것 같은 그런 인상이었다.

하지만 갸름한 눈매 안에 들어찬 새카만 눈동자에는 앳된 얼굴과는 어울리지 않는 노회한 눈빛이 담겨 있었다. 표정이 담기지 않은 그녀의 담담한 눈동자는 마치 깊이를 알 수 없는 호수처럼 기이한 느낌이 들었다.

"우진그룹 경호팀이라고? 그것도 회장 개인 경호?"

"네."

"훗, 웃기시네. 우진 회장이 미쳤다고 너 같은 애한테 경호를 맡겨."

"확인해보셔도 좋습니다."

면전에 대고 이죽대는 테아를 보면서도, 여자는 그저 조용할 뿐이었다. 심드렁하고 시큰둥해 보이는 무표정이었다. 아무래도 좋다는 달관의 표정 같기도 하고, 너 따위가 뭐라든 상관없다는 거만한 표정 같기도 했다. 오히려 울컥 화가 난 것은 테아 쪽이었다. 여자가 거짓말하는 것이 아니라는 건 테아도 알 수 있었다. 오늘 처음 봤는데도 그냥 알 수 있었다. 이런 일에 거짓말을 할 만한 그런 성격의 여자가 아니라는 걸.

워낙 독특한 캐릭터의 여자라, 테아는 조금 호기심이 생겼다. 그래서 단박에 구겨서 내던지려던 여자의 이력서를 아주 조금만 더 자세히 살펴보기로 했다.

"하동여고? 하동이 어디야?"

"지리산 근처입니다."

"뭐야, 완전 촌이네. 그래서 하동에서 고등학교 졸업하고 서울에 와서 계속 경호원으로 일했다는 건가?"

"네."

"흠, 태권도, 검도, 우슈, 무에타이……. 할 수 있는 게 많긴 하네. 이건 뭐야? 24반 무예?"

"정조 시대에 집대성된 조선의 전통무술입니다."

"쳇, 별걸 다 하네."

"아버지께서 전통무예 연구를 하십니다."

"지리산에서?"

"네."

어쩐지 여자의 인상이 엄청 독특하다 싶었는데, 지리산에서 무예연구를 한다는 아버지 얘기를 들으니 조금 이유를 알 것도 같았다. 물처럼 그저 고요하기만 한 여자의 분위기가 어쩐지 요즘 젊은 여자 같지 않다고 생각했는데, 청학동의 댕기처녀를 생각하니 곧바로 이해가 갔다. 여자는 새하얀 얼굴과 대비되는 새카만 머리카락을 갖고 있었는데, 허리까지 치렁하게 긴 머리가 등 뒤에서 하나로 곱게 묶여 찰랑거리고 있었다. 앞머리도, 애교머리도 없이 그저 밋밋하게 하나로 단정히 모아 묶은 머리카락은 마치 사극에나 나올 법한 참으로 고전적인 헤어스타일이었다. 멋없이 까맣기만 한 양복 대신, 옥색 모시 한복을 입고 시조를 읊는 편이 더 어울려 보이기도 했다. 아무리 봐도 시대를 3, 4백 년쯤 거스른 것 같은 묘한 분위기를 지닌 이상한 여자였다.

어쨌든 눈앞의 여자가 세상물정 모르는 지리산 시골처녀일지도 모른다는 생각을 하니, 조금 부드러운 마음이 되었다. 그래서 테아는 선심이나 쓰는 듯한 얼굴로 여자에게 훈계했다.

"이 일 생각보다 힘들어. 며칠 만에 바로 나가떨어질 거야."

하지만 여자는 강경했다.

"그럼 그때 가서 다시 결정하겠습니다. 도저히 못할 것 같으면 그때 말씀드리죠."

"그래서, 지금 나랑 일을 해보겠다고? 후회할 텐데."

"아버지께서 특별히 부탁하신 일이라서요."

"당신 아버지가?"

"예, 전임자이신 송윤옥 씨가 저희 아버지 제자이십니다."

"호오, 그래?"

테아는 팔짱을 끼고 여자를 다시 한 번 아래위로 훑어보았다. 자신을 두고 매정히 떠나버린 윤옥이긴 하지만 후임자로 아무나 고른 건 아닌 것 같았다. 자신의 인맥을 총동원해서 나름 신경 써서 골라 온 모양이었다. 그러니 그런 후임자가 제풀에 나가떨어지기만 한다면, 윤옥도 어쩔 수 없이 돌아올 수밖에 없을 터였다. 테아의 입술에 요사스러울 만큼 아름다운 미소가 씨익 그려졌다. 팬들이 살인미소라고 부르는 강테아표 특제 미소이긴 했지만, 안타깝게도 그 아래 숨겨진 것은 그다지 훌륭한 것이 아니었다. 가정교사를 괴롭히려고 마음먹은 미운 일곱 살의 철부지 도련님 정도랄까.

"내 경호를 하려면 나랑 24시간 같이 생활해야 해. 휴일도 없고, 휴가도 없지. 여기 1층이 고용인들 숙소야. 집에도 못 가고 나랑 합숙생활을 해야 한다는 뜻이지. 한번 들어오면 사표를 내기 전까진 맘대로 못 나가. 들어올 땐 마음대로지만 나갈 땐 아니지. 이래도 들어올래?"

"아니, 테아야. 그 정도까지는 아니…… 지 않지. 그래, 네 말이 다 옳아."

밑도 끝도 없는 요구조건을 꺼내는 테아를 제지시키려던 김정률 사장은 테아의 찌릿한 눈초리에 곧바로 말을 바꾸며 쪼그라들었다. 대한민국의 대형기획사 중 하나를 운영하고 있는 그에게 있어서도 테아는 늘 어렵기만 한 상대였다. 게다가 당장 얼마 뒤면 테아의 계약기간이 만료되는 시점이었다. 지금껏 의리로 쭉 재계약을 해오던 테아였지만, 이번에도 순순히 재계약을 해주리라는 보장 따윈 없었다. 호시탐탐 테아를 노리는 하이에나 같은 기획사들은 지금도 널리고 널렸으니 말이다.

하지만 테아가 기고만장 제멋대로 억지를 부리는데도 정작 당사자인 현수는 별로 개의치 않는 눈치였다. 팔짱을 턱 낀 채 한껏 심술궂은 얼굴로 말했는데도, 현수의 표정엔 별 변화가 없었다. 예의 그 심드렁한 목소리로 '알겠습니다.'라는 한마디를 한 게 다였다. 테아는 조금 부아가 났다.

"매일 아침 내가 일어나서 벨을 울리면, 1분 내에 모닝커피를 들고 2층으로 올라와야 해. 커피 온도는 반드시 70도여야만 하고. 커피는 원래 70도일 때 가장 맛있는 법이거든."

"경호 업무엔 비서 업무는 포함되지 않는 걸로 알고 있는데요."

현수가 담담하게 이의를 제기하자 테아의 얼굴에 환한 미소가 번졌다. 바로 그걸 원했다. 이 여자의 불만. 이따위 일은 지금 당장 때려치우고 싶다는 뜨거운 불만.

"난 내 공간에 아무나 안 들여. 원래부터 2층에 올라올 수 있는 건 아줌마하고 정태뿐이었어. 그러니 비서 업무든 하녀 업무든 당신이 맡아줘야 해. 내가 시키는 건 뭐든."

"그렇다면 알겠습니다. 대신 경호 이외의 업무에 대해서는 추가 수당으로 청구하겠습니다."

테아의 바람과는 달리 여자는 그냥 쿨하게 받아들였다. 한껏 웃음 짓고 있던 테아의 얼굴이 와작 구겨졌다.

"아이돌 경호는 재벌가 경호 같은 거랑 비교도 안 되게 힘들어. 어딜 가든 사생팬들이 득시글댄다구. 하지만 그 사람들에게 손을 대선 안 돼. 왜? 걔네도 팬이니까. 하지만 나한테 달라붙게 해서도 안 돼. 왜? 난 스토커는 싫으니까. 그러니까 사생팬들이 무슨 짓을 하든 손대지 않으면서 걔네들을 막아야 해. 할 수 있겠어?"

"네, 알겠습니다."

"잠자는 시간을 제외하곤 내 옆 반경 1미터 안에서 떠나지 않고 경호를 해야 해. 대신 내 눈에 절대 거슬리지 않게. 경호를 하는 동안은 저기 서 있는 화분보다도 더 내 눈에 띄지 않게 있어야 한단 얘기야. 할 수 있겠어?"

"네, 알겠습니다."

테아는 짜증이 왈칵 났다. 자존심을 건드려가면서 이런저런 까다로운 조건을 내거는데도 불구하고, 여자가 하는 말은 90% 이상이 '네, 알겠습니다.'였다. 그것도 감정이라곤 찾아볼 수 없을 만큼 무뚝뚝한 목소리로. 이럴 바엔 녹음기랑 대화하는 게 더 나을 것 같았다. 도대체 무슨 말을 하면 이 재미없는 여자에게서 보다 인간적인 반응을 이끌어낼까 싶어서, 테아는 곰곰 머리를 굴렸다.

"이름이 최현수라고?"

"네."

"나이는 스물여덟이고?"

"네."

"나랑 동갑이네."

"네."

"근데 어쩌지? 난 1월생인데. 그래서 학교도 일곱 살에 들어갔어."

"네."

"내가 엄연히 너보다 나이가 위라는 거야."

"네."

"그러니까…… 오빠라고 불러."

"네?"

마침내 테아는 여자에게서 놀란 표정을 이끌어내는 데 성공했다. 동그래진 눈을 하고 올려다보는 현수를 보고 있노라니 왠지 귀엽다는 느낌까지 들었다. 승리라도 한 듯한 뿌듯한 얼굴로 테아는 한껏 웃으며 상냥한 목소리로 말했다. 너무나 상냥해서 한 대 콕 쥐어박고 싶어지는, 꼭 그런 목소리였다.

"테아 오빠라고 부르라고. 여기서 일하고 싶으면."

약이라도 올리듯 빙글대며 테아가 다시 한 번 설명하자, 무뚝뚝하고 무표정하기만 하던 현수의 얼굴에 고민의 기색이 어렸다. 당황한 듯 입술을 달싹이는 그녀의 모습은 어쩐지 쑥스러워하는 것 같기도 했다. 자세히 살펴보니 귀 아래 목덜미까지 발그레 달아올라 있었다. 뜻밖에도 여자가 이런 데에 약하다는 사실을 깨달은 테아는 속으로 쾌재를 불렀다. 하긴 이 여자가 '오빠, 오빠.' 하고 코맹맹이 소리를 내며 애교를 부리는 모습은 테아 자신조차 상상이 되지 않으니까. 아마도 그녀는 선천적으로 무뚝뚝함을 장착하고 태어난 그런 여자임에 틀림없었다. 난처해하는 여자를 바라보며, 테아는 자신의 승리를 예감했다. 어느덧 그의 입술엔 짙은 미소가 걸려 있었다.

"뭐야? 여기서 일하기 싫은가 보네? 그럼 나도 됐……."

"……빠."

마침내 현수의 입술 사이에서 조그만 소리가 튀어나왔다. 그리고 그런 그녀의 모습을 바라보는 테아의 눈빛은 점점 흥미를 더해 가고 있었다.

"뭐라고? 제대로 안 들리는데?"

"오…… 빠."

"제대로 불러야지. 테아 오빠 하고."

"테아…… 오빠."

차마 테아를 똑바로 바라보지 못한 채로 현수가 웅얼거리며 말했다. 옆으로 살짝 틀어진 하얀 목덜미 위로 확연히 붉은빛이 은은하게 번져 있었다. 순간 테아는 참지 못하고 푸핫 웃음을 터뜨리고 말았다. 그리고 그와 동시에, 이 여자를 채용하기로 마음을 바꾸어 먹었다. 오빠 부대를 이끌고 다니는 아이돌을 직업으로 삼은 지 어언 15년. 여자들의 오빠 소리가 이젠 신물이 날 때도 된 테아였다. 하지만 지금 막 그가 들은 '오빠'만큼 신선하고 웃긴 '오빠'는 처음이었다. 어쩐지 이 여자랑 같이 있으면 재밌을 것 같다는 예감이 문득 들었다. 옆에 두고 살살 괴롭혀주면 심심하진 않겠노라며, 테아는 싱긋 웃었다. 속내야 어떻든 간에 겉보기에는 나무랄 데 없이 아름다운 미소였다.

"좋아, 면접통과!"

호쾌한 테아의 말에 현수도, 정태도, 소속사 김 사장도 놀란 눈으로 바라보았다. 좀 전까지 저기압의 끝장을 달리던 테아였는데, 갑자기 구름 한 점 없는 고기압의 하늘 같은 쾌청한 미소를 짓고 있었으니까.

"자, 그럼 오늘부터 오.빠.랑 같이 일해볼까?"

정태와 김정률 대표의 얼굴이 동시에 해쓱해졌다. 저 자식이 분명히 뭔가 음험한 꿍꿍이를 품은 게 틀림없다는 얼굴이었다. 그리고 그 순간 무표정하던 현수의 눈매가 슬쩍 가늘어진 느낌이 들었다. 지금까지와는 확연히 다른 그녀의 표정. 그것은 분명 빈정이 상한 눈빛이었다. 그리고 그것을 발견한 테아의 웃음이 한층 더 짙어졌다.

서로 다른 표정을 한 두 사람의 눈빛이 허공에서 찌직찌직 맞부딪쳤다. 어쩐지 앞날이 순탄치 않을 것 같은 불길한 예감에, 정태와 김정률 대표는 서로를 마주 보며 깊은 한숨을 내쉬었다. 그래도 우려했던 것보다는 지극히 양호한 반응이라며, 두 사람 모두 내심 가슴을 쓸어내리는 중이었다. 어느 정도 마음의 결정을 내렸는지 개운한 얼굴로 자리에서 일어서던 테아가 마지막으로 한마디를 던지기 전까지는.

"아, 우선 차가운 물 한잔 부탁해. 얼음 동동 띄워서."

아무리 잘 봐줘도 아랫것을 부리는 안방마님 같은 거만한 명령조였다. 당황한 정태가 '아, 그건 제가…….' 하고 주춤주춤 일어섰지만, 테아는 가볍게 코웃음을 치며 정태의 소심한 시도를 단칼에 잘랐다.

"아니, 너 말고. 오늘부터 첫 근무인데, 밥값은 해야 하잖아?"

현수와 테아의 눈빛이 다시 한 번 허공에서 재격돌했다. '이래도 계속할래?' 하는 듯한 테아의 도발적인 눈빛과 '다 큰 사내가 유치하기 짝이 없기는.'이라고 쓰인 듯한 현수의 눈빛이 한 치의 물러섬도 없이 팽팽히 부딪쳤다.

하지만 승부의 결과는 예상보다 싱거웠다. 그까짓 얼음 띄운 찬물 따위 별것도 아니라는 듯이, 현수가 선선히 고개를 끄덕였기 때문이었다.

"알겠습니다. 곧 가지고 가겠습니다."

생각보다 빠른 현수의 포기에 실망한 듯 보이는 것은 오히려 테아 쪽이었다. 테아는 흥, 하는 작은 코웃음과 함께 어깨를 한 번 으쓱이고는 2층으로 올라가버렸다. 그리고 훤칠한 그의 뒷모습이 계단 위로 성큼성큼 사라지자마자 응접실엔 휴우 하는 안도의 한숨 소리가 흘러나왔다.

"하하하, 놀랐죠? 우리 테아가 좀 개구쟁이 같은 데가 있어서요. 아하하하. 평소엔 참 괜찮은 친구인데, 좀 장난기가 있어서…… 아하하하."

이마 위에 송송 맺힌 땀을 닦으며, 김정률 대표는 현수를 향해 어색한 변명을 시도했다. 조금 전 테아의 모습을 '개구쟁이'와 같은 깜찍한 단어로 포장할 수 있는 김정률 대표의 능란한 어휘구사력과 가공할 만한 뻔뻔함에, 정태는 조금 감동했다. 하지만 정작 현수는 별다른 표정도 짓지 않은 채 덤덤히 앉아 있을 뿐이었다.

"아하하하, 그럼 우리 테아 좀 잘 부탁드릴게요. 여기 있는 김정태 매니저가 최현수 씨가 쓸 방이랑 자세한 주의사항에 대해 알려줄 거예요. 그럼 저는 내일 아침 회의가 있어서 이만."

김정률 대표가 노골적으로 달아날 낌새를 보이자 정태는 당황했다. 나 혼자서 어쩌란 거냐며 다급한 SOS 메시지를 담은 눈빛을 보내보았지만, 김정률 대표는 이젠 내 할 일은 끝났다는 듯 저 혼자 쌩하니 달아나버리고 말았다. 결국 어색한 분위기에서 현수와 덜렁 둘만 남게 된 정태는 쭈뼛쭈뼛 입을 열었다.

"어…… 처음이라 놀라셨겠지만…… 보기엔 저래 보여도 테아 형님 별로 나쁜 사람은 아니에요."

"알고 있습니다."

담담한 말투로 대답하는 현수의 대답에 정태는 조금 놀랐다. 처음 만난 사람에게 쓰는 표현치고는 묘하게 확신이 담긴 어투였기 때문이었다.

"어? 테아 형님 예전에 알고 계셨어요?"

"아니요, 오늘 처음 뵀습니다."

"아하하, 꼭 원래 아는 사이처럼 말씀하셔서요."

"그런가요?"

여전히 감정을 잘 읽을 수 없는 담담한 목소리로 현수는 대답했다. 하지만 정태는 그녀가 슬쩍 웃는 것을 똑똑히 보았다. 입술 끝이 미묘하게 휘어져 올라가는 아주 미세한 움직임이었지만, 정태는 그녀의 미소를 똑똑히 볼 수 있었다. 얼핏 봐선 알아볼 수 없을 만큼 미세한 움직임이긴 했지만 잔잔한 호수 위에 떨어진 물방울의 작은 파동처럼 몹시 인상적인 광경이었기 때문이었다. 하지만 그때의 정태는 그녀의 미소가 무엇을 뜻하는지 알 수 없었다. 조그맣게 물결치던 그녀의 미소는 정태가 뭔가를 읽어내기도 전에 곧바로 사라져버렸던 것이다. 여전히 도자기 인형처럼 무표정하게 앉아 있는 현수를 바라보며, 정태는 자신이 잘못 본 건가 싶어 고개만 갸웃거릴 뿐이었다.

"부엌이 어디인지부터 알려주시겠어요? 우선 찬물부터 갖다 드려야 할 것 같아서요."

"아, 예. 지금 알려드릴게요. 근데 제가 갖다 드려도 괜찮은데…… 테아 형님이 원래 말만 저렇게 하는 스타일이거든요. 제가 갖고 가도 별말 안 할 거예요."

"괜찮습니다. 저한테 지시하신 일인데요."

"그, 그럼 부탁 좀 드리겠습니다."

얼마 후 현수는 얼음이 동동 띄워진 차가운 물 한 잔이 담긴 쟁반을 들고 2층으로 향하는 계단을 오르고 있었다. 경호원으로서의 첫 임무치고는 상당히 우스꽝스러운 일이긴 했지만 현수는 별다른 불만 없는 모습이었다. 원래 이런 식의 24시간 밀착 경호를 하다 보면 사람들의 보이지 않는 얼굴과 마주치는 것이 당연한 일일 수밖에 없었다. 겉으로는 점잖고 근엄해 보이는 사회지도층 인사들이 얼마나 더럽고 추잡스런 성질머리를 가지고 있는지, 누구보다 잘 알고 있는 현수였다. 이 정도의 어린애 장난 같은 심술 따위는 정말이지 귀여운 수준이었다.

계단을 올라가자 흡사 팝아트 미술관 같은 널찍한 공간이 펼쳐졌다. 여기저기 장식된 화려하면서도 독특한 소품들이 예술가의 영역이라는 느낌을 물씬 풍겨내고 있었다. 이 넓은 공간 어딘가에 있을 그를 찾아, 현수는 몸의 감각을 예민하게 일깨웠다. 어디선가 희미하게 물소리가 들려왔다.

"말씀하신 찬물을 가지고 왔습니다."

물소리의 진원지인 욕실 앞에서 작게 노크를 하고 말을 걸어보았지만 답변은 없었다. 그저 쏟아지는 물소리만이 끊임없이 들려올 뿐이었다. 현수는 목소리를 조금 더 키워보았다.

"그럼 탁자 위에 두고 가겠습니다."

하지만 욕실 안에서 들려온 대답은 그녀의 기대와는 조금 다른 것이었다.

"기다려."

먹이 그릇 앞의 멍멍이에게나 할 법한 짧은 명령이었다. 조금 빈정이 상하기는 했지만 현수는 얌전히 문 앞에서 물잔을 든 채 기다렸다. 하지만 테아가 모습을 드러낸 것은 그 후로도 꽤 오랜 시간이 지난 이후였다. 이 덩치만 커다란 심술쟁이가 일부러 느릿느릿 샤워를 한 것이 틀림없었다. 물소리가 그치고도 한참이 지난 이후에야 샤워가운을 입은 테아가 개운한 얼굴로 모습을 드러냈다.

온몸에 남아 있던 무대의 잔재들을 모두 걷어내고 새하얀 샤워가운 하나만을 걸친 본연의 모습임에도 불구하고, 그만의 독특한 아우라는 조금도 사라지지 않은 모습이었다. 일반인과는 확연히 품격이 다른 화려한 이목구비와 훤칠하고 단단한 몸, 그리고 그런 자신의 장점에 대해 너무도 잘 알고 있는 자신감이 더해진 테아의 모습은 그야말로 아찔할 정도로 매력적인 수컷이었다. 하지만 그런 테아가 반쯤 맨가슴을 풀어 헤친 채로 눈앞에 있음에도 현수의 표정은 덤덤하기만 했다. 별다른 감흥 없는 표정으로 그저 들고 있던 물잔만을 불쑥 내밀었을 뿐이었다. 그런 현수의 얼굴을 힐끗 곁눈으로 바라보며 테아는 꿀꺽꿀꺽 물을 마셨다. 자신의 몸이 다른 사람들에게 어떠한 영향을 미치는지 누구보다도 잘 알고 있는 자의 여유로움이었다.

목젖을 리드미컬하게 움직이며 물을 마시는 동안 턱에서 가슴으로 이어진 사내다운 곡선이 반쯤 열린 가운 깃 사이로 고스란히 드러났다. 웬만한 여자들이라면 저절로 얼굴이 붉어질 듯한 몹시도 색정적이고 매력적인 장면이긴 했지만, 안타깝게도 현수에게는 그다지 큰 영향을 미치지 못한 듯했다. 그저 테아가 물을 다 마실 때까지 조용히 기다리다가 빈 물잔을 챙겨 든 후 정중히 고개를 숙여 보일 뿐이었다.

"그럼 쉬십시오. 이만 내려가 보겠습니다."

현수가 뒤도 돌아보지 않고 돌아서버리자 당황한 것은 테아 쪽이었다. 아장대는 어린아이 때부터 사람들의 시선을 한 몸에 받으며 살아온 평생 동안 이처럼 당황스러운 반응은 처음이었기 때문이었다. 완벽한 무시. 그랬다. 누구보다도 정중한 대우를 받았음에도 테아는 현수에게 완벽하게 무시당했다는 느낌을 지울 수가 없었다.

"웃기네, 진짜."

또박또박 단정한 발걸음과 함께 얄밉게 흔들리는 그녀의 새까만 머리 타래를 가만히 바라보던 테아는 결국 그녀가 사라진 빈 복도를 바라보며 허탈한 웃음을 지었다.

혹시라도 현수가 테아에게 잡아먹히기라도 했을까 봐 걱정한 사람처럼 정태는 몹시도 반갑게 현수를 맞아주었다. 집 안의 구조와 현수가 머물 방을 꼼꼼하게 안내해준 후에야, 정태는 몹시도 피곤해 보이는 얼굴로 돌아갔다. 콘서트 다음 날인 내일은 특별한 스케줄이 없으니 자유롭게 지내도 된다는 얘기와 함께 정태가 늦은 퇴근을 마친 후, 현수는 자신의 방에서 조용히 짐을 정리했다. 조그만 크기의 까만 캐리어에서 나온 짐들은 놀라울 만큼 간소했다.

검은 슈트 두벌과 흰 셔츠들, 그리고 일상복으로 입을 편안한 도복 바지와 검은 티셔츠 몇 개가 전부였다. 무채색뿐인 옷가지 몇 개를 장롱 안쪽에 단정히 정리해둔 현수는 곧바로 몸을 일으켜 집 안 곳곳을 둘러보았다. 이곳에 오기 전에 미리 받아둔 건물의 도면을 펼쳐 들고 집 안팎에 설치된 CCTV들의 상태를 꼼꼼히 확인한 후, 건물 내로 침입 가능한 루트와 만일의 상황을 대비한 탈출 루트를 머릿속에 정리해 넣었다. 마지막으로 출입문과 창문들이 잘 잠겨 있는지 점검을 마친 현수는 방으로 돌아와 가방 속에 들어 있던 서류 파일을 열어보았다.

파일의 표지를 열자마자 가장 처음으로 보이는 것은 조그만 사진이었다. 프린터로 인쇄된 듯한 흐릿한 사진 속에는 밝게 웃고 있는 테아의 모습이 담겨 있었다.

"이 남자인가……."

조금 난감한 얼굴로 현수는 중얼거렸다. 살아가는 동안 언젠가 한 번은 만나게 되리라고는 생각했지만, 그것이 지금일 줄은 현수 역시 상상해본 적이 없었던 탓이었다. 조그맣게 한숨을 쉬며, 현수는 사진 속의 남자를 다시 한 번 찬찬히 살펴보았다. 보기 드물게 잘생긴 남자라는 것은 현수 역시 인정할 수밖에 없었다. 잘생김 이전에 참 예쁘게 생긴 사내였다. 우유라도 부어놓은 것처럼 뽀얀 피부에 선이 고운 이목구비를 가지고 있는 데다가 화보용 메이크업까지 곱게 하고 있으니 웬만한 여자들은 명함도 내밀지 못할 만큼 예쁜 것이 사실이었다. 하지만 현수는 무엇보다 그 점이 마음에 들지 않았다. 적당히 남자답고 평범하게 생긴 남자가 현수의 취향이었다. 이렇게 요기를 뿜어낼 것처럼 화려하고 예쁜 남자가 아니라.

"오빠 같은 소리 하고 있네."

현수는 사진 속 사내의 얼굴을 향해 손가락으로 탁 튕겼다. 첫 만남부터 유치하고도 얄미운 소리만 잔뜩 내뱉고 간 남자였다. 그에게 '오빠'라고 부르던 자신의 모습을 잠시 떠올려보던 현수는 민망함에 얼굴이 화끈해져 오는 것을 느꼈다. 웬만한 일에는 꿈쩍 않는 자신을 민망함에 몸서리치게 만들었다는 점에서, 남자는 이미 대단한 능력을 가지고 있는 건지도 몰랐다.

손가락에 얻어맞고서도 여전히 화사하게 웃고 있는 사진 속 남자를 현수는 한참 동안이나 복잡한 시선으로 바라보았다. 인연이란 참으로 오묘하고도 얄궂은 것이라고 생각하면서.

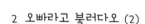

2. 오빠라고 불러다오 (2)

월요일 오후 두 시. 이미 훌쩍 지나가버린 하루의 중간쯤에서 테아는 부스스 눈을 떴다. 암막 커튼이 굳게 내려진 방 안은 아직 캄캄했다. 여기가 어딜까 하고, 테아는 반쯤 잠에 취한 채 생각했다. 테아가 눈을 뜨는 장소는 항상 달랐다. 그중 대부분은 어딘가로 달려가는 밴 안이거나 비행기 안, 그리고 낯모를 타국의 호텔 침대 위였다. 하지만 다행히도 이번엔 집이었다. 오늘은 공연 다음 날이었고, 스케줄이 없는 날이었으며, 참으로 오랜만에 얻게 된 쉬는 날이라는 걸, 테아는 행복한 얼굴로 기억해냈다. 폭신하고 부드러운 베개 위에 볼을 비비며, 테아는 오랜만에 얻은 달콤한 휴식을 다시 한 번 만끽했다. 그리고 잠시 후, 기억 속에서 지워져 있던 또 다른 무언가를 기억해내곤 벌떡 자리에서 일어났다.

맞다, 지리산!

어젯밤 콘서트가 끝난 후, 테아는 지리산에서 올라왔다는 여자를 만났었다. 테아를 버리고 떠나가 버린 경호원 윤옥의 후임. 하나로 곱게 묶은 긴 생머리를 가진 기묘한 인상의 여자. '테아 오빠'라 부르며 새하얀 얼굴을 은은한 붉은빛으로 물들이던 그녀의 얼굴이 선명하게 떠올랐다. 오늘부터 제대로 굴려주겠다고 단단히 벼르며 잠자리에 들었는데, 며칠 동안이나 제대로 먹지도, 자지도 못하며 공연을 준비해온 덕분에 지금 이 시간까지 그대로 곯아떨어져 버렸던 것이다. 아침 일찍부터 커피 심부름을 시키며 골려주려 했는데, 이미 한참이나 늦은 것 같았다.

테아는 침대 옆 협탁에 놓인 인터폰을 들어 윤옥의 방 번호를 눌렀다. 윤옥의 후임이니 아마 그녀의 방을 쓸 거라 예상했는데, 신호가 몇 번이나 울려도 전화를 받는 이는 아무도 없었다. 입술을 삐죽거리며 흥, 하고 불만을 표시한 테아는 얼른 세수와 양치를 한 후 잠옷 차림 그대로 1층으로 향했다. 헐렁한 체크무늬 파자마 위로는 아무것도 입지 않은 편안한 차림새였다. 거실을 청소하고 있던 중년의 가사도우미가 탄탄하게 드러난 테아의 맨몸을 보고는 슬쩍 얼굴을 붉히며 꾸벅 인사를 해왔다.

"식사 준비할까요?"

"좀 이따가. 입맛 별로니까 가볍게 준비해줘요. 아, 나 그거 먹고 싶다. 녹두죽."

"네, 알겠습니다."

"그 여자는?"

가사도우미가 눈치 빠르게 얼른 내민 얼음 띄운 생수 한 잔을 느긋하게 마시며, 테아는 지나가는 듯 심드렁한 어조로 물었다. 그런 여자 따위 오든 가든 알 바 아니라는 듯 한없이 쿨한 목소리였지만, 사실은 귀를 쫑긋대며 대답을 기다리는 중이었다.

"경호원 아가씨요? 아까 아래층으로 내려가던데요."

가사도우미의 조심스런 대답에 테아의 얼굴이 슬쩍 구겨졌다. 아래층인 지하 1층은 테아의 이런저런 작업실이 모여 있는 공간이었다. 연습실도 그곳에 있었고, 개인용 홈 레코딩 장비와 헬스기구들도 죄다 아래층에 있었다. 제 허락도 없이 고용인이 함부로 발을 들일 만한 그런 곳이 아니라는 얘기다. 미간을 찌푸리며 '요것 봐라' 하는 표정을 지은 테아는 마시던 유리컵을 탁, 하고 내려놓은 후 성큼성큼 아래층으로 향했다. 어제 그렇게 자신 있어 하더니 어디 한번 맛 좀 보라지. 여자에게 이곳의 질서에 대해 제대로 알려줘야겠다며, 테아는 아름답지만 심술궂은 얼굴로 싱긋 미소를 지었다. 하지만 이 방 저 방 기웃대던 테아가 마침내 안무 연습실에서 여자를 발견했을 때, 테아는 준비했던 잔소리들을 잔뜩 퍼부어주기는커녕 아무런 말도 하지 못한 채 그 자리에 멍하니 서 있을 수밖에 없었다.

여자는 칼을 들고 있었다. 은빛으로 빛나는 길고 날카로운 진짜 칼이었다. 하지만 테아가 얼어붙은 건 단지 칼이 무서워서만은 아니었다. 사극에나 나올 것 같은 긴 칼을 든 채, 여자는 춤을 추고 있었다. 사실 정확히 말해 춤은 아니었다. 하지만 그것을 춤이 아닌 다른 무엇으로 표현할 수 있을지, 테아는 알지 못했다. 그것이 춤이 아니라면, 그렇게 아름답고 절제된 몸짓에 과연 어떤 이름을 붙여줄 수 있을까.

여자의 은빛 칼날이 둥근 원을 그리며 천천히 허공을 가르는 듯하더니, 손에서 한 바퀴를 휙 돌았다. 가로로, 또 세로로, 은빛의 선이 공기를 가르고, 여자의 몸이 칼을 따라 움직였다. 때로는 한없이 느리게, 때로는 번개처럼 빠르게. 칼과 함께 휘돌아 감아들다 허공중에 뛰어 오르고, 또다시 물처럼 느릿하고 부드럽게 흐르는 그녀의 모습은 인간의 몸이 보여주는 가장 아름다운 몸짓이라는 점에서, 춤이라 불러 마땅한 그 무언가였다.

멍하니 커다랗게 눈을 뜬 채, 테아는 여자의 몸짓에 홀려 있었다. 갑자기 머리에서 선율이 스쳐 지나갔다. 가수이기 이전에 작곡가인 그에게, 참으로 오랜만에 떠오른 강렬한 악상이었다. 테아는 그 자리에 멈춰 서서 눈과 머리에서 동시에 울리는 감각에 온 감각을 집중했다. 지금 느끼는 아름다운 선율이 이 순간이 지나도 흩어져 잊어버리지 않도록. 테아의 머릿속에서 떠돌던 음표들이 질서를 이루며 하나의 음률로 만들어지고 있었다. 이 세상에 단 한 번도 존재해본 적 없는 오롯이 자신만의 음악이었다. 짜릿한 쾌감이 신경세포를 타고 전율처럼 흘렀다. 폭풍처럼 온몸을 감싸는 음악적 영감의 순간에 몸을 맡긴 채, 테아는 홀린듯한 눈빛으로 여자의 움직임만을 바라보았다.

바로 그 순간, 여자의 몸이 멈췄다. 가만히 칼을 든 채 여자는 테아를 바라보고 있었다. 여자와 눈이 마주친 순간, 테아는 몸속의 어딘가가 찌릿하게 울리는 듯한 느낌이 들었다. 머릿속을 떠도는 음악에 취해 극도로 예민해진 그의 신경들이 정체를 알 수 없는 갑작스런 자극에 놀라 바짝 곤두서는 게 느껴졌다. 그것은 마치 푸른 하늘에 갑자기 내리꽂힌 벼락처럼 강렬하고도 이상한 감각이었다. 자신을 바라보는 새까만 그녀의 눈동자가 마치 덮쳐오는 것처럼 강렬하게 다가왔다. 호수처럼 깊은 눈이었다. 존재하는 모든 것을 빨아들이는 블랙홀처럼, 고요하고 담담하게 모든 것을 집어삼키는, 그런 눈이었다.

그의 머릿속에서 맴돌고 있던 음표의 흐름이 한순간 그 자리에서 멈췄다. 그리고 숨이 막힐 듯한 정적이 사방을 가득 메웠다.

여자는 눈도 깜빡거리지 않은 채 그저 가만히 테아를 바라보기만 했다. 무슨 일로 그러느냐고, 그녀의 눈은 조용히 묻고 있었다. 하지만 한편으로는 별일 없으면 방해 말고 어서 꺼지라는 메시지도 함께 전해졌다.

"여기서 꼼짝 말고 기다려. 잠깐 갔다 올 테니까."

테아는 작전상 후퇴를 선택했다. 새카만 눈으로 자신을 바라보는 여자에게서, 그리고 알 수 없는 이 기묘한 감각에서, 우선은 잠시 떨어져 있어야 할 것 같았다. 무엇보다 지금의 테아에겐 시간이 없었다. 머릿속의 음표가 완전히 사라지기 전에 어서 기록해두지 않으면 안 됐다. 테아는 현수를 남겨둔 채 그대로 옆에 있는 작업실로 달려가, 신디사이저의 레코딩 버튼부터 눌렀다. 그러고는 조금 전 머릿속에 떠오른 멜로디를 건반으로 두드리며 허밍으로 음을 잡았다.

우선 머리에 떠오르는 대로 두어 개의 메인 프레이즈를 완성한 테아는 녹음 부분을 해금 버전으로 플레이하며 몇 개의 반주 코드를 덧붙여 보았다. 힙합에 한국적인 음악요소를 더한 작업을 꾸준히 구상 중이었는데, 테마가 될 메인 멜로디로 쓸 수 있는 꽤 괜찮은 악상을 건질 수 있었다. 하지만 뭔가가 부족했다. 나쁘지는 않았지만 말 그대로 나쁘지 않은 수준에 불과했다. 그녀를 보았을 때 느꼈던 그 강렬한 감각에는 턱없이 모자랐다. 테아는 초조해졌다. 신경질적인 동작으로 신디사이저의 건반만 손끝으로 톡톡 두들기고 있었다. 이게 아니었다. 그의 신경을 타오르게 만들던 강렬하고도 고아한 감각은 이런 것이 아니었다. 분명히 조금 더 아름답고, 조금 더 처연했었다. 보는 것만으로도 사람의 폐부를 쥐어짜는, 안타까울 정도로 아름다운 그 무엇이었다.

테아는 다시 한 번 조금 전 보았던 장면을 떠올려 보았다. 은빛으로 흐르는 유려한 칼의 움직임, 그리고 고요히 가라앉은 검은 눈동자. 갑자기 심장이 쿵쿵 뛰었다. 다시 한 번 그것을 보고 싶다는 충동이 격렬하게 솟구쳤다. 테아는 미친 듯이 작업실을 뛰쳐나갔다. 그녀가 보고 싶었다. 은빛으로 빛나던 그녀의 춤을, 그녀의 새카만 눈동자를, 다시 한 번 더 보고 싶었다.

하지만 테아가 부리나케 연습실로 돌아갔을 때, 그녀는 이미 그곳에 없었다. 텅 비어 있는 연습실의 거울에는 멍한 얼굴로 서 있는 반라의 남자만이 비쳐지고 있을 뿐이었다. 그제야 테아는 자신이 잠옷 차림으로 그녀와 마주쳤다는 사실을 깨달았다. 그것도 웃통을 훌떡 깐 채로. 이런 모습으로 훔쳐보던 걸 딱 걸렸으니 그녀가 그런 눈빛으로 쳐다보던 게 이해가 갔다. 설마 변태 같아 보인 건가 싶어서 테아는 눈앞이 아찔해졌다. 집에서는 편하게 벗고 다닐 때가 많고, 굳이 그것을 부끄러워하지 않는 테아였지만, 왠지 이번만큼은 그녀가 어떻게 생각하고 있을지 몹시 신경이 쓰였다.

우선 티셔츠라도 챙겨 입어야겠다고 생각하며 테아는 멋쩍은 얼굴로 1층으로 올라갔다. 그리고 1층 계단 앞에서 머그잔을 들고 내려오던 그녀와 정확히 맞닥뜨리고 말았다.

"아, 저기…… 아까…… 그러니까…….."

뜻밖의 재회에 깜짝 놀라 자신도 모르게 어버버 말을 더듬어버린 테아를, 현수는 그냥 조용히 바라보고만 있었다. 어쩐지 자기 혼자만 얼뜨기가 된 것 같아 울컥 짜증이 난 그는 결국 버럭 소리부터 지르고 말았다.

"너 말이야, 누구 맘대로 남의 연습실을 쓰래?"

그러고는 생각과는 전혀 다른 말을 내뱉어버린 자신을 곧바로 후회했다. 이런 말을 하려던 게 아니었는데.

"아니, 꼭 쓰지 말라는 건 아닌데, 그래도 허락은 받아야 하잖아. 주인은 난데."

한풀 꺾인 목소리로 테아는 서둘러 수습을 해보았다.

"죄송합니다. 미리 허락을 구했어야 했는데, 생각이 짧았습니다."

현수의 사과가 너무 쿨하고 정중해서, 테아는 좀 더 당황하고 말았다. 얼뜨기도 모자라 성격 더러운 악덕 고용주까지 되어버린 기분이었다.

"아니, 내 얘기는…… 써도 괜찮기는 한데, 앞으로 미리 말은 해달라는 거지. 내가 집에 있을 땐 아침에 거기서 운동을 하니까……. 봤지? 옆에 헬스기구 있는 거?"

"네, 알겠습니다. 앞으로는 미리 말씀드리도록 하겠습니다."

별다른 표정 없이 공손하게 대답한 현수는 머그잔을 손에 든 채 조용히 목례를 해 보였다. 더 이상의 볼일이 없으면 가보겠다는 제스처였다. 테아는 괜스레 맘이 급해졌다.

"아까 그거 말이야! 칼 들고 하던 거. 그게 뭐야?"

"해동검도입니다."

"그거…… 진짜 칼이야?"

"네. 진검수련을 하면 아무래도 마음자세가 달라져서, 가능한 한 수련할 땐 진검을 쓰고 있습니다. 신경이 쓰이신다면 윤 실장님께 도검소지허가증 사본을 제출해놓겠습니다. 만일 그래도 마음이 놓이지 않으신다면……."

"아니, 딱히 하지 말란 건 아냐. 해도 괜찮아. 어, 그러니까……당신은 내 경호원이고, 여긴 내 집이니까."

조금 어설픈 변명 같긴 했지만 어쨌든 이유를 둘러대던 테아는 그제야 조금 여유를 되찾았다. '자비로운 고용주의 미소'를 만면에 지으며, 테아는 애써 태연한 얼굴로 그녀를 바라보았다. 조금 전의 당황함을 만회라도 하려는 듯이. 현수는 그런 테아를 향해 담담한 얼굴로 다시 한 번 짧게 목례를 해 보였다.

"이해해주셔서 감사합니다, 테아 오빠."

현수의 입에서 튀어나온 기습공격 같은 말에, 테아의 입에선 푸핫 하고 웃음이 터졌다. 이런 장소, 이런 상황에서 '오빠' 소리를 다시 들을 줄은 생각도 못 했던 거다. 오빠라고 부르라고 하긴 했지만, 진짜로 이렇듯 성실하게 실행할 줄은 몰랐다. 박장대소를 터뜨린 테아 덕분에 현수의 얼굴에 예의 그 빈정 상한 표정이 흘깃 스치는 것 같기도 했지만, 그녀의 입에서 튀어나온 '오빠' 소리는 생각하면 생각할수록 웃겼다.

아마도 현수는 생각보다 훨씬 더 고지식하고 순진한 성격인 것 같았다. 어젯밤만 해도 그렇게 부끄럽고 어색해하더니, 밤사이 '병장님'이나 '실장님'처럼 무미건조하고 딱딱한 어조로 '오빠'를 부를 수 있는 새로운 기술을 연마해온 것 같았다. 참 재미없는 성격인데도, 이상한 데서 귀여운 구석이 있는 여자였다.

"어이, 지리산."

시건방진 테아의 부름에 현수의 미간이 꿈틀하는 것 같기도 했지만, 어쨌든 고분고분한 어조의 대답이 '네' 하고 돌아왔다.

"이름이 정확히 뭐랬지?"

"최현수입니다."

"그래, 최현수. 점심은 먹었어?"

"네."

"근데 어쩌지? 난 아직 아침을 안 먹었어. 그리고 난 혼자 뭐 먹는 거, 아주 싫어해."

현수의 눈썹이 살짝 올라갔다. 딱히 소리 내어 말하진 않아도 무슨 뜻인지는 알 수 있었다. 그래서 어쩌라고? 슬쩍 올라간 그녀의 눈썹은 분명 그렇게 말하고 있었다.

"같이 밥이나 먹자고."

"전 이미 먹었는데요."

"먹기 싫어도 그냥 앞에 앉아 있어."

이해 가지 않는다는 듯 현수의 눈썹이 조금 더 올라갔다. 미세한 움직임이었지만 테아의 눈에는 분명하게 보였다. 한쪽만 미묘히 치켜 올라간 그녀의 가지런한 눈썹에선 '이거 참 웃긴 놈일세.'라는 메시지가 명확히 전해져왔다. 하지만 테아는 그저 뒤돌아서 싱긋 웃을 뿐이었다. 저 무뚝뚝한 여자를 난처하게 만들었다는 사실에 테아는 괜스레 즐거워졌다.

사실 혼자 먹는 걸 좋아하진 않지만, 그보다 더 싫어하는 건 여럿이서 같이 먹는 거였다. 번잡하고 시끄러운 건 딱 질색이었으니까. 매일매일 매 순간 사람에게 치여 사는 테아로서는, 밥 먹을 때만이라도 사람들의 눈길에서 자유롭고 싶다는 게 솔직한 속마음이었다. 그래서 정말 마음 편한 사람이 아니면 누군가와 같이 밥을 먹는 걸 좋아하지 않았다. 하지만 이 여자라면, 괜찮을 것 같았다. 비록 어제 처음 만난 사이지만 왠지 그런 느낌이 들었다. 이 여자와 함께 앉은 식탁이라면 왠지 즐거울 것 같다는 확실한 예감. 잔뜩 괴롭혀서 얼른 쫓아내주겠다는 처음의 결심이 이미 어디론가 사라져버리고 없다는 걸, 테아는 애써 모른 척했다.

식당에는 아까 주문해놓은 녹두죽이 따끈하게 준비되어 있었다. 연예인, 그것도 힙합을 주로 하는 아이돌 가수지만, 사실 테아는 할아버지 입맛을 지닌 정통 한식파였다. 해외공연이 많으니 다양한 국적의 음식들을 먹어야 할 때가 더 많지만, 그래도 가장 좋아하는 건 집에서 먹는 담백한 한식 종류였다. 특히나 녹두죽은 돌아가신 할머니가 자주 끓여 주시던 음식이었다. 충청도 출신인 할머니는 녹두죽이 열을 내리는 데 좋다며, 테아가 아플 때면 꼭 녹두죽을 끓여 주시곤 했다.

"이거 진짜 맛있는데, 정말 안 먹을 거야?"

"네, 다음에 먹겠습니다. 점심을 많이 먹어서요."

"다이어트해?"

"아니요, 그냥 많이 먹으면 몸이 무거워서요."

테아는 식탁 반대편에 단정히 앉아 녹차를 마시고 있는 현수를 흘깃 바라보았다. 170센티미터쯤 되는 키였지만, 호리호리한 체구 탓에 그리 커 보이진 않았다. 짙은 청색의 통이 넓은 검도용 바지에 하얀 반팔 티셔츠를 입은 그녀의 몸은 가느다랗지만 탄탄한 느낌이 들었다.

"밥 먹고 나서, 그거 다시 해봐."

"네?"

"검도 말이야. 아까 그거 보다가 악상이 떠올랐는데, 아직 좀 부족해. 곡을 완성시키려면 좀 더 봐야 할 것 같아."

순순히 고개를 끄덕이는 현수를 보니 왠지 기분이 좋아졌다. 마치 아무도 따르지 않는 야생의 새를 길들이는 것 같은 느낌이었다. 최현수는 학이나 두루미 같은, 그런 종류의 하얗고 늘씬한 새를 닮은 여자였다. 무슨 생각을 하는지 도통 짐작할 수 없는 새까만 눈동자가 특히 그랬다.

"어이, 지리산."

이번엔 대답 없이 새까만 눈동자만 도록도록 따라왔다.

"음식은 뭐 좋아해?"

조금도 궁금하지는 않으나 예의상 물어봐준다는 듯한 시큰둥한 어조로 테아가 툭 질문을 던졌다.

"뭐든 다 잘 먹습니다."

"그중에서도 좋아하는 게 있을 거 아냐. 한식, 중식, 일식, 양식. 그중에 어떤 거?"

"한식을 제일 좋아합니다."

"잘됐네. 나도 한식 좋아하는데."

일부러 현수 쪽은 바라보지 않은 채, 테아는 녹두죽이 담긴 숟가락만 부지런히 움직이며 말을 이었다.

"그러니까…… 앞으론 혼자 먹지 말고 기다려."

테아의 입에서 나온 건 조금 뜻밖의 말이라, 현수는 고개를 갸웃거렸다. 테아는 아무 일도 없는 듯 녹두죽만 먹고 있는 중이었다. 현수의 결정권 따윈 안중에도 없다는 듯 오만한 얼굴이었다. 하지만 '네, 알겠습니다.'라고 현수가 대답하자, 고개 숙인 테아의 입술이 조금 웃고 있는 것 같기도 했다.

어쨌든 테아는 녹두죽 한 그릇을 말끔히 비운 후, 현수를 졸랑졸 랑 뒤에 매단 채 연습실로 다시 내려갔다. 배도 든든히 차고, 기분도 좋았다. 단 한 가지 문제가 있다면, 아직 티셔츠를 입고 올 기회를 얻 지 못해서 여전히 상반신이 맨몸뚱이라는 점뿐이었다. 어릴 때부터 자신의 몸을 남에게 관리 받아왔던 테아로서는 누군가에게 맨몸을 내보이는 게 딱히 어색한 일은 아니었지만, 현수와 단둘이 이런 차 림새로 다니려니 어쩐지 얼굴이 뜨끈해지는 기분이었다. 하지만 이 제 와서 '잠깐 나 옷 좀 입고 올게.' 하고 말하는 것도 이상한 것 같아 서, 테아는 여전히 맨몸뚱이 그대로 돌아다니는 중이었다.

현수가 불편한 기색이라도 보여야 그 핑계로 옷이라도 입고 올 텐데, 정작 현수는 다 큰 사내의 맨몸을 앞에 두고도 별다른 표정의 변화가 없었다. 테아는 문득 부아가 났다. 공연할 때 앞 단추만 풀어 도 여자들이 죄다 자지러지는, 자신이 봐도 사내다운 근육이 예쁘게 잡힌 매력적인 몸이었다. 그런데 이 목석같은 여자는 이런 자신을 바로 눈앞에 두고도, 정녕 아무것도 느껴지지 않는단 말인가.

"아, 집에선 그냥 편하게 다니는데, 혹시 불편하면 갈아입고 올까?"

슬쩍 떠보는 듯한 말투로 테아가 입을 열었다. 하지만 역시나 현수는 그의 속뜻을 전혀 파악하지 못했다.

"입고 계신 의상이 불편해 보이냐는 질문입니까?"

"아니, 당신이 불편하지 않냐고. 눈앞에서 남자가 벗고 있는 거."

"괜찮습니다. 남자 몸엔 익숙합니다."

"뭐?"

"같이 수련하는 사람들이 대부분 남자들이니까요."

테아의 미간이 눈에 띄게 찌푸려졌다. 적당히 기분 좋던 마음이 푹 사그라들고 말았다. 하지만 무엇 때문에 기분이 나쁜지는 테아 스스로도 잘 알 수 없었다. 최현수 주변에 남자가 많다는 것이 싫은 건지, 아니면 자신이 그녀 주변의 평범한 남자 중 하나로 취급받는다는 게 싫은 건지.

"그래? 그럼 내 몸은 어때? 당신이 본 여러 남자들이랑 비교해서?"

은근슬쩍 배에 힘을 주며 테아가 물었다. 우유빛깔 고운 얼굴에 짐승 몸매를 가졌다며, 팬들의 찬사를 한 몸에 받는 테아였다. 이러니저러니 해도 몸에는 자신이 있었다. 하지만 현수의 답변은 그가 생각하던 것과는 전혀 달랐다.

"척추가 안 좋은 것 같네요."

"뭐?"

"평소 허리 뒤쪽이 아프거나 유난히 목 뒤편이 뻐근하지 않으십니까?"

"어, 그렇…… 긴 하지만……."

현수는 아무 말도 없이 불쑥 테아의 팔을 잡았다. 조그맣지만 강단 있는 현수의 손에 붙잡힌 채, 테아는 어리벙벙한 얼굴을 해 보였다. 하지만 왜냐는 질문은 하지 않았다. 아니, 못 했다. 현수가 팔꿈치 바깥쪽의 한 점을 꾸욱 누르자마자, 으아악 커다란 비명이 터져 나왔으니 말이다.

"유상혈에 통증이 심한 걸 보니 허리 쪽이 안 좋은 것 같습니다.

평소에 허리가 아프실 때 이 혈자리를 자극해주면 통증 완화에 도움이 됩니다."

여전히 무뚝뚝한 얼굴로 현수가 말했다. 놀리려는 건지, 걱정하는 건지 짐작할 수 없는 무표정한 얼굴이었다. 하지만 젊은 여자에게 허리가 안 좋다는 지적을 받고도 좋아할 사내는 아무도 없었다. 남자의 허리는 성적인 자신감과도 직결되는 문제였으니까. 그럼에도 실제로 테아의 허리가 고질적으로 아픈 것 역시 사실이었다. 어린 나이부터 격렬한 아이돌 댄스를 춰왔던 테아는 허리와 관절 부위가 이래저래 안 좋았다. 한류스타 아이돌치고 허리가 멀쩡한 사람이 없다고 할 정도로, 아이돌이라면 다들 조금씩은 앓고 있는 직업병이기도 했다. 하지만 맹세하건대, 테아의 성적 능력은 매우 훌륭했다. 어디 가서 밤 기술 달린다는 이야기는 한 번도 들어본 적이 없었다. 그래서 테아는 자신의 허리를 의심하는 현수의 말에, 울컥할 수밖에 없었다. 유상혈인지 뭔지가 진짜 아팠기 때문에, 딱히 부인할 수도 없다는 점이 더욱 짜증스러웠다.

"복횡근이 발달해 있으니 그나마 다행이긴 하지만, 그래도 척추 교정은 받아보는 게 좋을 것 같습니다."

조금의 부끄러움도 없는 얼굴로 테아의 맨몸을 샅샅이 훑어보며, 현수가 무심한 어조로 말했다. 지금의 테아에겐 조금도 고맙게 느껴지지 않는 조언이었다.

하지만 울컥한 테아가 반박을 시도하기 전, 현수가 먼저 입을 열었다.

"아, 그리고…… 질문 하나 해도 됩니까?"

"뭔데?"

현수 스스로 능동적인 질문을 던져온 건 처음이라, 테아는 아직 가시지 않은 짜증을 애써 가라앉히며 최대한 나긋하게 대답했다.

"성이 어떻게 되십니까?"

질문의 의도를 제대로 못 알아들은 테아가 고개를 갸웃해 보이자, '이름은 아는데 성을 몰라서요.' 하고 살짝 난처한 얼굴로 현수가 덧붙였다.

"당신…… 혹시 내 이름 몰라?"

"압니다. 테아 씨라고 들었습니다. 그런데 성은 아직 못 들어서."

"그게 내 이름이야."

이번엔 현수가 갸웃할 차례였다. 한국 사람이면서 성씨가 없는 이름이란 게, 현수에게는 이해할 수 없는 일이었던 것이다. 테아의 이름이 Te-A이며, 그의 이름을 표기할 때는 가운데의 줄표는 물론이고 대문자와 소문자의 미묘한 차이까지 꼭 지켜주어야 한다는 사실을, 현수는 아직까지 모르고 있었다.

"성은 없나요?"

"강씨야."

"그럼 강테아 씨?"

"아니, 그냥 테아야."

뭔가 한마디 하고 싶은 얼굴이었지만, 현수는 가만히 입을 다물었다. 어쨌든 테아는 고용주이고, 그가 그렇다면 그런 거니까. 그런 현수를 가만히 바라보던 테아의 얼굴에 설마 하는 경악의 눈빛이 어렸다.

"당신 말이야. 혹시…… 나 몰라?"

"압니다. 가수 테아 씨."

"아니, 내 말은 이 일 맡기 전엔 어땠냐는 말이야. 나에 대해 알고 있었어?"

현수는 대답하지 않았다. 그제야 테아는 자신의 의심이 진짜였음을 깨달았다. 현수는 모르고 있었던 거다. 최고의 한류 아이돌 스타인 자신을.

"아니, 어떻게 날 모를 수가 있어? 당신은 TV도 안 봐?"

"TV는 별로 좋아하지 않습니다."

물론 테아가 잡다한 예능엔 잘 출연하지 않는 편이기도 했고, 근래는 신곡을 내지 않아 TV 출연이 그리 잦은 편은 아니었다. 하지만 그는 테아였다. 그 이름만으로도 존재감이 되는 15년 차의 특급 아이돌이었단 말이다.

"렉스는? 렉스 몰라? 들어본 적 없어?"

3년 전 해체하긴 했지만 지금도 전설적인 아이돌 그룹으로 손꼽히는 자신의 그룹명을 들이대 보았지만, 현수의 표정은 여전히 멀뚱할 뿐이었다.

"……이름은 들어본 것 같습니다."

"그 렉스의 리더가 바로 나라고."

"아, 그렇군요."

별다른 감흥이 느껴지지 않는 얼굴로 현수가 고개를 끄덕였다. 테아는 답답해서 가슴을 팡팡 치고 싶었다. 지리산에서 왔다더니, 진짜로 전기도 안 들어오는 산간 오지에 살았나 보다. 어떻게 대한민국 국민으로서 렉스를, 그리고 테아를 모를 수가 있단 말인가.

"당신 혹시 음악 안 좋아해?"

"아닙니다. 좋아합니다."

"그럼 평소에 뭘 듣는데?"

"보통은 산조를 듣습니다."

"산조? 그게 누구야? 인디가수야?"

"……가야금 산조나 대금 산조요."

뒤통수를 한 대 맞은 멍한 얼굴로, 테아는 현수를 바라보았다. 어디서 이런 여자가 나왔는지 모르겠다는 얼굴이었다.

"안 되겠어, 당신. 오늘부터 특훈이야."

"네?"

"나에 대해 아무것도 모르면서, 어떻게 내 경호를 맡겠다는 거야?"

테아의 말도 일리가 있다고 느꼈는지, 현수가 진지한 얼굴로 바라보았다. 경호 대상에 대해 모르면서 경호를 한다는 건, 분명히 한계가 있었다.

"그러니까 오늘부터 공부해."

"네?"

"오늘부터 나에 대해 철저히 공부하라고. 내 신상, 내 취향, 내 노래. 다 샅샅이 알아둬."

"알겠습니다."

"그럼 지금 당장 따라와."

"어디로 말입니까?"

"시청각실. 오늘은 가볍게 렉스 1집부터 시작하지."

이렇게 해서, 현수의 검도 연습을 보며 신곡을 작곡하겠다던 테아의 계획은 전면 수정되었다. 떨떠름한 얼굴의 현수를 붙잡고 '시청각실'이라 부르는 개인 감상실로 들어간 테아는 그 후 꼬박 세

시간 동안 렉스 1집 활동에 촬영된 각종 뮤직비디오 및 공연 영상, 인터뷰 등을 감상했다. 테아에겐 몹시 유익하고도 즐거운 시간이었으나, 안타깝게도 현수에겐 그러지 못했다. 마침내 시청각실에서 나왔을 때, 웬만해선 감정이 잘 드러나지 않던 현수의 얼굴이 눈에 띄게 해쓱해져 있었다.

"자, 어때. 들어본 감상이?"

"……좋네요."

"얼굴은 별로 안 좋아 보이는데?"

"……솔직하게 말해도 됩니까?"

"말해봐."

"제 귀엔…… 좀…… 난해합니다."

시끄럽고 정신 산만하다는 말을 최대한 순화시켜서, 겨우 고른 단어였다. 하지만 어릴 때부터 지금까지 멋지다, 잘났다 소리만 듣고 살았던 테아에게, 그녀의 미지근한 반응이 성에 찰 리가 없었다.

"아직 익숙하지 않아서 그래. 지금까지 가야금 산조 같은 것만 들었다며."

"네, 그건 그렇지만……."

"그런 음악적 변방 지대에서만 살았다면 이런 수준 높은 현대음악을 이해할 수 없을 수도 있지. 물론 이해해. 하지만 좀 더 듣다 보면 당신도 분명히 귀가 트일 거야. 그러니까 안심해도 좋아."

"아니, 그런 게 아니라……."

"자, 그런 의미에서 내일은 렉스 2집을 듣도록 하지."

순식간에 현수를 '음악적 미개인'으로 몰아가버린 테아는 제멋대로 결론을 내리며 저 혼자 대화를 마무리 지어버렸다. 불만 어린 얼굴로 이의를 제기하려던 현수는 결국 한숨을 한 번 쉬며 고개를 끄덕이는 걸 택했다. 입 아프게 이 남자와 유치한 논쟁을 계속하느니, 그냥 얌전히 노래나 몇 곡 들어주는 것이 낫겠다고 생각했기 때문이었다.

하지만 현수는 아직까지 모르고 있었다. 렉스가 정규앨범과 싱글 앨범을 합쳐 13집까지 낸 장수 아이돌이었다는 것과, 렉스 해체 이후로도 테아의 솔로 앨범이 3집까지 나왔다는 사실을. 그리고 그 모든 자료가 테아의 시청각실 한쪽 벽면을 꽉꽉 채우고 있다는 안타까운 현실을. 15년 차 아이돌의 위엄이 어떤 것인지를, 현수는 아직까지 모르고 있었던 것이다.

덕분에 테아와 단둘이 하게 될 시청각실 특훈은 앞으로도 쭉 계속될 예정이었다.

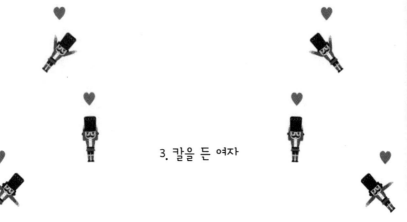

3. 칼을 든 여자

그녀의 움직임은 마치 물과도 같았다.

처음엔 마치 고요한 수면 위로 통통 떨어지는 물방울 같은 잔잔한 파동처럼 보였다. 하지만 그녀의 온몸을 관통하며 흐르는 미세한 움직임들은 점차 동그랗게 퍼지는 호수 위의 파문 같은 유려한 흐름을 만들어냈고, 곧이어 졸졸거리는 시냇물로, 도도하게 흐르는 강물로, 폭풍처럼 휘몰아치는 거대한 바다로 순식간에 자라났다. 눈을 뗄 수 없을 정도로 경이로운 그 움직임들을, 테아는 홀린 듯한 눈빛으로 바라보고 있었다. 그것은 아름답다고밖에는 말할 수 없는 광경이었다.

지금 테아는 현수의 무예연습을 '견학' 하고 있는 중이었다. 현재 시간 오전 7시. 스케줄이 없는 날이면 있는 힘껏 최선을 다해 부족한 잠을 몰아 자던 테아로서는 믿을 수 없을 만큼 이른 기상 시간이었다. 하지만 어찌 된 일인지 오늘은 아침부터 번쩍 눈이 떠졌고, 무언가에 끌리기라도 한 것처럼 이곳 지하 연습실로 찾아왔다. 그리고 다행히도, 그곳엔, 그가 그토록 보고 싶어 하던 장면이 펼쳐지고 있었다. 바로 칼을 들고 춤추는 현수의 모습이었다.

스토커처럼 남의 연습 장면을 훔쳐보고 있는 자신의 모습이 어쩐지 머쓱해진 테아는 이 모든 것이 최고의 악상을 얻기 위한 작곡가로서의 프로 의식 때문인 거라고 스스로에게 변명했다. 실제로 오선 노트를 꺼내 들고 자못 심각한 표정을 짓고 있는 모습은 그가 말한 '프로 작곡가'의 모습과 꽤 비슷한 것 같기도 했다. 하지만 그의 노트는 여태껏 그저 백지뿐이었다. 노트에 뭔가를 적어야 한다는 것도 잊어버린 채, 아까부터 한참 동안이나 현수의 움직임만을 멍하니 바라보고 있었던 것이다.

"작곡은 잘하셨습니까?"

어느덧 정갈한 동작으로 칼집에 칼을 집어넣은 현수가 테아를 향해 다가오고 있었다. 꽤나 격렬하게 몸을 움직였는데도 땀 한 방울 보이지 않는 단정한 모습이었다. 무예를 할 때처럼 절제되고 단정한 발걸음으로 현수는 그를 향해 다가오고 있었다. 화들짝 놀란 테아는 혹시라도 빈 공책을 들킬까 싶어 얼른 오선 노트를 덮었다. 그러곤 '어, 그럭저럭 괜찮게 한 것 같네. 뭐, 이 정도면 꽤 준수해.' 하고 과장될 정도로 호기롭게 대답해주었다. 목소리만 들으면 아주 세기의 작곡가라도 된 듯했다. 하지만 감정을 쉬이 읽어낼 수 없는 현수의 새까만 눈동자가 고요하게 테아를 향하자, 그의 입에선 뜻밖의 말이 튀어나오고 말았다.

"무, 물 마실래? 떠다 줄까?"

자신의 입에서 나온 뜬금없는 제안에 테아는 속으로 가슴을 쳤다. 뭐라도 얘기를 하긴 해야 할 것 같은데 머릿속이 아득해지기라도 한 듯 아무런 말도 떠오르지 않는 바람에, 생각지도 않던 말을 내뱉고 말았던 거다. 도도하고 카리스마 넘치는 고용주의 모습을 보여주어도 모자랄 마당에, 이 무슨 얼뜨기 같은 짓이람.

"마, 마침 나도 목이 말라서. 뭐, 이왕 가는 김에 같이 뜨면 좋잖아."

서둘러 자신의 행동에 대한 이유를 구구절절 설명한 테아는 현수가 대답하기도 전에 얼른 정수기를 향해 달아나듯 몸을 돌렸다. 어쩐지 그녀와 단둘이 마주하고 있는 이 순간이 괜스레 어색했기 때문이었다. 지리산에서 왔다는 이 여자는 참 이상했다. 아무것도 하지 않는데도 이상하게 사람을 당황하게 하는 묘한 재주가 있었다. 산골짜기에서만 사느라 현대사회의 필수 덕목인 사교성 같은 것은 눈곱만큼도 갖추지 못한 저 여자의 별난 성격 때문인 거라고, 절대 비굴하게 저 여자의 눈치 따위를 보는 것은 절대 아니라고, 테아는 저 혼자 변명하는 중이었다.

어쨌든 찰랑거리는 찬물이 넘칠 듯이 담긴 컵을 양손에 들고 조심스레 돌아오는 테아의 모습은 매니저인 정태가 봤다면 뒷목을 잡고 쓰러질 만한 광경이 아닐 수 없었다. 지금껏 게으르고 거만한 고급 품종의 고양이처럼, 정태가 갖다 바치는 것들만 납죽납죽 받아먹던 테아가 아니던가. 그런 그가 누군가를 위해 물을 떠다 준다는 것은 그야말로 기적과도 같은 일이었다. 하지만 정작 당사자인 현수는 자신이 그런 귀한 경험을 하고 있다는 것을 아는지 모르는지, 목례만 짧게 건넨 후 담담히 컵만 건네받을 뿐이었다. 아마도 그녀가 정태였더라면, 테아에게 고용주에 대한 예의와 감사의 바른 자세에 대한 잔소리를 한 바가지는 들었을지도 모른다.

하지만 안타깝게도 지금의 테아에겐 그녀의 불손한 태도에 대해 지적할 만한 여유가 없었다. 물잔을 받아 든 현수는 마치 웃어른 앞에서 마시는 술잔이나 되듯이 약간 고개를 틀어 물을 마시기 시작했는데, 그와 동시에 그녀의 하얗고 긴 목선이 테아의 눈앞에 고스란히 드러났기 때문이었다. 은빛의 장검처럼 유려하게 뻗은 그녀의 흰 목줄기는 깊게 파인 검은 티셔츠 사이로 수줍게 드러난 쇄골의 한가운데까지 이어져 있었는데, 그것은 어쩐지 얼굴이 후끈 붉어질 정도로 색정적인 광경이었다. 유난히 맑고 흰 그녀의 피부 때문일지도 몰랐다. 무엇에라도 홀린 것처럼 멍하니 그녀의 모습을 바라보고 있던 테아는 컵 끝에 아슬아슬 맺혀 있던 물방울이 뚝 하고 떨어져 그녀의 쇄골께에 떨어지는 것을 보고는 저도 모르게 슬며시 고개를 돌리고 말았다. 왠지 모르지만 좀 부끄러워졌던 것이다.

"진짜로 싸워본 적 있어?"

어색해진 분위기를 돌려보기라도 하듯, 테아가 불쑥 말을 걸었다. 어떤 의미의 질문이냐는 듯 현수는 고개를 갸웃거리며 그를 바라보았다.

"지금 한 무술들 말이야. 보기는 좋은데 실제 싸움에선 그다지 쓸 수 있을 것 같지가 않아서. 요즘 시대에 칼 들고 다닐 것도 아니잖아."

"싸우지는 않습니다. 그저 지킬 뿐입니다."

아니나 다를까, 현수에게선 선문답처럼 뜬금없는 대답만 돌아왔다.

"그게 그거 아냐?"

"다릅니다."

"안 싸우고 어떻게 지키는데?"

"궁금하시면 보여드릴까요?"

예로부터 호기심은 고양이를 죽인다고 했던가. 호기심에 고개를 끄덕였던 테아는 바로 다음 순간 자신의 선택을 후회하고 말았다. 들고 있던 컵을 협탁에 내려놓은 현수가 자신 쪽으로 한 걸음 다가온다고 느낀 순간, 테아의 몸은 무슨 마법에라도 걸린 것처럼 순식간에 무릎을 꿇은 채 바닥에 주저앉고 말았던 것이다. 현수가 자신의 왼쪽 어깨를 툭 친다고는 생각했지만 딱히 아프거나 세게 맞은 것도 아니었다. 하지만 정신을 차려보니, 한 바퀴 빙그르르 돌려져 오른쪽 어깨를 제압당한 채로 무릎을 꿇고 있었다. 심지어 다시 일어설 수도 없었다. 현수의 손이 가볍게 어깨 쪽을 누르고 있는 것 같을 뿐인데도, 도무지 몸을 일으킬 수가 없었던 것이다.

"어어, 뭐야, 이거!"

"궁금하다고 하지 않으셨습니까. 싸우지 않고 지키는 방법이요."

현수가 손에 힘을 풀어준 덕분에 간신히 일어선 테아는 믿기지 않는다는 듯한 얼굴로 오른 어깨의 관절을 돌려보았다. 딱히 어딘가가 아픈 것 같지도 않은데, 아직도 팔 전체가 먹먹한 느낌이었다. 무슨 귀신에라도 홀린 것 같은 기분이 들었다.

"어떻게 한 거야?"

"몸의 축을 조금 바꾼 것뿐입니다."

"몸의 축?"

무심코 질문을 던진 테아는 다음 순간 그야말로 심장이 쿵 하고 떨어질 뻔하고 말았다. 어떻게 자신을 쓰러뜨렸을까 싶을 만큼 가느다란 그녀의 손가락이 갑작스럽게 자신의 가슴 정중앙을 향해 불쑥 다가왔기 때문이었다. 양 갈래로 나뉘어진 테아의 가슴과 초콜릿처럼 단단히 조여진 복근이 만나는 바로 그 지점을, 현수의 손가락은 가만히 가리키고 있었다. 테아는 흡, 하고 숨을 들이마신 채 그대로 굳어지고 말았다. 온몸의 신경이 현수의 손가락 끝으로 모여들고 있었다.

하지만 갑작스런 스킨십에 당황한 테아와는 달리, 현수는 실험 재료를 설명해주는 조교처럼 담담한 얼굴로 테아의 몸 한가운데를 가로지르듯 천천히 손가락으로 짚어내릴 뿐이었다. 닿을 듯 말 듯 간질거리며 몸을 지나는 손가락의 느낌에 테아의 뒷목에는 오소소 소름이 돋아나고 있었다.

"이렇게 몸 중앙의 임맥을 따라 흐르는 기운이 하단전에서 중심을 이루기 마련인데, 이런 식으로 어깨 쪽의 견전을 눌러 몸의 중심선을 어그러뜨리면서 축을 뒤틀면 저절로 몸의 균형이 깨지게 마련입니다."

현수는 테아의 몸을 하나하나 짚어가며 조근조근한 목소리로 설명해주었다. 그리고 그녀의 말이 끝나기도 전에 테아의 몸은 다시 한 번 힘없이 휘청거렸다. 현수의 손이 또 한 번 그의 어깨를 짚으며 조금 전의 기술을 다시 걸었던 것이다. 다행히 이번엔 볼썽사납게 무릎까지 꿇지는 않았지만, 갑작스런 횡액에 자존심이 상하는 건 매한가지였다.

"어어, 이런 건 반칙이야. 제대로 준비할 테니까 다시 한 번 해봐!"

조금 부아가 난 테아는 재도전을 외쳤다. 자신보다 머리 하나는 작은 여자에게 손도 못 쓰고 패배했다는 굴욕은 견디기 힘들었기 때문이었다.

"그럼 제대로 공격해보십시오."

"나보고 지금 당신을 때리란 거야? 난 여자랑은 안 싸워."

"아무리 봐도 저랑 싸울 수 있을 수준은 아닌 것 같습니다만."

누가 들어도 자신에 대한 무시가 뚝뚝 떨어지는 현수의 발언에, 테아는 발끈했다.

"아깐 대비를 안 하고 있어서 그런 거지. 무방비하게 있는데 공격한 거잖아. 비겁하게."

"그럼 이번엔 제대로 한번 해보시겠습니까?"

"좋아, 덤벼! 나중에 져놓고 울기 없기다."

"그럼 저를 한번 쳐보십시오."

현수의 입술이 웃는 것처럼 미묘하게 휘어졌다. 어쩐지 비웃는 듯한 그녀의 표정에 슬쩍 부아가 났지만, 자신보다 조그만 여자를 향해 주먹을 휘두르는 것은 심리적으로 쉬운 일이 아니었다. 하지만 힘을 빼고 슬쩍 주먹을 휘두르던 테아는 바로 다음 순간 아까와 똑같은 자세로 벽을 향해 무릎을 꿇고 있었다. 이번에도 오른쪽 어깨를 한 손에 제압당한 채였다.

"아, 잠깐! 타임! 이번 건 연습이었어. 다시 해, 다시!"

간신히 그녀의 손아귀에서 풀려난 테아는 좀 더 전투적인 실전모드로 다시 한 번 덤벼보았다. 하지만 결과는 같았다. 오히려 힘을 준 만큼, 좀 더 아프게 팔이 꺾였을 뿐이었다. 슬프게도 테아는 그녀를 상대로 자신이 이길 수 있는 가능성은 0%라는 걸 깨달았다.

"하하하, 되게 신기하네. 이거."

이 모든 것이 그저 장난이었을 뿐이라는 듯 아하하 웃으며, 테아는 현수의 손에서 간신히 빠져나왔다. 민망함에 얼굴이 벌게져 있긴 했지만, 어쨌든 표정만은 자연스러웠다.

"력으로 움직이는 것이 아니라 경으로 움직이기 때문입니다."

담담한 목소리로 현수가 설명을 시작했다. 그리고 그게 무슨 뜻이냐는 표정으로 바라보는 테아를 향해 부연 설명을 덧붙였다.

"태극권에 보면 뼈와 근육에서 나오는 힘을 력(力)이라 하고, 힘줄에서 나와 기의 지원을 받는 것을 힘을 경(勁)이라고 합니다. 력은 모양이 있지만 경은 모양이 없고, 력은 직선적이지만 경은 둥글게 움직입니다. 그리하여 력은 표피에 머물지만 경은 깊이 침투할 있습니다."

"호오, 그래?"

마치 태극권 사범이나 되는 것처럼 현수는 줄줄 말을 이었다. 그녀를 만난 이래 이처럼 유창하고 길게 말하는 것을 본 건 처음이었다. 제가 좋아하는 분야에 대해서는 눈을 빛내며 말하는 현수는 어쩐지 좀 귀여운 구석이 있다고, 테아는 생각했다.

"아까 그건 뭐야? 임맥?"

조금 전 자신의 몸을 스쳐 가던 그녀의 손길을 기억해내며, 테아는 은근슬쩍 물어보았다. 뭐, 그녀가 다시 한 번 자신의 몸을 만져주기를 바라거나 하는 건 아니고 새로운 분야에 대한 지극히 학술적인 호기심일 뿐이라고, 그는 스스로에게 변명했다.

"임맥은 몸의 앞 중심선에 분포된 기경팔맥(奇經八脈) 중의 하나입니다. 회음에서 시작되어 음부와 배 속을 지나 뺨까지 올라온 후 눈 아래의 승읍혈(承泣血)까지 이어집니다. 임맥에 병이 들면 남자의 경우 산증(疝症)이 나타날 수 있으니 주의해야 합니다."

"산증?"

"과도한 성생활이나 과로로 인해 기혈의 흐름이 정체되어서 간
맥과 임맥이 손상되는 증상입니다. 심해지면 탈장이 일어나거나
고환이나 음낭에 궤양이 일어날 수 있습니다."

뭔가 중간중간 엄청 야한 단어가 지나간 것 같은데, 정작 당사자
인 현수는 눈 하나 깜짝하지 않은 담담한 얼굴 그대로였다. 하지만
테아는 목덜미가 후끈해지는 기분이었다. 생식기 아래 은밀한 곳에
서 시작되어 몸의 중앙을 가로지르는 혈맥이라……. 조금 전 그녀가
만졌던 그곳들이 몸속의 혈을 통해 자신의 깊고 은밀한 어딘가까지
이어져 있다고 생각하니, 괜스레 민망함이 몰려들었다. 순간적으로
그녀의 가늘면서도 강인한 손가락들이 자신의 은밀한 그곳을 부드
럽게 쓰다듬는 얄궂은 영상이 테아의 머릿속을 퍼뜩 스쳤다. 제어할
수도 없이 순식간에 튀어나온 수컷의 본능적 상상력이었다.

"어우, 무슨 여자가 그런 남사스러운 말을 아무렇지도 않게 해?"

"질문하신 것에 대해 대답해 드렸을 뿐입니다만."

대체 뭐가 문제냐는 듯, 현수는 따박따박 말대꾸했다. 그야말로
천진하기 짝이 없는 목소리였다. 결국 테아는 벌게진 얼굴을 감추
기라도 하려는 듯이 훠이훠이 손을 내저었다.

"됐어. 내가 너랑 무슨 말을 하겠냐."

"그러시다면 저는 이만……."

"아니, 아니, 가라는 얘기는 아니고……."

참 말귀를 못 알아먹는 여자라고 구시렁거리며 테아는 현수를
힐끔 바라보았다. 지금이라도 칼같이 뒤돌아설 것 같은 현수의 모
습에 괜스레 마음이 다급해졌다.

"어…… 그러니까…… 아침은 먹었어?"

"아직 먹지 않았습니다. 어제 혼자 먹지 말라고 하셔서."

현수가 자신의 말을 고분고분 잘 들었다는 사실에 테아는 갑자기 기분이 좋아졌다. 누구의 말도 들을 것 같지 않은 새치름한 고양이에게 '기다려'훈련을 성공시킨 그런 기분이랄까.

"착하네. 내일도 먼저 먹지 말고 기다려."

환한 미소를 지으며 테아는 현수의 동그란 머리 위를 장난스레 토닥였다. 이번에는 현수가 멈칫할 차례였다. 지금껏 스물여덟 해를 살아오는 동안, 다 큰 사내에게 '착하네.' 따위의 달착지근한 말을 들어본 경험이 그녀에겐 전무했기 때문이었다. 무엇보다도 불시에 쏟아진 15년 차 아이돌의 미소 공격은 덤덤하기 짝이 없는 현수에게도 상당히 위협적인 것이었다. 눈꼬리를 살풋 접으며 아이처럼 천진하게 웃는 테아의 얼굴은 순간적으로 등 뒤에서 후광이 번득이는 듯한 놀라운 효과를 냈던 것이다. 잘생긴 놈이 예쁘게 웃기까지 하니 더욱 잘생겨 보였다. 더러운 성질머리와는 별개로, 그가 비현실적으로 잘생긴 외모의 소유자라는 것은 현수 역시 인정할 수밖에 없는 절대불변의 사실이었다. 결국 잠시 머쓱해하던 현수는 어정쩡한 얼굴로 얌전히 고개를 끄덕일 수밖에 없었다.

"자, 그럼 가볼까?"

그런 현수를 보며, 테아는 기분 좋게 외쳤다. 강아지랑 산책이라도 떠나는 것처럼 기분 좋아 보이는 목소리였다. 실제로 테아는 고분고분 자신의 뒤를 따라오는 현수를 보며 '이 맛에 애완동물을 키우는 건가'라는, 현수에게 들키면 한 대 얻어맞을 법한 생각을 저 혼자 하는 중이었다. 새 경호원이랑 노는 건 테아가 생각했던 것보다 훨씬 더 즐거운 일이었던 것이다. 현수에게 맥없이 당한 굴욕적인 기억은 애써 기억 너머로 접어넣으며, 테아는 말없이 뒤따르는 현수를 졸랑졸랑 매달고 식당으로 향했다.

아침식사를 끝낸 현수는 아침에 입고 있던 검은 티셔츠와 헐렁한 도복 바지 대신, 지극히 경호원다운 새까만 슈트를 아래위로 차려입고 나타났다. 얼핏 옷자락 사이로 가스총과 무전기까지 보이는 걸 보니, 그야말로 제대로 준비를 하고 나온 모양새였다. 테아는 어쩐지 섭섭한 마음이 들었다. 바늘 틈 하나 들어설 수 없는 그녀의 모습이 왠지 모르게 마음에 들지 않았기 때문이었다. 조금 전함께 밥 먹을 때도 현수는 말없이 조용히 숟가락만 움직일 뿐이었지만, 그래도 그때까지는 말하지 않아도 통하는 훈훈한 정감이 조금은 있었던 것 같았다. 하지만 지금, 먼지 한 톨 없이 새까맣기만 한 경호원 복장을 한 그녀에게선 찬바람이 쉥쉥 부는 듯한 느낌이었다. 목덜미가 깊이 패인 데다가 탄탄한 가슴선까지 은근슬쩍 드러나는 그녀의 검정 티셔츠를 못 봐서 서운한 것도 있었지만, 무엇보다 그녀 혼자만 '공식적인 옷차림'을 하고 있다는 점 자체가 테아는 왠지 싫었다. 부쩍 가까워졌다고 생각했던 현수가 도로 처음처럼 멀찍이 달아나버리는 듯한 느낌이 들었던 것이다.

"편하게 있어도 돼. 윤옥 아줌마도 집에서 있을 땐 그냥 편하게 있었어."

"괜찮습니다. 이게 편합니다."

"그럼 그 선글라스라도 벗어. 내가 답답해서 그래."

이번엔 현수도 순순히 말을 들었다. 흰 얼굴과 대비되는 새카만 선글라스가 벗겨져 나가자, 갸름하게 뻗은 그녀의 눈매가 고스란히 드러났다. 흑단처럼 새카맣기만 한, 그래서 표정을 잘 읽기 힘든 눈빛이긴 했지만, 어쨌든 그녀와 눈을 마주하는 것만으로도 테아는 어쩐지 기분이 좀 나아졌다.

"내일부턴 정신없을 거야. 미리 쉬어둬. 콘서트 다음이라 모처럼 한가한 거지 평소엔 어림도 없어."

"네, 윤 실장님께 일정표를 받아두었습니다."

치프 매니저인 윤 실장에게 건네받은 일정표를 떠올리며 현수는 가볍게 고개를 끄덕였다. 일정표에 적혀진 그의 일정은 과연 사람이 소화할 수 있을까 싶을 정도의 강행군이었다. 아침엔 홍콩이고 밤엔 서울, 다음 날은 미국으로 날아가야 하는 살인적 일정이 빼곡히 들어찬 일정표였다. 전에 파견되었던 우진그룹에서도 하루가 멀다 하고 지방시찰이니 해외출장 같은 스케줄이 있긴 했지만, 이 정도로 살인적인 계획표는 아니었다. 이런 자비 없는 일정표에 맞춰 지금껏 십수 년을 살아오고 있는 테아에 대해, 현수는 문득 안쓰러움이 들었다. 이런 일정표에 맞춰 살아가다 보면 누구나 저절로 저런 더러운 성질머리가 될 수밖에 없겠다며, 그녀는 나름대로 납득 중이었다.

"힘들지는 않으십니까?"

"뭐가?"

"일정표가 좀 무리하게 짜여 있는 것 같아서요."

"당신이 보기에도 그렇지? 나중에 우리 대표님 보면 말 좀 해줘. 생일이랑 크리스마스 같은 날은 좀 쉬게 해달라고. 하핫."

"가끔은 좀 쉬면서 하면 안 됩니까?"

"할 수 없지⋯⋯. 일이니까."

체념한 듯한 얼굴로 테아가 짧게 대답했다. 모두가 부러워할 만한 정상에 있는 남자치고는 그다지 행복해 보이지 않는 얼굴이었다.

"옛날엔 노래하는 게 꿈이었는데, 이제는 일이 돼 있네. 그거 알아? 돈에 꿈을 팔면 일이 된다는 거."

자신을 바라보는 현수의 얼굴이 워낙 진지해서였을까? 테아의 입에선 평소와는 다른 말이 불쑥 튀어나왔다. 평소라면 인터뷰에서나 입에 담을 법한, 꿈이니 인생이니 하는 간질거리는 단어들이 이상하게도 그녀 앞에서는 자연스럽게 느껴졌던 것이다. 생판 남 앞에서 별 웃기는 얘기를 다 했다며, 그는 피식 웃었다. 제가 생각해도 참 실없는 이야기 같아서였다. 하지만 현수는 웃지 않았다. 그녀의 표정은 평소처럼 더할 나위 없이 진지하기만 했다.

"이런 말씀 드리면 좀 주제넘겠지만, 장자의 양생주(養生主)편에 이런 말이 나옵니다. 못가의 꿩은 열 걸음 걸어서 겨우 한 입 쪼아 먹고 백 걸음 걸어서 한 입 마시지만 새장 속에서 길러지길 바라지 않는다. 새장 속에서 잘 먹으면 기력은 왕성하겠지만 즐겁지가 않기 때문이다."

테아는 소리 내서 웃었다. 옛 고사까지 들먹이며 고지식하게 대답하는 현수가 진심으로 웃겨서였다. 원래 남의 고민이란 그저 적당히 안쓰러운 얼굴로 맞장구나 쳐주면 되는 법인데, 이 여자는 아직 그런 '세련된 현대인의 처세술' 따위는 모르는 듯했다. 멋모르던 어린 시절, 용기 내서 가장 가까운 친구에게 고민을 털어놓았다가 다음 날 연예난 메인기사로 대서특필되어본 경험이 있는, 그래서 남들에게는 적당히 그럴듯한 모습만 보이며 살아가는 테아로서는, 고지식하기 짝이 없는 현수의 반응이 신기하기도 하고 웃기기도 했다. 이 여자와 대화하고 있으면 타임머신을 타고 족히 100년은 날아간 것 같았다. 아니면 산꼭대기에서 수행하는 선사님과 대화하는 느낌이든지. 그런데 이상하게도, 나쁘지 않았다. 이런 우스꽝스러운 대화들이.

"그래서 지금, 내가 새장 속에서 살아서 즐겁지 않다고 말하고 싶은 건가?"

"글쎄요. 지금 내가 새장 안에 있는지 밖에 있는지는 마음먹기 나름 아니겠습니까?"

한 마디 한 마디 최선을 다해 대답하는 현수를 보며, 테아는 싱긋 웃었다.

"최현수. 솔직히 말해봐. 당신 친구 없지?"

테아의 뜬금없는 말에, 현수는 멈칫하고 말았다. 사실대로 말하자면, 그의 말에 조금 뜨끔했기 때문이었다. 그녀의 머뭇거림을 눈치 빠르게 읽어낸 태아는 푸핫 하고 웃음을 터뜨렸다. 그런 테아의 웃음에 현수의 입가가 꾹 다물어졌다.

"왜 친구가 없을 것 같다고 생각하십니까?"

"그냥 척 보면 알 것 같아서."

현수의 무던한 얼굴에도 불만스런 기색이 스쳐 지나갔다. 하지만 아장대는 어린아이 시절부터 꾸준히 애어른 같은 면모를 유지하고 있는 현수의 성격 덕분인지, 그녀가 본의 아니게 사람들 사이에서 겉돌며 살아왔던 것도 사실이었다. 자신이 이 시대와는 조금 동떨어진 타입의 사람이라는 걸 현수 자신도 대충 느끼고 있긴 했다. 지금껏 다양한 사람을 만나서 살아오긴 했지만 마음을 나눌 벗이라 부를 만한 이는 아직까지 없었던 것이다.

현수는 불만스레 눈을 내리깔며, 그에게서 쏟아질 비웃음에 대비했다. 하지만 테아의 입에서 나온 것은 그녀의 생각과는 상당히 다른 말이었다.

"내가 해줄까?"

"네?"

"친구 말이야. 내가 당신 친구 해준다고."

일순간 현수의 눈이 동그랗게 떠졌다. 아주 미묘하긴 했지만 그녀의 담담한 얼굴에도 분명히 미세한 표정의 파도가 지나갔다. 어쩌면 그것은 살짝 감동한 얼굴 같아 보이기도 했다. 자신이 생각해도 꽤 멋있는 말을 했다는 자부심에, 테아는 으쓱한 표정을 지었다. 하지만 그녀의 입에서 나온 대답은 테아의 예상과는 좀 다른 것이었다.

"괜찮습니다."

뜻밖의 거부에 테아는 진심으로 당황했다.

"어어, 지금 튕기는 거야? 당신이 뭘 잘 몰라서 그런가 본데, 내가 친구 해주는 게 얼마나 영광스러운 일인 줄 알아?"

"그런 건 아닙니다."

"그럼…… 설마 지금 나랑 친구 하는 게 싫다는 건 아니지?"

"아닙니다. 그저…… 친구란 하는 것이 아니라 되는 것이라고 생각합니다."

또다시 최현수표 선문답이 돌아왔다. '친구를 하는 것'과 '친구가 되는 것' 사이에 대체 무슨 차이점이 있는지, 테아는 도통 이해할 수가 없었다. 그거야말로 엉덩이와 궁둥이의 미묘한 차이점 같은 게 아니냔 말이다. 하지만 최현수는 더할 나위 없이 진지했다.

절대로 타협할 수 없는 진리를 앞에 둔 듯한 강경한 얼굴이었다. 결국 테아는 포기하기로 했다.

"암튼 쓸데없이 복잡하다니까. 그냥 지금부터 친구가 되면 되잖아."

"친구란 그렇게 갑자기 되는 게 아니라 천천히 자연스럽게 되어 가는 거라고 생각합니다."

아무래도 그녀에겐 '최현수와 친구 되기 10단계 코스' 따위의 매뉴얼이라도 있는 듯했다. 진짜 웃기는 짜장 같은 여자라고 생각하면서도 테아는 그녀의 고집에 대충 장단을 맞춰 주었다.

"알았어, 알았어. 그럼 우선은 친구 말고 친구 연습생이라고 쳐. 나중에 정식 친구로 승격될 때 말해주고. 암튼 오늘부터 친구 시작인 거야. 알았어?"

제멋대로 결론을 내린 테아는 예고도 없이 현수의 손을 불쑥 잡았다. 그러고는 그녀의 손바닥을 쫙 펴서 그 위에 자신의 주먹 쥔 손을 콩 하고 찍었다.

"도장 꽝. 계약완료. 오케이?"

멍하니 손바닥을 내민 채 동그란 눈으로 얼어 있는 현수를 보며, 테아는 혼자 속으로 웃었다. 아이돌 연습생도 아니고 친구 연습생이라니, 그야말로 웃기는 일이었다. 운 좋게 어릴 때부터 주목받았던 덕분에 정작 가수 데뷔할 때도 연습생 시절은 거의 없었는데, 고작 최현수 친구 해주려고 팔자에도 없는 연습생 노릇을 하게 생겼으니 말이다. 이런 웃긴 짓을 한 것도 다 이 웃긴 여자 때문이라며, 테아는 싱긋 웃었다.

하지만 현수의 웃긴 짓은 아직 다 끝난 것이 아니었다. 테아 자신이 생각해도 유치하기 짝이 없는 이 놀음에, 웃음기 전혀 없는 진지한 얼굴로 현수가 꾸벅 고개를 숙여 보였기 때문이었다.

"감사합니다."

"뭐가? 친구 연습생에 지원해줘서?"

"네."

정말이지 이번엔 소리 내어 핫핫 웃을 수밖에 없었다. 그녀가 지금껏 왜 친구가 없는지 확실히 알 것 같았다. 하지만 한편으로는 기분이 무척이나 좋았다. 아무래도 자신이 최현수의 유일한 친구가 될 가능성이 매우 높아 보였기 때문이었다. 자신같이 관대한 사람이 아니고서야, 이렇게 까다롭기 짝이 없는 최현수의 친구 자리에 입후보할 사람이 없을 것임에 분명했다. 자신을 친구로 두는 것이 얼마나 감사하고도 영광스러운 일인지 곧 깨닫게 해주겠다고 다짐하며, 테아는 혼자 속으로 웃었다. 도도하고 카리스마 넘치는 고용주의 자태를 보여주겠노라는 오늘 아침의 다짐 따위는 어느새 새까맣게 잊어버린 상태였지만, 어쨌든 기분만은 좋았다.

"실례가 되지 않는다면 감사의 의미로 지압을 좀 해드려도 되겠습니까?"

"응?"

"지난번에도 느꼈는데, 다시 봐도 역시나 허리가 별로 안 좋아 보이셔서……."

"아니라니까. 내 허리 완전 쌩쌩하다고!"

친구가 된 기념으로 감사 지압 이벤트를 열어주겠다는 현수의 뚱딴지같은 제안에, 테아는 벌컥 하고 말았다. 역시나 허리의 기능을 의심받는 건 젊은 남자에겐 모욕과도 같은 일이었기 때문이었다. 하지만 현수는 그런 테아에게 아랑곳하지 않고 그의 앞에 한쪽 무릎을 꿇고 앉았다. 흡사 주군 앞에 무릎 꿇은 기사와도 같은 그녀의 공손한 자태에 테아는 그만 말을 잃고 말았다. 자신의 눈 아래 보이는 현수의 동그란 머리통을 보며 테아가 당황하는 사이, 현수는 능숙한 손길로 소파에 앉은 테아의 왼발을 잡아 올리더니 자신의 무릎 위로 올렸다.

"복사뼈에서 여덟 치 위에 있는 비양이라는 혈인데, 요추의 통증이나 골반 주위의 통증에 무척 좋은 혈자리입니다."

오묘한 자세가 만들어낸 오묘한 분위기에, 테아는 멍하니 고개만 끄덕였다. 그래서 그녀가 '좀 아픕니다.'라고 말할 때도 그게 무슨 뜻인지 제대로 이해하지 못했다. 그 덕분에 테아는 약 3초 후, 으아악 하는 커다란 비명을 내지르는 신세가 되고 말았다.

"으아악, 아프잖아!"

"그래서 아프다고 말씀드렸잖습니까?"

"이건 그냥 아픈 정도가 아니잖아!"

"통증이 있다는 것은 그만큼 몸이 좋지 않다는 증거입니다. 잠시만 참아보십시오. 금방 괜찮아질 겁니다."

'괜찮기는 개뿔!' 하고 테아는 속으로 절규했다. 하지만 현수의 말은 정말이었다. 처음엔 정말 눈물이 쏙 빠질 정도로 아팠지만, 꾹 누르던 손가락이 부드럽게 주변을 마사지하기 시작하자, 어느덧 아픔은 가시고 시원함만이 남았던 것이다.

"허리를 한번 돌려보시겠습니까?"

"어어? 정말이네. 허리가 엄청 시원해."

"괜찮다면 엎드려보십시오. 요양관도 지압해드리겠습니다."

"거긴 또 어딘데? 이번에도 아파?"

"아까처럼 아프진 않을 겁니다. 요양관혈은 허리 중심의 혈인데, 활동할 때 몸에서 가장 많은 힘을 받는 곳이라서 요통 치료에 아주 효과적인 혈자리입니다."

"알았어. 이렇게…… 엎드리면 돼?"

주섬주섬 소파 위에 엎드려 자세를 잡았더니, 허리 아래쪽, 그러니까 척추가 끝나고 골반과 만나는 지점 어딘가에 현수의 손이 와 닿았다. 그리 크지 않은데도 옹골찬 단단함이 느껴지는 손길이었다.

"요양관혈은 무릎 통증이나 좌골 신경통, 양기 불순이나 전립선염에도 효과가 좋습니다."

"아, 진짜 그럼 얘기 좀 아무렇지도 않게 하지 말라고!"

"어떤 얘기 말입니까? 아, 혹시 전립선염 말씀입니까?"

친구는 물론이거니와 남자친구도 없는 것이 확실하다고, 테아는 생각했다. 다 큰 사내 앞에서 전립선 따위의 민망한 단어를 저렇게 자신만만하게 말하다니, 진짜 여성다운 섬세함이라고는 조금도 없는 여자였다. 하지만 왠지 이런 것도 가끔은 나쁘지 않은 것 같았다. 자신이 여자임을 과할 정도로 내세우는 여자들 사이에서 살아오며, 여자들에겐 이미 진력이 난 테아였다. 사내를 유혹하려고 있는 힘껏 페로몬을 내뿜어대는 수많은 '암컷'에 둘러싸이는 것보다는 오히려 이런 담백한 관계가 더 편하고 좋은 것 같다고, 테아는 생각했다. 허리 위로 노곤노곤하게 퍼지는 시원한 손길을 느끼며 테아는 만족스레 눈을 감았다. 이 여자 앞에서라면 그대로 잠들어도 좋을 것 같다고 생각하면서.

하지만 지압이 시작된 지 5분도 되지 않아, 테아는 벌떡 일어나고 말았다.

"아, 그만! 나 잠깐 어디 좀 갔다 올게."

벌떡 일어난 테아를 어리둥절한 눈으로 바라보던 현수는 어쩐지 불편하게 솟아오른 테아의 트레이닝복 앞섶을 바라보곤 이내 납득한 얼굴을 했다.

"아, 괜찮습니다. 원래 요양관과 대장유쪽에 자극을 주면 일부 남자들의 경우 일시적으로 발기 현상이 일어나기도 합니다. 이건 자연스러운 현상이니 걱정하지 않으셔도……."

"아, 진짜! 그런 멀쩡한 얼굴로 그런 말 좀 하지 말라고!"

엉거주춤한 포즈로 바지 허리춤을 붙잡은 테아는 버럭버럭 소리를 지르면서 밖으로 뛰쳐나갔다. 정말이지 섬세함이라고는 눈곱만큼도 없는 여자라며 시뻘게진 얼굴로 구시렁거리면서 그는 밖으로 쌩하니 달아나버렸다. '그건 부끄러운 게 아니라 자연스러운 생리현상인 겁니다.'라는 현수의 진지한 대답이 달아나는 그의 뒤통수를 허망히 뒤따르고 있었지만, 이미 저 멀리 달아난 테아의 귀에는 들리지 않았다.

어딘가 불편한 듯 어기적거리면서도 재빠른 걸음으로 달아나는 테아의 뒷모습을 바라보던 현수는 결국 피식하고 웃음을 터뜨리고 말았다. 그리 크지 않은 조그만 웃음이었지만, 잘 웃지 않는 현수에게는 흔치 않은 웃음이었다. 피식거리는 웃음 끝에 현수의 입술 사이에서는 작은 혼잣말이 튀어나왔다. 아무에게도 들리지 않을 정도의, 아주 작은 목소리였다.

"짜식, 귀엽네."

친구가 되어주겠다며 자신의 손바닥 위에 콩 하고 손도장을 찍던 테아를 떠올리며, 현수는 다시 한 번 피식 웃었다. 스물여덟이나 먹은 커다란 사내가 하는 짓치고는 과하게 유치한 면이 없잖아 있었다. 하지만 해맑게 웃던 따스한 다갈색 눈동자는 분명 진심을 담고 있었다. 진심으로 그는 자신의 친구가 되고 싶어 했었다. 아마 그런 말을 하는 테아 자신도 그동안 진짜 친구가 없었던 것임에 분명했다.

현수는 마디마디 못이 박힌 자신의 손바닥을 물끄러미 바라보았다. 어릴 때부터 검을 잡았던 그녀의 손은 자신이 봐도 투박하고 못생긴 손이었다. 펼쳐진 오른 손바닥 위로, 아직까지도 따뜻한 타인의 체온이 잔향처럼 남아 있는 기분이 들었다. 갑자기 몰려드는 어색하고 부끄러운 마음에, 현수는 도복 바지 위로 제 손바닥을 슥슥 문질렀다. 손에 남은 그의 흔적을 지워버리기라도 하려는 듯이. 하지만 그녀의 손을 꽈악 붙잡던 커다랗고 따스한 손바닥의 감촉은 아무리 해도 잘 지워지지 않았다.

가장 먼저 보인 건 하얀 목덜미였다.

솜털처럼 돋아난 가느다란 머리카락들이 조그맣게 흔들리고 있는, 하얗고 긴 목덜미였다. 투명할 만큼 새하얀 피부결 위로, 하나로 곱게 묶인 새카만 머리 타래가 탐스럽게 드리워져 있었다. 그저 바라보고만 있는데도 심장이 두근거리고 목이 말라왔다. 머릿속이 아득해지고 아랫배가 단단히 당겼다. 테아는 천천히 손을 뻗었다. 그러곤 머리카락과 목덜미가 만나는 부드러운 경계선을, 엄지손가락으로 느릿하게 쓸어내렸다. 하지만 손으로는 부족했다. 새하얀 목덜미에 흡혈귀처럼 이를 박고, 성이 찰 때까지 아득아득 물어뜯고 빨아들여야 했다. 그러지 않으면 타는 갈증 같은 이 허기가 도무지 가라앉지 않을 것 같았다.

숨을 크게 들이쉰 후, 테아는 여자의 목덜미 위로 입술을 눌렀다. 탐스런 과육처럼 속이 꽉 찬 탱글한 질감이 입술 위에 부드럽게 와 닿았다. 길게 혀를 내밀어 느른하게 핥아 올리자, 달큼한 맛이 입안에 퍼졌다. 단전 아래서부터 미칠 듯한 허기가 솟아올랐다. 하지만 있는 힘을 다해 목덜미를 빨아올리려던 그 순간, 그녀가 뒤를 돌아보았다. 그가 익히 알고 있는 여자였다. 지리산. 바로 그녀였다. 표정 없는 새카만 눈동자로, 꿈속의 현수가 싸늘하게 일갈했다.

"꺼져. 잘라버리기 전에!"

그녀가 자르려는 것이 무엇인지 말하지 않아도 바로 알 수 있었다. 벌써부터 가랑이 사이가 선득했다. 깜짝 놀라서 뒷걸음질 치기도 전에 은빛의 빛줄기가 허공을 갈랐다. 으아악 비명을 지르며, 테아는 번쩍 잠에서 깼다.

"뭐, 뭐야, 이거!"

개꿈이었다.

테아는 커튼을 열었다. 아직 푸른 새벽빛이 채 물러가기도 전인 이른 아침이었다. 하지만 상쾌한 아침이라고 하기엔, 테아의 상태가 썩 좋지 못했다. 팬티 아래가 산처럼 솟아올라 있었기 때문이었다. 물론 건강한 남자라면 당연한 아침 현상이긴 하지만, 오늘 아침은 정도가 좀 많이 심했다. 꿈속의 현수가 칼을 휘두르지 않았더라면, 아마 질펀하니 몽정을 했을지도 모른다. 사내 나이 스물여덟에, 그것도 여자 아쉬워본 적 없는 톱 아이돌인 자신이 몰래 숨어서 팬티를 빨고 있을 뻔했다고 생각하니 눈앞이 아찔했다.

테아는 곰곰이 자아성찰의 시간을 가져보았다. 자신은 그 여자가 마음에 들었나? 섹시하다고 생각하고 있었나? 이런 꿈을 꿀 만큼 그녀가 매력적이었나? 대답은 '아니요'였다. 어제까지만 해도 테아는 남녀 간의 끈적함 따위는 완전히 배제된 현수와의 담백한 관계가 참 마음에 든다고 생각했었다. 자신을 남자로 바라보지 않는 현수의 시선이 무엇보다도 좋았고, 그녀라면 성별을 초월한 좋은 친구가 될 수 있을 것 같다는 희망도 품었다. 친구 연습생이라는 우스꽝스러운 직책을 선뜻 받아들인 것은 그러한 이유 때문이었다. 그러나 자신도 자각하지 못하는 무의식 깊은 곳의 본능은 결코 그 결론을 받아들이지 못했나 보다. 이런 개꿈을 통해서라도 자신의 의견을 강하게 어필하는 것을 보니.

　하지만 설령 자신의 내면에 제어할 수 없는 수컷의 리비도가 들끓고 있다고 할지라도, 이런 식의 발정은 이해할 수 없는 일이었다. 물론 현수는 퍽 예쁜 편에 속하긴 했지만, 예쁜 여자들이 길바닥의 돌멩이처럼 굴러다니는 연예계에서 십수 년을 살아온 테아였다. 그녀보다 더 예쁘고 더 섹시한 여자들이 주변에 널리고도 널렸다. 하지만 이런 식으로 그의 꿈을 찾아온 여자는 그녀가 처음이었다. 꿈속까지 그녀가 나타날 줄은 정말이지 상상도 못했던 일이었다. 도대체 왜! 테아는 이해할 수 없는 자신의 무의식을 향해 울부짖으며 머리끝까지 이불을 뒤집어썼다. 분명히 요양관인지 뭔지 하는 그 망할 놈의 혈자리가 문제인 것이 틀림없었다. 그렇지 않고서는 절대 이런 일은 있을 수 없었다.

　"형님, 테아 형님."

테아가 다시 눈을 뜬 건 로드매니저인 정태가 조심스럽게 자신의 몸을 흔들고 있을 무렵이었다. 새벽에 한 번 깼다가 다시 자서 그런지, 평소보다 더 피곤한 기분이었다.

"오늘 한순 화장품 CF 촬영이 있지 말입니다."

"정태야."

"네, 형님."

"커튼 네가 열었냐?"

"아니요, 제가 왔을 때부터 열려 있었는데요."

이런 젠장. 역시나 꿈이 아니었다. 혹시나 새벽녘의 모든 일이 전부 다 꿈인 건 아닐까 싶었는데, 일어나서 커튼을 연 이후부터는 분명히 현실이었나 보다. 최현수가 테아의 꿈에 나왔고, 그가 그녀에게 발정한 것은 안타깝게도 꿈이 아니었다. 명백한 사실이었다. 환히 열려진 커튼이 이를 증명해주고 있었다. 밀어닥치는 자괴감에 테아는 벅벅 머리를 긁었다.

"지금 몇 시냐?"

"아홉 십니다, 형님. 열한 시 촬영이니 지금부터 얼른 서두르셔야 하지 말입니다."

이 바쁜 시기에 이틀이나 몽땅 쉬었으니 오늘부터는 제대로 뺑뺑이를 돌아야 했다. 테아는 어수선한 맘과 몸을 추스르며 자리에서 일어났다. 어쨌든 테아는 프로였고, 이제부터는 일해야 할 시간이었다. 설령 본인이 이해할 수 없는 개꿈을 꾸고, 본성과 이성과의 괴리에 대해 깊은 고민 중이긴 했지만, 지금 중요한 것은 그런 것이 아니었다. 그에게는 지금부터 해결해야 할 산더미 같은 일정표가 남아 있었다.

간단히 외출 준비를 하고 아래층으로 내려갔더니 소파 위에 단정히 앉아 있던 현수가 테아를 보고는 자리에서 일어났다. 하지만 테아에게는 오늘 아침 가장 만나고 싶지 않은 사람 1순위였다. 하나로 묶어 올린 그녀의 목덜미가 확대경으로 보는 것처럼 화악 눈에 들어오는 바람에, 테아는 서둘러 다른 곳으로 시선을 돌렸다. 일부러 본체만체 그녀를 지나치며, 테아는 빠르게 식당으로 향했다.

"오늘 스케줄이 어떻게 돼?"

"화장품 CF 촬영이 끝난 뒤 삼성동에서 뮤직유토와 인터뷰가 있고, 저녁엔 샤론의 새 브랜드 론칭쇼가 잡혀 있습니다. 행사 끝나고 론칭 파티까지 참석하셔야 하구요."

"아, 시끄러운 건 귀찮은데."

이젠 노는 것도 귀찮은 나이가 되었나 보다. 파티 뒤풀이에서 벌어지곤 하는 이런저런 은밀하고도 방탕한 모습들을 떠올리며, 테아는 미간을 가볍게 찌푸렸다. 연예계에 막 발을 내딛던 10대 때는 TV에서 보던 유명인들과 함께 같은 공기를 마시는 것만으로도 기쁘고 벅차기도 했지만 이제 그것도 다 옛말이었다. 그들 모두가 밥 먹고 똥 싸는 그냥 사람이란 걸, 그리고 개중에는 일반인보다 훨씬 더 질이 낮은 쓰레기들이 섞여 있다는 걸 이제는 너무도 잘 알고 있기 때문이었다. 물론 테아 역시 한때는 그 쓰레기들 중 일원에 속한 적도 있었다. 테아의 친구들 중에는 아직도 그러고 노는 놈들도 많았고. 하지만 쓰레기처럼 노는 것도 상당한 체력을 요하는 일이다. 나이가 들면 힘들었다. 이제 그도 조금 있으면 서른이었고, 그쯤이면 정신 차리고 몸 사려가며 놀아야 할 때였다. 무엇보다도 이젠 귀찮았다. 시끄럽고 번잡한 모든 것이.

정태가 차를 빼러 주차장으로 가고 나자, 진짜로 현수와 단둘만 남게 되었다. 오늘 새벽의 일도 있고 해서 어쩐지 평소보다 훨씬 더 뻘쭘한 기분이 들었다. 테아는 말없이 뒤따라오던 현수를 흘낏 곁눈질로 바라보았다. 꽤 더운 날인데도 여전히 까만 슈트를 아래위로 단정하게 입고 있었다. 선글라스에 경호용 이어마이크까지 장착한 꽤 그럴듯한 경호원의 모습이었다. 그녀가 끼고 있는 이어마이크는 그녀를 파견한 경호업체인 투캅과 연결되어 있을 터였다. 평소에는 현수 혼자서 1인 경호를 하지만, 공연이나 특별한 일이 있는 날엔 본사인 투캅에서 추가 인원을 파견하여 경호를 담당하고 있었다. 경호계에선 비교적 신생업체였지만, 깔끔한 일처리가 마음에 들어 꽤 오랫동안 계약을 맺고 있는 업체였다.

"안 더워?"

"괜찮습니다."

"그럼 됐고."

모처럼 시작한 대화는 그거로 끝이 났다. 속이 타는 건 테아 혼자였다. 분명 어제 부쩍 친해졌다고 생각했는데, 업무모드로 만난 현수는 그야말로 찬바람이 쌩쌩 불었다. 가는 정이 있으면 오는 정도 있는 법이라고, 이쪽에서 안부를 물어줬으면 저쪽에서도 뭔가 인간적인 대꾸가 있어줘야 하는 거 아니냐고, 테아는 혼자 속으로 구시렁거렸다. 그렇게 서로 주고받으면서 대화가 이어지는 거고, 그러다 보면 서로 정도 쌓이고 그러는 건데, 최현수한텐 도통 그런 게 없었다. 평소에도 속을 알 수 없는 새까만 눈동자마저 선글라스 안으로 감춰져 있어서, 도무지 인간미라고는 눈곱만큼도 느껴지지가 않았다. 진짜로 재미없는 여자였다. 그러니까 친구가 없지.

친구 연습생한테도 이렇게 차가우니 어떻게 진짜 친구를 만들 수 있겠느냐 말이다. 자기 혼자서 공적인 업무모드로 쌩하니 달아나 버린 현수를 향해, 테아는 불평을 쏟아놓았다.

그런데 웃기는 건, 그렇게 재미없는 여자 주제에 어린애처럼 달콤한 냄새를 풍기고 있다는 점이었다. 우유냄새 같기도 하고 꽃향기 같기도 한 미묘한 향기가 아까부터 간질간질 코끝을 간질이고 있었다. 잔뜩 신경을 곤두세워야 맡을 수 있는 아주 옅은 향이긴 했지만, 한번 신경 쓰이기 시작하니 점점 더 강하게 느껴지는 것 같았다. 웬만하면 가만히 있으려고 했는데, 도저히 신경이 쓰여서 참을 수가 없었다.

"혹시 향수 뿌렸어?"

"아니요."

"냄새 나는데."

현수는 팔을 들어서 킁킁 냄새를 맡았다.

"글쎄요. 로션 냄새 아닐까요?"

"당신 혹시…… 그거 써? 베이비로션? 분홍색 통에 든 거?"

"네. 혹시 향이 거슬리신다면 바꾸겠습니다."

"아니, 그건 아닌데……. 그냥 베이비로션 쓰는 여잔 처음 봐서."

"싸서요."

"아……."

이번에도 단답형으로 똑 떨어지는 현수의 답변에 테아는 할 말을 잃었다. 피부 관리에만 수천만 원을 쏟아붓는 연예계에 살고 있는 테아에겐, 뭐라 말할 수 없는 문화충격이었다. 테아의 주변 여자들치고 피부 관리실에 한 재산 갖다 바치지 않은 사람은 찾아보기 힘들었다. 테아 역시 최고급 피부 관리실을 주기적으로 방문하고 있었고. 그러나 정작 베이비로션만 바른다는 현수의 피부가 그녀들보다 더 좋아 보인다는 게 문제였다. 억지로 인공적인 영양분을 집어넣어 번들거리는 피부와는 달리, 청량한 느낌이 드는 깨끗한 피부였다. 또다시 그녀의 흰 목덜미가 환영처럼 떠올랐다. 부드럽게 빛나는 보얀 살결과 탐스럽게 늘어진 새카만 머리 타래. 머릿속에서 뭉게뭉게 피어오르려는 어젯밤 꿈의 잔상을, 테아는 황급히 휘이휘이 쫓아냈다.

하지만 한번 신경 쓰이기 시작한 건, 시간이 갈수록 점점 더 신경이 쓰이기 마련인 법이다. 달콤한 베이비로션의 향기가 밀폐된 밴 안을 계속 떠돌고 있었다. 현수의 체취와 뒤섞인 그것은 알아채지 못할 만큼 미세한 향기였지만, 한번 의식하기 시작하니 계속해서 그것만 의식이 되었다.

"정태야, 창문 좀 열어라."

"에어컨 켰는데요 형님. 창문 열면 더우실 텐데."

"오늘은 좀 답답하네."

"그럼 도로로 들어간 다음에 열겠습니다. 오늘도 사택이 붙어서요."

"그냥 지금 열어. 찍어봐야 별것도 없는데."

조금 불만 어린 표정이긴 했지만, 정태는 말없이 창문을 내렸다. 따라오던 택시 한 대가 바짝 따라붙었다. 속칭 '사택'이라 불리는 사생택시였다. 스타를 따라다니기 위해 택시를 계약해서 온종일 뒤를 쫓는 거다. 그의 뒤를 쫓는 택시 안에 탄 것은 서른 살쯤 되어 보이는 젊은 여자 둘이었다. 테아도 대충 얼굴을 아는 여자들이었다. 하루 2, 30만 원의 사생택시를 이렇게 자주 타고 출몰하는 걸 보면 꽤 있는 집 따님들일지도 몰랐다. 테아가 창문을 연 것을 보고는 택시 안의 여자들이 눈에 띄게 수런거렸다. 택시 창문 틈 사이로 대포처럼 커다란 카메라가 삐죽 솟아올랐다. 아마도 지금쯤 인터넷에는 그녀들이 찍어 올리는 테아의 사진들이 실시간으로 업로드되고 있을지도 몰랐다.

"형님, 위험할 것 같은데요. 아무래도 창문을 닫으시는 게……."

아무래도 사택을 끌고 다니면 사고의 위험이 높아진다. 테아의 사진을 찍기 위해서는 어떤 위험도 불사하는 이들이다. 일부 악질적인 사택들은 일부러 사고를 내기도 한다. 멀리서만 지켜보던 스타와 대화할 기회를 얻게 된다면 무슨 짓이라도 할 수 있는 게 그녀들이었다. 비록 그것이 쌍욕일지라도 대화는 대화인 거니까.

"최현수, 쟤네 잘 봐둬. 사생 중에서도 유명한 애들이야. 무슨 짓할지 모르는 애들이니까 지금부터 신경 써서 살펴봐."

"네."

결국 테아는 창문을 도로 닫았다. 여자들이 탄 택시의 움직임이 점점 심상치 않아졌기 때문이었다. 바람 한번 쐬려다가 괜한 사고를 당하는 건 사양이었다. 밀폐된 밴 안에 또다시 달콤한 향기가 차올랐다. 지워도 지워지지 않는 최현수의 향기였다.

"어머, 어머, 이게 누구야! 정말 오랜만이네, 테아 씨."

"오랜만은 무슨 오랜만이에요. 며칠 전에도 봤잖아요."

"어우, 벌써 일주일도 넘었어. 공연한다고 자기 계속 바빴잖아."

디자이너 루나 최는 테아를 보자마자 호들갑스럽게 반가움을 표했다. 190에 육박하는 거구의 사내였지만 반갑다며 동동거리는 모습은 소녀처럼 해맑았다. 이런 모습 때문에 여성스러운 성격으로 오인받긴 하지만, 사실 루나는 해병대 출신의 상남자였다. 겉으로 보이는 소녀 같은 모습들이 사실은 비즈니스를 위한 접객모드일 뿐이란 걸, 테아도 3년 전에야 겨우 알았다. 부티크로 난입한 취객을 루나가 단숨에 제압하는 모습을 우연히 목격하게 된 다음이었다.

"어머, 이쪽 언니는 누구? 연습생?"

"아니요, 제 경호원이에요."

"어머, 어머. 경호원만 하기엔 너무 아깝다. 마스크도 예쁘고, 몸매도 너무 좋은데 이런 멋없는 까만 양복이라니. 어우, 나 이런 거 보면 막 화날라 그래. 이런 건 정말 재능낭비야."

"쓸데없는 소리 말고, 옷이나 골라줘요. 오늘 저녁에 론칭 파티 있어서. 패션업계에서 다 모이는 자리니까 잘 입고 가야지."

"테아 씨가 언젠 못 입고 다닌 적 있었나. 대한민국 패션 아이콘이 무슨 이런 약한 소리야. 샤론 파티라 그랬지? 이리로 와봐. 내가 테아 씨 주려고 미리 골라놨지. 희주 씨, 나 그것 좀 갖다 줘."

루나의 말이 끝나자마자 테아의 스타일리스트 희주가 신줏단지처럼 소중히 챙겨 들고 있던 의상을 들고 나왔다. 자신의 체온으로 덥혀진 옷들이 테아의 몸에 입혀질 생각에, 벌써부터 목 아래가 발그레 달아오른 중이었다.

루나가 골라두었다는 옷은 샤론의 이번 SS시즌 재킷들이었다. 금속성의 광택이 나는 화려한 원색의 컬러가 이번 시즌의 포인트였다. 일상에서 소화하기에 쉬운 디자인은 아니었지만, 샤론의 옷이 비싼 이유 중 하나가 바로 그런 점이었다. 아무나 입을 수 없는 옷이라는 점. 그중에서도 루나가 고른 건 검정 바탕에 황금빛 별무늬가 자수로 박힌 화려한 디자인의 재킷이었다. 검은 가죽바지와 매치하면 깔끔하고 고급스러운 느낌이 날 것 같았다. 하지만 이미 출시된 옷들을 남들과 똑같이 입는 건 테아의 취향이 아니었다.

"너무 평범한데?"

"그래서 준비한 게 있지. 짜잔!"

루나가 열어 보인 벨벳케이스 안에는 화려한 금빛 별무늬가 반짝이고 있었다. 정교하게 장식된 별과 사슬 장식이 귓바퀴부터 귓불까지 감싸며 몇 겹으로 늘어지도록 디자인된 화려하고도 독특한 모양의 귀걸이였다.

"예쁘지? 뎀버에서 나온 한정판 신상이야. 나도 엄청 어렵게 구했다구."

"뭐, 괜찮긴 하네."

"어머, 이건 괜찮은 정도가 아니지. 이런 건 어엄청 멋진 거라고 해줘야지. 여기에 디트로이트진이랑 매치해서 살짝 빈티지한 느낌을 주면 깔끔하면서도 독특해 보이지 않을까? 이런 스카프 같은 걸로 포인트를 더해도 괜찮고."

루나와 오래 일해서 좋은 건 바로 이런 점이었다. 테아의 취향을 정확히 알고, 그것을 실현시켜줄 수 있는 센스와 수완을 함께 갖추고 있는 것. 테아는 루나를 향해 빙긋 웃으며 엄지손가락을 들어 보였다.

"호호호, 테아 씨 맘에 꼭 들 줄 알았어. 스카프 센스 너무 괜찮지? 우리 희주 씨가 고른 거야."

뜻하지 않게 자신에게 테아의 시선이 쏠리자 희주의 얼굴이 새빨갛게 달아올랐다. 그러곤 꾸중받으러 교무실에 온 여고생처럼 푸욱 고개를 숙였다. 어린애처럼 순진한 그녀의 모습에 테아의 입가에도 피식 미소가 어렸다.

"괜찮네. 잘 골랐어."

결국 희주의 얼굴은 한여름의 토마토처럼 새빨개지고 말았다. 테아의 발소리가 멀어진 다음에야 겨우 고개를 빼꼼 든 희주는 자신이 골라준 스카프를 매고 뚜벅뚜벅 걸어 나가는 테아의 뒷모습만 홀린 듯 바라보았다. 스카프를 두 개 산 건 정말 잘한 일이라고 생각하면서. 일개 월급쟁이 스타일리스트가 사기에는 부담스러울 만큼 비싼 금액이긴 했지만, 그래도 테아와 똑같은 스카프를 맬 수 있다는 사실만으로도 그녀는 충분히 행복했다. 옷장에 고이 걸려 있을 자신의 스카프를 생각하며, 희주는 누구보다도 행복한 미소를 지었다.

"어떤 것 같아?"

피팅룸에서 나와 이리저리 거울을 훑어보며, 테아가 현수에게 물었다. 자신이 봐도 꽤 멋들어진 모습인 것 같아 보였기 때문이었다. 하지만 갑작스런 질문을 받은 현수는 잠시 침묵에 빠졌다.

"……솔직히 말해도 됩니까?"

"아니, 말하지 마."

굳이 대답을 듣지 않아도 알 것 같았다. 과도하게 화려한 샤론의 패션도, 그보다 더 화려한 뎀버의 장신구도, 이 보수적인 여자 취향에는 도무지 맞지 않으리라는 것을.

"……그냥 무난한 옷이 취향이어서요."

급격히 시무룩해진 테아를 위해, 현수가 최선을 다한 변명을 덧붙여주었다. 하지만 테아에겐 크게 위로가 되지 못했다. 21세기에 가야금 산조를 듣는 여자에게 패션을 기대한 자신이 가장 큰 잘못이라며, 테아는 속으로 투덜거렸다.

"그럼 당신 눈엔 뭐가 제일 괜찮아 보이는데?"

"글쎄요. 이런 쪽 안목은 별로라서요."

"그래도 개중에서 괜찮아 보이는 걸로 하나 고른다면?"

"……그럼, 저거?"

현수의 손끝이 가리킨 곳에는 그녀가 입은 것과 비슷해 보이는 검정색 일색의 재킷이 걸려 있었다. 혹시나 했는데 역시나였다. 그녀의 패션 안목은 그녀의 성격만큼이나 고리타분했다. 그럼에도 불구하고 테아는 점원을 향해 '저것도.' 하고 말했다. 이번에는 루나가 놀랄 차례였다.

"사게? 저걸?"

"그러려구요."

"입고 나가면 다들 놀랄걸? 테아 씨답지 않은 패션이잖아."

"장례식에 입고 가면 좋을 것 같아서요."

"어머, 누구 돌아가셨어?"

"아뇨. 그냥 만약이란 게 있으니까. 인생이란 원래 미리미리 대비해두는 거죠."

"어머, 테아 씨 웃긴다. 자기 오늘 좀 이상한 거 알아?"

그야말로 충동구매였다. 아무런 개성도 없이 무미건조한 검정 재킷을 산 건. 패션이란 자신을 표현하는 또 다른 수단이라고 굳게 믿고 있는 테아였다. 남들과 비슷한 천편일률적인 옷을 입는 건 테아의 취향이 결코 아니었다. 하지만 그 순간만큼은, 왠지 모르게 저 고리타분한 여자가 고른, 저 고리타분한 옷을 사고 싶어졌다. 그냥 자신도 모르게 그런 마음이 불쑥 들었다. 뭐, 어때, 옷 한 벌쯤. 돈이라면 썩어 넘치게 많은데, 하고 테아는 혼자 생각했다. 하지만 점원이 옷걸이에서 재킷을 꺼내 계산대로 가는 것을 가만히 지켜보던 테아는 또다시 충동적으로 불쑥 말을 꺼냈다. 자신의 뒤를 조용히 따르고 있던 현수를 향해서였다.

"혹시 맘에 드는 옷 있어?"

"강테아 씨께 어울릴 만한 옷 말씀이십니까?"

"아니. 당신 거."

"네?"

"하나 사 주게."

"왜요?"

현수의 질문에 테아는 말문이 턱 막혔다. 왜 갑자기 그런 제안을 했는지 자신도 잘 알지 못했기 때문이었다.

"그냥. 패션이 후져서."

제어할 틈도 없이 불쑥 튀어나온 대답에, 테아는 자신의 입을 때려주고 싶은 충동에 휩싸였다. 이 여자랑 같이 있으면 왜 이렇게 마음에도 없는 심술궂은 말만 튀어나오는지 모르겠다. 현수의 눈매가 슬쩍 가늘어졌다. 이제는 그 표정이 무엇을 말하는지 알 수 있었다. 저건 분명히 최현수 특유의 빈정 상한 표정이었다.

"제 생각에는…… 사돈 남말 같은데요."

그리고 난생처음으로 테아는 누군가에게 패션으로 디스를 당했다. 그것도 패션센스라고는 눈곱만큼도 없는 검정색 성애자에게.

"전 괜찮습니다. 나중에 여자친구한테나 사주시죠. 그럼 다 고르신 것 같은데, 그만 이동하도록 할까요?"

하염없이 쿨한 목소리로 현수가 말했다. 그리고 테아는 단단히 맘이 상했다. 자신이 모처럼 베푼 호의가 모래밭에 떨어진 물 한 방울처럼 허무하게 사라져버린 것 같은 기분이었다.

사실 테아가 알고 있는 보통의 여자들이라면 이런 가게의 문을 들어서면서부터 화색이 돌기 마련이었다. 아름다운 옷과 명품이란 명성, 그리고 눈이 튀어나올 것 같은 가격. 이 삼박자가 합쳐져 만들어지는 별세계는 여자들의 마음을 현혹시키기에 충분한 마법의 장소였다. 이곳에 데려와 몇 벌의 옷을 사주는 것만으로도 꼬리 치는 애완견처럼 들러붙을 여자들이 부지기수였다.

하지만 아무래도 현수에게는 씨알도 먹히지 않는 것 같았다. 단지 싸다는 이유만으로 베이비로션을 선호한다는 이 여자는 줄줄이 걸린 명품 옷들에 조금의 눈길도 내주지 않았다. 그저 흐르는 바람처럼 무심한 얼굴로, 테아만 바라보고 있을 뿐이었다. 테아에게 현수는 참 어려운 여자였다. 무엇을 해주면 좋아할지 도통 감도 잡히지 않는, 손대기도 난감한 어려운 수학문제 같은 여자였다. 어쩐지 들어올 때보다 조금 더 가라앉은 기분으로, 테아는 부티크 문을 나섰다.

두 번째 장소인 스튜디오 촬영장에 도착했을 때, 테아의 기분은 한층 더 가라앉아 있었다. 굶주린 듯한 눈빛으로 현수를 아래위로 훑어 내리는 사내의 시선 때문이었다.

"와우, 누구? 연습생?"

"아니요, 제 경호원인데요."

잘나가는 사진작가이자 감독인 김영민은 이 바닥에서 손버릇이 나쁘기로도 유명했다. 하지만 그는 자신의 난잡한 취향만큼이나 강렬한 사진을 찍어내는 능력을 지니고 있었고, 덕분에 무시할 수 없는 실력자로 각광받고 있었다. 싫은 사람은 딱 잘라 싫다고 말하는 테아였지만, 그로서도 함부로 대할 수 없는 몇 안 되는 인물 중 하나였다.

"혹시 연예인 관심 없어요? 혹시 이쪽 일 관심 있으면 내가 도와줄 수 있는데."

"괜찮습니다."

"내가 보기엔 딱 모델감인데? 배우도 괜찮을 것 같고. 혹시 노래는 잘해요?"

"괜찮습……."

"감독님!"

현수를 향해 치근덕대는 영민의 수작질에, 결국 참다못한 테아의 일갈이 터져 나왔다. 그가 여자들을 향해 이런 식으로 수작 부리는 걸 한두 번 본 것도 아니었고, 이런 말에 홀랑 넘어가 스스로 다리를 벌리는 여자가 한둘이 아니라는 것도 알았지만, 최현수만큼은 이런 일에 닿게 하고 싶지 않았다. 최현수는 저 멀고 먼 세계에서 가야금 산조나 듣고 베이비로션이나 바르며 사는 게 훨씬 더 어울리는 여자였다. 자신이 속해 있는 이 지저분하고 세속적인 세계가 아니라.

"뭐? 둘이 사귀어?"

현수의 눈치를 살피며, 영민이 입모양으로 벙긋벙긋 물어보았다. 유달리 날카로운 테아의 반응이 예사롭지 않다고 느꼈나 보다.

"그런 거 아닙니다."

테아는 제 발 저린 도둑처럼 황급히 부인했다. 가뜩이나 흉흉한 꿈을 꾸어서 기분도 심란한데, 김영민의 말을 들으니 더욱더 심란해졌기 때문이었다.

"그럼 뭐야? 설마 아직 테아 씨 혼자만 관심 있는 건가?"

"그런 거 아니라니까요."

한술 더 뜬 영민의 말에, 테아는 결국 버럭 하고 말았다.

"에에, 왜 이래. 선수끼리. 나 이런 거 되게 촉 좋아. 진짜 관심 없어? 그럼 내가 한번……."

"제 경호원입니다. 더 이상의 관심은 꺼주시죠."

차갑게 가라앉은 테아의 대답에 히죽거리던 김 감독도 움찔했다. 테아에게 김 감독이 껄끄러운 상대이듯, 김 감독에게도 테아는 쉽지 않은 상대였다. 테아의 심기가 뒤틀려 촬영장을 엎고 가기라도 한다면, 뒷수습을 해야 하는 건 김 감독 자신일 터였다.

"아니, 난 그냥……. 테아 씨가 저 경호원 아가씨를 좀 특별하게 생각하는 것 같아서, 신기해서 물어본 거지. 테아 씨답지 않잖아."

오늘만 벌써 두 번째 듣는 말이었다. 강테아답지 않다는 말. 대체 나다운 게 뭔데, 하고 테아는 코웃음을 쳤다.

"더 이상의 관심은 사양한다고, 분명히 말씀드렸는데요."

"알았어, 알았어. 농담이야. 뭘 그렇게 정색을 하고 그래. 자, 그럼 농담은 이쯤 하고, 시간 없는데 우리 얼른 촬영이나 할까? 콘티는 미리 보고 왔지? 그럼 우선 테아 씨는 메이크업이랑 의상 준비부터 하고 있어. 끝나면 컨셉에 대해서 다시 얘기해줄 테니까."

스튜디오의 한쪽에 마련된 대기실에서 CF 촬영을 위한 메이크업을 받는 동안 테아의 기분은 점점 더 하향곡선을 그리고 있었다. 이상하게도, 김영민 감독의 말이 머릿속을 맴돌았다.

'설마 강태아 혼자만 관심 있는 건가?'

그건 정말 자존심 상하는 말이었다. 강태아가 여자에게, 그것도 혼자만 몸이 달아서 관심을 갖고 있다니. 누군가에게 그렇게 비쳐진다는 것 자체가 불쾌하기 짝이 없었다. 꼭 사춘기 소년의 비루한 짝사랑 같은 느낌이 아닌가. 그러나 이 말이 이토록 머릿속에 맴도는 이유를, 테아는 이미 알고 있었다. 그것은 테아의 마음속 어느 한구석에서, 그 말을 수긍하고 있다는 뜻이기도 했다.

"아, 젠장!"

저도 모르게 새어나온 중얼거림에 메이크업을 하고 있던 스타일리스트 윤희주가 깜짝 놀라 손을 멈췄다.

"네? 뭐 맘에 안 드시는 거라도?"

"아니야. 계속해."

또다시 지그시 눈을 감고 희주의 노련한 손길에 얼굴을 맡긴 채로, 테아는 다시 한 번 머릿속을 정리해보았다. 그래, 쿨하게 인정하자. 자신이 최현수에게 관심이 있는 건 부인하기 힘들었다. 그런 거 아니라고 온종일 몇 번이나 자신에게 되뇌어 보았지만, 계속 눈이 가고 신경이 쓰이는 여자인 것만은 분명했다. 그것은 친구나 친구 연습생 따위와는 결코 다른 종류의 무언가였다.

오늘 새벽의 꿈을 생각해볼 때, 자신은 그녀에게 성적인 호기심을 느끼고 있는 게 분명했다. 아마도 처음 보는 타입의 여자라 그런 걸 거라고, 테아는 스스로에게 변명하듯 말했다. 어쨌든 지금 자신을 괴롭히는 정체 모를 초조함은 사내라면 누구나 갖는 성욕과 관련된 자연스러운 현상임에 틀림없었다. 그러므로 그것은, 그녀와 한 번 잔다면 깔끔하게 해결될 아주 간단한 문제였다. 유상혈인지 뭔지를 자극하면 반사적으로 '거기'가 서 듯이, 쓸데없는 욕망으로 가득 찬 '거기'의 문제를 처리한다면 이 곤란한 문제 역시 간단히 해결될 터였다.

테아는 번쩍 눈을 떴다. 자신의 본능이 무엇을 원하고 있는지, 그리고 앞으로 무엇을 해야 할지, 비로소 알 수 있을 것 같았다. 그것은 바로 최현수를, 그 도도하고 무심한 여자를 자신의 침대로 끌어들이는 일이었다. 마침내 정리된 깔끔하고도 명확한 결론에, 테아는 흡족한 미소를 씽긋 지었다. 여자를 침대에 끌어들이는 일. 그것은 테아가 아주 잘하는 일 중 하나였기 때문이었다.

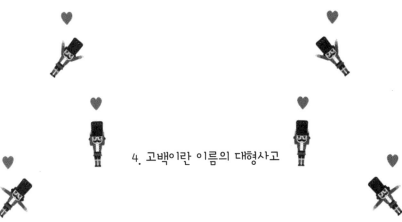

4. 고백이란 이름의 대형사고

　주위는 고요했다. 수십 명의 사람이 있었지만, 그들 중 아무도 소리 내지 않았다. 이곳에서 말을 할 수 있는 권한을 지닌 이는 오직 한 명, 테아뿐이었다. 각종 기기로 가득 찬 어둑한 스튜디오 안에는 그가 있는 공간만 비정상적인 환한 빛으로 감싸여 있었다. 모두가 그를 주목하고 있었다. 그는 명실공히 이 공간의 주인공이었다. 하지만 가끔씩, 테아는 자신이 어항 속의 물고기 같다는 생각을 하곤 했다.

　"내 몸에 퍼지는 달콤한 유혹."

　테아의 벌꿀색 눈동자가 부드럽게 미소 지었다. 비록 이 대사만 지금 백 번도 넘게 하고 있는 거지만, 누가 쓴 카피인지 몰라도 유치찬란하기 짝이 없는 문구라고 속으로 생각하고 있긴 하지만, 미소만큼은 더할 나위 없이 아름다웠다. 모델료만 수억 대를 호가하는 그의 미소는 비싼 가격으로 특별히 대여해온 초고속 디지털 팬텀카메라로 촬영되고 있었다. 마치 꽃이 피어나는 듯한 감동으로 테아의 미소를 느리고 섬세하게 표현해내는 것이 이번 촬영의 콘셉트였다.

"컷, 좋아, 좋아!"

김영민 감독의 컷 사인이 떨어지고 나서야 스튜디오 안은 마법에서 풀려난 성처럼 갑작스런 생기를 띠며 되살아났다. 스태프들이 수런거리며 다음 촬영을 위한 재정비를 시작했다.

"아주 좋았어. 역시 테아라니까. 그런 의미에서 한 번만 더 가볼까? 좀 더 부드럽고 감미롭게, 벌꿀처럼 달콤한 느낌으로!"

"잠깐만요, 안약 좀 넣고 갈게요. 눈이 좀 아파서요."

테아의 말이 떨어지기가 무섭게 옆에서 대기하고 있던 윤희주가 얼른 인공눈물 튜브를 대령했다. 벌꿀 성분이 함유된 에센스를 광고하기 위해, 테아의 눈엔 벌꿀빛 컬러렌즈가 끼워져 있었다. 빛이 비추어지면 투명할 정도로 맑게 빛나는 그의 눈동자는 그의 밝은 금발과 어우러져 천사처럼 아름답고 몽환적인 분위기를 만들어냈지만, 정작 당사자인 테아는 눈부신 조명 때문에 안구건조증에 시달리고 있는 중이었다. 눈꺼풀 사이사이에 모래를 뿌려놓은 것처럼 서걱거리는 느낌이 났다. 크로마키 작업을 위해 온통 촌스러운 초록색으로 칠해놓은 세트장 안은 후끈거릴 만큼 더웠다.

"어떻게 할까? 좀 쉬었다 갈까?"

안약으로 촉촉해진 눈을 몇 번 깜빡이고 있노라니, 영민이 조심스레 말을 걸어왔다. 오늘의 촬영을 책임지고 있는 테아의 컨디션이 무엇보다도 걱정스러운 듯한 모습이었다.

"아뇨, 그냥 갈게요. 지금 같은 느낌으로 한 번 더 갈까요?"

"응. 지금도 좋은데, 부드러운 느낌을 좀 더 살리면 좋을 것 같아. 지금보다 입술 끝을 좀 더 올려서. 달콤한 미소가 포인트니까."

"그럼 모니터링 한 번만 더 하고 갈게요."

테아는 촬영된 화면을 꼼꼼히 살펴보면서 영민과 세부적인 의견을 다시 한 번 조율했다. 그리고 또다시 촬영이 시작되었다. 테아는 카메라를 업으로 살아가는 이들이라면 누구나 탐낼 법한 독보적인 피사체였다. 물론 광고주들도 그를 사랑했다. 그가 광고하는 제품들은 비싼 개런티를 충분히 감수할 정도로 잘 팔려나갔으니까. 인생의 대부분을 카메라 앞에서 살아온 테아는 어떻게 해야 자신을 효과적으로 표현할 수 있는지 본능적으로 알고 있는 몇 안 되는 연예인이었다.

마침내 마지막 오케이 사인이 떨어지고 촬영은 끝이 났다. 그저 카메라 앞에서 방긋방긋 웃다가 대사 한마디 하는 30초 분량의 영상을 찍는 것뿐인데도, 모두가 녹초가 될 만큼 고되고 지루한 작업이었다. 그래도 퍽 흡족한 영상을 뽑아낸 영민은 벌써부터 대박을 확신하는 중이었다. 테아는 지친 몸을 일으켰다. 온종일 웃고 있던 얼굴은 경련이라도 날 것처럼 뻣뻣했다. 희주가 황급히 달려와 땀을 닦아주고 생수를 손에 쥐여주며 시중을 들어주는 동안, 테아의 눈동자는 어딘가 있을 새카만 옷의 여자를 찾아다니고 있었다. 기계적으로 미소를 짓고 있는 촬영 내내, 테아는 그녀가 계속 궁금했다.

마침내 문 옆에 가만히 서 있는 그녀를 발견했을 때, 테아는 생수병을 손에 든 채 멍하니 굳어질 수밖에 없었다. 자신을 똑바로 바라보고 있던 현수와 눈이 마주쳤던 것이다. 새카만 선글라스 속에 가려져 있음에도 테아는 알 수 있었다. 그녀와 마주 보고 있다는 것을.

아마도 그가 의식하기 훨씬 전부터, 그녀는 테아를 바라보고 있었던 듯했다. 그리고 그런 그녀의 눈빛은 평소의 무심한 눈빛과는 다른 빛깔을 띠고 있는 듯했다. 보이지 않는데도 테아는 알 수가 있었다. 선글라스 너머의 눈동자가 묘한 감각을 담고 있다는 사실을.

테아와 눈이 마주친 현수는 잠시 멈칫하는 듯싶더니 빙그레 웃음을 지었다. 선글라스 아래 그녀의 눈이 어떤 표정을 짓는지는 확실치 않았다. 하지만 그녀의 입술은 분명히 부드러운 호선을 그리며 옅은 미소를 짓고 있었다. 새카만 선글라스 너머로도, 테아는 분명히 느낄 수 있었다. 그녀가 지금 자신을 바라보고 있다는 것을. 그녀가 웃어준 상대가 다른 누구도 아닌 자신이라는 것을, 그는 본능적으로 알 수 있었다. 문득 주위의 소음이, 귓가에서 하얗게 사라져 갔다. 옆에 있던 희주가 기묘한 표정으로 자신과 현수를 번갈아 바라보고 있다는 것도 모른 채, 테아는 선글라스 너머로 웃고 있는 현수의 얼굴에서 눈을 떼지 못했다.

"왜 웃었어, 아까?"

테아가 그녀에게 불쑥 질문을 던진 건, CF 촬영이 끝나고도 한참이 지난 후 인터뷰 장소로 이동하는 밴 안에서였다. 평소와 조금도 다를 바 없는 얼굴로 자신을 뒤따르는 현수를 몇 번이나 흘끔거리다가, 마침내 겨우 내뱉은 질문이었다.

"언제요?"

"어디서 오리발이야. 아까 촬영장에서. 나보고 웃었잖아. 분명히."

"아, 그때요. 특별한 의미는 없었습니다. 강테아 씨가 웃겨서 웃은 건 아니니, 기분 나빠하지 않으셔도 됩니다."

"기분 나쁘단 건 아냐. 그냥 당신 웃는 거 처음 봐서 신기해서 그렇지."

"그냥……. 강테아 씨 보니까 깨닫게 되는 게 있어서요."

"뭔데?"

"화안시가 왜 무재칠시 중에 첫 번째인지 알 것 같다는, 뭐, 그런 사소한 깨달음입니다."

잠시 어처구니없다는 듯 멍한 얼굴을 해 보인 테아가, 피식 웃었다. 뭔가 최현수답다는 느낌이 들어서였다.

"화안시? 그게 뭔데?"

"사람에게는 돈이 없어도 베풀 수 있는 일곱 가지 보시가 있는데, 그중에 첫 번째가 바로 화안시라고 합니다. 부드럽게 웃는 얼굴이란 뜻이지요. 아까 강테아 씨 웃는 모습 보니까 문득 그런 생각이 들었습니다."

"그러니까 지금 당신 말은…… 내가 웃으니까 되게 잘생기고 멋있어 보인다 그런 뜻인 거야?"

"굳이 그런 뜻은 아니었지만…… 뭐, 그래도 웃으시니까 훨씬 보기 좋으십니다."

현수의 입꼬리가 다시 한 번 휘어졌다. 입꼬리만 살짝 움직인 아주 미세한 움직임이었지만, 테아는 그것이 미소라는 걸 금세 깨달을 수 있었다. 두 번째로 보는 그녀의 미소였다. 순간 달콤한 베이비로션의 향기가 아찔하게 풍겨오는 것 같았다. 갑자기 밴 안이 미칠 듯이 갑갑해졌다. 어쩐지 갑자기 목이 말라왔다. 물을 마셔도 사그라들 것 같지 않은 갈증이 테아를 괴롭히고 있었다.

다음 일정인 인터뷰 장소에 도착했을 때, 테아는 평소와는 달리 생글생글 웃고 있었다. 서른을 갓 넘은 듯한 뮤직유토의 여기자는 아주 눈이 하트가 될 기세였다. 인터뷰하기 쉽지 않은 상대란 말을 선배들에게 귀가 못이 박힐 만큼 듣고 왔는데, 막상 만나본 테아는 봄바람처럼 부드러운 미소를 잃지 않는 다정하고 매너 넘치는 남자였다. 정태를 비롯한 테아의 개인 스태프들은 오늘 쟤 뭐 잘못 먹었냐는 시선을 보내고 있었지만, 테아에게만 시선이 팔린 여기자는 미처 그들의 눈빛을 알아채지 못했다.

"이렇게 테아 씨를 만나보니까, 왜 팬들이 살인미소라고 부르는지 알 것 같네요. 우와, 미소가 너무 예쁘세요."

"감사합니다. 사실 오늘 제가 굉장히 멋진 이야기를 하나 들었거든요."

"와, 어떤 이야기일지 너무 궁금한데요!"

"사람에겐 누구나 돈을 들이지 않고도 베풀 수 있는 일곱 가지가 있대요. 그리고 그 첫 번째가 바로 밝고 따뜻한 미소라고 하더라고요. 웃는 얼굴이 누군가에게 선물이 될 수 있다는 거, 참 멋진 일이지 않나요?"

"어머나, 그럼 테아 씨 미소는 백만 불짜리 선물이 될 것 같네요."

뒤에서 지켜보던 로드매니저 정태가 '헐!' 하는 표정을 지어 보였다. 저 인간이 나 몰래 설탕을 퍼먹고 나왔나. 원래부터 카메라 앞에선 이미지 메이킹을 잘하는 편이긴 했지만, 오늘따라 아주 설탕에 절여 나온 듯한 달달한 말만 골라서 하고 있었다. 깽판 안 치고 얌전히 인터뷰를 잘 해주는 것만으로도 감사해야 하긴 했지만, 그래도 평소와는 너무 다른 모습이라 어째 불안한 느낌까지 들었다. 미소 가득한 테아의 눈동자가 카메라 뒤를 흘깃 향했다. 그의 눈빛을 따라 시선을 돌리던 정태는 그 끝에서 빙그레 웃고 있는 현수를 발견하곤 깜짝 놀랐다.

'저 인간 지금 뭐 하는 거지?' 하고 정태는 의심스런 눈초리로 고개를 갸웃거렸다. 우연히 닿은 눈빛이라고 하기에는 테아의 눈빛이 너무도 의미심장해 보였기 때문이었다. 현수를 바라보는 테아의 눈동자는…… 달았다. 눈빛에도 맛 따위가 있는지는 확실치 않지만, 그 표현밖에는 떠오르지 않았다. 어쨌든 간에 정태가 테아를 만난 이래 처음 보는 눈빛인 것만은 틀림없었다. 오늘따라 웃음이 헤픈 테아의 태도도 어쩌면 이것과 연관된 것이 아닐까 하고, 정태는 문득 생각했다. 하지만 이내 고개를 흔들었다. 테아가 그럴 리가 없었다. 그가 아는 테아는 절대 그럴 사람이 아니었다.

성공적으로 인터뷰가 끝나고, 여고생처럼 발그레한 얼굴로 사인을 부탁하는 여기자에게 인심 좋게 사인과 사진촬영까지 해준 후에도, 테아는 여전히 웃는 얼굴이었다. 심지어 여기자와 헤어져 밴으로 다시 돌아오는데도 웃고 있었다. 정태는 무서워졌다. 평소 카메라 밖에서는 시큰둥하기 짝이 없는 얼굴로 다니던 인간이 약 잘못 먹은 사람처럼 실실 웃고 있으니, 전설의 고향이 따로 없었다.

"정태야."

"예? 예, 형님."

"인상 좀 펴라."

"네?"

"웃고 좀 다니라고. 웃으면 복이 온다잖냐? 안 그래, 최현수?"

순간 정태는 깨달을 수 있었다. 이 인간이 최현수에게 말을 걸고 싶어서 자기를 이용했다는 사실을.

"그렇죠."

테아의 속내를 전혀 눈치채지 못한 듯, 무덤덤한 어조로 현수가 짧게 대꾸했다.

"그래서, 어땠어? 웃으니까 괜찮아 보여? 당신이 말했던 화안시인가 하는 그거처럼?"

"네, 평소보다 훨씬 낫네요."

"당신도…… 평소보다 훨씬 괜찮아 보여."

"네?"

"웃는 거…… 보기 좋다고……. 그러니까 앞으로 좀 웃고 다녀. 웃는 거 보니 좀…… 여자 같아 보이기도 하네."

순간 정태는 자기 귀가 잘못된 줄 알았다. 심지어 제대로 들은 게 맞나 싶어서 황급히 뒤를 돌아보기까지 했다. 과연 저 오글오글한 대사가 테아의 입에서 나온 게 맞냔 말이다. 무심한 듯 창을 바라보고 있는 테아의 목덜미가 벌겋게 달아올라 있는 걸 발견하자, 정태는 눈을 비볐다. 봐서는 안 될, 들어서는 안 될 무언가를 보고 들은 것 같은 기분이 들었기 때문이었다.

"정태야, 창문 좀 열어라. 덥다."

테아가 손부채질을 하며 한마디를 덧붙였다. 에어컨을 틀면 될 텐데, 언젠가부터 계속 창문을 열라고 한다. 분명히 오늘은 뭔가가 이상했다. 평소에도 약간 미친놈 같은 구석이 있던 테아가 드디어 살짝 맛이 가려고 하는 것일지도 몰랐다. 뭔가 자신이 모르는 무서운 일이 일어나고 있는 것 같다는 예감에, 정태는 몇 번씩이나 계속 뒤를 돌아다보았다.

　실없이 계속되는 테아의 웃음과 정태의 혼란 속에서 한참을 달려
간 밴이 도착한 곳은 다음 목적지인 샤론의 신규 브랜드 론칭 행사
였다. 샤론의 파티는 역시나 화려했다. 국내에서 가장 사랑받는 해
외 명품 브랜드라는 명성답게, 영화제 못지않게 한껏 차려입은 각계
의 유명인들이 속속 모여들고 있었다. 의류 사업 이외에도 화장품과
패션 소품 사업까지 뛰어든 샤론이 이번엔 향수 브랜드를 새로 론칭
하는 자리였다. '샤론이 사랑하는 남자'라는 별칭이 붙을 만큼 샤론
의 옷을 잘 소화해내는 테아가 초청 명단의 1순위였던 것은 말할 나
위도 없었다. 황금별이 새겨진 검정 재킷을 입은 테아가 밴에서 내
리자 기자들의 플래시가 연달아 터져 나왔다. 기자들이 달려들지 못
하도록 현수가 테아의 앞을 솜씨 좋게 막아섰다.
　포토월 앞에서 포즈를 취한 후, 테아는 신비로운 심해의 청록 빛
으로 꾸며진 행사장으로 성큼성큼 들어갔다. 입구에서부터 강렬한
향기가 훅 끼쳐들었다. 행사장 내에는 여름의 향기를 콘셉트로 한
샤론 퍼퓸의 다섯 가지 신제품이 미디어아트 영상을 비롯한 다양한
아트워크로 구현되어 화려하게 전시되고 있었다. 테아는 적당히 관
심 있는 척하며, 행사장을 한 바퀴 돌았다. 행사 사진을 찍고 있던 스
틸작가가 테아를 보자마자 반색을 하며 다가와 찰칵찰칵 사진을 찍
어댔다. '테아다, 테아!' 하고 수런거리는 소리가 들려오긴 했지만,
다행히도 사인을 해달라며 몰려드는 귀찮은 일은 없었다.
　하지만 론칭 파티의 진짜는 이런 따분한 공식 행사장 따위가 아
니었다. 밤새도록 계속될 환락의 파티가 지하 파티장에서 벌어지

고 있었다. 지하 1층 전체에 마련된 커다란 홀에선 벌써부터 금요일 밤의 클럽 못지않은 후끈한 분위기가 펼쳐지는 중이었다. 그리고 조금 더 분위기가 달구어지면, 이곳에서 은밀히 짝을 이룬 이들이 또 다른 장소를 찾아 하나둘 사라질 터였다.

계단을 내려가 홀로 들어서던 테아의 얼굴이 벌써부터 찌푸려졌다. 음악 소리와 함께 이리저리 몸을 흔들고 있는 무리가 눈에 들어왔다. 이미 반쯤은 술에 취해 있었다. 디제잉 박스 앞에 마련된 무대에는 비키니에 가까운 검은색 무대의상을 입은 금발 여가수의 무대가 한창이었다. 그녀의 주위에서 열정적인 춤을 추고 있는 건장한 근육질의 남자 댄서들 역시, 수영장에서나 볼 수 있는 손바닥만 한 검은 팬티가 입고 있는 옷의 전부였다. 젖꼭지 위에 검정 테이프로 붙여놓은 엑스 표시가 웃기면서도 처량해 보이는 차림새였다. 그들을 향해 반짝거리는 카메라들이 찰칵대고 있었다.

"웃기네. 뭐야, 쟤넨?"

"펑키 걸이라고, 뉴욕에서 활동 중인 아티스트라는데요. 파격적이고 혁신적인 퍼포먼스가 특징이라네요."

테아를 대신해서 행사 팸플릿을 열심히 챙겨 온 정태가 여가수와 팸플릿을 번갈아 살펴보며 웅얼웅얼 대답했다. '하여간 양키들이란.' 하고 코웃음을 치면서도 테아는 그녀의 의상과 안무를 유심히 살펴보았다. 소속사가 꾸며주는 대로 무대에 서는 여타의 아이돌들과는 달리, 테아는 스스로의 무대는 아티스트 스스로 디자인해야 한다는 주의였다. 그래서 영감을 줄 수 있는 것이라면 무엇이든 대환영이었다. 그것이 비록 젖꼭지에 엑스 자 테이프를 붙인 채엽기 코믹 댄스를 추고 있는 근육질의 댄서라 할지라도.

하지만 열정적으로 엉덩이를 흔드는 그들의 춤을 바라보다 보니, 문득 지루하다는 생각이 들었다. 싸구려 같았다. 나를 사달라고 구걸하는 거리의 창녀처럼. 무대 위에서 춤을 추고 있는 여자도, 그 아래서 몸을 흔들고 있는 무리도 모두 다 반짝이 색종이로 만든 조잡한 장난감처럼 보였다. 그가 원하는 건 좀 더 도도한 무언가였다. 다른 이의 시선을 애써 구걸하는 것이 아니라, 누구나 저절로 시선을 줄 수밖에 없는 그런 독특하고 아름다운 그 무엇. 예를 들어…… 은빛의 칼날이 만들어내는 검무처럼, 강하고 아름다운…… 그런 어떤 것.

"어머, 오빠!"

가슴을 반쯤 드러낸 붉은 미니드레스의 여자가 테아를 보며 반색을 하는 바람에, 테아는 상념에서 문득 깨어났다. 눈앞에 있는 여자는 요즘 잘나가는 걸그룹의 멤버였다. 이름이 뭐였더라. 아스라한 기억을 더듬으며, 테아는 살짝 미간을 찌푸렸다.

"오빠도 오셨네요. 하긴 샤론 파티인데 오빠가 빠지면 안 되지."

"선배님."

"네?"

"선배님이라고 부르라고. 언제 봤다고 오빠야?"

"네, 선배님……. 아, 근데 선배님, 이거 샤론 신상이죠? 어머, 멋있다. 패션쇼에서 봤을 때부터 너무 예쁘다고 생각했는데, 선배님이 입으신 거 보니까 진짜 대박이에요."

테아의 퉁명스런 대꾸에 잠시 기가 죽었던 그녀가 또다시 애교스럽게 몸을 붙여왔다. 노골적으로 맞부벼온 그녀의 큼직한 가슴이 팔꿈치에 뭉클하게 와 닿았다. 바싹 마른 몸매와 어울리지 않을 정도로 커다란 가슴은 인위적인 느낌이 물씬 풍겼다. 테아는 잠시 고민에 빠졌다. 웬만하면 오늘 하루는 웃으면서 보내고 싶었는데, 무례하게 남의 옷을 이리저리 만져보는 손길에 울컥 짜증이 솟구쳤던 것이다. 마음 같아선 탁 쳐내고 싶었지만, 그래도 오늘 하루는 참기로 했다. 그래, 화안시. 이왕이면 웃는 얼굴로 살아보는 거다. 테아는 마음속으로 중얼대며 자신을 다잡았다.

어떻게라도 테아에게 말을 붙여보려 안달인 그녀를 무심히 스쳐 지나간 테아는 케이터링 테이블에서 와인잔을 집어 들었다. 붉은 옷의 여자도 재빨리 따라와 테아와 똑같은 와인잔을 냉큼 집어 들었다. 하지만 테아의 시선은 또다시 뒤편을 흘끗거리는 중이었다. 언젠가부터 테아는 틈만 나면 자동적으로 찾고 있었다. 무심한 얼굴로 서 있는 검은 슈트의 여자를.

생각해보니 현수도 목이 마르고 배도 출출할 텐데, 혼자만 먹고 있는 게 영 미안하다는 생각이 들었다. 케이터링 테이블 위엔 예쁘고 맛깔스럽게 꾸며진 다과들이 한가득이었지만, 현수는 목석같은 태도로 서 있기만 할 뿐 음식 쪽으로는 눈길조차 주지 않았다. 그것은 파티의 참가자들을 위한 것이지, 고용인들을 위한 것이 아니었으니까. 너무나 당연해서 한 번도 생각해본 적 없던 불평등이 새삼스럽게 마음에 쓰였다. 어쩐지 그녀를 이런 파티에 데리고 온 것이 미안하다는 생각마저 들었다. 그가 그녀에게 해주고 싶은 건 이런 게 아니었다.

테아는 도수가 높아 보이지 않는 스파클링 와인 한 잔을 집어 들고 성큼성큼 현수에게로 걸어갔다. 그리고 별다른 말도 없이 불쑥 잔부터 내밀었다.

"뭡니까?"

"보면 몰라? 와인이잖아."

"저 주시는 겁니까?"

"그럼 당신 말고 여기 누가 있는데?"

"감사합니다만 근무 중입니다."

현수의 말에 마음속 어딘가에서 울컥한 무언가가 솟아올랐다. 근무 중이라…… 그랬다. 그녀가 그와 함께 있는 모든 시간은 그저 '근무 중'인 거였다. 그녀가 그를 위해 해주는 모든 것은 업무의 일환이었고, 테아가 돈을 지불하고 구입한 서비스였다. 그런데 너무나 당연한 그 말이 왜 그렇게 짜증스럽게 느껴지는지, 테아는 알 수 없었다. 그가 지금 원하는 것은 이런 게 아니었다. 그가 원하는 건 근무 중인 최현수도, 테이블 위의 물 한 모금 입에 댈 수 없는 고용인 최현수도 아니었다. 그가 원하는 건 검은 슈트를 입은 최현수가 아니라…….

"안 받고 뭐 해요?"

테아의 환상이 조금 명확해지려는 순간, 뒤편에서 짜증스런 목소리가 들려왔다. 빨간 원피스를 입고 있던 좀 전의 여자였다.

"오빠가 모처럼 마음 써서 주는 건데, 그 건방진 태도는 뭐죠? 보아하니 경호원인 것 같은데, 교육이 엉망이네요. 어느 회사 소속이죠?"

테아에게 말할 때와는 다른 까칠한 도도함이 한껏 묻어나는 목소리였다.

"뭐야, 너?"

"네? 저, 저요? 저 가린이잖아요, 오빠. 아니, 선배님."

"네가 누구든, 내 경호원한테 쓸데없는 참견하지 마."

"아, 아니, 전 이 여자 태도가 너무 건방져서……."

"네 태도부터 고치고 와서 말해."

여자가 뭐라 말하려는 듯 입을 뻐끔거렸지만, 테아는 더 이상 그녀를 돌아보지 않았다. '정태야, 가자.' 하고 성큼성큼 걸어 나가기 시작했던 것이다.

"형님, 이대로 가시면 어쩌십니까?"

"어쩌긴 뭘 어째. 아까 사진도 충분히 찍었잖아. 샤론에서 원한 건 어차피 기사에 낼 사진뿐일 텐데, 뭘. 이 정도면 충분히 했어."

"그, 그래도 형님……."

"나중에 뭐라고 하면 컨디션이 많이 안 좋았다고 해."

"형님!"

갑작스런 테아의 돌발행동에 정태는 울상이 되었지만, 정작 테아는 당당하기 짝이 없었다.

"가자. 칼국수 먹고 싶다. 최현수. 칼국수 좋아해?"

뜬금없는 테아의 물음에, 현수는 쉽게 읽을 수 없는 묘한 얼굴로 테아를 가만히 바라보았다. 그러고는 무슨 뜻인지 알겠다는 듯이 피식 웃었다.

"네, 좋아합니다, 칼국수."

"됐네. 그럼 가자."

그렇게 두 사람은 파티장을 훌훌 나섰다. 울상을 짓던 정태도 허둥지둥 두 사람을 따라나섰다. 번쩍이는 파티 조명과, 시끄러운 음악 소리, 그리고 코를 찌르는 향수 냄새가 점점 더 멀어져갔다. 건물 밖으로 나온 테아는 커다랗게 숨을 들이마셨다. 오염될 대로 오염된 도시의 공기일 테지만, 어쩐지 오늘 밤은 유난히 청명한 느낌이었다. 뒤에 서 있는 현수에게서 풍겨 나오는 달콤한 베이비로션 향기가 아련하게 풍겨왔다. 이제야 비로소 제자리로 돌아온 기분이 들었다.

모시조개를 잔뜩 넣은 칼국수는 칼칼하면서도 개운했다. 테아네 집의 커다란 식탁에 옹기종기 모인 세 사람은 땀까지 뻘뻘 흘리며 칼국수를 먹었다. 야식으로 칼국수를 먹기엔 꽤나 늦은 시간이긴 했지만, 그리고 체중 조절을 해야 하는 테아에겐 절대 금기인 밀가루 음식을 먹고 있긴 하지만, 어쩐지 이런 것도 나쁘지 않다는 생각이 들었다. 평소와 다를 바 없는 바쁘고 무미건조한 일정을 끝내고 온 하루였는데도, 어쩐지 평소와는 조금 다른 기분이었다. 오늘따라 유난히 즐겁고 흡족했다. 아마도 맞은편에서 호록호록 칼국수를 먹고 있는 검은 옷의 여자 때문일 테지만, 테아는 칼국수가 맛있기 때문일 거라고 애써 생각하기로 했다.

"밥 먹고 나서 공부하러 가야지. 어디 보자. 오늘은 렉스 2집 뮤직비디오부터 볼까? 올해의 뮤직비디오 상까지 받은, 아주 훌륭한 작품이야."

칼국수를 잡고 있던 현수의 젓가락이 멈칫 굳어지는 것 같았지만, 테아는 개의치 않고 기분 좋게 말을 이어나갔다.

"음악 프로그램에서 1위한 무대만 모아놓은 게 있으니 그것도 같이 보도록 하지. 나에 대해서 공부할 수 있는 좋은 자료가 될 거야."

대체 저게 무슨 분위기인가 싶어서, 정태는 흘깃흘깃 두 사람의 눈치를 살폈다. 그리고 그런 정태를 향해서, 테아는 생긋 웃었다.

화안시인가 뭔가를 배운 후부터 열심히 웃고 있어서 좋긴 한데, 지금 이 미소는 어쩐지 좀 무서웠다. 입술만 웃고 있을 뿐 눈은 웃고 있지 않았기 때문이었다.

"어? 벌써 다 먹었네. 배고팠구나, 우리 정태?"

웃고 있는 테아의 입술이 친절한 목소리로 말했다. 그러나 웃고 있지 않는 그의 눈은 다른 말을 하고 있었다. '적당히 먹었으면 얼른 꺼져!'라고, 찌릿거리며 바라보는 테아의 눈동자는 정태를 향해 똑똑히 말하고 있었다.

"어우, 벌써 시간이 이렇게 됐네요. 저는 이만 가봐야겠습니다. 그럼 두 분 뮤비 감상 잘하십시오."

테아의 로드매니저를 몇 년이나 꽁으로 하고 있는 게 아니었다. 이 정도 눈치쯤은 이미 빠삭해진 정태는 빠른 동작으로 웃가지를 챙겨 들고 자리에서 일어났다.

"벌써 가게? 더 먹고 가지."

테아가 생글거리면서 마음에도 없는 말을 했다. 다행히도 이제는 반달모양으로 눈을 휘면서 진심으로 환하게 웃고 있었다. 정태는 문득 현수의 안위가 걱정되었다. 저런 눈을 한 사내와 단둘이 다 큰 처자를 남겨놓고 가는 것이 과연 바람직한가에 대해서 정태는 짧은 순간 진지하게 고민했다. 하지만 테아의 눈동자가 한 번 더 찌릿 하는 신호를 보내오자, 곧바로 꼬리를 내리고 말았다. 상대는 경호원이고 무술 유단자니까 분명 괜찮을 것이다. 정태는 작전상 우선 후퇴를 선택했다.

주섬주섬 짐을 챙겨 식당을 나서기 전, 정태는 단정한 모습으로 식탁 앞에 앉아 있는 현수를 한 번 더 흘낏 바라보았다. 검은 슈트를 입고 앉아 있는 그녀는 여전히 겨울밤의 달처럼 서늘한 느낌이었다. 그 모습을 본 정태는 마음이 푹 놓였다. 아무리 날고 기는 테아라 할지라도, 함부로 범접할 수 없는 누님임에 틀림없었다. 그럼, 문제없고말고. 문제 있을 일이 없잖아. 쓸데없는 걱정도 참 많다고 자책하며, 정태는 조금 가벼워진 마음으로 테아의 저택을 나섰다.

벽 한 면을 온통 차지하고 있는 스크린에서는 번쩍이는 은빛의 제복을 입고 있는 세 명의 남자가 춤을 추고 있었다. 새빨간 머리를 휘날리는, 지금보다 더 앳되고 예쁜 얼굴의 테아가 그 중심에 서 있었다. 현수는 지금, 해외에서 뭔가 엄청난 상을 받았다고 테아가 그토록 자랑하던 렉스 2집의 뮤직비디오를 감상 중이었다.

처음엔 그저 정신 사나운 음악이라고만 생각했는데, 그래도 이젠 어느 정도 귀가 익숙해졌는지 음악 말고도 다른 이런저런 것들이 눈에 들어왔다. 무도가인 현수의 눈에 가장 인상적인 것은 역시나 춤을 추고 있는 테아의 움직임이었다. 정해진 타점을 향해 움직이는 무예의 움직임과는 달리, 어디로 튈지 알 수 없는 자유로운 동작들이 현수의 눈을 사로잡았다. 리듬에 맞춰 움직이는 뼈와 근육들의 유려한 움직임들을 현수는 날카로운 눈빛으로 흥미롭게 주시하고 있었다.

하지만 그녀의 옆에 앉아 있는 테아의 마음은 이미 오래전부터 다른 곳을 헤매는 중이었다. 그의 머릿속을 온통 채우고 있는 것은 밀폐된 공간에 현수와 단둘이 앉아 있다는 사실 뿐이었다. 현수를 여자로 인식한 뒤로부터, 현수만 보면 이상할 정도로 목이 탔다. 특히나 둘만 있게 되자, 점점 더 숨이 막혀왔다. 음악이 크게 울리는 틈을 노려서, 현수가 눈치채지 않게 꼴깍 침을 삼켰다. 단 하루 만에, 테아 자신도 놀랄 정도로, 현수는 테아에게 여자가 되어 있었다. 그것도 지금 당장에라도 품어보고 싶은 섹시한 여자였다. 옆 자리에서 풍겨 나오는 베이비로션의 달착지근한 향기에, 테아의 신체 일부는 점점 더 뻣뻣하게 굳어져 가고 있었다. 단정하게 묶여 져 있는 새하얀 목덜미가 계속계속 눈에 밟혔다.

최현수에게 품은 감정은 단순한 성적인 끌림뿐일지도 몰랐다. 하룻밤만 자고 나면 허상처럼 사라질 일시적인 감정일 수도 있었 다. 하지만 지금 당장 그녀를 안아보고 싶은 것만은 분명했다. 그 의 온몸이 그녀를 원한다고 강렬하게 외치고 있었다. 하지만 문제 는 어떻게 이것을 실행할 수 있느냐는 점이었다. 저 여자를 어떻게 든 꼬셔서 침대로 끌어들이기로 작정은 했는데, 도무지 어디서부 터 손을 대야 할지 알 수가 없었다. 지금까지 길고 짧은 여러 번의 연애를 해본 테아였지만, 그가 해본 연애의 공식은 하나같이 똑같 았다. 고백을 해오는 여러 여자 중에서 적당히 느낌이 가는 여자를 고르는 것. 적당히 예쁘장하고 적당히 마음 가는 여자를 골라서 침 대 위를 뒹굴고, 적당한 선물공세로 연애라는 이름의 얄팍한 관계 를 유지하는 것.

하지만 테아와 사귀는 것만으로도 만족한다던 그녀들이 점점 더 집착하고 구속하기 시작하면서 연애는 점점 더 시들하고 짜증 스러운 관계로 변질되기 마련이었고, 그러다 결국 딱히 아름답지 않은 끝을 맺게 되는 게 그의 연애였다. 그렇기에 테아는 누군가에 게 고백을 한다거나, 마음을 얻기 위해서 무언가를 해본 적이 한 번도 없었다. 남부럽지 않을 만큼 연애를 해봤던 테아였지만, 그런 점에서는 연애의 초보와 다를 바가 없었다. 그런 그에게 최현수는 너무나도 난이도 높은 미션일 수밖에 없었다. 테아가 무엇을 시도하든 그녀에겐 씨알도 안 먹힐 것이 너무나도 분명했으니까. 테아는 현수를 흘낏 바라보았다. 여전히 그녀의 얼굴엔 아무것도 쓰이지 않은 무표정만이 자리 잡고 있었다.

"어떤 것 같아?"

테아는 현수의 눈치를 살피며, 슬며시 말을 걸어보았다.

"나쁘지 않네요. 움직임이 흥미롭습니다."

"노래는? 내가 작곡한 건데."

"……독특하네요."

역시나 한참 동안 단어를 고른 끝에, 현수는 그나마 가장 괜찮은 단어로 대답해주었다. 아직까지 테아의 음악세계를 온전히 받아들이기엔 역부족인 현수였다. 그래도 요즘은 자주 들은 덕분인지, 다행히 처음처럼 정신 사납지는 않았다.

"저때 앨범이 엄청 잘됐었어. 한 달 동안 차트 1위도 했는데."

"아…… 네."

또다시 대화가 끊겼다. 무거운 침묵 위로 경쾌한 드럼비트만이 쏟아지고 있었다. 화면을 바라보는 척하면서, 테아는 옆에 앉은 현수를 흘끔거렸다. 조도를 낮춘 어둑한 방 안에서, 그녀의 얼굴은 푸르스름한 도자기처럼 보얀 빛을 내고 있었다. 단정하게 솟아오른 콧날과 단단하게 다물린 붉은 입술이 눈에 박힐 듯 가까이 보였다. 두근두근 심장이 뛰었다. 이 여자를 갖고 싶다는 사내의 욕망이 단전에서부터 불끈불끈 치솟아 올랐다. 그래서였을까. 저도 모르게 테아의 입술이 저절로 열렸다.

"최현수."

"네."

"키스해도 돼?"

현수는 대답하지 않았다. 뜬금없이 짝이 없는 테아의 말을 듣고도 딱히 화를 내지도 않았다. 그저 화면에서 눈을 돌려, 가만히 테아를 바라보고 있을 뿐이었다. 그리고 그녀의 눈을 보는 순간, 테아는 그녀의 대답이 무엇인지 곧바로 알 수 있었다. 이게 만일 만화였다면, 그녀 위의 말풍선에는 분명 이렇게 쓰여 있을 터였다. '이건 뭐 하는 병신인가'라고. 꼭 그렇게 묻는 듯한 한심한 눈으로, 현수는 그를 빤히 바라보고 있었다.

"아니, 나는…… 그러니까 내 말은……."

자신도 모르게 충동적으로 내뱉은 말이었다. 뭔가를 말하려 하긴 했지만, 설마 초장부터 그런 돌직구를 내뱉을 줄은 테아 자신조차도 상상 못 한 일이었다. 테아는 필사적으로 변명을 내뱉었다. 하지만 마음처럼 쉽지 않았다.

"아니 그냥…… 널 보니까…… 갑자기 하고 싶어져서……."

현수의 눈썹이 슬쩍 올라가며, 길게 뻗은 눈매가 조금 더 가늘어졌다.

"아, 아니, 그러니까 내 말은……."

"싫습니다."

역시나 그녀의 대답은 단호박 같은 거절이었다. 그리고 그것은 테아가 생애 최초로 받은 거절이기도 했다. 물론 자신의 제안이 몹시 웃기고 당황스러운 것이었다는 것은 인정하면서도, 가차 없는 거절에 테아는 울컥 부아가 났다.

"최현수!"

"네."

"아무래도, 나 너 좋아하는 것 같아. 너한테 내가, 관심이 있는 것 같다고."

갑작스런 고백은 점점 더 수습불가로 치닫고 있었다. 하지만 현수는 조금 더 눈썹을 올리는 것으로 대답을 대신할 뿐이었다.

"그래서요?"

"야, 여기서 '그래서요'가 왜 나와!"

"그럼 무슨 대답을 원하시는 건데요?"

"아니, 그러니까 내 말은…… 나랑 사귀자."

이판사판이었다. 여기까지 왔는데, 더 물러설 수는 없었다. 야심만만하게 내뱉은 테아의 고백에, 현수의 눈빛이 조금 더 짙어졌다. 하지만 새카만 유리처럼 반들거리는 그녀의 눈동자에선 여전히 '이건 도대체 뭐 하는 병신인가'란 메시지만이 더욱 강렬하게 쏟아져 나오고 있을 뿐이었다.

"싫습니다."

두 번째 거절 역시 테아의 가슴속에 강렬한 데미지를 남기며 가차 없이 날아들었다.

"야, 넌 좀 생각을 하고 대답을 하든지 하지. 이게 어떤 기회인지 네가 잘 모르나 본데……."

"더 하고 싶은 말씀이 직장 내 성희롱이라면, 그만 가보겠습니다."

현수는 깔끔하게 한마디로 정리한 후, 자리에서 일어섰다. 자신이 성희롱을 일삼는 변태 상사가 되어버렸다는 사실에 테아는 뻐끔뻐끔 입만 벌리는 중이었다. '아니, 잠깐만, 내 말은…….'이란 테

너는 돌 117

아의 외침이 이미 떠나간 현수의 뒷모습을 향해 애타게 메아리쳤지만, 이미 때는 한참이나 늦은 뒤였다.

'아, 이게 아닌데……'

텅 빈 시청각실에 혼자 남은 테아는 머리를 쥐어뜯었다. 자기가 생각해봐도 병신같이 짝이 없는 고백이었다. 아니, 그것은 고백이라 부를 수도 없는 머저리 같은 짓이었다. 강테아가 그런 바보 같은 고백을 한 것도, 그리고 그 고백을 거절당한 것도 충격이었지만, 더욱더 강렬하게 밀려오는 것은 태산 같은 쪽팔림이었다. 소파 위의 쿠션에 머리를 박은 채 테아는 마음속으로 울부짖었다.

으악, 앞으로 어쩌지! 앞으로 쪽팔려서 최현수를 어떻게 보냐구!

강테아 일생일대 최악의 흑역사가 만들어진 밤이었다. 하지만 머리를 쥐어뜯으며 자괴감에 뒹굴고 있던 테아가 모르는 것이 하나 있었다. 냉담한 모습으로 뒤돌아 사라지던 현수의 뒷목이 발그스름한 홍조로 물들어 있다는 것과, 그럼에도 불구하고 그녀의 입꼬리가 슬며시 올라가 있었다는 사실을, 테아는 결코 알지 못했다. 자신의 즉흥적이고도 바보 같은 고백이 최현수가 28년 인생에서 처음으로 받아본 고백이었다는 것을 알았다면, 좀 더 로맨틱하고 정성스러운 고백을 준비했을 테니 말이다.

얼음절벽 위에 핀 한 떨기 꽃 같은 차가운 인상 덕분에, 사내들 틈에서 언제나 선망받는 존재로 지내왔음에도 지금까지 이렇다 할 고백을 받아본 적은 없는 현수였다. 지금껏 그 어느 남자도 그녀에게 키스를 조르거나 사귀자며 저돌적으로 다가선 적은 없었다. 그저 그녀의 주변만 안타깝게 서성이다가 그녀의 냉담한 눈빛한 방에 쪼그라드는 경우가 대부분이었을 뿐. 상상했던 것과는 조금 많이 다른 느낌이긴 했지만, 어쨌든 일생일대의 첫 고백을 받은 현수는 그녀 나름대로 매우 설레고 심란한 마음이긴 했다. 호숫가에 일렁이는 미미한 바람 같은 움직임이긴 했지만, 어쨌든 그녀의 무덤덤한 마음이 조금쯤 일렁이기 시작한 것만은 분명한 사실이었다. 자신의 방으로 들어가는 현수의 입술이 여전히 미묘하게 휘어져 있는 것이 바로 그 증거였다.

"형님, 일어나셨습……. 흐억, 형님!"
조심스럽게 테아의 방에 들어서던 정태가 흐어억 비명을 질렀다. 다크서클로 퀭해진 테아의 얼굴을 본 직후였다.
"형님, 어디 아프십니까? 안색이 말이 아니십니다."
"별거 아냐. 그냥 잠을 좀 설쳐서 그래."
"무슨 일 있으셨습니까, 형님?"
"이, 일은 무슨 일!"
눈에 띄게 버벅대는 테아의 반응에, 정태는 무언가 일이 있음을 직감했다. 하지만 어제 하루 테아는 유난스러울 정도로 기분이 좋았다. 다 같이 칼국수도 맛있게 먹고 훈훈한 분위기에서 웃으면서 헤어졌던…… 아!
그제야 정태는 어제의 마지막이 칼국수가 아니었음을 깨달았다. 칼국수를 먹은 후 정태는 집으로 갔지만, 테아는 현수와 함께 뮤직비디오를 감상한다고 했었다. 천하의 강테아를 이런 몰골로 만든 그 무언가는 아마도 그사이에 벌어진 일임에 틀림없었다. 어제 하루 동안 보았던 테아의 수상쩍은 모습들이 촤르륵 머릿속을 스쳐 지나갔다. 하지만 지금은 그게 중요한 게 아니었다. 오늘은 테아의 팬미팅이 있는 날이었고, 다크서클로 얼룩진 침대 속의 테아를 최고로 새끈한 모습으로 만들어 그 자리에 세우는 것이야말로 정태가 지금 당장 해야 할 당면 과제였다.

"형님, 오늘 오후에 팬미팅 있는데 괜찮으시겠습니까?"

하지만 테아의 머릿속엔 온통 딴생각으로 가득 차 있는 것 같았다. 낮게 깔린 심각한 어조로 테아는 불쑥 입을 열었다.

"정태야."

"네, 형님."

"자기가 했던 말을 자연스럽게 취소하려면 어떤 방법이 가장 좋을 것 같냐?"

"네?"

"그러니까 만약에 말이다, 누군가가 그 상황에서 하지 말아야 할 말을 실수로 내뱉었다면, 상대방에게 어떤 식으로 말을 하는 것이 제일 자연스러울까?"

"현수 누님한테 뭐 말실수하셨습니까?"

"아, 여기서 최현수가 왜 나와? 내가 만약이랬잖아, 만약!"

"아…… 네."

제 발 저린 도둑처럼 테아가 펄쩍 뛰었다. 그래서 정태는 테아의 다크서클이 분명 현수와 관련되어 있음을 확신할 수 있었다. 하지만 조금 전 거실에서 만났던 현수는 여느 때와 조금도 다를 바 없는 멀쩡한 모습이었다. 멀쩡하지 못한 것은 눈앞에 있는 이 인간뿐이었다.

"내가 지금 막 그런 내용의 가사를 쓰느라 그래. 나는 그런 적이 별로 없으니까, 그런 상황이 잘 상상이 안 되잖아."

평소와는 다른 부산스러운 태도로, 테아는 손짓까지 해가며 열심히 변명했다. 그냥 척 봐도 무언가 구린 것이 있는 자의 모습이었다.

"아아, 네에……."

저 인간이 분명히 어젯밤 뭔가 말실수를 했구나 하고 감을 잡았지만, 정태는 모른 척 대충 고개를 끄덕여주었다. 어쨌든 이 일이 해결되지 않는 한, 성공적인 팬미팅은 어려울 것 같다는 본능적인 깨달음이 들었기 때문이었다.

"뭐든 솔직함이 제일 좋은 것 아니겠습니까, 형님?"

"그럴까?"

테아는 잠시 생각에 잠겼다. 그러고는 뭔가 무서운 상상을 털어내듯 고개를 흔들었다.

"아니야, 아니야. 그건 안 돼. 그거 말고 딴 방법을 좀 생각해봐."

"솔직함이 안 되면…… 그럼 다음은 오리발이죠."

"오리발?"

"네, 철저하게 딱 잡아떼는 겁니다. 예를 들어 농담이었다고 우긴다거나, 오해라고 우긴다거나……."

"그게…… 통할까?"

"원래 세상은 끝까지 우기는 사람이 이기는 법입니다, 형님."

테아는 가만히 고개를 끄덕였다. 그러고는 큰 결심이라도 한 듯 벌떡 자리에서 일어났다.

"가자, 정태야!"

"네, 어딜 말씀입니까, 형님?"

"오늘 팬미팅이라며. 오늘도 멋지게 하러 가야지."

"테아 형님!"

기운을 되찾은 테아의 모습에 정태는 감동한 듯 외쳤다. 벌떡 일어선 테아는 깊게 새겨진 다크서클에도 불구하고 여전히 잘생기고 멋졌다. 비록 금발의 뒷머리가 조금 뻗긴 했지만, 근육으로 꽉 짜여진 반라의 몸은 아름다운 남신처럼 근사했다. 알 수 없는 전의에 불타고 있는 테아의 결연한 얼굴을, 정태는 감동 어린 눈으로 초롱초롱 바라보았다. 다행히도 팬미팅은 무사히 진행할 수 있을 것 같다는 희망이 퐁퐁 샘솟았기 때문이었다. 물론 그런 테아의 마음속에 불타오르고 있는 건, 팬미팅에 대한 결의가 아닌 철저한 오리발로 이 난관을 헤쳐 나가고야 말겠다는 굳은 다짐이었지만, 뭐 결과적으로 테아가 기운을 차렸다는 사실은 마찬가지였으니 어느 쪽이든 큰 상관은 없었다.

이 모든 사건의 원흉이자 주인공인 현수는 평소와 다름없이 고요한 태도로 두 사람이 내려오기를 기다리고 있었다. 식당에 들어가기 전, 테아는 먼저 후하후하 숨을 골랐다. 어젯밤의 부끄러운 흑역사가 머릿속에서 자동 재생되려는 걸 애써 꾹꾹 누르며 테아는 마음을 다잡았다. 일단 우기자. 그리고 끝까지 우기자. 원래 이런 일은 먼저 우기는 게 장땡인 법이다. 마음의 준비를 끝낸 테아는 힘차게 식당 안으로 들어섰다.

"하.하.하. 최현수. 합격이야."

마치 연극의 주인공처럼 느긋한 동작으로 박수를 짝짝 치며 나타난 테아의 등장에, 식탁에 조용히 앉아서 기다리고 있던 현수가 가만히 고개를 들었다.

"내 매력에도 넘어가지 않다니 정말 대단해. 마지막 시험까지 이렇게 완벽히 통과한 사람은 최현수가 처음이야. 이젠 내 보디가드로서 정말 손색이 없겠어."

현수의 눈매가 슬쩍 가늘어지는 것을 보고 뜨끔했지만, 테아는 애써 태연한 표정을 유지했다.

"내 옆에서 일할 수 있는 사람의 제1조건이 바로 그거거든. 나한테 반하지 말 것. 난 질척거리는 건 딱 질색이니까 말이야. 친구까지는 괜찮지만 그 이상은 아주 곤란해. 하하하. 그런 점에서 최현수는 아주 멋지게 합격이야. 좋았어. 아주 쿨해."

현수의 눈동자에 한심함이 떠오르려는 걸 재빨리 눈치챈 테아가 빠르게 덧붙였다.

"그러니까 어젯밤의 그것 말이야. 일종의 시험이었다고. 테스트 알지? T.E.S.T."

"네."

믿는지 안 믿는지는 모르겠지만, 어쨌든 현수는 순순한 목소리로 대답했다.

"나랑 일만 같이하면, 다들 며칠도 못 가서 들러붙는단 말이야. 그게 싫어서 난 꼭 이렇게 테스트를 해봐. 딱히 당신한테만 그런 건 아니니까, 안심해도 돼. 원래 그게 내 나름의 시험 방식이야. 나처럼 매력 있는 사람으로 살려면 어쩔 수가 없어. 귀찮지만 할 수 없지. 이렇게 심하게 잘생긴 것도 죄라면 죄니까."

물론 테스트란 건 새빨간 거짓말이었지만, 나머지는 어느 정도 사실이었다. 테아의 고용인들 중 대부분의 젊은 여성은 테아에게 몸과 맘을 내던지며 구애하다가 쫓겨나곤 했었다. 자신의 말이

100% 뻥은 아니라는 자신감으로, 테아는 당당하게 가슴을 펴 보였다.

"네, 그렇군요."

테아의 말을 믿는지, 안 믿는지 알 수 없는 표정으로 현수가 짧게 대답했다. 그러다 문득 생각났다는 듯 한마디를 덧붙였다.

"그럼 왜 남자 경호원이 아니라, 여자 경호원만 채용하시는 겁니까?"

"남자는 싫어. 안 좋은 기억이 있거든."

이건 거짓말이 아니었다. 테아가 열세 살 때 처음으로 갖게 된 경호원은 덩치가 좋은 중년 남자였다. 없는 것이 더 나을 친아버지보다는 이 사람이 진짜 아버지였으면 좋겠다고 생각할 정도로, 친절한 남자였다. 어느 날 밤 테아의 침대 안으로 남자가 기어들어오기 전까진. 지금도 고운 외모를 지닌 테아였지만 열세 살의 테아는 천사의 강림이라 불릴 만큼 예뻤으니, 그 남자의 비틀린 욕망을 이해하지 못하는 바는 아니었다. 침대 옆의 스탠드로 치한의 머리를 내리치고 탈출한 후 법적으로도 충분한 대가를 치르게 해주었으므로 아직까지 풀지 못한 원한 따위를 품고 있는 것 아니었지만, 그것과는 별개로 사내의 몸이 자신에게 닿는 건 지금도 역겨웠다. 억지로 몸을 더듬던 사내의 더러운 느낌을 아직도 생생히 기억하고 있기 때문이었다.

하지만 이런 구질구질한 이야기를 현수에게 하고 싶지는 않아서, 테아는 그저 어깨만 으쓱였다. 다행히도 현수는 테아가 말하고 싶지 않다는 것을 깨닫자 고개만 끄덕여 보일 뿐 더 이상은 캐묻지 않았다.

"어쨌든 최현수는 그런 면에선 합격이야. 설마 내 고백에도 흔들리지 않는 여자가 있으리라곤 생각지도 못했는데 말이야. 하.하.하."

이렇게 웃기고도 재미있는 일을 보게 되어서 참으로 놀랍다는 듯, 테아는 웃음을 터뜨렸다. 하지만 안타깝게도 대본을 읽는 것처럼 어딘지 어색하고 과장된 웃음이었다.

"하하하, 설마 어제 일을 진심으로 받아들이진 않았겠지?"

슬금 눈치를 보면서도, 테아는 태연한 척 말을 이었다. 표정을 읽어낼 수 없는 현수의 까만 눈동자가 테아의 얼굴을 빤히 주시하는 중이었다. 점점 조여 오는 듯한 어색함에 테아가 뭔가 입을 열려는 순간, 현수가 피식 웃었다. 현수 특유의 무표정에 균열이 일어나며 화사한 미소가 새하얀 얼굴에 잠시 걸렸다. 사실은 살짝 조소가 섞인 듯한 웃음이었지만, 테아는 눈치채지 못한 것 같았다. 갑작스런 기습 같은 그녀의 미소를 멍하니 넋을 잃고 바라보는 중이었기 때문이었다.

"그럼 어제 하셨던 제안은 취소하시는 겁니까?"

"응?"

"정말 없었던 걸로 하시겠습니까?"

뜻밖의 질문에 테아는 당황했다. 이 시점에서 어젯밤 고백을 아예 취소한다고 말하면 안 될 것 같은 예감이 덜컥 들었기 때문이었다.

"아니, 잠깐만. 호, 혹시 밤사이 마음이 바뀐 거야?"

"아니요."

물론 현수의 대답은 가차 없었다. 하지만 제대로 빈정이 상한 테아가 버럭 하려는 순간, 현수가 웃으면서 한마디를 덧붙였다.

"아직은요."

현수의 말에 테아는 멍하니 멈춰 서고 말았다.

"그, 그거 무슨 말이야? '아직은'이라면, 앞으로 마음이 바뀔 수도 있다는 뜻이야?"

테아의 목소리가 저도 모르게 다급해지자 현수의 미소는 조금 더 짙어졌다. 사람을 미치게 만드는 아름다운 미소였지만, 여전히 그 속내는 도무지 읽어낼 수가 없는 야릇한 미소이기도 했다.

"글쎄요. 사람의 인연이란 언제 어떻게 바뀔지 아무도 모르는 법이니까요."

"그런 뜬구름 잡는 얘기 말고 제대로 말해봐. 네 진짜 대답은 뭔데! 나랑 사귈 마음이 있긴 한 거야?"

"우선은 아침이나 먹죠. 아주머니가 북엇국 맛있게 끓여놓으셨어요."

현수가 태연하게 숟가락을 들자, 테아는 울컥했다. 마음 같아선 '안 먹어!' 하고 뛰쳐나오고 싶었지만, 그러면 반항기의 초딩처럼 보일 것 같아 차마 그럴 수는 없었다.

그럼 나중에 제대로 얘기하자고 우선 대충 수습하며 부루퉁한 얼굴로 자리에 막 앉으려는데, 멍하니 입을 벌리고 바라보고 있던 정태와 정통으로 눈이 마주치고 말았다. 경악한 듯 열려진 정태의 눈동자를 본 순간 테아는 깨달았다. 정태 녀석이 모든 것을 눈치챘다는 것을.

결국 테아는 북엇국을 세 숟가락쯤 먹고는 입맛이 없다며 도망쳐 나오고 말았다. 이건 그냥 작전상 후퇴인 거라고 열심히 자기 자신을 설득 중이긴 했지만, 현수에게 또다시 한 방 먹었다는 건 부인하기 힘든 사실이었다. 이렇게 해서 모처럼 세운 오리발 작전은 모두 수포로 돌아가고 말았다. 괜히 정태 녀석에게까지 모든 것을 들켜버리는 부작용만을 남긴 채.

"형님, 혹시 현수 누님한테……."

"그래, 내가 고백했다. 그게 뭐! 어때서!"

테아를 따라 쪼르르 방으로 따라온 정태의 질문에, 테아는 결국 버럭 소리를 지르고 말았다. 어차피 들킨 거 미리 기선제압이나 해보려는, 최후의 발악과도 같은 외침이었다.

"역시…… 고백하셨군요. 어쩐지 어제 감이 안 좋더라니."

사뭇 진지한 표정을 지어 보이며 정태는 고개를 주억거렸다. 부끄럽고 당혹스런 가운데서도 테아의 얼굴에 물음표가 떠올랐다.

"뭐야, 넌 눈치챘던 거야? 혹시 나 어제 뭔가 이상했어?"

"형님…… 모르셨겠지만……. 어제 하루 종일 눈이 하트셨습니다."

"내가? 최현수한테?"

"네, 형님. 제가 형님 모신 5년 동안, 그런 표정은 처음 봤습니다. 아주 눈에서 꿀이 떨어지는 줄 알았습니다, 형님."

테아는 손으로 이마를 짚으며 소파에 푹 몸을 묻었다. 어제의 그 고백은 일종의 사고 같은 거라고 생각했었다. 원래의 목적은 그저 적당히 유혹해서 침대로 데려오려는 거였는데, 이놈의 주둥이가 미치기라도 한 듯이 괴상한 고백을 내뱉은 거라고 생각했었다. 하지만 그것은 진실이 아니었다. 얄팍한 사내의 자존심을 한 꺼풀 걷어 올린 그곳엔 그가 인정하고 싶지 않은 명확한 진실이 자리

잡고 있었다. 그랬다. 스물여덟 인생에서 처음으로, 그는 누군가에게 반했다.

"그럼 네가 좀 말리지 그랬냐?"

푸욱 한숨을 쉬면서 테아는 힘없이 중얼거렸다.

"그게 어디 말려서 될 일이겠습니까, 형님?"

하긴 그건 그랬다. 자신도 어찌할 수 없는 마음을 정태가 어찌한단 말인가.

"아이 씨, 나 이제 어떡하냐. 아무래도 쟤 눈치챈 것 같지? 내가 자기 좋아한다는 거?"

"솔직히…… 지금 상황에선 아무리 둔한 여자라도 눈치 못 채긴 좀 힘든 것 같습니다, 형님."

"어우, 최현수 진짜. 곰인 척하면서 완전 여우야. 아까 걔가 나 낚는 거 봤지?"

"그러니까 제가 끝까지 오리발을 내밀어야 한다고 말씀드리지 않았습니까, 형님."

정태가 안타까운 얼굴로 두 주먹을 불끈 쥐었다.

"걔가 그렇게 나올 줄 알았냐. 애가 순진하게 생겨서 완전 고단수야. 근데 아무리 생각해봐도 최현수 진짜 웃기지 않냐? 아니, 자기가 뭐라고 나를 차? 걔가 깡촌에서 살다 와서 아직 잘 모르나 본데, 나한테 그런 말 듣고 싶어서 환장하는 여자가 어디 한둘인 줄 아냐고."

하지만 기세 좋게 씩씩대던 테아는 얼마 가지 않아 시무룩하게 쪼그라들고 말았다. 결코 테아답지 않은 자신감 없는 모습이었다. 천하의 강테아를 저렇게 만들다니 역시나 사람에게는 시련이 필요한 법이라며, 정태는 남몰래 고개를 끄덕이고 있었다.

"정태야, 네가 봐도 내가 좀 별로냐?"

"아닙니다. 형님! 절대 그렇지 않습니다, 형님."

"그렇지? 최현수가 이상한 거 맞지?"

"그럼요! 아니, 우리 테아 형님만 한 남자가 대한민국에 어디 있다고 그러십니까? 잘생겼지, 능력 있지, 돈 많지."

"……성격이 별로잖아."

자신에 대해 생각보다 잘 파악하고 있는 테아가 시무룩하게 덧붙였다.

"하긴 형님 성격이 좀 많이 별로이긴…… 하지만 그런 건 고치면 되지 말입니다."

테아의 자아성찰에 고개를 끄덕이며 공감하던 정태가 황급히 덧붙였다. 다행히도 자신만의 고뇌에 빠져 있는 테아는 정태의 아주 사소한 말실수를 눈치채지 못한 듯했다.

"정태야, 네가 보기엔 말이다. 내가 최현수를 진짜로 좋아하는 것 같냐?"

"제가 보기엔 형님, 상당히 많이 좋아하시는 것 같습니다."

"그냥 남자와 여자 사이의…… 뭐랄까, 어떤 섹슈얼한 관심 같은 게 아닐까?"

"아까 말씀드렸지만 말입니다, 형님. 그런 것치곤 눈이 많이 하트이십니다."

"그럼 뭘까, 이 감정은?"

"아마도 그건…… 사랑이지 않겠습니까, 형님?"

유행가 가사 같은 정태의 대답에 테아는 다시 한 번 소파로 푹 꺼져 들어갔다.

　사랑.

　테아는 허, 하고 한숨을 쉬며 하늘을 바라보았다. 사랑이라. 싱어
송라이터 15년 차, 그 긴 시간 동안 사랑에 대한 수많은 노래를 쓰고
불러왔지만, 정작 테아는 사랑에 대해 잘 알지 못했다. 인간에 대한
사랑보다 인간에 대한 환멸을 먼저 배운 그에겐 사랑이란 용이나 유
니콘 같은 상상 속의 그 무언가와 같았다. 세상 사람들 모두가 제각
기 상상하고 갈구하고 욕망하지만 사실은 존재하지 않는 그 무엇.
사람들이 사랑이라 주장하는 대부분의 감정은 충족되지 않은 성욕
이나 연애에 대한 환상, 혹은 자기애나 자기 연민의 또 다른 표현에
불과하다고, 테아는 지금까지 굳게 믿어오고 있었다.

　그러기에 처음엔 자신에게 닥친 이 기묘한 감정이 무엇인지 자
신조차도 확신할 수 없었다. 혹시나 성욕의 연장이 아닐까 하고 열
심히 합리화해보았지만, 아무리 생각해봐도 그건 아닌 것 같았다.
어젯밤의 고백을 통해 더욱 똑똑히 알 수 있었다. 분명 그가 가진
감정은 단순한 성욕 그 이상을 뛰어넘은 무언가였다. 어쩌면 정태
의 말이 맞을지도 몰랐다. 소설에서 그려지는 것 같은 분홍빛의 달
콤한 무언가는 아니었지만, 그렇다고 해서 사랑이 아닌 다른 이름
을 붙이기에는 그 감정에 담긴 연정의 마음이 너무도 명확했다.

　"정태야, 네 생각엔 이제 어떻게 했으면 좋겠냐?"

　"이제 방법은 하나뿐입니다. 형님."

　"그게 뭔데?"

　"제가 말씀드린 첫 번째 방법 말씀입니다. 어차피 오리발은 틀

렸으니 이젠 솔직함으로 승부하는 방법뿐입니다.”

“어떻게?”

“진심으로 밀어붙이는 거지요. 원래 진심을 이기는 것은 아무것도 없는 법입니다, 형님.”

“정말…… 그럴까?”

“당근입니다, 형님!”

확신에 찬 정태의 말에 괜스레 같이 기운이 불끈 난 테아는 결심이라도 한 듯 결연하게 고개를 끄덕여 보였다. 그래. 열 번 찍어 안 넘어가는 나무 없다고 했다. 그것도 도끼를 든 나무꾼이 무려 테아였다. 연애하고 싶은 남자 1위, 함께 여행하고 싶은 남자 1위, 밸런타인데이에 초콜릿을 주고 싶은 남자 1위 등등에 손꼽히는, 멋지기로 말하자면 대한민국 1% 안에는 반드시 들어가는 강태아가 전심전력을 다해 찍는데, 그 어떤 여자가 넘어가지 않을 수 있단 말인가. 모처럼 자신에게 찾아온 봄날 같은 기회를 허무하게 흘려보낼 수는 없는 일이었다.

테아는 주먹을 불끈 쥐었다. 그래, 해보자.

강태아 일생일대의 첫 구애작전은 이렇게 해서 그 파란만장한 서막을 올리게 되었다.

말이 가지는 효과는 상상했던 것보다 훨씬 컸다. 그전까지는 자기 자신도 확신할 수 없을 만큼 안개처럼 모호하던 감정이 ‘사랑’이라는 한마디로 묶여지니 상상하지 못할 만큼의 커다란 파워를 만들어냈다. 최현수를 만난 다음부터 느꼈던 기묘한 감각들의 퍼즐들을 ‘사랑’이란 키워드로 맞추기 시작하니, 놀라울 정도로 빠르게 제자리를 찾는 것이 느껴졌다. 최현수를 처음 만나던 날 자신을 바라보던 그 새까만 눈동자와 마주쳤던 그 순간의 기묘한 느낌, 커다란 은빛 검을 들고 있던 그녀를 발견했을 때의 찌릿한 감동, 친구가 되어주겠다는 말에 동그랗게 눈을 뜨던 현수에게서 의외의 귀여움을 발견하고 느꼈던 놀라움, 선글라스 아래에서 빙긋 휘어지던 산호 빛 입술의 기억……. 순간순간 기이한 감각을 느꼈던 이모든 것의 비밀은 사실 사랑이었던 것이다. 그 어떤 여자에게서도 느껴본 적이 없던, 이 생경하고 불편하면서도 싫지 않은 감각들의 총칭이 바로 사랑이었다고 생각하니, 어쩐지 울컥 감동이 밀려왔다. 지금껏 수많은 사랑 노래를 만들어 오면서도 언제나 먼 나라 이야기인 것만 같았던 사랑이 자신에게도 찾아왔을지도 모른다는 감격이 몰려들어서였다.

팬미팅에 참가하기 위해 예약해둔 미용실로 향하는 밴 안에서도, 테아는 연신 안절부절못하는 중이었다. 앞자리에 앉은 현수가 너무도 신경이 쓰여 죽을 것만 같았다. 저 여자를, 지금 이 순간, 바로 자신이, 사랑하고 있을지도 모른다는 자각만으로도 갑자기 심장이 고장이라도 난 것처럼 두근두근 뛰었다. 정말로 이게 사랑인 걸까? 쿵쿵거리는 심장의 고동 소리가, 알 수 없는 이 설렘이, 봄바람 난 고양이처럼 제멋대로 날뛰는 이 마음이 바로 사랑인 것일까? 한 번도 느껴보지 못했던 생경한 감정의 파동들이 테아의 심장 속으로 마구 파고들어오고 있었다.

그때였다. 무언가 이상한 낌새를 눈치챘는지, 현수가 불쑥 고개를 돌렸다. 덕분에 아무런 준비 없이 테아는 현수와 눈이 마주치고 말았다. 자신을 바라보는 유리알처럼 새카만 눈동자와 시선이 이어진 순간, 쿵, 하고 심장이 떨어지는 소리가 커다랗게 울렸다.

"하실 말씀 있으십니까?"

"아, 아니."

손까지 흔들며 열심히 부정하는 테아의 모습에, 흘낏 돌아보았던 현수의 시선이 또다시 스윽 앞을 향했다. 그제야 테아는 자신의 어리석음을 자책했다. 이참에 뭔가 대화라도 시도해보았으면 좋았을 걸 그랬다. 무뚝뚝한 현수가 먼저 말을 걸어주는 것도 흔한 일은 아닌데 말이다. 평소에도 딱히 달변가는 아니었지만, 그래도 이 정도로 말을 못 하는 머저리는 아니었는데, 어쩐지 목구멍이 탁 막힌 것처럼 말이 나오지 않았다.

"저, 최현수."

"네."

"나 지금 미용실 가는데, 혹시 머리 할 계획 없어?"

"네?"

"내 담당 디자이너 되게 실력 좋은데, 혹시 헤어스타일 바꿀 거면 소개시켜줄까 해서."

"감사합니다만 괜찮습니다."

"머, 머리 풀면 예쁠 것 같은데……."

"감사합니다만 괜찮습니다."

녹음기처럼 똑같은 대답이 되돌아왔다. 하지만 아까의 대답보다는 조금 더 힘이 실려 있었다. '남이야 삭발을 하든 산발을 하든 신경 끄시지!'라는 메시지가 강하게 깔려 있는 대답이란 걸 눈치챈 테아는 시무룩이 입을 닫았다. 하지만 머리를 푼 현수의 이미지는 한번 상상을 시작하니 쉼 없이 머릿속에서 계속 떠올랐다.

늘 하나로만 질끈 묶여 있었지만, 현수의 머리카락은 검은 비단처럼 곱고 탐스러웠다. 묶어도 저렇게 예쁜데 풀면 얼마나 더 예뻐질까. 청순한 대학생처럼 길게 풀어내려도 예쁠 것 같고, 부드러운 웨이브를 넣어 늘어뜨려도 예쁠 것 같았다. 아니면 목덜미가 온통 드러나는 포니테일이라든지, 아니면 우아한 올림머리라든지…….

결국 자신도 모르게 솔솔 피어나던 상상의 나래는 베개 위에 검은 머리카락을 비단처럼 펼친 채 누워 있는 현수의 이미지로 마침내 끝을 맺었다. 금욕적인 단정함을 모두 풀어헤친 침대 위의 현수라니! 새하얀 얼굴에는 꽃물 같은 홍조가 은은히 드리워져 있고, 새카만 눈동자에는 고통과 쾌락을 참지 못한 눈물이 어룽어룽 맺혀 있는…….

"강테아 씨."

찬물 같은 현수의 부름에, 아스라한 몽상의 세계에 빠져들려던 테아는 퍼뜩 제자리로 돌아왔다.

"제가 말씀드리지 않은 게 한 가지 있는데, 저희 집안이 대대로 영기가 좀 강한 편입니다. 친오빠가 무속인이거든요. 견귀까진 못하지만 저도 남들보단 이런 쪽으로 예민한 편이고요."

갑작스런 납량특집 같은 고백에 테아는 어리둥절한 얼굴이 되었다.

"그, 그런데?"

"아까부터 뒤에서 뭔가 불온한 기가 느껴져서요."

"뭐, 뭐가 불온하다는 거야! 내, 내가 뭐, 이상한 생각이라도 품었을까 봐?"

19금 상상의 나래를 아주 살짝 펼쳐보려던 테아는 뜨끔해서 소리쳤다. 아무리 봐도 제 발 저린 도둑 같은 모습이었다. 백미러를 통해 흘끗 보인 정태의 얼굴엔 '형님, 설마!' 하는 경악 어린 표정이 담겨 있었다.

"아니야, 그런 거!"

수상할 정도로 강하게 부인하는 테아를, 현수는 흘끗 바라보았다. '뻥치시네'라는 메시지가 현수의 까만 눈동자 위로 슬쩍 스쳐 가는 걸 분명히 느낄 수 있었지만, 어쨌든 현수는 '아니면 다행이고요.'라고 담담히 말한 뒤 다시 앞으로 고개를 돌렸다.

현수가 보지 않는 구석 쪽으로 얼굴을 돌린 후 테아는 지친 표정으로 조그맣게 한숨을 내쉬었다. 산 넘어 산이라더니, 테아의 처지가 딱 그랬다. 지리산 출신의 무도인이라는 것만으로도 이미 충분히 버거운 상대였는데 이젠 무속인 집안의 딸이라니, 첫사랑의 상대치곤 어째 골라도 너무나 어려운 상대를 골라버린 테아였다. 하지만 어쩌겠나. 사랑이란 원래 머리가 아닌 심장이 먼저 시작하는 것을. 턱없이 어려운 상대를 첫사랑으로 고른 심장을 원망해보지만, 이미 늦어도 한참은 늦은 후회일 뿐이었다.

시무룩한 얼굴로 창밖을 바라보고 있는 테아를 까만 선글라스 너머로 흘끗 바라보며, 현수는 싱긋 웃었다. 아까부터 다채로운 기운을 풀풀 뿜어내면서 이리저리 고민 중인 테아의 모습은 그야말로 구경하는 재미가 쏠쏠했던 것이다. 새초롬히 창밖을 향한 동그란 머리통을 바라보며 현수는 피식 웃었다. 볼수록 귀여운 녀석. 그것이 선글라스 아래서 싱긋 웃고 있는 현수가 내린 최종 결론이었다.

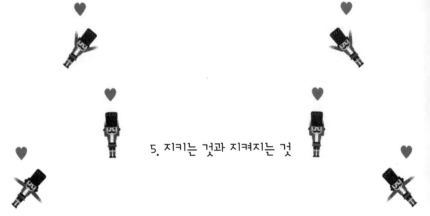

5. 지키는 것과 지켜지는 것

　현대 화장의 기술은 위대했다. 다크서클로 초췌해져 있던 테아의 얼굴은 파운데이션과 파우더, 그리고 블러셔의 힘으로 보송보송한 아기피부로 거듭났다. 진한 아이라인과 쉐도우까지 더해진 아이돌용 무대화장을 끝마치고 나자, 양귀비도 울고 갈 천하제일 미인이 거울 속에 비치고 있었다. 남자와 여자라는 성별을 떠나, 그 자체로 빛이 나는 아름다운 생물체였다. 밝은 백금발의 머리카락을 단정히 빗어 넘기고 스트라이트 무늬의 슈트를 갖추어 입은 남성적 매력이 넘치는 모습이었지만, 과감한 호피 무늬의 셔츠나 붉은 실크재질의 행거치프는 함부로 흉내내기 힘든 화려함을 뿜어내고 있었다. 덕분에 테아의 얼굴에 화장용 퍼프를 조심스레 두드리고 있는 스타일리스트 희주의 얼굴은 평소보다도 유난히 붉어져 있었다.

"파우더를 너무 올린 것 같은데. 가부키 배우라도 만들 셈이야?"

테아의 지적에 희주는 퍼뜩 정신을 차렸다. 그러고는 어머, 어머를 연발하며 허옇게 묻어난 파우더를 황급히 브러시로 털어내었다.

"죄, 죄송합니다."

"죄송할 것까진. 고마워. 화장 잘됐네."

어린아이처럼 동그란 희주의 얼굴에 왈칵 붉은 물이 들었다. 테아에게서 고맙다는 말을 듣다니, 너무 기뻐서 눈물이 날 것 같았다. 이 감동적인 순간을 어서 빨리 비밀 일기장에 남겨놓고 싶다는 생각에 희주는 벌써부터 맘에 설레었다. 테아의 팬이 된 이후로 차곡차곡 모아온 그녀의 비밀 일기장은 벌써 권수로만 열 권을 넘어가고 있었다. 테아에 대한 소중한 추억들이 고이 담겨 있는 그녀의 '덕후일지'는 세상 그 무엇과도 바꿀 수 없는 그녀의 보물 1호였다. 오늘은 특별히 테아오빠가 칭찬해준 날이니까 일기장에 스마일 스티커를 잔뜩 붙여줘야겠다며, 희주는 행복하게 웃었다.

팬미팅을 위해 테아가 화려한 스타의 모습으로 변신을 마칠 즈음, 행사 진행에 관한 브리핑을 하기 위해 치프매니저인 윤민권 실장이 연출가와 경호 담당자를 함께 대동하고 찾아왔다. 보통 이런 회의는 소속사에서 진행되기 마련이었지만, 소속사 수익의 절대 지분을 차지하는 톱스타이니만큼 모든 절차는 테아의 동선을 중심으로 이루어지고 있었다.

"안녕하십니까, 이번 행사의 경호를 담당하게 된 투캅의 최동훈 실장입니다."

군인 같은 인상을 한 짧은 머리의 남자가 목례를 해 보이며 인사를 해왔다. 190은 족히 넘을 듯한 거구의 사내였다. 단단한 근육질의 위협적인 덩치에도 훈남 느낌이 드는 단정한 인상을 지니고 있었다. 하지만 테아는 이미 이 남자에게 본능적인 적개심을 느끼는 중이었다. 문을 열고 들어서자마자, 경호실장이란 이 남자가 고용주인 테아보다도 먼저 현수를 향해 빙긋 다정한 미소를 지어 보였기 때문이었다. 현수 역시 자신에게 한 번도 지어준 적 없는 다정한 미소를 짓고 있는 것을 목격한 그 순간부터, 테아는 결코 이 남자에게 호의적일 수가 없었다.

"이번 행사는 소규모의 팬미팅이긴 하지만 예상인원은 천 명 이상일 것으로 보입니다. 미니콘서트라고 생각하고 전반적인 행사 진행을 기획해보았습니다."

얼마 전 열린 단독 콘서트의 성공을 감사하는 차원에서 열리는 이번 팬미팅은 티켓 판매 대신 기부금을 받아 소아암 환우를 돕는 일종의 자선행사였다. 하지만 테아의 모습을 근거리에서 볼 수 있는 소규모 행사라는 점에서, 무료인 입장 티켓이 백만 원이 넘는 가격으로 암거래되고 있을 정도로 뜨거운 관심을 받는 행사이기도 했다. 행사의 구성도 탄탄해야 했고, 안전 문제에도 신경을 쓰지 않을 수가 없었다.

행사 큐시트에 대한 연출가의 브리핑이 끝난 후, 경호실장의 간단한 브리핑이 이어졌다. 무대 연출에 대해서는 몹시 깐깐하게 참여하지만 경호에 대해서는 그냥 형식적으로 흘려듣는 게 대부분이었는데, 이번에는 어쩐지 경호실장의 브리핑에 더 눈이 갔다. 남자답고 단정한 근육질의 사내는 자신이 봐도 꽤 멋진 남자였다. 자신과는 전혀 다른 타입의, 성실하고 강한 수컷. 무엇보다도 최현수의 고리타분하기 짝이 없는 취향에 딱 들어맞을 것 같은 그런 남자였다. 브리핑이 계속 될수록 테아의 기분이 점점 더 하향곡선을 그리게 된 것은 당연한 일일 수밖에 없었다.

"저희 회사의 경호 서비스는 만족하고 계십니까? 담당자인 최현수 씨는 상당한 베테랑 경호원이니, 안전에 대한 부분은 마음 놓으셔도 될 겁니다."

브리핑이 끝난 후, 최동훈이 사람 좋은 미소를 씽긋 지으며 한마디 덧붙였다. 하지만 이미 심사가 뒤틀릴 대로 뒤틀린 테아의 귀에는 '최현수의 진짜 소속은 네가 아니라 우리 회사라는 걸 명심해라!'라는 경고의 메시지로만 들려왔다. 아닌 밤중의 홍두깨처럼 갑자기 나타나서 최현수의 소유권을 주장하는 이 남자가, 절대로 좋게 보일 리 만무했다.

"불만이 있으면 최현수에게 직접 말할 테니까, 그쪽은 신경 안쓰셔도 될 것 같은데요."

딱히 의도한 건 아닌데도 삐딱한 대답이 절로 나왔다.

"내 경호원이니까요."

어깨를 으쓱이며 테아는 도발적인 시선으로 최동훈을 바라보았다. 영역 다툼을 하는 수컷 같은, 꼭 그런 눈빛이었다. 최동훈의 미간이 미세하게 꿈틀거렸다.

"제 후배이기도 하거든요. 대학 때부터 제가 아주 아끼는 녀석이라서요."

최동훈이 씽긋 웃으면서 맞받아쳤다. 그리고 그 순간 테아는 알수 있었다. 이놈도 자신과 동류라는 것을. 녀석 역시 최현수에게 남자로 다가가기 위해 빙빙 돌며 기회를 노리는 하이에나 같은 놈이라는 걸, 테아는 남자의 직감으로 분명히 깨달을 수 있었다.

"호오, 그래요. 그 점은 저와 같네요. 저도 아주 아끼고 있거든 요. 최현수를."

두 남자의 시선이 허공에서 강렬하게 맞부딪쳤다. 그것은 태고 부터 피 속에 전해오는 수컷 대 수컷의 원초적인 시선이었다. 갑자 기 나타난 경쟁자는 테아의 가슴에 피어오르던 조그만 사랑의 불 꽃에 기름을 들이붓는 중이었다. 이제 막 사랑에 빠진 젊은이에겐 그야말로 맹독과도 같은 감정이었다.

저 새끼가 진짜…….

테아의 몸이 미세하게 움찔거렸다. 지금이라도 벌떡 일어나 뛰 쳐나갈 것 같은 긴장감이 그의 온몸을 타고 흐르는 중이었다. 테아 의 심기가 몹시 불편하다는 것을 감지한 정태는 불안한 눈빛으로 테아와 복도 쪽을 번갈아가며 흘끔거렸다.

문밖의 복도에선 최동훈이 현수에게 업무를 지시하는 중이었 다. 어깨를 맞대고 나란히 선 두 사람은 공연장의 도면도를 살펴보 며 동선을 체크하기도 하고, 위급 시의 행동지침을 의논하기도 했 다. 문제는 그런 두 사람의 거리가 과도하게 가깝다는 점이었다. 그리고 질투에 불타는 테아의 눈에는 그 모습이 절대 업무적으로 보이지 않는다는 점이었고. 마침내 동훈이 싱긋 웃으며 현수의 어 깨를 툭툭 두드리자, 테아의 기분은 바닥을 치고 말았다. 아무리 봐도 저건 후배 직원을 격려하는 훈훈하고 다정한 상사가 아니라, 검은 마수를 뻗는 늑대의 수작질인 것만 같았다.

"쟤 뭐냐?"

겉으로는 우아하고 매력 넘치는 미소를 유지한 채, 테아가 정태를 향해 조용히 속닥거렸다. 앙다물린 어금니 사이로 스물스물 새어나오는 분노 어린 목소리였다.

"경호실장이라는데요?"

"지난번엔 대머리 아저씨였잖아."

"아, 이번에 새로 승진했다는데, 되게 실력자래요."

"실력은 개뿔. 돌쇠처럼 생겨가지고."

"왜요, 저 정도면 남자답게 잘생긴 타입 아닌가…… 요?"

별생각 없이 말하던 정태가 테아의 찌릿찌릿한 눈빛 공격을 받고는 소심하게 말을 끝맺었다. 그사이 테아는 부글부글 끓어오르는 감정을 추스르느라 애를 쓰고 있는 중이었다. 가슴 깊은 곳에서부터 시꺼멓게 드글거리는 이 질척한 감정의 이름이 무언지, 테아는 똑똑히 알 수 있었다. 그것은 바로 질투였다. 정말이지 어이없는 일이 아닐 수 없었다. 질투라니! 천하의 강테아가 질투라니!

테아는 찬찬히 남자의 옆모습을 뜯어보았다. 검은 양복을 입은 수수한 모습이었지만, 꾸준히 운동한 사내만이 가질 수 있는 탄탄한 근육이 온몸에서 느껴졌다. 저따위 녀석보다 자신이 백배는 멋지다는 것은 사실이었지만, 남자가 나쁘지 않은 외모를 가지고 있다는 것 역시 사실이었다. 분위기를 보아하니 남자가 현수에게 관심을 갖고 있는 건 맞는 것 같은데, 문제는 현수의 마음이었다. 평소와 다름없는 무심한 분위기인 것 같긴 했지만, 테아에겐 보여주지 않았던 따뜻함이 미세하게 덧입혀져 있는 것 같기도 했다. 하긴 녀석이 들어왔을 때, 현수는 녀석을 향해 분명히 웃어줬더랬다. 짧게 지나간 작은 미소였긴 했지만, 생각하면 생각할수록 예쁘고 다정한 웃음이었던 것 같았다. 자신에게는 한 번도 지어준 적 없는 그런 미소 말이다. 그 장면을 떠올리는 것만으로도 무언가가 속에서부터 울컥 올라오는 것만 같았다.

"늦었어. 이제 그만 가지."

결국 테아는 불퉁한 목소리를 내뱉으며 자리에서 일어섰다. 그다지 크지 않은 움직임이었지만, 주변의 스태프들이 일제히 수런거리며 자리에서 일어났다. 현수 역시 남자와 하던 대화를 멈추고 테아를 바라보았다. 비록 별다른 감정이 담기지 않는 새카만 눈이었지만, 그 눈이 자신을 향하고 있다는 사실만으로도 한결 기분이 좋아졌다.

"가자고, 최현수."

테아의 부름에, 현수는 동훈에게 살짝 목례를 해 보인 후 순순히 테아의 곁으로 다가왔다. 현수의 소유권을 당당하게 주장할 수 있다는 점에서 테아는 어쩐지 흐뭇해졌다. 마침내 현수가 자신의 등 뒤에 자리를 잡았을 때, 테아는 한껏 턱을 치켜세운 당당한 얼굴로 남자를 향해 씽긋 웃어 보였다. 입꼬리가 요사스러울 만큼 아름답게 휘어지는, 매력적인 미소였다.

"시간이 없어서 우.린. 이만 가봐야겠군요. 그럼 이따가 잘 부탁드리겠습니다."

'우리'라는 말을 유독 강조하면서 테아는 남자를 향해 정중하게 인사했다. 그러고는 기다란 복도를 향해 성큼성큼 발걸음을 옮겼다. 마치 조선시대 왕의 행렬처럼 스태프들이 줄줄이 그의 뒤를 따랐다. 남자는 그 자리에서 움직이지 않은 채, 테아의 뒷모습을 가만히 바라보고 있었다. 남자가 어떤 표정을 짓고 있는지 테아는 알 수 없었다. 하지만 등 뒤에서 남자가 쏘아대는 찌릿찌릿한 눈빛이 느껴진다는 것만은 어렴풋이 느낄 수 있었다.

"최현수."

"네."

공연장을 향하는 밴 안에서 테아는 목소리를 팍 깔고 현수의 이름을 불렀다. 왠지 비장함이 감도는 묵직한 목소리였다.

"아까 그 남자 말이야. 혹시 지금 사귀거나 과거에 사귀었거나 앞으로 사귈 예정인 건 아니지?"

앞자리에 앉아 있던 현수가 스윽 고개를 돌려 현수를 바라보았다.

"그런 건 왜 물으십니까?"

"궁금한 게 당연하잖아. 라이벌일 수도 있는데."

"……진심이신 겁니까?"

"당연하지. 내가 이런 일에 마음에도 없는 헛소리나 하는 그런 사람으로 보여?"

현수는 잠시 침묵했다. 그녀의 눈엔 테아가 그러고도 남을 사람으로 보였기 때문이었다. 테아는 울컥했다.

"당신이 뭘 모르나 본데, 그거 내 평생 처음 해본 고백이었어. 그러니까 최현수 당신이, 세상에서 유일하게 강테아한테 고백받은 여자였다고! 이거 진짜로 엄청난 거야. 로또 맞을 확률보다도 더 대단한 거라고."

피식, 하고 현수가 웃었다.

"그래서요?"

"아니, 그래서 내 말은……. 나는 되게 진지하게 고백까지 했는데,

이미 임자가 있거나 하면 내 입장이 좀 그렇잖아. 그러니까……."

또다시 쭈글쭈글 목소리가 기어들어가는 테아를 보고, 현수의 눈꼬리가 다시 한 번 가느다래졌다. 웃음이라고도 읽을 수 있는 그런 무언가가 그녀의 눈꼬리에 감돌고 있었다.

"아닙니다."

"응?"

"조금 전에 물어보셨지 않습니까? 최 실장님과 사귀었거나 사귀거나 사귈 예정이냐고요."

"어? 어어, 그랬지."

현수가 내뱉은 뜻밖의 말에, 테아는 살짝 얼뜬 목소리를 내뱉으며 고개를 끄덕였다.

"그 질문에 대한 대답입니다."

현수의 말이 무슨 의미인지 잠시 멍하게 생각하던 테아의 얼굴에 봄바람 같은 화색이 번져나갔다.

"그치? 그런 거지? 둘이 사귀고 그런 사이 아니지? 역시나 그 자식보다 내가 백배는 낫지?"

하지만 현수는 바람 넣은 풍선처럼 둥실둥실 솟아오르려는 테아의 기대를 단칼에 잘라냈다.

"아, 정정하겠습니다. 과거와 현재는 맞지만, 미래는 어떻게 될지 모르는 걸로 하죠."

"뭐야? 설마 그 자식이랑 사귀기라도 하겠다는 거야?"

"글쎄요. 사람 앞일이란 모르는 거 아니겠습니까?"

결국 테아는 부루퉁하게 볼을 부풀렸다. 생긴 건 숙맥인데 하는 짓은 여우라며 저 혼자 속으로 구시렁거리는 중이었다. 하지만 원래 이런 일엔 먼저 반한 사람이 지는 법이랬다. 뚱한 얼굴을 하고 서도, 테아는 조그마한 소리로 중얼거렸다.

"내가 먼저야."

"네?"

"내가 먼저 고백했으니까, 나한테 먼저 우선권이 있다고. 그러니까 그 자식이 뭐라고 꼬시든 간에, 나한테 먼저 기회를 줘. 그 정도는 약속할 수 있지?"

현수를 바라보는 테아의 눈동자는 나름 절실하고 진지해 보였다. 푸훗 하고 웃고 싶은 속마음을 꾹 참고, 현수는 순순히 고개를 끄덕여주었다.

"……뭐, 그런 걸로 하죠."

"좋아, 그럼 계약 성립이야? 무르기 없는 거다."

"알겠습니다."

시원시원한 현수의 대답에 흐뭇한 웃음을 짓던 테아는 백미러에 비친 정태의 경악한 얼굴을 보고서야 슬그머니 입을 다물었다. 차마 끼어들기 뭣한 상황이라 가만히 지켜보기만 하던 정태였지만, 본의 아니게 사랑의 줄다리기를 하는 생생한 대화를 현장에서 엿듣게 된 셈이었다. 그제야 현수와의 대화에 심취한 나머지 정태의 존재를 까맣게 잊고 있었다는 걸 깨달은 테아는 흠흠 헛기침하며 애써 창가 쪽으로 고개를 돌렸다. 몰려드는 쪽팔림에 차창에 쿵쿵 머리를 박고 싶은 걸 애써 참고 있는 중이었다. 그 후로, 숨이 막힐 듯 무거운 침묵이 갑작스럽게 밴 안에 내려앉았다.

"음악이라도 틀까요?"

어색한 침묵의 무게를 견디지 못한 정태가 쭈뼛쭈뼛 입을 열었다. 테아에게서 별다른 대답이 없자 무언의 허락으로 간주했는지 얼른 플레이 버튼을 눌렀다. 정태 역시 어서 빨리 이 답답한 상황에서 벗어나고 싶었던 것이다. 하지만 안타깝게도 신은 그의 편이 아니었다.

　-사랑해, 사랑해, 사랑해, 사랑해.

　차 안 가득 애절한 사랑고백이 쏟아져 들어왔다. 사랑을 외치는 감미로운 목소리의 주인공은 다름 아닌 테아 자신이었다. 테아 솔로 2집에 수록된 힙합발라드 '사랑해.' 그것이 지금 흘러나오는 노래의 제목이었다. 래퍼로 더 유명한 테아의 감성 보컬이 재평가받으며, 평단과 시장에서 호평을 받았던 곡이었고, 테아에게 부와 명예를 함께 안겨주었던 효자 같은 곡이기도 했다. 하지만 지금은 타이밍이 안 좋아도 너무 안 좋았다. 하필 이 뻘쭘하고 민망한 타이밍에, 사랑타령으로 가득한 이 노래라니! 낯부끄러워서 현수의 얼굴을 바라보기도 힘들었다. 가뜩이나 어색하던 분위기는 점점 더 어두운 미궁으로 빠져들어가고 있었다.

　'이 자식, 지금 네가 날 엿 먹이려는 게냐?' 하는 테아의 눈빛이 백미러 속의 정태를 향해 찌릿찌릿 작렬했다. 정태는 하얗게 질린 얼굴로 도리도리 고개를 흔들어 보였다. 우연의 산물이었을 뿐 결코 고의가 아니었다는 의미다. 백미러를 사이에 두고 정태와 테아 사이에 여러 눈빛이 오가는 동안에도, 차 안에는 절절한 테아의 목소리가 사랑해, 사랑해를 반복하고 있었다. 제발 그만 좀 하라고 외치고 싶었지만, '사랑해'는 제목처럼 유난히도 '사랑해'를 많이 집어넣은 노래였다. 특히나 후렴구는 '사랑해'의 무한반복이었다. 도무지 끝날 기미가 없는 사랑타령에, 테아는 차 문을 열고 뛰쳐나가고 싶은 충동에 휩싸였다.

마침내 영겁 같은 시간이 끝나고 'I love you, forever'라는, 자기가 들어도 오글오글한 속삭임으로 노래가 끝이 났을 때, 현수가 조용히 입을 열었다.

"지금까지 들은 강테아 씨 노래 중에…… 이 노래가 제일 좋은 것 같네요."

"어?"

멍하게 되묻는 테아를 향해 현수가 살짝 뒤를 돌아보았다. 그러고는 눈꼬리를 휘며 싱긋 웃어 보였다.

"노래 좋다고요. 이렇게 들으니 강테아 씨 목소리, 굉장히 매력 있네요."

"어……."

하지만 테아는 현수의 말에 대답하지 못했다. 갑작스레 당한 현수의 웃음 공격 덕분에 심장에 치명상을 입었기 때문이었다. 멍하게 벌어진 입술에선 얼빠진 소리만 무의미하게 새어나오고 있었다. 정말이지 이런 건 반칙이었다. 상대가 마음 놓고 있는 틈을 타서 그렇게 예쁘게 웃는 건.

"자, 도착했네요. 벌써 팬들이 몰려든 것 같은데, 경호팀에 연락부터 해놓겠습니다."

"어? 으응, 그래야지……."

현수가 무전으로 누군가와 이야기를 주고받는 동안에도 테아는 여전히 멍하게 넋이 나간 얼굴로 앉아 있었다. 길게 뻗어 내린 그의 목덜미가 어느덧 붉그스레한 빛깔로 물들어 있었다. '형님, 이제 내리셔야죠.' 하고 뒤를 돌아보던 정태는 시뻘겋게 달아오른 테아의 얼굴을 보고 경악했지만, 반쯤 넋이 나간 듯한 테아는 그것조차도 느끼지 못하는 듯했다.

팬미팅 장소는 모 대학 내의 아트센터였다. 대학 내 시설치고는 상당히 큰 규모이긴 했지만, 6만여 명 규모의 도쿄돔 공연을 매년 열고 있는 테아로서는 그야말로 동네 구멍가게 같은 조그만 공연장이었다. 자선을 목표로 한 소규모 팬미팅이기에 가능한 일이었다. 하지만 규모가 작다고 해서 결코 일이 쉽다는 의미는 아니었다. 원래 공연이란 건 크면 큰 대로, 작으면 작은 대로 문제가 일어나기 마련이니까. 벌써부터 연출자인 윤명석 피디의 얼굴이 노랗게 뜬 것만 봐도 알 수 있었다.

"아니요, 저희도 남은 표가 없어서 그렇습니다. 아니, 무조건 오신다고 해서 되는 일도 아니구요. 아, 예. 압니다. 저희라고 장관님이 부탁하신 거 거절하고 싶겠습니까. 네, 아무렴요. 그런데 진짜로 표가 없어서 그렇습니다. 아니요, 그렇게 막무가내고 오신다고 하시면 저희는 어쩌……."

전화기에 대고 하소연하던 윤 피디는 결국 똥 씹은 얼굴로 전화를 끊었다. 아마도 모 장관의 보좌관인 듯한 상대가 저 할 말만 늘어놓고는 통화를 끊었나 보다. 표를 못 구해가면 보좌관 본인이 깨질 테니 그쪽에서도 필사적인 거 이해는 한다. 하지만 이쪽에도 이쪽 나름의 사정이란 게 있는 게 아니냔 말이다.

테아의 팬미팅. 그것도 천 명 한정의 팬미팅이다. 공연장에선 노래만 하고 들어가지만 팬미팅에선 게임도 같이하고 선물도 주고 운 좋으면 포옹을 받거나 편지를 읽어주기도 한다. 그야말로 팬을 위한 특급 서비스가 쏟아지는 은혜로운 행사다. 예약 사이트가 열리자마자 서버가 다운된 것은 당연한 일일 수밖에 없었다. 팬질의 여신이 함께한 축복받은 경우가 아니고선 표를 구할 수조차 없는 것이 당연했다. 이런 경우 초대권 쟁탈전은 가히 전쟁과도 같다. 그리고 윤 피디의 연출 인생에서 오늘은 가장 큰 대결전의 날이기도 했다. 티켓 대전이 끝난 다음부터 계속되는 초대권 로비 전화에 윤 피디는 아주 넋이 빠져나갈 만큼 시달리는 중이었다.

하지만 휴우 하고 커다랗게 한숨을 쉰 윤 피디는 핼쑥한 얼굴을 하고서도 밝게 웃었다. 어쨌든 그는 이 공연의 책임자였고, 안전하고도 멋들어지게 공연을 마무리 지어야 할 책임과 의무가 있었다.

"테아 씨, 그럼 여기 대본부터 읽고 있을래요? 진행 카드를 따로 드리긴 할 건데, 그래도 전체적인 흐름을 미리 읽어두는 게 도움이 될 겁니다."

"초안이랑 많이 바뀌었나요?"

"디테일한 부분들을 살짝 씩 손봤어요. 좀 더 자연스럽게 말할 수 있게 문장도 좀 잘랐구요. 여기 형광펜으로 체크된 부분을 중심으로 살펴봐 주세요."

"너무 대본대로 읽는 거 별론데, 애드립 좀 쳐도 돼요?"

"하하, 테아 씨 정도의 베테랑이라면 당연히 괜찮지요. 큰 흐름에서 너무 벗어나지 않게만 신경 써주세요."

A4용지로 인쇄된 꽤 두툼한 대본을 내밀며 윤 피디가 실쭉 웃었다. 물론 마음대로 말해도 된다는 건 의례적인 멘트일 뿐이고, '닥치고 대본이나 읽어!'라고 외치고 싶은 게 진짜 속마음일 게다. 원래 아이돌 공연은 사소한 멘트와 동작 하나하나까지도 철저히 계산

된 대본에 의해서 진행되기 마련이었다. 아이돌의 입에서 나온 멘트 하나하나마다 팬들은 울컥 감동하지만, 사실은 그건 그녀들의 '오빠'가 아닌 작가의 머릿속에서 나온 말일 가능성이 크다는 얘기다. 하지만 테아는 공연장의 대본을 아주 싫어했다. 자신의 공연에서 남이 써준 멘트를 읽는 건 앵무새나 하는 짓이라고 생각했다. 그래서 가끔은 옛날이 그리웠다. 그가 아직 신인이던 때, 스타도 뭣도 아니던, 보잘것없지만 자유롭던 그때. 무대에 서는 것만으로도 심장이 터질 것처럼 행복하던 그때.

하지만 이미 테아는 그 시절로부터 너무나 멀리 떨어져 있었다. 이제 그는 혼자가 아니었다. 그는 움직이는 기업이었고, 살아 있는 상품이었다. 원하는 대로 말할 수도, 행동할 수도 없는 그런 처지였다. 가끔은 그런 생각이 들곤 한다. 온몸에 줄이 매어진 마리오네트가 된 것 같다는, 그런 생각. 하지만 테아는 얌전하게 연두색 형광펜으로 빽빽하게 그어진 대본을 꼼꼼히 읽었다. 그것이 지금 그에게 주어진 임무였으니까.

"하하하, 뭐 하시고 싶은 애드립이라도 있으신가 봐요. 깜짝 열애 발표 같은 것만 아니라면 마음껏 해도 됩니다."

테아의 표정이 좋지 않아 보였는지, 윤 피디가 어색한 목소리로 핫핫 웃으며 농담을 걸어왔다. 열애 고백이라……. 테아는 문 앞에 서 있는 현수를 흘낏 바라보았다. 검은 슈트를 단정히 입고 있는 현수는 무심한 얼굴로 문 쪽을 바라보며 서 있었다. 조금 전 남자에게, 그것도 대한민국 대부분 여자들의 로망인 테아에게 구애를 받은 여자로는 도무지 보이지 않는 침착한 모습이었다. 만약에 팬 미팅에서 벌떡 일어나 현수를 가리키며 '저는 지금 저 여자에게 반했습니다. 저 여자를 꼭 내 여자로 만들어보려고 합니다.'라고 외치면 어떻게 될까? 테아는 문득 그런 상상을 해보았다. 그런 상황이 벌어지면 천하의 최현수라도 어쩔 수 없을 거다. 토끼처럼 놀란 눈을 하고 멍하니 자신의 얼굴만 바라보고 있겠지. 상상만으로도 퍽 재미난 일이었다. 하지만 테아는 고개를 설레설레 저으며 망상을 떨쳐냈다. 혹여라도 그런 짓을 벌였다간 그대로 끝장이 날 수도 있었다. 만인의 위에서 반짝이고 있지만, 언제든지 진창으로 처박힐 수 있는 게 바로 스타라는 존재였다. 그리고 그건 테아라고 해서 예외는 아니었다.

"음향 세팅은 다 됐나요?"

"지금쯤이면 거의 다 됐을 겁니다. 오늘은 조명 세팅이 좀 일찍 끝나서요."

아무래도 규모가 작은 공연은 이런 점이 좋다. 세팅이 빡세지 않은 점. 대파조명 숫자를 줄이고 LED 무빙조명으로 대체했더니, 아무래도 설치시간이 훨씬 단축되었다. 공연장이 작으니 메모리 짜기도 쉽다고 오랜만에 조명 감독이 밝은 얼굴을 해 보였다. 하지만 예술적 효과를 추구하는 테아의 공연은 유난히 조명 효과가 많아서 일반 공연보다 훨씬 더 까다로웠다. 게다가 테아는 작곡가이자 프로듀서인 만큼 음향효과에 대한 체크도 깐깐하기 그지없었다. 기본적인 무대구성의 테마와 콘셉트를 잡는 것도 테아였고, 꼼꼼한 최종 오더를 내리는 것도 테아였다. 하지만 그만큼 만족스러운 결과와 든든한 보수가 함께 나오기 때문에, 윤 피디 역시 테아와의 작업을 좋아하는 편이었다. 실력도 없으면서 괜한 아티스트

병에 걸려 히스테리를 부리는 몇몇 가수보다는 훨씬 더 나았다.

"롱핀 위치 좀 앞으로 땡겨주세요."

"PA 스피커가 좀 탁한 느낌인데, 체크 한번 해주세요. 우퍼도 좀 너무 울리는 것 같아요."

"여기서 미들하이 좀 더요. 아니, 너무 많아요. 400 헤르츠 정도로요."

하지만 작업이 한 시간쯤 지난 후부터는 그런 생각마저 쏙 들어가고 말았다. 역시나 테아와의 작업은 쉽지 않았다. 깐깐하기가 시어머니 못지않은 테아의 잔소리에 몇 시간이나 시달리다 보니 기운이 쪽 빠지는 느낌이었다. 평소에는 설렁설렁 제 맘대로 살아가는 듯 보이는 테아였지만, 일과 관련한 부분에서는 완벽주의에 가까운 타입이었다. 그의 지적이 모두 맞다는 것을 알면서도, '이 자식아, 이제 그만하고 넘어가자!'라는 말이 목구멍 밖으로 울컥울컥 넘어오려 했다.

무대의 한가운데 서서 날카로운 눈빛으로 무대를 체크하는 테아는 평소의 테아와는 전혀 다른 모습이었다. 일하는 남자는 섹시하다란 말은 이런 걸 보고 말하는구나 싶을 정도로, 작업에 몰두한 테아에게선 평소와는 전혀 다른 기운이 흘러넘쳤다. 무대 뒤편의 현수는 눈을 가늘게 뜬 채로 그런 테아의 모습을 흥미롭게 바라보고 있는 중이었다. 능글거리는 어린애라고 생각했는데, 알고 보니 맹수의 기세를 숨기고 있는 남자였나 보다. 날카로운 눈빛으로 신경을 곤두세우고 있는 남자의 모습은 사냥감을 노리는 맹수의 모습을 떠올리게 했다. 무대의 한가운데 서서 모든 것을 통제하는 테아의 모습은 제왕처럼 당당해 보였다. 내가 이곳의 주인이라고 소리치고 있는 듯한 강한 존재감이 온몸에서 뿜어져 나오고 있었다. 유난히 사람의 기에 예민한 현수에게는 그런 테아의 변화가 몹시도 진기하고 흥미로웠다. 평소보다 조금 더 가늘어진 현수의 눈빛에는 명백한 흥미로움이 흘러내리고 있었다.

마침내 모든 장비의 세팅이 끝나고 본격적인 리허설이 시작되었다. 팬미팅이지만 소규모 콘서트도 겸하고 있었기 때문에 여섯 곡의 공연이 준비되어 있었다. 아직은 텅 비어 있는 공연장 안이 순식간에 강렬한 음악 소리로 가득 채워졌다. 뒤돌아 서 있던 테아가 무대를 향해 몸을 돌리는 순간, 그곳에는 최현수가 알던 테아는 없었다. 어린아이처럼 뚱하거나 쓸데없이 헤실거리던 다갈색 눈동자 대신, 날카로운 눈빛을 쏘아내는 낯선 남자의 눈이 그곳에 있었다. 현수의 눈빛은 더욱더 흥미로움을 더해가고 있었다. 화면 속에서 보던 테아와 실제의 테아는 커다란 차이가 있었다. 관객이라고는 스태프들밖에 없는 텅 빈 무대 위에서도, 여과되지 않는 강렬함이 그대로 전해지고 있었다. 쿵쿵 울리는 드럼비트가 마치 심장의 고동 소리처럼 격렬하게 울리고, 무대 위의 사내는 강렬한 몸짓으로 노래하고 있었다. 근육으로 뒤덮인 젊은 육체가 날아오를 것처럼 튀어 올랐다. 빛나는 조명 아래 부서지는 땀방울이 반짝거리며 빛나고 있었다.

확실히 스타는 스타구나. 일반인과는 다른 빛을 가진 남자구나, 라고 현수는 속으로 고개를 끄덕이고 있었다. 강테아는 물고기와 같은 남자인지도 몰랐다. 물 밖에서는 멍한 눈을 하고 늘어진 생선처럼 보이지만, 물속에서 자유롭게 유영하는 아름다운 모습이 사실은 그의 진짜 모습일지도 몰랐다. 매끈하고 빛나는 비늘로 온몸을 뒤덮은 채 바닷속을 헤엄치는 아름다운 사내…….

그 순간, 현수는 무대 위의 테아와 정확하게 눈이 마주쳤다. 다 갈색의 눈동자가 맹수처럼 빛나고 있었다. 어물전 위의 생선 같은 탁한 눈동자가 아니었다. 펄떡이는 생명력을 지닌 살아 있는 눈동자였다. 어쩐지 쉽게 눈을 뗄 수가 없어서, 현수는 가만히 그의 눈을 바라보았다. 그러자 현수가 난생처음 보는 얼굴로, 테아는 싱긋 웃었다. 인생사 대부분의 일에 무심하고 무덤덤한 현수도 느낄 수 있을 만큼 강렬한 아름다움을 지닌 미소였다. 저런 얼굴로 웃는 남자였던가……. 무대 위에서, 아니 물속에서 본 남자는 참으로 이상하다고, 현수는 생각했다.

쿵쿵 울리는 드럼비트가 텅 빈 공연장 위로 울려 퍼지고 있었다. 그것은 마치 파도 소리 같기도 했고, 심장 소리 같기도 했다. 무덤덤하기만 하던 현수의 심장도 드럼 소리를 따라 조금씩 빠르게 뛰고 있었다.

"뭘 원해?"

눈앞의 여자를 바라보며, 테아는 속삭이듯 물었다. 웃음기가 배어 있는 목소리에선 은은하게 울리는 첼로 같은 느낌이 났다. 그를 바라보고 있던 여자의 얼굴에 왈칵 붉은 물이 번졌다.

"……안아주세요."

망설이던 입술에서 마침내 작은 고백이 흘러나왔다. 그럴 줄 알았다는 듯이, 테아는 웃었다. 남자 같기도, 소년 같기도 한 싱그러운 미소였다. 너에게 나를 허락하겠다는 듯한 관대하면서도 오만한 모습으로 두 팔을 벌리자, 여자는 지체 없이 그의 너른 품을 향해 온몸을 던졌다. 테아의 단단한 팔이 여자의 허리에 감기고 나지막한 그의 웃음소리가 귓가에 스치자, 여자의 얼굴에는 지금 죽어도 여한이 없다는 듯한 황홀한 표정이 어렸다.

"아아, 부럽다."

무대 위에서 벌어지는 감격적인 포옹의 현장을 흥미롭게 바라보고 있던 현수는 바로 옆에서 들려오는 한숨 섞인 목소리에 슬쩍 옆을 바라보았다. 동그랗고 통통한 어린아이 같은 얼굴을 한 조그만 여자가 반짝이는 눈으로 무대를 바라보며 한숨을 포옥 내쉬고 있었다. 테아의 스타일리스트인 윤희주였다. 인공위성처럼 테아의 곁을 맴돌다가 틈만 나면 테아의 얼굴의 화장용 퍼프를 찍어대는 그녀는 현수에게도 매우 낯이 익었다. 하지만 딱히 개인적인 대화를 나눌 만큼 친밀한 사이는 아니었기에, 현수는 그녀에게 뭐라 대답을 해주어야 할지 몰라서 잠시 망설였다. 그녀의 말이 단순한 독백인지, 아니면 자신를 향한 대화의 시작인지, 정확히 알 수 없었던 것이다.

무대 위에선 추첨에 당첨된 팬의 소원을 들어주는 행사가 한창이었다. 일생일대의 행운을 얻기 위한 팬들의 긴장감은 최고조에 달해 있었다. 팬들의 소원은 대부분 테아와의 포옹이나 백허그, 세레나데 정도의 소소한 소원들이었다. 현수가 보기엔 저게 저렇게까지 좋을까 싶은 사소한 소원 같았지만, 당첨된 팬들은 세상을 다 가진 듯 기뻐하고 있었다. 심지어 조금 전 테아의 포옹을 받은 여자는 감격에 못 이겨 훌쩍훌쩍 눈물까지 흘리는 중이었다. 난처해진 테아가 부드럽게 어깨를 두드려주는 바람에, 무대 위 여자의 울음은 점점 더 커져만 가고 있었다.

"멋지죠, 테아 오빠."

현수에게 하는 질문인지, 아니면 혼자만의 감탄인지 알 수 없는 어조로, 옆자리의 윤희주가 다시 한 번 중얼거렸다. 테아에게 고정된 그녀의 눈빛은 반쯤 몽롱한 빛을 띠고 있었다.

"꼭 딴사람 같죠? 평소에도 저렇게 웃어주시면 좋을 텐데."

여전히 눈을 무대에 고정한 채, 희주는 말을 이었다. 딱히 대답을 바라는 것 같지는 않았다. 그래서 현수는 그녀에게 대답해주는 것을 깔끔히 포기하고, 말없이 그녀와 함께 무대를 바라보았다.

확실히 다른 사람 같기는 했다. 진심을 다해 노래를 할 때와는 또 다른 느낌이었다. 노래하는 테아는 잘 벼려진 칼처럼 날카로운 기운을 띠고 있었지만, 팬들을 대할 때의 테아는 매력적인 수컷의 느낌이 물씬 풍겼다.

평소와는 달리 본인의 매력을 100% 개방한 테아는 마치 걸어다니는 페로몬 향수병 같은 느낌이었다. 자신의 매력을 알고, 또 그것을 어떻게 표현해야 하는지도 정확히 알고 있는 남자의 모습이었다. 색기가 넘치는 얼굴로 느른하게 웃는 모습도, 팬들이 요구하는 애교를 부려주고는 부끄러운 듯 싱그러운 웃음을 터뜨리는 모습도, 현수에게는 생소하기만 했다. 오늘 아침 식탁 앞에서 뚱하니 볼을 부풀린 채 투정을 부리던 남자와 동일인물이라고는 도저히 생각할 수 없는 모습이었다. 참 여러 가지 면을 가진 남자라고, 현수는 생각했다. 또한 지금까지 그에 대한 모든 판단은 섣부른 오판이었을지도 모른다고 겸허히 반성했다. 역시나 인간에게는 보이는 면만이 전부가 아닌 법이었다.

"저…… 언니라고 불러도 돼요?"

현수의 상념을 깨고 윤희주가 또다시 말을 걸어왔다. 이번에는 확실히 현수에게 보내는 질문이었다. 갑작스러운 희주의 말에 현수는 조금 의아한 얼굴을 하고 그녀를 바라보았다.

"테아 오빠랑 동갑이시죠? 전 스물다섯이에요. 그러니까 편하게 대해주셔도 돼요, 언니."

"직장 내에서 언니라는 호칭은 별로 바람직하지 않은 것 같습니다. 윤희주 씨."

딱히 냉정하게 딱 잘라 말하려던 건 아니었는데, 교과서 같은 현수의 대답을 들은 희주의 얼굴이 눈에 띄게 흐려지는 바람에 현수는 좀 난처해졌다.

"아아…… 죄송해요. 저는 그냥…… 언니가 되게 멋있어 보여서…… 그냥…… 언니랑…… 친하게 지내고 싶어서요."

어린애 같은 얼굴에 번지는 무안한 표정에, 현수도 이번엔 거절하지 못했다. 언니라는 간질간질하고 낯선 호칭에 현수는 조금 당황하고 있는 중이었다. 그래서 현수는 미처 깨닫지 못했다. 상처받은 어린애 같은 얼굴을 하는 대가로, 윤희주가 결국은 자신의 뜻을 관철시켰다는 사실을.

"테아 오빠한테 그렇게 대하는 사람, 처음 봤어요. 테아 오빠가 함부로 다가가기 쉬운 타입이 아니잖아요. 전 오빠랑 일한 지 6개월도 넘었는데 아직 말도 잘 못 걸거든요. 그래서 언니가 너무 부러워요."

여전히 '언니'라는 살가운 호칭으로 현수를 부르며, 희주는 조그맣게 한숨을 폭 내쉬어 보였다. 테아와는 단순히 편안히 대화할 수 있는 사이를 넘어 고백까지 들은 사이였지만, 현수는 내색하지 않고 고개만 슬쩍 끄덕였다.

"하핫, 사실 저 테아 오빠 데뷔할 때부터 팬이었거든요. 지금 생각해보면 웃기죠. 열 살짜리 어린애가 뭘 안다고……. 근데 진짜로 TV에서 나오는 오빠 모습을 보자마자 첫눈에 반했다니까요. 그때부터 쭈욱 한 우물 파고 있어요. 그래도 이렇게 테아 오빠 곁에 있을 수 있게 되다니, 저도 나름 성공한 덕후인 거죠."

덕후가 '오타쿠'를 뜻하는 인터넷 은어라는 사실을 알 리 없는 현수가 고개를 갸웃거리는 사이, 희주는 두 손을 꼭 붙잡은 채 꿈꾸는 듯한 얼굴로 무대를 바라보며 말을 이었다.

"하아, 너무 멋있다. 테아 오빤 나날이 더 멋져지는 것 같아요. 예전엔 좀 차가운 카리스마가 매력이었는데, 확실히 요즘은 달라진 것 같아요. 뭐랄까…… 솜사탕 같아요."

진짜 솜사탕이라도 음미하는 것처럼 달콤한 얼굴로 희주가 배시시 웃었다. 정작 현수는 '저 남자의 대체 어디가?'라고 속으로 생각하는 중이었지만, 지혜롭게도 입 밖으로 꺼내진 않았다. 그저 윤희주의 눈엔 테아 전용 콩깍지가 씌워 있나 보다고 혼자 납득할 뿐이었다.

"언니가 온 다음부터인 것 같아요."

"네?"

"테아 오빠가 변한 거요. 항상 옆에서 지켜보고 있으니까 알 수 있어요."

순간, 희주가 풍기는 기운이 어딘지 모르게 조금 바뀐 것 같다고 현수는 생각했다. 철없이 순수한 어린아이 같은 느낌 사이사이 숨겨진 날카로운 가시를 발견한 듯한 기분이었다.

"10년간 한결같았던 사람이었는데…… 확실히 변했어요. 언니가 온 다음부터."

현수는 조용히 희주를 바라보았다. 그녀의 속내를 짐작이라도 하려는 듯이. 하지만 희주의 시선은 현수를 향하고 있지 않았다. 오직 테아에게만 고정되어 있을 뿐이었다. 크게 열려진 그녀의 눈동자는 마치 성화라도 바라보는 듯, 경건해 보였다.

"처음 봤어요. 오빠가 그렇게 웃는 거⋯⋯."

무대에 눈을 고정한 채, 희주가 조용히 중얼거렸다. 웃음이 사라진 그녀의 얼굴은 의외로 차가운 인상이었다. 현수는 그게 무슨 뜻이냐고 물어보고 싶었다. 하지만 그럴 만한 여유가 없었다. 울고 있던 팬을 달래주던 테아가 다정하게 그녀의 머리를 쓰다듬어 주는 바람에, 온 장내에 꺄아 하는 환호성이 커다랗게 울려 퍼졌던 것이다. 현수는 대화를 멈추고 무대 쪽을 날카롭게 주시했다. 지금은 근무 중이었고, 이런 소소한 주제로 한가롭게 토론이나 하고 있을 때가 아니었다.

희주와 현수는 대화를 멈추고 각자 다른 상념에 빠진 채, 테아의 무대를 바라보았다. 각자 생각은 달랐지만 결론은 같았다. 테아는 무대를 위해 태어난 남자였다. 무대 위의 그는 확실히 남과는 다른 반짝거림을 지니고 있었다. 태어날 때부터 스타의 운명을 타고난 사람이 분명히 있는 것 같다고, 무대 위의 테아를 보며 현수는 생각했다. 자신의 옆모습을 훔쳐보는 희주의 시선 속에서 날카로운 적의가 한 줄기 칼날처럼 스쳐오는 것을 느끼긴 했지만, 이때의 현수는 그다지 깊이 생각하지 않았다. 안타깝게도.

"왜 그러고 보는데? 새삼 나한테 반하기라도 했어?"

수건으로 땀을 닦던 테아가 현수를 바라보며 피식 웃었다. 무대 위에서 내려온 테아는 그냥 평소의 테아였다. 아무리 봐도 딴사람이었다. 온몸에서 뿜어져 나오던 카리스마와 색기는 무대에서 두고 내려온 사람처럼, 편안한 모습으로 웃고 있었다.

문득 조금 전 희주에게 들었던 말이 떠올랐다. 그렇게 웃는 것은 처음 봤다고, 그녀는 말했었다. 문득 궁금해졌다. 그녀가 말한 '그렇게'란 어떤 것인지.

"평소엔 잘 안 웃는 편이세요?"

뜬금없는 현수의 질문에 테아는 고개를 갸웃거렸다.

"나? 어…… 나 잘 웃는 편인데……. 그건 왜?"

현수의 의중을 몰라 망설이던 테아가 어물쩡 대답하자, 옆에 있던 정태가 톡 끼어들었다.

"에이, 형님은 카메라 앞에서만 웃으시잖아요. 평소에도 지금처럼 좀 웃고 그러세요. 요즘 형님 되게 보기 좋으세요."

"야, 내가 언제 카메라 앞에서만 웃었다 그래?"

"솔직히 그러시잖아요."

"너 많이 컸다, 김정태. 내가 요즘 만만하지?"

"아닙니다, 형님. 그냥 요즘이 더 좋아서 그래요. 인간다워 보이셔서 더 좋습니다, 형님."

"어쭈? 애교로 넘어가려고?"

"저야 원래 애교 빼면 시체지 말입니다, 하핫. 그냥 형님 모신 이후로 요즘처럼 편하게 웃으시는 건 처음 봐서 그렇습니다, 형님."

"……네 눈에도 그래 보이냐?"

"네, 형님."

정태와 티격태격하던 테아가 픽 웃었다. 소년 같은 싱그러움이 담뿍 묻어 있는 미소였다. 웃으면 저렇게 예쁜 사람이 평소엔 자주 웃지 않는다니, 그건 좀 아까운 일인 것 같다고 현수는 속으로 생각했다.

"생각해보면 그런 것 같기도 하네. 확실히 요즘은 많이 웃는 것 같아. 아마도…… 최현수가 웃겨서 그런 거겠지?"

썰렁한 농담을 한마디 툭 던져놓고는 테아는 열없는 얼굴로 핫 핫 웃었다.

"솔직히 말하면…… 웃는 거, 좀 피곤해."

자신을 가만히 바라보고 있는 현수의 시선을 느낀 듯, 머쓱한 얼굴로 테아가 말했다. 그러고는 '난 웃는 게 직업이잖아.'라고 조그맣게 덧붙였다. 웃는 것을 직업으로 가진다는 것은 어떤 것일지, 현수는 곰곰이 속으로 생각해보았다. 아마도 그것은, 꽤나 힘든 삶일지도 몰랐다.

"아무래도 연예인은 보여주는 직업이니까 말이야. 웃고 싶지 않을 때도 웃어야 하는 건 생각보다 꽤나 피곤하고 힘들어. 나름 3D 업종이라고, 이거."

괜히 약한 모습을 보인 건가 싶어진 테아는 농담인 것처럼 너스레를 떨었다. 하지만 연극조의 마지막 말을 끝맺은 뒤, 조그맣게 한마디 덧붙였다.

"그래서 최현수가 편한가 봐. 뭔가를 보여주지 않아도 돼서."

그게 무슨 의미냐고 묻는 듯, 현수의 까만 눈이 조금 더 깊어졌다. 현수는 진심으로 궁금해하고 있었다. 현수를 보고 편하다고 말한 사람은 테아가 처음이었기 때문이었다. 어릴 때부터 예사롭지 않은 분위기를 뿜어내던 현수는 누군가가 쉽게 다가올 수 있는 타입이 절대 아니었다. '왠지 가까이 가기 어렵다'라는 말이 현수가 타인에게서 가장 많이 듣는 말이었다. 그리고 사람들이 현수를 어려워하는 것만큼이나, 현수 역시 사람들이 어려웠다. 이런 자신이 편하다고 말하는 이 남자가, 현수는 어쩐지 신기하게 느껴졌다.

"그냥 그렇다고. 그냥⋯⋯. 이상하게 좀 편해, 당신."

별말 아니라는 듯 괜스레 다른 쪽을 바라보는 테아의 귓가가 어느새 붉어져 있었다.

"⋯⋯그래서 좋다고."

마지막 말은 혼잣말처럼 들리는 조그만 읊조림이었다. 하지만 현수는 분명히 들을 수 있었다. 쑥스러움 속에 전해진 나지막한 고백을. 그 순간, 마치 전염병이라도 되는 것처럼 현수의 귓가에도 어느덧 붉은 물이 들고 있었다.

"흠흠, 형님. 얼른 정리하시고 가봐야 하지 않겠습니까? 다들 기다리고 있을 텐데요."

대기실 분위기가 뭔가 오묘해지는 것을 느낀 정태가 얼른 끼어들었다. 무대분장을 지우려고 뒤따라온 윤희주가 멀찌감치에서 메이크업 박스를 들고 우물쭈물하고 있는 중이었다. 그녀의 얼굴은 평소와는 달리 유난히 딱딱하게 굳어져 있었다. 무언가 무서운 것이라도 본 듯한 그런 표정이었다.

"두 분⋯⋯ 되게 친해 보이시네요."

테아의 얼굴 위로 클렌징 로션을 문지르며, 희주가 문득 말을 걸었다. 별일 아니라는 듯한 여상한 어조였지만, 그 아래에는 활시위처럼 팽팽히 당겨진 긴장감이 느껴지고 있었다.

"그래 보여?"

"네⋯⋯. 굉장히 친해 보이셔서⋯⋯ 좀 놀랐어요."

"잘 봤네. 친구야."

자랑스러운 듯한 어조로 테아가 냉큼 대답하자, 희주도, 현수도 놀란 얼굴로 테아를 바라보았다.

"친구라고. 아, 아직은 친구 연습생인가?"

당황한 얼굴의 두 사람을 뒤로한 채, 테아는 저 혼자 키들키들 웃었다. 세상에서 제일 재미있는 농담이라도 한 듯한 그런 얼굴이었다.

"농담이야."

주변의 썰렁한 반응을 의식한 테아가 뻘쭘한 듯 덧붙였다. 무엇보다도 옆에 있던 정태가 입도 뻥긋하지 말라면서 닦달하는 표정으로 노려보았기 때문이었다. 사실은 남자친구 연습생이라고 말하고 싶은 걸 겨우 참은 거였는데. 하지만 공개적인 곳에서 이런 고백을 날렸다가는 다음 날 당장 메인 뉴스에 실리게 될지도 몰랐다.

"되게 좋아 보이세요, 두 분. 근데⋯⋯ 그냥 친구이신 거죠?"

희주가 한 번 더 확인하듯 물었다.

"음⋯⋯ 아직은?"

정작 물어본 건 희주였는데, 현수의 눈치를 슬슬 살피면서 테아가 대답했다.

"어때, 최현수? 우리 아직 그냥 친구야?"

"⋯⋯아직은요."

"아직도?"

"네."

뭔가 두 사람만이 알 수 있는 암호 같은 대화가 한차례 지나가자 희주의 표정이 더욱더 딱딱하게 굳었다. 두 사람 사이에 흐르는 미묘한 기운을 여자의 본능이 직감했기 때문이었다. 어색한 분위기를 눈치챈 정태가 호들갑스럽게 끼어들었다.

"하하하, 그럼요, 그럼요. 우리 모두 친구죠. 우리 현수 누님이랑도 친구. 우리 희주랑도 친구. 우리 테아 형님이랑도 친구."

"내가 네 친구냐?"

"하하하, 말이 그렇다는 거죠, 형님. 자자, 이럴 시간에 얼른 준비하고 집에 갑시다. 희주야, 얼른 형님 화장부터 지워드려라."

얼음처럼 멈춰져 있던 희주의 손이 다시 빠르게 움직이기 시작하면서 대기실의 분위기는 다시 평소로 돌아왔다. 하지만 눈을 감은 채 의자에 기대앉은 테아도, 그런 테아를 지켜보는 현수도, 아무 말 없이 화장을 지워주는 윤희주도 무언가 자기만의 생각에 빠져 있는 듯한 표정이었다. 중간에 낀 정태만이 괜스레 알 수 없는 불안감에 마음속으로만 동동거리고 있을 뿐이었다.

"오늘 어땠어요, 테아 씨? 팬들 반응은 엄청 좋은 것 같던데, 오늘 팬미팅 마음에 들었어요?"

오늘 팬미팅의 연출을 총괄한 윤명석 피디가 테아의 눈치를 살피며 질문을 던졌다. 반응이 뜨거운 게 당연할 수밖에 없는 팬미팅이었지만, 오늘따라 유난히 반응이 좋은 것도 사실이었다. 여러 가지 연출적으로 신경 쓴 점들도 있었겠지만, 무엇보다 오늘따라 테아의 표정이 유난히 좋았다. 정말이지 평소답지 않았다. 팬미팅의 결과는 주인공인 스타가 얼마나 역할을 잘 해주냐에 따라 성패가 나뉘게 마련인데, 그런 의미에서 오늘 팬미팅은 가히 최고라 말할 수 있었다.

"네, 좋았어요. 수고 많이 하셨습니다."

평소답지 않게 사근거리는 테아의 모습에 윤 감독은 소리 없이 경악 중이었다. 강태아는 이렇게 생글생글 웃으면서 접대용 멘트를 남발하는 녀석이 결코 아니었던 거다. 그런데 오늘은 도대체 무슨 바람이 불었는지 모든 일에 협조적이었다. 저 자식이랑 다시는 일 같이 안 한다고 몇 번씩이나 이를 갈던 과거의 기억들마저 사르르 녹아내리는 듯했다. 그만큼 오늘의 테아는 윤 감독의 마음에 쏘옥 들었다. 실로 오랜만의 일이었다.

하지만 흐뭇한 미소를 띤 윤 감독과는 반대로, 잔뜩 긴장한 표정으로 굳어진 남자도 있었다. 오늘의 경호 총책임자 최동훈 실장이었다. 성공적인 팬미팅 현장의 분위기만큼이나 팬들도 한껏 달아올라 있었다. 덕분에 대기실 바깥은 팬심으로 반쯤 이성을 잃어버린 듯한 한 무리의 팬들로 단단히 포위된 상황이었다.

"나갈 일이 걱정이네요. 바깥에 팬들이 난리도 아닌데."

정태의 중얼거림에 윤 실장의 얼굴이 더욱더 딱딱하게 굳어졌다. 주차장에 세워둔 밴 주위로 경호 인력을 잔뜩 배치해두긴 했지만, 이미 눈치 빠르게 자리 잡은 팬들로 인해 인산인해를 이루고 있었다. 그들 틈을 뚫고 차에 오르는 것도, 아무도 다치지 않게 안전히 주차장을 빠져나가는 것도, 쉽지 않은 일이었다. 경호의 책임을 맡고 있는 최동훈의 표정이 평소보다 부쩍 어두워진 것은 당연한 일이었다.

"전방은 우리 쪽에서 맡을 테니, 현수 넌 후방을 가드하면서 따라와. 주차장 쪽에서는 이미 스탠바이 상태니까 신호 떨어지면 바로 움직인다."

"네."

동훈 앞에는 현수를 포함한 몇몇의 경호원이 그의 지시를 듣고 있었다. 딴 놈들도 많은데 유난히 현수 앞에만 얼쩡대며 지시를 내리는 듯한 동훈을 흘겨보며 테아의 표정이 실쭉해 지는 중이었지만, 다행히도 다들 바빠서 눈치채지는 못했다.

어쨌든 긴장감이 감도는 분위기 속에서, 특급 수송 작전 못지않게 긴장감 넘치는 테아의 이동 작업이 시작되었다. 테아를 가운데에 세우고, 현수를 포함한 네 명의 경호원이 사각형으로 에워싸는 함몰형 대형이었다. 왼쪽 뒤의 꼭짓점을 맡고 있는 현수는 위급상황이 발생을 했을 경우, 테아를 후방 세이프 존으로 피신시키고 몸으로 막는 역할을 담당하고 있었다. 나머지 세 꼭짓점에는 육탄전에 능한 거구의 경호원들이 포진되었다.

건장한 경호원들이 막아서고 있던 대기실의 문이 열리자마자 꺄아악 괴성이 울리기 시작했다. 너도나도 손을 내밀어 아우성치는 광기 어린 인파를 힘겹게 가르며, 테아 일행은 조금씩 앞으로 전진하는 중이었다. 근접 경호에 능한 몸집 좋은 경호원들로 사방에 벽을 두르고 있긴 하지만 그 틈을 타고 테아의 옷자락을 잡아당기거나 몸을 만지는 손길을 모두 막아내는 것은 불가능한 일이었다. 후드를 눌러쓴 테아의 점퍼가 몇 번이나 벗겨질 듯 잡아당겨졌다.

연예인 경호에서 가장 어려운 점은 제대로 된 대응을 하기 힘들다는 점이었다. 그들이 막아야 할 위해분자들은 대부분 젖살이 뽀얀 어린 소녀 팬들이었기에, 함부로 때리거나 밀칠 수도 없었다. 광기 어린 소녀들의 괴력은 상상을 초월할 정도였기에 경호 도중에 밀쳐지거나 잡아당겨지는 것은 물론이거니와, 걷어차이거나 얻어맞거나 꼬집히는 일도 부지기수였지만, 그녀들을 힘으로 제압할 수는 없었다. 몇몇 경호업체는 팬들에게 손찌검을 하거나 욕설을 해서 구설수에 오르기도 하지만, 테아와 일하는 경호업체에선 꿈도 꾸지 못할 일이었다. 어떤 상황에서도 팬을 우선해달라는 것이 테아가 내건 계약조건이었기 때문이었다. 덕분에 팬들의 장막을 뚫고 전진하는 속도는 거북이만큼이나 느릴 수밖에 없었다. 그 상황에서도 다들 프로답게 침착함을 잃지 않고 조금씩 진로를 확보해 나가고 있는 중이었다. 그들의 중앙에 선 테아 역시 프로답게 웃음을 잃지 않으며 팬들을 응대해주고 있었다.

마침내 천신만고 끝에 고지가 눈앞에 다가왔다. 주차장에서 기다리고 있던 팬들까지 합세하는 바람에 더 많은 인원에게 둘러싸이긴 했지만, 어쨌든 미리 빠져나온 정태가 시동을 걸어둔 검은 밴까지 몇 발자국 남지 않았다. 하지만 거리가 얼마 남지 않은 만큼, 이별을 아쉬워하는 팬들의 움직임도 점점 더 고조되는 중이었다. 아쉬운 탄성과 함께 테아를 향한 팬들의 몸부림 역시 점점 더 격렬해지고 있었다.

사방에서 뻗어 나온 팬들의 손길을 솜씨 좋게 밀어내고 있던 현수가 묘한 기운을 느낀 건 바로 그때였다. 살기와는 분명 다른 기운이긴 했지만, 날카롭고 강렬한 기운이 폭발하듯 느껴졌다. 문득 돌아본 그곳에는 묘하게 낯이 익은 얼굴이 이를 드러내며 웃고 있었다. 어디서 본 여자더라 하고 생각하던 그 순간, 반쯤 열려진 택시의 차창이 떠올랐다. 그녀였다. 며칠째 사생택시를 타고 다니며 테아를 쫓던 젊은 여자.

그녀의 기운에서 불안한 느낌을 감지한 순간, 현수는 재빨리 몸을 틀어 태아의 앞을 감쌌다. 위해 대상이 공격할 시, 범인과 가장 가까이에 있는 경호원이 대적해야 한다는 촉수거리의 원칙은 대인 경호의 제1원칙이었지만, 지금의 현수에겐 그런 것을 따질 여유가 없었다. 테아에게 위협이 닥칠지도 모른다고 생각하는 그 순간, 그런 것과 상관없이 우선 몸이 먼저 움직였다. 경호원으로서의 판단 이전의 본능적인 움직임이었다. 그와 동시에 여자가 가방 속에서 무언가를 꺼내 커다랗게 휘둘렀다. 반짝이는 작은 칼날이 슬쩍 보였다. 반격을 가하기엔 거리가 너무 짧았다. 현수는 질끈 눈을 감았다. '찔린다!'라고 생각했지만 피하지는 않았다. 최후의 경우 자신의 몸으로 의뢰인을 보호하는 것은 경호원의 당연한 임무였다. 그리고 만일 그녀가 경호원이 아니었더라도, 현수는 그렇게 했을 것이다.

그 순간이었다. 어디선가 뻗쳐 나온 두툼한 팔이 현수의 허리를 감싸 안았다. 당황할 사이도 없이 현수의 몸이 빙그르르 한 바퀴 크게 돌았다. 정신을 차렸을 땐, 커다란 사내의 품이 온통 그녀를 감싸 안고 있었다. 땀 냄새에 섞인 코롱 향기가 훅 끼쳐들었다.

"괜찮아?"

머리 위에서 테아가 속삭였다. 지금껏 테아에게선 단 한 번도 들어본 적 없는 목소리라고, 현수는 생각했다. 오래된 나무 등걸처럼 단단하면서도 따스한 목소리였다. 그리 크지 않은 나지막한 속삭임이었음에도 불구하고 고막이 아니라 심장에 박히는 것 같이 커다랗게 울려왔다. 무언가 대답하려 했으나, 현수는 목이 탁 막힌 것처럼 아무런 대답도 할 수 없었다. 그리고 그녀의 대답보다 먼저, 꺄아아악 새된 비명이 사방에서 터져 나왔다.

"오빠아아아, 오빠, 피!"

현수의 허리에 감긴 테아의 팔에선 시뻘건 피가 뿜어져 나오고 있었다. 입고 있던 회색 점퍼는 괴물의 입처럼 갈라진 채 울컥울컥 선혈을 토해내고 있었다. 테아의 피를 빨아들이며 시커멓게 젖어 들어가는 회색 섬유의 모습이 악몽처럼 선명하게 눈에 들어왔다. 그럼에도 불구하고, 그의 팔은 여전히 현수의 허리를 감싸고 있었다. 세상에서 가장 소중한 것을 품고 있는 듯, 조심스럽고도 절실하게.

현수는 잠시 동안 눈동자만 커다랗게 연 채 굳어져 있었다. 비록 몇 초 되지 않는 짧은 순간이었으나, 경호원을 천직으로 삼고 있는 현수로서는 있을 수 없는 일이었다. 충격으로 물든 현수를 바라보며, 테아는 눈썹을 찡그리면서도 싱긋 웃었다.

"얼른 가자, 피 난다."

결국 주차장은 아수라장이 되었다. 테아의 피를 본 소녀 팬들은 경악에 빠졌고, 그중 몇몇은 진짜로 혼절을 하고 말았다. 커터칼을 든 채 웃고 있던 범인은 곧바로 경호원들에 의해 제압되었다. 하지만 저년 죽여버리겠다는 성난 군중 속에서 그녀를 피신시키는 게 더 큰 문제였다. 경호원들이 막아서는데도 벌써 그녀의 머리채가 몇 번이나 끄잡아 흔들렸다. 만신창이가 되어서도 개운하다는 듯 깔깔 광소를 터뜨리는 그녀는 정말로 미친 여자 같았다.

"오빠, 저예요. 저 잊지 마세요. 기억하세요! 꼭이요! 약속해요!"

경호원들에 의해 끌려 나가면서도 그녀는 몇 번이나 커다랗게 소리쳤다. 마침내 소원을 모두 이루었다는 듯한 행복한 목소리였다.

"미친년."

결국 견디지 못한 욕설이 경호원 중 누군가의 입에서 튀어나왔다. 평소라면 입단속하라며 불호령을 내렸을 최동훈 실장도 이번 만큼은 못 들은 척해주었다. 이번만큼은 그 역시 그 말에 동의하는 중이었기 때문이었다.

그나마 다행인 것은 더 이상 테아의 앞길을 가로막는 팬은 없었다는 점이었다. 테아의 붉은 피를 본 팬들이 주춤주춤 물러서는 사이, 현수는 테아를 데리고 재빨리 밴에 올라타 문을 닫았다.

"형님! 피, 피가……!"

피를 뚝뚝 흘리며 테아가 밴에 오르자, 정태는 그야말로 백지장 같은 얼굴이 되어 있었다. 선글라스에 가려진 현수의 얼굴 역시 새하얗게 질려 있었다.

"얼른 여기에서 나가주세요. 최대한 가까운 병원으로 이동합니다."

"네, 네."

벌벌 떨리는 손으로 정태는 얼른 차를 출발시켰다. 그사이 현수는 밴에 비치해둔 구급상자를 꺼내 재빠르게 상처를 처치했다. '아! 아파! 살살!' 하고 테아가 엄살을 부렸지만, 그녀의 빠른 손길에는 거침이 없었다. 테아의 팔뚝에 지혈제를 뿌리고 압박 붕대를 능숙하게 감은 현수는 무전기에 대고 빠르게 상황을 보고했다.

"현재 불꽃 지하 1층 주차장 거마탑승.(의뢰인이 지하 1층 주차장에서 자동차 탑승.)"

-38. 대한병원 긴동.(알았다. 대한병원으로 긴급이동.)

"38. 줄줄이 종둘.(알았다. 현재 이동 중.)"

-38. 연사연락.(알았다. 다시 한 번 연락 바란다.)

치직 소리와 함께 무전이 끊겼다. 긴장된 얼굴로 무전을 마친 현수는 그제야 테아를 향해 버럭 소리를 질렀다.

"이게 뭐 하는 짓입니까?"

"뭐야, 누구 때문에 이렇게 됐는데, 막 소리만 지르고."

잔뜩 인상을 찌푸린 테아가 앓는 소리를 내며 불평하자, 현수가 한풀 꺾인 목소리로 다시 물었다.

"대체 왜 그러신 겁니까? 하마터면 큰일 날 뻔하지 않았습니까?"

"몰라."

여전히 섭섭한 듯 입을 삐죽대며 테아가 대답했다.

"나도 모른다구. 내가 왜 그랬는지. 그냥 칼 들고 있는 거 보니까 몸이 저절로 움직이더라고."

붕대를 정리하고 있던 현수의 손이 문득 허공에서 멈췄다.

"뭐…… 당신이 다치는 것보단 낫다고 생각했나 보지."

쑥스러운 듯 차창을 바라보며 테아가 중얼거렸다.

한동안 현수는 아무런 대답도 하지 않았다. 아니, 할 수가 없었다. 목이 탁 막힌 것처럼 아무런 소리도 입 밖으로 튀어나오지 못했다. 누군가를 지키는 법은 알았지만, 누군가에게 지켜지는 것은 알지 못하던 현수였다. 경호원으로서 가장 큰 훈련은 자신의 무의식을 이기는 것이었다. 위험한 순간이 닥쳤을 때 본능적으로 자기 자신을 보호하도록 설계된 무의식의 시스템을 이겨내는 것. 자신을 지키고 싶은 본능의 욕구를 억제하고 타인을 먼저 보호하기 위해서는 수백, 수천 번의 반복 훈련을 거쳐야만 했다. 그런 힘겨운 훈련을 통해 만들어진 것이 지금의 현수였다. 하지만 조금 전 자신의 몸을 감싸고 있던 테아의 품속에서, 아주 잠깐 동안이지만 그녀는 쉴 수 있었다. 처음으로 만나본 타인의 품은 따뜻했다. 상상했던 것보다 훨씬 더.

한동안 아무 대답 없이 현수는 조용히 구급상자만 정리하고 있었다. 어색한 침묵이 길어져 정태가 뭐라도 한마디 해야겠다고 생각했을 무렵, 현수가 가만히 입을 열었다.

"다시는…… 그러지 마십시오."

"……상황 봐서."

"당신을 지키는 게 제 임무입니다."

"싫어, 내 맘이야."

여전히 차창 밖으로 시선을 준 채 테아는 고집스럽게 말했다.

"내가 당신 고용주잖아. 그러니까 앞으로도 계속 내 맘대로 할 거야."

여전히 되도 않는 똥고집이었다. 하지만 무뚝뚝하게 돌아선 그의 옆모습을 보며, 현수는 왠지 목 안쪽이 칼칼해지는 것을 느꼈다. 아까부터 무언가가 목 안쪽에 단단히 걸려 있는 듯한 기분이었다.

정말 말도 안 통하는 바보 같은 똥고집쟁이라고 마음속으로 욕하면서, 현수는 남몰래 웃었다. 아니, 우는 것 같기도 했다. 귀엽다고만 생각하던 이 남자가 이렇게 자신의 마음을 크게 흔들 줄은 결코 상상하지 못한 일이었다. 자신이 지키는 것이 아니라 누군가에게 지켜진다는 것은 그녀가 생각했던 것보다 훨씬 더 기묘한 느낌이었다. 그것은 누군가가 심장을 움켜쥐고 물속에 집어넣는 것처럼, 끝없이 먹먹한 그런 느낌이었다.

6. 인생과 여행의 공통점

"뭐라고?"

"지금까지 뭐 들었어요. 나 쉰다고."

"테아야, 지금 내가 이런 말 하는 거 야박하게 느껴질지도 모르겠지만, 다음 주부터 일본 일정이……."

"대표님."

"응?"

"대표님 지금 엄청 야박해 보이는 거 아시죠?"

붕대로 칭칭 감긴 오른팔을 눈앞에 들어 보이며 테아가 눈을 말똥거렸다.

"저 지금 환자라구요."

"아, 그건 알지만……. 그냥 몇 바늘 꿰맨 건데……."

"그냥 몇 바늘이요?"

테아의 목소리가 원망스럽게 높아지자, 김 대표의 목소리가 상대적으로 수그러들었다.

"아니, 내 말은…… 물론 큰 상처긴 한데, 활동을 쉴 만큼 대단한 정도는……."

"대표님."

"어, 테아야."

"저 지금까지 15년 동안 일만 한 거 아시잖아요. 인간적으로 저 한 달만 쉬게 해주세요. 팔 나을 때까지만요."

진지해진 테아의 모습에 김 대표 역시 한발 물러설 수밖에 없었다. 경영난으로 허덕이던 뤼엔터테인먼트가 지금과 같은 굴지의 기획사로 자리매김할 수 있었던 일등공신이 테아라는 사실은 부인할 수 없었다. 까칠하긴 해도 맡은 일만큼은 최고로 해내는 테아가 있었기에, 오늘날의 김정률 대표가 존재할 수 있었다. 그런 테아가 처음으로 하는 부탁을, 김 대표는 차마 거절할 수 없었다.

"알았어. 스케줄은 어떡하든 조정해볼게."

"대신 쉬면서 곡 작업 좀 하고 있을게요."

"그래. 어차피 이렇게 된 거 쉬면서 충전 좀 해."

"고마워요, 대표님."

눈물을 머금고 고개를 끄덕이는 김 대표의 마음을 아는지 모르는지, 테아는 해맑은 얼굴로 방싯 웃었다.

하지만 훈훈함이 감도는 병실 안의 상황과는 달리 병실 밖 현수의 사정은 그리 좋지 못했다. 경호 중에 일어난 사고이니만큼 책임 추궁을 면할 수 없는 상황이었기 때문이었다. 경호의 책임을 맡았던 동훈과 나란히 본사로 불려가 대표에게 한바탕 제대로 깨진 현수는, 2차로 동훈에게도 따로 불려가 잔소리를 한 바가지는 들었다. 결국은 시말서를 쓰는 간단한 징계로 끝이 나긴 했지만, 한나절 동안 싫은 소리에 시달린 현수의 하얀 얼굴은 평소보다도 더 새하얗게 질려 있었다.

"최현수, 너 이 일에서 빠져라."

차를 타고 병원으로 돌아오는 동안, 동훈이 옆자리의 현수를 향해 무뚝뚝하게 내뱉었다. 현수는 담담한 얼굴로 운전 중인 동훈을 바라보며 천천히 입을 열었다.

"왜 그래야 합니까?"

"네가 잘못했다고 하는 말이 아니야. 그냥 이번 일도 이번 일이지만, 왠지 예감이 좋지 않아. 이 일에서 빠졌으면 좋겠다. 상사로서가 아니라 선배로서 하는 말이야."

"상사로서 하시는 명령이라면 듣겠지만, 사적으로 하시는 말씀이라면 듣지 않겠습니다. 단순히 그런 이유로 맡겨진 임무를 그만두고 싶진 않습니다."

"단지 그 이유야?"

"네?"

"이 일 계속하겠다는 거, 단지 그 이유뿐인 거냐고."

"다른 이유가 더 필요합니까?"

무심히 앞을 향하고 있던 동훈의 눈길이 슬쩍 현수를 향했다. 잠시 동안 동훈은 말이 없었다. 무언가 하고 싶은 말을 하지 못하고 망설이는 듯한 얼굴이었다.

"알았다. 네 맘 가는 대로 해."

한참 침묵하던 동훈이 내뱉은 말은 이것이었다. 마치 지금까지 아무것도 고민하지 않은 사람처럼 담담한 목소리였다. 하지만 그의 주변에서 아련하게 피어오르는 기운을 읽어내는 것만으로도, 현수는 그가 하지 않은 말이 무엇인지 알 수 있었다. 커다란 그의 어깨 주위로 피어오르는 아지랑이처럼 엷은 기운, 그것은 분명 연정이었다.

현수는 잠시 망설였다. 이대로 모른 척하기에는 그에게서 느껴지는 기운이 너무나 고운 색을 띠고 있었기 때문이었다. 그것은 너무나도 슬프고도 아련한 빛깔이어서, 차마 못 본 척할 수가 없었다. 하지만 그녀는 또 다른 기운을 알고 있었다. 여름날의 햇살처럼 반짝이는 투명하고 맑은 기운. 수백, 수천 명의 사람들 사이에서도 확연히 알아볼 수 있도록 눈부시게 빛나던 한 남자의 기운. 그리고 그와 자신을 잇고 있는 특별한 인연의 끈.

결국 현수는 아무런 대답 없이 조용히 입을 닫았다. 그리고 동훈 역시 그녀의 침묵이 주는 대답을 알아챘다. 그것으로 두 사람의 대화는 끝이 났다. 평소에도 대화를 많이 주고받지 않는 두 사람이었지만, 어쩐지 평소보다 더 불편한 침묵이 차 안을 가득 메우고 있었다.

"뭐? 경호원을 바꾸겠다고?"

못 들을 말이라도 들은 것처럼 테아의 얼굴이 와작 구겨졌다. 테아의 앞에는 담담한 얼굴의 동훈과 그런 그를 당황한 눈으로 바라보는 현수가 서 있었다.

"일방적으로 바꾸겠다는 말은 아닙니다. 저희 쪽 실책도 있으니 담당자를 바꾸는 것은 어떠냐고 제안드리는 것뿐입니다."

배신감에 가득 찬 테아의 눈초리가 째릿 하고 현수를 향했다. 너도 이 제안에 동참한 거냐는 무언의 비난이 담긴 눈빛이었다. 이미 동훈에게 자신의 의사를 똑똑히 밝혔던 현수로서는 억울한 비난이었다. 그녀로서는 평소와는 다른 동훈의 이런 행동이 도무지 이해되지 않는 중이었다.

"그쪽의 실책이라는 건 확실히 인정하나 보네요."

현수에게 여전히 원망스러운 눈초리를 고정한 채로, 테아가 동훈을 향해 입을 열었다.

"예, 경호와 관련한 모든 책임은 저희 쪽에 있습니다. 그러니 이번 일에 책임을 지고 담당자를……."

하지만 정중히 고개를 숙이며 대답하던 동훈은 이어지는 테아의 말에 더 이상 말을 잇지 못했다.

"그러니까 더욱더 최현수가 책임을 져야지."

"네?"

"나 열 바늘이나 꿰맸어요. 아무래도 흉터도 남을 것 같고."

테아가 흰 붕대로 칭칭 감긴 팔을 흔들어 보였다. '이 자식, 별로 아파 보이지도 않는구만.' 하고 고깝게 생각하면서도, 동훈은 조용히 고개를 끄덕여 동의를 표했다.

"그건 저희도 유감스럽게 생각합니다."

"심지어 다친 게 오른팔이죠. 유감스럽게도 난 오른손잡이고."

"그래서 지금 뭘 원하시는 건지……."

"오른손잡이가 오른손을 못 쓰니 밥도 못 먹고, 옷도 못 갈아입고, 샤워도 못 한다고. 그러니까 담당자가 끝까지 책임을 져줘야겠는데요."

장난기가 가득한 웃음이 담긴 눈동자가 동훈의 뒤쪽에 서 있던 현수를 향했다.

"안 그래요, 최현수 씨?"

이번엔 동훈의 얼굴이 와작 구겨질 차례였다. 뒷일이야 어떻게 되든 간에 현수의 손목을 붙잡고 이 자리를 박차고 나가고 싶은 충동에 버럭 소리를 지르려는 순간, 뒤쪽에서 담담한 현수의 목소리가 흘러나왔다.

"알겠습니다. 강테아 씨 일은 제가 끝까지 책임을 지겠습니다."

놀란 얼굴로 동훈은 뒤를 돌아보았다. 그곳에는 평소와 다를 바 없는 무심한 얼굴의 현수가 반듯하게 서 있었다.

"제 일이니까 끝까지 제가 하게 해주십시오."

흔들림 없는 현수의 눈빛을 보며 동훈은 깨달았다. 현수의 결심을 막을 수 없다는 걸. 하지만 한편으로는 그녀의 눈을 보는 순간 마음이 놓였다. 최현수는 테아 따위가 함부로 할 수 있는 만만한 여자가 아니라는 확신을 다시 한 번 느꼈기 때문이었다.

"두 사람 뜻이 그렇다면 할 수 없죠. 제안은 없었던 걸로 하겠습니다."

정중히 말을 마친 후, 동훈은 남몰래 비릿한 웃음을 지었다. 난봉꾼 연예인 주제에 평소에 만나지 못했던 신기한 타입이라 껄떡대고 싶은가 본데, 최현수는 절대 네놈이 함부로 할 수 있는 여자가 아니라고, 동훈은 마음속으로 중얼거렸다. 하지만 그가 이 결정을 후회하게 된 것은 그리 먼 훗날의 일이 아니었다.

"진짜 별 미친년이 다 있네요, 형님!"

치밀어 오르는 울분을 참지 못하고 테아의 침실 문을 기세 좋게 열어젖히던 정태는 문 앞에서 그대로 얼어붙은 듯 멈춰 설 수밖에 없었다. 아무래도 타이밍을 잘못 맞춰 온 것 같다는 깨달음이 뒤통수를 강타하고 있었지만, 이미 열어버린 문을 도로 닫을 수도 없는 일이었다.

"왜? 무슨 일인데?"

좋은 시간을 방해받아 짜증이 났다는 기색을 노골적으로 드러내며 테아가 투덜대듯 물었다. 침대에 비스듬히 기대 누운 테아의 곁에는 현수가 숟가락을 손에 든 채 앉아 있었다. 두 사람 사이에 놓인 죽그릇으로 미루어 보아 테아는 현수가 떠다 주는 죽을 아기 새처럼 야금야금 받아먹고 있었음에 틀림없었다. 다친 곳은 단지 팔뚝에 난 자상일 뿐인데 왜 속병 난 환자처럼 죽을 먹고 있는지는 의문이었지만, 어쨌든 테아는 흡족한 얼굴로 환자용 유동식을 열심히 받아먹고 있는 중이었다.

"어…… 조금 이따가 올까요?"

"됐어. 이미 들어왔는데, 뭘. 대체 무슨 일인데?"

이미 흥이 깨졌다는 얼굴로 테아가 심드렁히 물었다. 하지만 눈동자만은 여전히 죽그릇을 정리하는 현수를 흘긋거리며 아쉽다는 듯 입맛을 다시는 중이었다.

"지금 경찰서에 다녀오는 길인데 말입니다. 형님한테 칼빵 놓은 그 미친년이요, 범행 동기가 뭔지 아십니까?"

"뭔데?"

"그렇게라도 형님한테 기억되고 싶었답니다."

"헐."

"정말 돌아도 단단히 돈 거 아닙니까? 좋아하는 사람한테 칼빵 놓는 게 애정표현이라니 진짜 세상은 넓고 또라이는 많네요. 경찰에서는 합의할 거냐고 물어보는데 어떻게 하실 겁니까, 형님."

"적당히 사과받고 합의해줘."

"미안한 기색도 전혀 없던데요. 사과는커녕 형님한테 자기 이름 꼭 전해달라고 하더라고요. 진짜 육성으로 욕 나올 뻔했잖아요, 저."

"됐어. 그런 애들 한두 번 본 것도 아닌데."

"이번은 경우가 좀 심하지 말입니다."

"그래도 팬인데 고소해봐야 우리만 모양새 빠져. 그냥 액땜했다 치고 말아야지, 뭐."

오랜만의 휴가라며 팔자 좋은 얼굴로 늘어진 테아가 한들한들 고개를 저으며 말했다. 인생사 새옹지마라더니, 보얗게 살이 올라 침대 위에 한가롭게 누운 테아를 보니 그 말이 실감이 났다. 첫사랑에 막 눈뜬 풋내기 주제에 짝사랑 상대에게 지극정성 수발까지 받고 있으니 아주 팔자가 제대로 편 셈이었다. 저 인간에게 뭘 기대했냐며 정태는 짤래짤래 고개를 흔들었다.

하긴 경찰이 아니더라도 테아의 팬클럽에서 가만히 두지 않을 기세이긴 했다. 테아가 사생팬의 테러로 상처를 입었으며 이 여파로 한 달간의 휴식 기간을 갖게 되었다는 소식은 벌써 며칠째 연예뉴스의 1면을 장식 중이었다. 르포 프로그램에서도 발 빠르게 사생팬의 폐해에 대한 특집 꼭지를 내보내고 있었고, '사생팬 이래도 좋은가'를 주제로 한 칼럼들이 연일 쏟아져 나오고 있었다. 푹 눌러쓴 후드티셔츠와 두터운 마스크에 모자이크까지 가려놓은 범인의 신상을 어떻게 알아냈는지, 벌써부터 그녀의 SNS와 개인 블로그 등은 팬들이 보내온 저주와 쌍욕으로 도배되어 있었다. 적어도 한동안은 테아의 곁에 얼씬거리지 못할 것만은 분명했다.

"그래도 형님 팔에 흉터까지 났는데."

불만스레 입이 툭 튀어나온 정태의 투덜거림에, 테아는 붕대로 감겨진 자신의 팔을 흘깃 내려다보았다. 10센티미터 정도의 쭉 찢긴 상처는 아마도 오랫동안 지워지지 않는 상흔으로 남긴 하겠지만, 커터칼날이 지나간 얇은 상처니 아마 그렇게까지 흉하진 않을 터였다. 하지만 그는 짐짓 걱정스런 표정을 지어 보였다.

"하긴 그래도 명색이 연예인인데 흉터가 나면 참 곤란하겠다. 그치?"

분명히 정태를 향한 물음이 분명하건만, 어째 테아의 눈동자는 현수 쪽을 흘금거리고 있었다. 분명히 현수의 동정심이나 책임감을 자극해보려는 수작임에 틀림없었다. 설마 저런 속보이는 구닥다리 수법이 통할까 싶어 코웃음을 치려던 정태는 의외로 현수의 눈빛에 아련한 어두움이 스쳐 가는 것을 보고는 경악하고 말았다. 쓸데없을 정도로 고지식한 이 아가씨는 자신을 감싸려다 상처를 입은 테아에게 무한한 책임감을 느끼고 있는 것이 분명했다. 어차피 자기 팬한테 당한 것이니 자기 업보일 텐데, 이 보살 같은 심성의 아가씨는 그런 것 따위 생각하지 않는 듯했다.

"할 말은 그것뿐?"

"네? 아, 네……. 형님이 궁금해하실 것 같아서……."

"볼일 끝났음 가봐라."

"네?"

"난 좀 쉴 테니까 너도 가서 좀 쉬어. 이럴 때 안 쉬면 또 언제 쉬겠냐."

고양이 쥐 생각해주는 척하시기는. 한시라도 빨리 방해꾼 몰아내고 둘이서만 있고 싶은 수작인 걸 내 모를 줄 아냐며 정태는 입을 삐쭉였다. 머리 검은 짐승은 거두는 거 아니라더니 그 말이 딱이었다. 내가 저한테 지금껏 얼마나 잘해줬는데 이제 와서 소 닭보듯 하는 거냐며, 정태는 속으로 툴툴거렸다. 그사이에도 테아는 굳이 다친 손으로 베개를 바로잡는다고 낑낑대는 척을 하다가, 현수의 도움을 받고는 헤실헤실 웃고 있는 중이었다. 정말이지 눈 뜨고는 못 봐줄 꼴이었다. 여자 따위는 관심 없다며 쿨한 척은 혼자다 하더니, 아주 닭살도 이런 닭살이 없었다. 테아야 원래 그렇다치고 현수는 또 왜 저런지 도통 이해할 수가 없었다. 시크하고 도도하기 하늘을 찌르던 양반이 어째서 저런 뻔한 수작에 같이 말려들어, 애 버릇만 망쳐놓고 있단 말인가. 정태는 불만스러운 눈으로 두 사람을 삐쭉삐쭉 쳐다보다가 결국 부루퉁한 얼굴로 문밖을 나서고 말았다. 저러다 현수에게 보기 좋게 확 차여버리라는 악담을 남몰래 구시렁거리면서.

정태가 나간 방 안엔 또다시 고요한 적막이 내려앉았다. 이상할 정도로 평화롭고 안락한 고요함이었다.

"죽이 식었습니다. 더 드실 거면 다시 데워 오겠습니다."

무심한 듯하지만 평소보다 훨씬 더 부드러운 목소리로 현수가 입을 열었다. 고요함 속에서 들리는 그녀의 목소리는 평소보다 더 좋았다. 꼭 바람 소리 같다고, 테아는 생각했다. 대숲에 부는 푸른 바람 같은 꼭 그런 느낌이었다. 한껏 기분이 좋아진 테아는 빙긋 웃으며 고개를 흔들었다.

"아니, 그만 먹을래."

"그럼 그릇 좀 치워두고 오겠습니다."

"그냥 여기 있어."

"쉬셔야 하지 않습니까?"

"같이 있어줘. 혼자 있는 거 싫어."

알았다는 듯이 현수는 조용히 고개를 끄덕였다. 베개에 한쪽 볼을 대고 누운 채 테아가 실쭉 웃음을 지었다. 베개 위로 금발 머리카락을 늘어뜨린 채 누워 있는 테아는 평소보다도 더 앳되고 고운 얼굴을 하고 있었다. 평소 짓고 있던 특유의 뚱한 표정이 말끔히 지워진 그의 웃음은 어린 소년처럼 말간 느낌이 났다.

"최현수."

"네."

"당신 되게 이상한 거 알아?"

"별나다는 소리는 자주 듣습니다."

"응. 별나. 되게 별나고 이상해."

굉장히 재미난 농담이라도 한 것처럼 테아는 혼자서 배시시 웃었다.

"참 이상하지? 아무것도 안 하고 그냥 있어도, 당신이랑 있으면 이상하게 편안해."

현수는 대답하지 않았다. 하지만 그녀의 입가를 스치는 미묘한 미소를 언뜻 본 것도 같았다.

"당신은 어때? 나랑 있으면 불편해?"

"글쎄요. 그다지 불편한 건 모르겠습니다."

"별로 맘에 드는 대답은 아닌데 그래도 지금은 이걸로 만족할 래. 불편하지 않다는 건 적어도 싫지는 않다는 거잖아. 뭐, 처음보 단 많이 발전했네."

이번엔 조금 더 명확한 미소가 현수의 입술 끝을 스쳤다.

"최현수."

"네."

"왜 나한테 잘해줘?"

"그게 불만이십니까?"

"아니. 근데 이상해서. 원래 당신 나 싫어했잖아."

"싫어하진 않았는데요."

"한심해 하긴 했잖아. 당신 예전에 나 볼 때 어땠는 줄 알아?"

"어땠는데요?"

"뭐 저런 병신이 다 있냐는 그런 눈빛이었어."

결국 현수의 입에서 푸훗 웃음이 새어나왔다.

"그 정도는 아니었는데요."

"아니야, 충분히 그 정도였어. 근데 되게 웃긴 게…… 계속 그때 당신 눈빛이 생각나는 거야. 짜증나고 화나는데, 근데 이상하게 계 속 생각이 나더라고."

"혹시 주변에서 매저키스트란 소리 안 들어보셨습니까?"

뜻밖의 변태 진단에 테아가 자리에서 벌떡 일어나 앉았다. 베개 에 문질러지던 금빛 머리카락이 제멋대로 헝클어져 있는 게 묘하 게 귀여워 보이는 얼굴이었다.

"아냐, 그런 거!"

"그럼요?"

다시 꾸물꾸물 베개 위로 자리를 잡으며 테아는 잠시 생각에 잠겼다. 어째서 자신이 이 괴상한 여자에게 대책 없이 빠져들고 있는지에 대해서.

"글쎄. 왜 그랬을까……. 아마도…… 진짜로 나를 봐준 사람을 오랜만에 만나서 그런 게 아닐까?"

현수의 고개가 조그맣게 갸웃거렸다. 까만 눈동자를 도록거리는 산새가 떠올라서 테아는 피식 웃었다.

"연예인으로서 살다 보면……. 가끔씩 내가 누군지 모르게 될 때가 있어. 이상하지? 모두가 다 나를 아는데 정작 나는 내가 누군지 모르겠는 거야. 사람들 앞에 보여지는 나는 진짜 내가 아닌 거 같아."

현수는 곧바로 대답하지 않았다. 대신 그의 말을 몇 번이고 곱씹는 것처럼 깊은 생각에 잠긴 얼굴이 되었다. 최현수의 그런 점이 참 좋다고, 테아는 생각했다. 누군가의 고민에 함부로 참견하고 조언하지 않는, 그런 점이.

"진짜 이름은 뭡니까?"

한동안의 침묵을 깨고 마침내 그녀가 내뱉은 말은 다소 뚱딴지 같은 것이었다.

"내 이름?"

"테아가 진짜 이름은 아닐 것 같아서요."

조금 쑥스러운 듯, 테아는 키득키득 소리 내서 웃었다.

"되게 촌스러운 이름이야."

"뭔데요?"

"태공. 알지, 강태공? 물고기 대신 세월 낚는다는 사람."

"주나라 여상 말씀이군요."

"응, 그 사람."

"부모님이 낭만적인 분이셨나 보네요. 이름 멋진데요."

"글쎄. 그다지 낭만적이진 못했어. 마지막엔 개싸움으로 끝났거든."

또다시 무심한 산새 같은 얼굴로 현수가 고개를 갸웃거렸다.

"잘 생각은 안 나는데, 그래도 우리 집이 가난할 땐 나름 화목했던 것 같거든. 그런데 돈이 생기니까 가족이고 나발이고 없더라고. 그런 거 보면 돈이란 게 참 요물이긴 해."

테아의 눈에 잠시 망설임이 스치는 듯했지만, 아무렇지 않은 듯 명랑한 목소리로 계속해서 말을 이어나갔다.

"내가 데뷔한 게 열세 살 때였거든. 우리 부모님 이혼하신 게 열여섯 살 때였고. 그전에도 이미 진흙탕이긴 했는데, 이혼한 다음부터는 정말 장난 아니었지. 가족 간에 법정 싸움 하는 거, 그거 진짜 못 봐주겠더라고. 완전 개싸움이야. 개싸움."

마른 웃음을 핫핫 웃는 테아를, 현수는 그저 가만히 내려다보고 있었다. 일확천금을 찍어내는 어린 아들을 두고 부모가 벌인 진흙탕 같은 싸움을, 현수도 조금은 짐작해볼 수 있었다. 하지만 그 속에서 어린 시절을 보냈을 소년의 마음을 모두 이해하는 것은 불가능할 터였다.

"당신은 어땠어?"

"뭐가 말입니까?"

"나만 다 보여주는 건 불공평하잖아. 이제 당신 얘길 좀 해봐."

"글쎄요……. 별로 특별할 건 없는데요."

"뻥치지 마. 당신 이미 충분히 특별하거든."

현수가 또다시 푸훗 웃었다. 오늘따라 유난히 웃음이 헤프다고, 현수 자신도 느끼고 있었다. 어느 사이엔가 테아와 있는 것이 조금씩 즐거워져 있다는 것을, 현수는 더 이상 부인할 수 없었다.

"제가 그렇게 별난가요?"

"응. 많이."

흠, 하고 잠시 뜸을 들이던 현수는 나지막한 목소리로 입을 열었다.

"그런 생각은 가끔 해요. 세상이…… 저한테는 너무 빠르고 번잡하다는 그런 생각이요."

이번에는 테아가 침묵할 차례였다. 그저 조용히 눈빛으로만 현수의 말을 듣고 있었다.

"어릴 때 줄곧 산에서 살았거든요. 읍내에 있는 중학교에 다닐 때까진 아버지랑 오빠랑 그렇게 산에서 살았어요."

"아, 그 무속인이라는 오빠?"

"네. 오빠는 어릴 때부터 견귀를 했거든요. 그래서 오래전부터 그쪽 길을 걷게 될 거라고 짐작은 하고 있었어요."

"견귀면, 귀신을 보는 거야? 그건 좀 무서운데?"

"글쎄요. 영들은…… 무섭기보다는 안타깝죠. 그래도 오빠 덕분에 세상을 보는 시선이 좀 더 넓어진 것 같아요. 세상은 우리가 보는 것보다 좀 더 넓다는 걸 알게 되니까요."

그래서인가, 라고 테아는 생각했다. 현수의 묘한 눈빛에 속절없이 끌리던 이유는 보이지 않는 곳까지 사려 깊게 와 닿는 그녀의 시선 때문인지도 몰랐다.

"강태아 씨를 보면서도 그런 생각을 해요."

갑자기 튀어나온 자신의 이름에 테아는 깜짝 놀랐다.

"나? 내가 왜?"

"보이는 것보다 보이지 않는 다른 면들이 더 많은 것 같아서요."

"그거 무슨 뜻이야? 칭찬이야?"

"음……. 아마도…… 그렇다고 해두죠."

싱긋 웃는 현수의 미소를 본 테아는 그녀의 말이 호의에서 나온 것임을 눈치챘다. 그리고 지금이 바로 낚싯대를 던질 바로 그 타이밍이란 것도.

"최현수."

"네."

"손 잡아도 돼?"

"네?"

하지만 테아는 대답을 기다리지 않았다. 거절의 대답이 튀어나오기 전에, 얼른 손을 뻗어 그녀의 손을 움켜잡았다. 그러고 나선 현수의 눈을 빤히 올려다보았다. 자기 딴엔 도발적인 눈빛이었는진 모르겠지만, 어쨌든 현수가 보기에는 올망올망 올려다보는 강아지 같은 눈빛이었다. 꾸욱 잡고 있는 손 위로 한참이나 칭칭 감겨진 하얀 붕대도, 현수의 마음을 약하게 하는 또 다른 요인이었다. 이 손이 자신의 몸을 감싸던 그날의 기억을, 현수는 아직도 잊지 않고 있었던 것이다. 현수는 억지로 손을 빼는 대신 피식 웃었다. 어린아이처럼 천진한 얼굴로 '응? 응?' 하고 조르는 테아가 어이없으면서도 귀여워서였다. 그리고 그런 현수의 눈빛에서 미약한 'yes'의 기운을 읽어낸 테아는 그제서야 안심한 듯 빙긋 웃었다.

"좋다."

"그게 그렇게 좋습니까?"

"응. 이상하게 좋네. 진짜…… 되게 좋아."

현수의 손은 생각보다 작았다. 길쭉길쭉 손가락이 뻗어나간 예쁜 손이었지만, 손가락 안쪽엔 단단히 못이 박혀 있는 강단 있는 손이기도 했다. 생각해보니 여자랑 이렇게 손을 잡고 있었던 적이 한 번도 없었던 것 같았다. 이런저런 여자들과, 이런저런 짓들을 해봤던 기억은 있었지만, 이렇게 아무것도 하지 않고 오롯이 손만 잡고 있었던 적은 단 한 번도 없었다. 여자랑 단둘이 있는데 가만히 손만 잡고 마주 보고 있다니, 참으로 밍숭밍숭하기 짝이 없었다. 그런데 이상할 정도로 좋았다. 손에서부터 전해지는 따뜻한 감촉이 찌릿찌릿 전해져 와서, 뱃속의 어딘가가 간질간질해 지는 기분이었다.

"나 잔다."

테아는 현수의 손을 냉큼 끌어다 볼 아래 대고 눈을 콕 감았다. 어쩐지 계속 눈을 뜨고 현수를 바라보고 있기가 부끄럽고 무안해 져서였다. 보드라운 손등이 간질간질 와 닿는 느낌이 좋았다. 문질문질 볼을 비비며, 테아는 기분 좋은 얼굴로 싱긋 웃었다.

"어디 가지 말고, 여기 있어."

현수는 대답하지 않았다. 하지만 테아에게 붙잡힌 손을 빼지도 않았다. 현수의 손등에 가만히 볼을 문지르던 테아는 보드라운 살결 위로 살며시 입술을 가져다 댔다. 입맞춤이라기에는 가볍고, 평범한 접촉이라기엔 농밀한, 미묘한 움직임이었다. 부드럽게 손등에 와 닿은 입술은 열에 달뜬 사람처럼 뜨거웠다. 손등에 와 닿는 테아의 입술을 느끼며, 현수는 당황함으로 굳어지고 있었다. 입술이 와 닿은 것은 손등이었는데, 이상하게 심장 한쪽이 두근거렸다. 대체 이 행위의 의미는 뭘까, 하고 현수는 생각했다. 이 남자의 진심이, 아직도 현수에겐 어려웠다.

현수는 자신의 손을 벤 채 눈을 감고 있는 남자를 바라보았다. 속눈썹이 소복한 눈꺼풀을 꼭 감고 천사같이 말간 얼굴로 누워 있는 남자에게선 어느새 쌔근거리는 숨소리가 흘러나오고 있었다. 정말로 잠이 들었는지, 아니면 자는 척하는지, 그런 것 따위는 그다지 중요하지 않을지도 모르겠다고, 현수는 생각했다. 그에게 잡힌 손을 빼지 않은 채, 현수는 가만히 그의 어깨 위로 이불을 덮어 주었다. 평화로운 적막이 두 사람 위로 내려앉고 있었다.

"형님, 안녕히 주무셨습……. 어이쿠!"
아침과 점심의 중간쯤 되는 시간에 테아의 침실을 방문한 정태는 기운차게 문을 열고 들어가려다 냉큼 도로 뛰쳐나오고 말았다. 열었던 문을 쾅 닫고 헉헉 두어 번 숨을 고른 다음에야, 자신이 조금 전 봤던 게 무엇이었는지 곰곰 되새겨 보았다. 침대 위에는 상의를 훌떡 벗은 반라의 테아가 앉아 있었고, 현수는 그 앞에서 몸을 반쯤 기울인 채 서 있었다. 다른 건 제대로 못 보긴 했지만, 이글이글대던 테아의 눈빛만큼은 똑똑히 기억이 났다. 대체 이게 뭔일이래! 정태는 두근두근 뛰는 심장 위에 손을 얹은 채 놀란 마음을 애써 추스렀다. 형님, 혹시? 형님 설마? 형님……. 드디어?

하지만…… 아쉽게도, 문 안의 사정은 정태의 상상만큼 로맨틱한 것은 아니었다.

"불편하진 않으십니까?"

"응, 괜찮아. 그래도 혹시 모르니까 몇 번만 더 둘러줘."

현수는 테아의 팔꿈치 근처에서 방수 테이프를 두어 번 더 꼼꼼히 둘렀다. 최소 하루 한 번은 샤워를 해야 한다는 테아를 위해, 상처 주변을 랩으로 감싸고 아래위를 의료용 방수 테이프로 꽁꽁 두르는 중이었다. 정태가 상상하던 뜨거운 그 무언가와는 상당히 다른, 평범한 병간호의 일환일 뿐이었다.

"이제 된 것 같은데요."

"어…… 괜찮을까? 물 들어가면 안 되는데."

이미 충분히 꼼꼼하게 잘된 것 같음에도 테아는 여전히 미적대는 중이었다. 정태가 본 것 중에 적어도 하나는 맞았다. 현수를 내려다보는 테아의 눈빛이 지나치게 이글대고 있다는 것만은 사실이었던 것이다.

숨결이 스칠 듯 가까운 거리에서, 그것도 현수의 머리 바로 위에서 내려다보니, 테아의 눈엔 이제껏 보지 못했던 많은 것이 보였다. 부드럽게 빗어 넘긴 길고 검은 머리 타래 아래로 보송보송 자라난 잔머리라든가, 쭉 뻗어나간 우유빛깔 목덜미 중앙에 콕 박혀 있는 조그만 점이라든가 기타 등등 사소하고 귀엽고 어여쁜 현수의 이것저것이 한눈에 들어왔다. 산들바람 같은 베이비로션 향기가 현수의 체향에 섞여 달큼달큼 피어오르고 있었다.

때는 아침이었고, 장소는 침대 위였으며, 테아는 청춘이었다. 비록 현수의 고운 손길에 닿은 것은 팔꿈치와 손목 주변이 다였지만,

벌거벗은 가슴 주위가 괜스레 따끔거리고 간질거렸다. 담요 아래에 숨겨진 남자의 은밀한 곳이 저도 모르는 새 기지개를 켜며 일어서려는 걸, 테아는 죽을힘을 다해 간신히 참고 있는 중이었다. 테아는 어제의 어리석은 자신을 반성했다. 아무것도 안 하고 손만 잡아도 좋다고? 에라이, 미친놈아. 정말이지 그거론 턱없이 부족했다. 지금 테아가 원하는 건 손 따위가 아니었다. 그보다 더 은밀하고 격렬한 그 무언가를 그의 온몸이 애타게 갈구하고 있었다.

"최현수."

"네."

"키스해도 돼?"

현수가 번쩍 몸을 일으켰다. 현수의 얼굴에 스쳐 가는 미묘한 표정을, 테아는 필사적으로 읽어내려 갔다. 하지만 참으로 안타깝게도, 승낙의 기미는 읽혀지지 않았다.

"안 됩니다."

혹시나 했는데 역시나였다.

"아, 왜 안 되는데에!"

그리고 테아는 결국 폭발하고 말았다.

"이쯤이면 우리 사귀는 거 아냐? 어제 그건 뭔데? 어제 그거, 허락의 의미 아니었어? 당신도 나 받아들여주기로 한 거 아니냐구!"

테아 입장에서는 억울함과 답답함의 표현이었을지도 모르나, 정태가 봤다면 부끄러워 쥐구멍을 찾고 싶어질 듯한 징징거림이었다. 결국 가만히 바라보던 현수도 작게 한숨을 내쉬고 말았다.

"평소 로맨틱함이 좀 떨어진다는 얘기를 들어보신 적 없으십니까?"

"뭐?"

"안타깝지만 전혀 그럴 마음이 동하지 않습니다."

"그럼, 그럴 마음이 생기게 하면, 하게 해줄 거야?"

저 듣고 싶은 말만 쏙쏙 듣는 것도 재주라면 재주였다. 현수의 한숨이 조금 더 깊어졌다.

"……봐서요."

하지만 테아는 현수의 대답에서 미묘하게 풍겨 나오는 긍정적인 낌새를 이미 눈치채고 있었다. 누군가의 사랑을 받는 것이 직업인 남자였다. 이런 유의 본능만은 타의 추종을 불허하는 것도 당연했다.

"내가 뭘 어떻게 해주면 되는데!"

"그건 강테아 씨의 능력에 달렸죠. 어쨌든 강테아 씨의 제안을 받아들이게 된다면 저에겐 첫 연애가 되는 셈입니다. 여자로서 최소한의 로맨틱함은 기대해봐도 되지 않을까요?"

순간 테아는 뎅 하고 뒤통수를 얻어맞은 기분이 들었다.

"처음…… 이야, 연애?"

"네."

대답은 간결했다. 하지만 짧은 대답의 여운은 길었다. 웅웅 울리는 보신각 타종 소리처럼 테아의 심장을 한껏 흔드는 중이었다.

"내가…… 당신 첫 남자야?"

"뭐…… 아직은 후보라고 해두죠."

최현수의 첫 남자라니! 이 여자의 첫사랑이라니! 아직은 후보라던 현수의 말 따위는 이미 귓등 밖으로 흘려버린 테아였다. 마침내 기쁨과 격정을 참지 못한 테아는 현수를 향해 덮쳐 들었다. 그리고 다음 순간, 반사적으로 방어기제가 작동한 현수에 의해 목줄기가 제압된 채 침대 위로 나뒹굴고 말았다.

"아직은 안 된다고 말씀드렸는데요."

역시나 현수의 대답은 냉정했다. 하지만 테아가 붕대 감긴 팔을 부여잡고 아야, 아야 인상을 찌푸리자 조금 걱정스런 얼굴로 몸을 굽혀 왔다.

"괜찮으십니까?"

"안 괜찮아. 팔도 아프고, 남자의 자존심도 상처받았어."

잔뜩 부은 얼굴로 테아가 뚱하게 대답했다.

"죄송합니다. 그러기에 말도 없이 갑자기 그러시면……."

"미안하면 손."

"네?"

"키스는 안 돼도 손은 되는 거지? 그럼 손이라도 줘."

빚이라도 받으러 온 사람처럼 손바닥을 쭉 펴서 내민 채, 테아는 당당히 요구했다. 미워하기에는 어처구니가 없는 모습이라 현수는 피식 웃었다. 에라, 귀여우니 봐준다. 현수는 악수하도 하듯 순순히 테아의 손을 잡아주었다.

하지만 상대는 귀여운 강아지 따위가 아니었다. 발톱을 숨기고 있는 늑대 새끼였을 뿐. 현수의 손을 접수하자마자 테아는 씨익 웃었다. 그러고는 도전이라도 하듯 빤히 눈을 맞추며, 현수의 손을 끌어다 입을 맞췄다. 현수의 하얀 손등 위로, 사내치고는 고혹적일 정도로 붉은 테아의 입술이 선명하게 와 닿았다. 이번엔 쪽 소리가 날 만큼 정확한 입맞춤이었다. 벌어진 입술 사이의 축축한 점막이 질척하게 피부에 와 닿는 게, 소름 끼칠 정도로 명확히 느껴져서,

현수는 저도 모르게 어깨를 움츠렸다. 목덜미의 솜털이 바싹 일어서는 기분이었다.

"기다려. 다음엔 입술이야."

씨익 웃으면서, 테아가 도전적으로 속삭였다. 입꼬리를 끌어 올리며 웃는 붉은 입술이 유난히 색정적이었다. 그 입술의 감촉을 이미 알고 있어서 그런지도 몰랐다.

난데없는 횡액에 화들짝 놀란 현수는 다급히 손을 빼내서 등 뒤에 벅벅 문질렀다. '뭐 하시는 겁니까. 아침부터 남사스럽게!' 하고 노려보는 것도 잊지 않았다. 하지만 그런 현수의 귓가가 왠지 붉게 물들어 있는 것을 테아는 똑똑히 볼 수 있었다. 그의 붉은 입술에 걸린 웃음이 조금 더 깊어졌다.

"그럼 쉬십시오. 전 이만 가보겠습니다."

결국 현수는 그녀답지 않은 빠른 걸음으로 후퇴하고 말았다. 테아의 입술이 닿았던 손등이 아직도 후끈후끈했다. 부드럽고 말캉한 그의 입술이 손등에 와 닿았을 때, 그녀는 화상을 입을지도 모른다고 생각했었다. 입술 사이로 느껴지는 뜨겁고 축축한 점막의 느낌을 떠올리며, 현수는 오소소 몸을 떨었다. 처음으로 느껴본 타인의 은밀한 살결은 놀랄 정도로 뜨거웠다. 그때의 기억만으로도 그녀의 온몸이 화끈 달아오를 만큼.

"무슨 일이십니까, 형님! 급한 일이시라니요?"

문자를 받은 정태가 허겁지겁 뛰어올라온 건 그로부터 30분쯤 지난 뒤였다. 테아의 침실에서 일어났을 일에 대해 이런저런 상상을 하며 식당에서 간식을 얻어먹고 있던 정태에게, 난데없는 테아의 긴급 호출이 떨어진 것이었다.

"정태야, 네 생각엔 말이다."

"예, 형님!"

"로맨틱함이란 뭐라고 생각하냐?"

"예, 형님?"

귀신 씻나락 까먹는 소리보다 더 뚱딴지같은 소리에 정태의 얼굴이 와작 구겨졌다. 이 인간이 집에서 놀다 보니 심심함에 미쳐가나 보다고, 정태는 생각했다.

"여자들은 말이다, 뭘 보고 로맨틱하다고 느끼는 걸까?"

그제서야 정태는 대충 감을 잡았다.

"현수 누님한테 이벤트라도 해주시는 겁니까, 형님?"

"응. 그 비슷해. 최현수가 좀 더 로맨틱해야 넘어와 주겠대."

"와, 현수 누님, 안 그러실 줄 알았는데, 천상 여자십니다, 형님."

"눈독 들이지 마, 내 여자야."

아무래도 강태아는 김칫국부터 들이켜고 있는 중인가 보다. 아무리 봐도 최현수가 순순히 강태아의 여자가 되어줄 것 같진 않은데 말이다.

"형님, 현수 누님이랑 데이트는 하셨습니까?"

"아니, 아직."

"아이 참, 형님! 답답하십니다. 여직 데이트도 한 번 안 하고 뭐하셨습니까?"

"시간이 없었지. 너도 알다시피 내가 좀 바쁘냐."

"정식 데이트도 한 번 안 하고 어떻게 로맨틱을 논하겠습니까, 형님."

테아는 곰곰이 자신을 되돌아보며 잠시 반성의 시간을 가졌다. 생각해보니 그렇다. 현수와의 기억 중에 떠오르는 굵직굵직한 장면들만 해도, 난데없이 키스를 하자고 들이대거나 다짜고짜 사귀자고 박박 우기는 모습들이 전부였다. 역시나 섬세함이 부족했던 거라며, 테아는 마음 깊이 반성했다. 사실 그전에 여자랑 사귈 땐 딱히 그런 절차 따윈 상관이 없었기 때문에 잘 몰랐다. 지금껏 테아의 주변엔 눈짓만 슬쩍 보내도 바로바로 넘어오는 여자들뿐이었기 때문이었다.

"여자랑 데이트를 하려면 보통 어딜 가지? 첫 데이트는 좀 괜찮은 데로 갔으면 하는데. 최현수한텐 내가 첫 번째 남자친구거든."

"진짭니까, 형님? 현수 누님 지금껏 한 번도 연애 안 해보셨답니까?"

"어."

대답하는 테아의 얼굴이 괜스레 붉어져 있었다. 애써 태연한 척하는데도 히죽히죽 웃음이 새어나오는 걸 보니, 어지간히도 좋은 듯했다.

"그래서 말이야, 첫 데이트는 어디가 좋을까?"

"보통은 극장이나 카페 같은 데를 가지만, 형님은 그런 덴 못 가시지 않습니까?"

당연히 못 간다. 테아가 나타나는 것만으로도 반경 백 미터는 족히 초토화될 테니까. 그리고 다음 날 테아의 열애설이 대서특필되겠지.

"여행은 어떠십니까, 형님?"

"여행?"

"네, 사람 없고 경치 좋은 해외로 잠시 다녀오시죠. 원래 여행지에서는 없던 로맨스도 생기고 그런 거 아니겠습니까?"

여행이라……. 최현수와의 여행이라. 여행지에서 맞는 최현수와의 하룻밤이라…….

저도 모르게 벌겋게 달아올라가는 테아의 얼굴을 보며, 정태는 깨달았다. 저 인간이 지금 김칫국을 양동이로 들이마시고 있다는 사실을. 어쨌든 오늘 오후엔 여권이나 갱신하러 가야겠다고, 정태는 눈치 빠르게 생각하는 중이었다. 두 사람의 첫 데이트이자 첫 여행이 과연 성공리에 끝날지는 장담할 수 없었지만, 어쨌든 여권은 필요할 것 같다는 게 정태의 냉정한 판단이었다.

"여행이요?"

"응, 여행."

테아가 건네주는 수건을 받아 들던 현수가 갑작스런 제안에 고개를 갸웃거렸다. 음악적 영감을 떠올리겠다는 핑계 하에 현수의 검술 수련을 지켜보며, 채워지지 못한 욕망으로 눈동자를 이글대던 테아가 뜻밖의 제안을 해왔기 때문이었다.

"요양 중 아니셨습니까?"

"요양 중이니까 여행도 가는 거지. 보통 땐 바빠서 못 가."

현수의 반응이 조금 마뜩잖다고 느꼈는지 테아가 서둘러 덧붙였다.

"딴생각은 없어. 그냥 당신이랑 어디라도 한번 가보고 싶어서 그래."

왠지 모르게 눈을 제대로 마주치지 못하는 모양새가 이미 충분히 딴생각을 하고 있는 것 같아 보이긴 했지만, 현수는 딱히 지적하지 않았다. 한동안은 이 남자가 하는 양을 가만히 지켜봐 주기로 했기 때문이었다.

"어디로 가고 싶으신데요?"

"내가 먼저 물었잖아. 어디 가고 싶은 데 없냐고. 이왕이면 당신이 가고 싶었던 델 가면 좋겠어. 전 세계 어디든 괜찮아. 평소 가고 싶었던 데가 있으면 말만 해."

조금 쑥스럽지만 자랑스러운 얼굴을 하고, 테아는 '나 그 정도 능력은 있는 남자거든.' 하고 덧붙였다. 하긴 마냥 어린애 같은 얼굴을 하고 있긴 하지만, 테아는 한국의 연예인 재산 순위 10위권 안에 드는 남자였다. 그것도 부모의 도움 없이 오직 자기 힘으로 이뤄낸 성과였다. 이런 남자의 연인이 된다는 게 어떤 것인지, 테아는 이번에 현수에게 아주 제대로 보여줄 심산이었다. 돈지랄이든 뭐든, 현수가 원하기만 한다면, 이참에 아주 제대로 해 보일 수 있었다. 하지만 현수의 입에서 나온 대답은 조금 의외의 것이었다.

"그럼 집에 좀 다녀오고 싶어요."

"집? 지리산?"

"네. 바빠서 한동안 못 들렀거든요. 휴가 겸 해서 한번 다녀왔음 해서요."

피렌체의 호텔에서 보내는 호화롭고 로맨틱한 하룻밤 따위를 남몰래 상상하고 있던 테아는 맥 빠진 얼굴이 되고 말았다. 하지만 한편으론 궁금하기도 했다. 이 유별난 여자가 자라온 그곳이. 아마도 그곳에 가면 속내를 도통 알 수 없는 이 여자를 조금은 더 깊이 이해하게 될 수 있을지도 몰랐다.

"지리산은 어때? 좋아?"

"쉬기엔 적당한 곳이죠."

문득 그 말이 마음에 꽂혔다. 쉰다……. 쉰다는 게 어떤 거였더라……. 생각해보니 제대로 쉬어본 적이 언제인가 싶었다. 기억도 나지 않는 아주 오래전부터 그저 숨 가쁘게 달려오기만 한 것 같았다. 무엇인지 모를 것을 쫓아, 혹은 무엇인지 모를 것에 쫓겨, 그렇게 살아온 하루하루였다. 그래서였을까. 쉬기에 적당한 곳이라는 현수의 말에 갑자기 두근두근 가슴이 설레었다.

"좋아. 가자."

테아는 자리에서 벌떡 일어났다. 이번엔 현수도 놀란 것 같았다. '설마 지금이요?'라고 묻는 그녀의 질문에, 테아는 힘차게 '응.' 하고 대답했다.

"여기서 지리산까지 경부고속도로 타고 가면 네 시간 정도밖에 안 걸려. 얼른 출발하면 저녁 먹기 전에 도착하겠다."

"그래도 이건 너무 갑작스럽지 않습니까?"

"원래 한 치 앞을 모르는 게 인생의 묘미지. 가자, 최현수. 가다가 휴게소에서 감자구이 사줄게."

"감자구이요?"

어처구니없는 급전개에, 결국 현수는 어이없는 얼굴로 피식 웃었다.

"어, 감자구이. 버터에 노릇노릇 구운 거. 나 그거 되게 좋아하거든. 이상하게 집에서 먹으면 그 맛이 안 나더라고. 아, 그럼 캐비아도 좀 챙겨 가야겠다. 감자구이에 캐비아 발라 먹으면 진짜 맛있어."

현수의 손목을 덥석 잡아끌며, 잔뜩 신이 난 얼굴로 테아가 재잘댔다. 진짜 웃기는 짬뽕 같은 남자라고, 현수는 속으로 생각하는 중이었다. 휴게소의 감자구이에 캐비아라니 정말로 어울리지 않은 조합인 것 같은데, 묘하게도 두 가지가 모두 다 잘 어울리는 남자라는 점이 가장 웃겼다. 결국 현수는 반쯤 웃으며 고개를 끄덕일 수밖에 없었다. 감자구이도, 캐비아도, 지리산도 아닌, 소년처럼 웃고 있는 남자의 함박웃음 때문이었다.

가볍게 샤워를 하고 가방 속에 간단한 옷가지 몇 벌을 챙기면서 현수는 몇 번이나 실없는 헛웃음을 터뜨렸다. 지금 대체 뭘 하는 건가 싶어서였다. 하지만 나쁜 기분은 아니었다. 평범한 일상에서 갑자기 떠나는 여행은, 갑작스런 깜짝 선물만큼이나 즐거운 일이기도 했으니까.

급작스러운 여행 소식을 전해 듣고서도 정태는 그다지 놀라지 않았다. 테아와 함께한 지 5년째, 햇수로는 6년을 맞이하는 정태였다. 그사이 사천식 짬뽕이 먹고 싶다는 이유로 뜬금없이 중국행 비행기를 타보기도 했고, 게를 넣은 푸팟퐁커리가 먹고 싶다는 테아를 위해 밤비행기를 타고 태국으로 날아간 적도 있었다. 휴게소 감자구이를 먹으러 지리산으로 떠나는 정도야 눈 하나 깜짝할 일도 아니었던 것이다. 결국 한 시간도 안 되어서 세 사람은 지리산으로 떠나는 차 안에 앉아 있었다. 치프매니저인 윤 실장이 알면 뒷목을 잡을 만한 일이긴 했지만, 어쨌든 세 사람 모두 소풍 떠나는 아이들처럼 나름 설레는 얼굴들이었다.

모처럼의 여행이니 오랜만에 차고에서 페라리 FF도 꺼내 왔다.

렉스의 전 멤버이자 페라리 마니아인 루안의 표현에 따르면 그냥 비싼 푸조같이 생긴 전혀 페라리스럽지 않은 차였지만, 사륜구동에 해치백 스타일이란 점에서 여럿이 놀러 갈 때 쓰긴 딱이었다. 페라리 특유의 늘씬함은 없지만, 그래도 테아가 애정하는 차 중의 하나였다. 새빨간 페라리의 운전석에는 정태가 앉아 있었고, 테아와 현수는 뒷자리에 나란히 앉았다. 평소처럼 조수석으로 가려는 현수를 붙잡아다 기어이 자기 옆자리에 앉힌 테아 덕분이었다. 하지만 안타깝게도 페라리 FF의 뒷좌석은 높은 팔걸이로 구분된 독립된 두 개의 좌석으로 이루어져 있었다. 살 때는 그 점이 맘에 들어 샀던 거였지만, 현수와 한참이나 떨어져 앉아 있어야 하는 지금은 짜증스럽기 그지없는 구조였다. 다음에는 현수랑 람보르기니를 타고 드라이브를 가야겠다는 쓸데없는 다짐을, 괜히 비장하게 해보는 테아였다.

어쨌든 하늘은 푸르렀고 바람은 시원했다. 매일매일 차 타고 어디론가 가는 게 일인 테아였지만, 새까만 밴 안에 짐짝처럼 실려서 다니는 것과 차를 타고 놀러 나온 건 확실히 달랐다. 하지 말라는 정태의 충고를 무시하고, 테아는 창문을 활짝 열었다. 에어컨 공기와는 다른 시원한 바람을 한껏 들이마시고 있노라니 벌써부터 기분이 좋아졌다. 아직 고속도로 초입밖에 오지 않았음에도 일상에서 백만 광년은 탈출해 나온 것 같은 해방감이 몰려들었다.

"와, 좋다! 거봐, 나오길 잘했지?"

"뭐, 그런 것 같긴 하네요."

어쩐지 질문이 아니라 강요 같은 물음이긴 했지만, 현수는 선선히 그렇다고 대답해주었다. 현수로서도 오랜만의 외출이니만큼,

꽤 괜찮은 기분이었던 것이다. 어쨌든 날씨 하나만큼은 기가 막히게 좋았으니 말이다. 평소엔 정신 사납다고 생각하던 테아의 힙합 댄스곡들도 달리는 차 안에서 들으니 나름 신나게 들려왔다. 현수는 언제부터인가 저도 모르게 음악에 맞춰 손가락을 까딱이고 있는 자신을 발견하곤 피식 웃었다. 어쩐지 저도 모르게 조금씩 이 남자의 페이스에 말려들어가고 있는 기분이 들었던 것이다.

결국 테아의 소원대로 휴게소 감자구이도 잔뜩 사 먹었다. 휴게소에 도착한 후, 새빨간 페라리의 문이 열리고 선글라스를 멋들어지게 쓴 정태가 내리자 주변의 시선이 죄다 몰려들었다. 어쩐지 평소보다 어깨가 으쓱해진 듯한 정태가 휴게소로 향하는 동안 테아는 뒷자리에 숨어서 키득키득 웃었다. 고속도로 휴게소에 나타난 페라리만으로도 놀라운데, 뒷좌석에 테아가 타고 있는 것까지 알게 되면 다들 난리가 날 터였다. 남모르는 일탈의 즐거움에, 테아는 입술을 한껏 끌어 올리며 즐겁게 웃었다.

잠시 후 되돌아온 정태의 두 손엔 점심식사를 대신할 만한 갖가지 휴게소 먹거리가 잔뜩 들려 있었다. 따끈따끈한 알감자가 들어 있는 종이그릇이 가장 소중하게 들려 있었던 것은 두말할 나위도 없었다. 노릇노릇 먹음직스럽게 구워지긴 했지만, 사실 그다지 질이 좋지 않은 싸구려 감자였다. 유기농 식자재들을 산지에서 주문해 먹는 테아네 식탁엔 결코 올라오지 못할 퀄리티였다. 새빨간 떡볶이는 너무 매웠고, 싸구려 고추장 맛과 길거리 먼지 맛이 아련하게 났다. 기름을 잔뜩 먹은 핫바와 도너츠들도 마찬가지였다. 하지만 그럼에도 불구하고 맛있었다. 한입 가득 베어 물고 오물오물 씹고 있다 보면 웃음이 절로 나올 만큼 맛있었다. 무엇보다도 노릇노릇 구워진 알감자 위에 노르웨이에서 공수해 온 튜브형 캐비아를 쭉 짜서 한 입 먹으면, 둘이 먹다 하나가 죽어도 모를 만큼 맛이었다. 안타깝게도 최현수는 캐비아가 입에 맞지 않다며 한입 맛보고 나서 바로 물려버렸지만 말이다.

"맛있지?"

"……매워요."

떡볶이를 먹고 있는 현수의 눈가는 촉촉하게 젖어 있었다. 하얀 얼굴이 발그레 달아오른 걸 보니 어지간히도 매운 듯했다.

"의외네. 매운 거 못 먹어?"

"네. 매운 것도, 뜨거운 것도 잘 못 먹어요. 근데 오늘은 이상하게 맛있네요."

빨개진 얼굴로 훌쩍이며 현수가 대답했다. 평소의 무심하기 짝이 없는 현수와는 전혀 다른 모습이었다. 오물거리는 모습이 꼭 다람쥐 같다고, 테아는 생각했다.

"귀엽다."

"네?"

"당신 귀엽다고."

어묵을 한 입 크게 베어 물던 정태가 쿨럭쿨럭 기침을 내뱉었다. 들어서는 안 될 뭔가를 들은 것 같았기 때문이었다. 하지만 테아는 아랑곳하지 않고 말을 이었다.

"당신 정말 볼수록 귀여워."

어이없는 얼굴로, 하지만 딱히 싫지는 않은 얼굴로 현수가 웃었다.

"뭐, 강테아 씨도."

그 뒤에 생략된 말은 아마도 '귀엽다'는 말일 게다. '내가 좀 귀엽지.' 하는 얼굴로 테아가 생긋 웃었다. 눈꼬리를 살포시 접어 웃는 얼굴은 현수도 인정할 수밖에 없을 만큼 예뻤다. 확실히 얼굴로 먹고사는 사람이긴 하구나, 하고 현수는 속으로 생각했다.

"저 음료수 좀 사올게요."

간질간질 오묘한 분위기를 견디다 못한 정태가 결국은 자리를 박차고 일어섰다. 눈치 빠른 녀석이라며 테아는 내심 흐뭇해했지만, 현수 역시 곧바로 정태를 따라 자리에서 일어났다.

"어디 가게?"

"화장실이요."

둘이서만 있는 오붓한 시간을 노리고 있던 테아는 금세 안절부절못하는 얼굴이 됐다. 하지만 '나도, 나도' 하고 같이 따라나서려던 테아는 안타깝게도 정태에게 제지당하고 말았다.

"형님 나가시면 일 복잡해지는 거 아시잖아요."

물론 안다. 그것도 아주 잘 안다. 유명인이 되면서 가장 안 좋은 것 중 하나가 공중 화장실을 마음대로 못 가는 것일 정도였다. 사이좋게 나란히 서서 볼일을 보는 남자 화장실의 구조상, 화장실만 갔다 하면 동네 구경거리가 되는 일이 허다했기 때문이다. 톱 아이돌 강테아의 아랫도리는 어떻게 생겼는지, 사람들은 무례할 정도로 노골적으로 궁금해했다. 그리고 그런 사람들의 시선 속에서 볼일을 보는 건 참으로 낯부끄럽고 더러운 기분이었다. 가끔은 아직 속옷도 추스르지 못하고 있는 중에도 사인 좀 해달라는 눈치 없는 부탁을 받을 때도 있었다. 그런 상황을 누구보다 잘 알기에, 테아는 잠시 망설였다. 무엇보다도 여기서 모습을 드러냈다간 인파에 휩싸여 제대로 출발도 하지 못할 게 뻔했다. 요즘처럼 SNS가 발달

된 시대엔, 누군가에게 발견됨과 동시에 테아의 현 위치가 전국으로 퍼져나가기 마련이었다.

결국 테아는 동동거리는 눈빛을 하고선 현수와 정태의 뒷모습을 차 안에서 바라볼 수밖에 없었다. 어쩐지 어린애를 혼자 두고 가는 기분이라, 현수는 흘끔 뒤를 바라보았다. 그리고 그런 현수를 가만히 지켜보던 정태가 불쑥 입을 열었다.

"현수 누님."

"네."

"저희 형님 어떠십니까?"

"어떤 점에서 말씀이십니까?"

"아시잖습니까. 남자로서…… 말입니다."

걸음을 멈추지 않은 채, 현수는 정태를 흘깃 바라보았다. 그의 의도가 무엇인지 정확히 알 수가 없어서였다. 하지만 뜻밖의 말을 입에 담은 정태의 얼굴은 그 어느 때보다도 진지한 표정이었다.

"제가 말입니다. 형님이랑 같이 일한 지 오 년이 좀 넘었습니다. 근데 형님 저러시는 거, 정말이지 난생처음 봅니다."

현수는 아무런 대답도 하지 않았다. 그러나 진지하게 정태의 말에 귀를 기울이는 중이었다.

"아마도 형님은……. 진심이신 거 같습니다. 테아 형님 저래 보여도, 나쁜 사람은 절대 아닙니다. 그건 제가 장담할 수 있어요. 좋은 사람입니다. 진짜로요. 그리고…… 불쌍한 사람이기도 하고요."

어느덧 화장실이 코앞에 다가와 있었다. 정태는 '그러니까…….' 하고 한참 동안 말을 멈췄다. 그러고 나서 현수를 향해 꾸벅 고개를 숙여 보였다.

"잘 부탁드립니다."

누구를, 혹은 무엇을 잘 부탁하는지, 그는 말하지 않았다. 그러나 현수는 그가 하려는 말이 무엇인지 잘 알 수 있었다. 저 하고 싶은 말만 끝내놓고는 정태는 뒤도 돌아보지 않고 남자 화장실로 성큼성큼 걸어가버렸다. 혼자 남은 현수는 그의 뒷모습을 바라보며 잠시 동안 그 자리에 서 있었다. 그리고 아주 잠시 후, 무언가 결정이라도 한 듯, 천천히 걸음을 옮겼다.

"여기야?"

"네."

"뭔가 생각했던 거랑 엄청 다른데?"

단성 IC를 지나 백운산을 끼고 달린 지 한참, 온통 초록빛인 산자락 사잇길로 구비구비 차를 몰아간 끝에 도착한 현수네 집 앞에서, 테아는 다소 당황스러운 얼굴로 간신히 입을 열었다. 갑작스레 남의 집에 찾아가는 건 민폐니까 근처의 펜션에서 묵어도 괜찮다는 테아의 제안을 쿨하게 거절하고, 현수는 두 사람을 자신의 집으로 초대했던 것이다. 그리고 그녀의 집은 테아의 예상과는 달라도 한참은 다른 모양새였다.

"뭘 생각하셨는데요?"

"어, 글쎄…… 기와집?"

"요즘 세상에 기와집은 흔치 않죠."

"어…… 그렇긴 하지."

물론 현수네 집이 산속에 고즈넉이 자리 잡은 조선시대 기와집일 거라고 생각한 것은 아니었다. 하지만 지리산 자락에 떡하니 자리 잡고 있는 삼 층짜리 고급 별장일 거라고는 꿈에도 상상하지 못했다. 전통무예 연구가인 아버지와 박수무당인 오빠라며? 그런데 집은 왜 이렇게 최신식인 건데!

"집…… 좋네."

"오빠네 점집이 잘돼서요."

"아……."

뭔가 얼빠진 얼굴을 하고선 테아는 고개를 끄덕거렸다. 오빠가 박수무당이라더니 진짜 용하긴 용한가 보다. 집 앞에 세워진 또 한 대의 새빨간 페라리를 보며 테아는 멍하게 생각했다.

"어? 오빠가 와 있나 보네요. 웬일이지?"

역시나 빨간 페라리의 주인공은 현수네 오빠였다. 어쩐지 테아의 차를 처음 타본 다른 여자들이랑 달리 시큰둥하더라니, 현수에게 페라리 따위 흔하고도 흔한 차였나 보다. 테아는 재빨리 앞마당에 주차되어 있는 빨간 차를 흘끔거렸다. 페라리 캘리포니아였다. 다행히도 테아네 집에 있는 페라리 스페치올라가 조금 더 좋은 기종이었기 때문에 테아는 조금 안심했다.

초인종을 누른 현수가 '저 왔어요.' 하고 소리치는 동안, 테아는 두근거리는 마음으로 현수의 뒤에 얌전히 서 있었다. 조금 전까진 그냥 지리산에 놀러 온 관광객의 기분이었는데, 현수네 집을 본 순간부터는 예비 장인어른께 인사드리러 온 남자친구가 된 기분이었다. 괜스레 손바닥에 땀이 송글송글 배었다. 옆에 선 정태도 이유 없이 긴장한 얼굴을 하고 서 있었다. 두근두근 떨리는 시간이 얼마나 지났을까, 마침내 현관문이 열리고 테아와 엇비슷한 키의 젊은 남자가 모습을 드러냈다.

무당이 아니라 로커였나.

그것이 테아가 현수네 오빠를 본 첫 소감이었다. 현수네 오빠는 현수랑 똑같이 허리까지 치렁거리는 새카만 머리를 한 갈래로 곱게 묶고 있었다. 거기다 로커처럼 몸에 딱 붙는 빨간 옷을 아래위로 입고 있었다. 하지만 여성스럽기는커녕 기운찬 남성미가 뿜어져 나오고 있었다. 마치 표범이나 늑대 같은 맹수과의 눈빛을 한 남자였다. 정말이지 존재감이 장난 아닌 남자였다. 솔직히 말해서 테아는 좀 쫄았다.

"어, 왔냐?"

"오빠가 이 시간에 여기 웬일이야? 신당은 어쩌고?"

"어, 누구 좀 만나려고."

날카롭게 번득이는 눈동자로 테아를 뚫어지게 바라보며, 그가 말했다. 순간 테아는 본능적으로 알 수 있었다. 이 남자가 만나려고 기다리고 있던 사람이 바로 자신이란 것을.

"아, 안녕하십니까."

쭈뼛쭈뼛 고개를 숙여 보이자 남자가 대뜸 손을 내밀었다.

"최현석이오."

"가수 테아라고 합니다. 최현수 씨한테 경호를……."

"본명은?"

"네?"

"그게 진짜 이름은 아닐 텐데."

"아, 강태공입니다."

"무슨 강씨?"

"지, 진주 강씨인데요."

몹시 마뜩잖다는 듯한 얼굴이긴 했지만, 어쨌든 그는 테아에게 들어오라고 손짓을 해주었다. 뭔가 1단계 관문을 간신히 클리어한 듯한 기분이라, 테아는 조그맣게 안도의 한숨을 내쉬었다.

다행히도 전통무예를 연구한다는 현수의 아버지 최팔복 씨는 인상 좋아 보이는 초로의 아저씨였다. 나이답지 않게 강단이 넘치는 몸매의 소유자이긴 했지만, 어쨌든 벙긋벙긋 사람 좋은 미소를 지으며 테아를 반겨주었다.

"어이구, 먼 길 오느라 수고했어요. 요즘 우리 현수가 신세를 지고 있다던데……."

"신세는요. 제가 더 신세를 지고 있는걸요. 그리고 말씀 편하게 하셔도 괜찮습니다."

"그래도 우리 현수네 사장님이신데."

분명 최팔복 씨도 TV를 많이 보는 편은 아니신 듯했다. 테아를 알아보는 눈치가 전혀 아니었던 것이다.

"아니, 사장은 아니고요……. 암튼 말씀 편하게 하셔요. 현수 친구라고 생각하셔도 됩니다. 동갑이거든요."

현수와 자신을 번갈아 가리켜 보이며 얼른 덧붙이자, 팔복 씨가 벙긋 웃었다.

"하하, 그럴…… 까, 그럼? 아까 이름이……."

"강태공이래요."

옆에 있던 현수 오빠가 톡 끼어들었다. 테아라는 이름은커녕 가수라는 얘기도 꺼내지 못한 채, 테아는 그저 아하하 어색한 웃음만 짓고 있을 뿐이었다.

"어, 그래. 강태공이. 어우, 이름 좋네."

"아하하, 가, 감사합니다."

"이쪽은?"

"김정태입니다."

눈치 빠른 정태는 재빨리 90도로 인사했다. 까다롭기 짝이 없다는 강테아의 로드매니저 경력 5년 차. 윗사람에게 잘 보이는 방법에는 도가 튼 정태였다. '아, 나도 저렇게 인사할걸.' 하고, 테아 역시 뒤늦게 후회해보았지만 이미 한발 늦은 후였다.

"다들 갈비 좋아해? 서울서 온다고 해서 갈비찜 맛있게 해놨는데. 내가 이래 봬도 요리를 좀 하거든."

"우와, 아버님이 직접 만드셨어요? 저 갈비 엄청 좋아합니다."

역시 이번에도 정태가 한발 빨랐다. 이 자식, 하고 테아가 흘낏 노려보았지만, 이미 정태는 생글생글 웃으며 팔복 씨에게 점수를 한껏 따고 있는 중이었다.

"우리 태공이도 갈비 좋아해?"

"아, 예. 갈비…… 좋아합니다. 어, 엄청."

뜻하지 않게 팔복 씨의 입에서 튀어나온 '우리 태공이'라는 말에 테아는 살짝 감동했다.

"잘됐네. 다들 얼른 들어와. 따뜻할 때 같이 먹자."

뭔가 적응되지 않는 낯선 분위기이긴 하지만 거부할 수 없는 파도처럼 휩쓸리는 분위기이기도 했다. 정신을 차려보니 한상 떡하니 차려진 식탁 앞에 이미 앉혀진 뒤였다. 심지어 밥 위에는 팔복 씨가 손수 얹어준 갈비까지 한 점 올려져 있었다.

"차린 건 없지만 많이들 먹어."

"어우, 아버님. 갈비가 입에서 아주 살살 녹습니다. 양념을 뭘로 하신 거예요."

"양념이 적당히 달지? 나주배를 아주 실한 놈으로다가 갈아 넣었거든."

"역시! 아버님 완전 짱이세요."

입안의 혀처럼 팔복 씨의 곁에서 사근거리는 정태를 흘긋거리던 테아는 정태를 흉내 낸 어색한 동작으로 엄지손가락을 펴 보이며 '진짜 짜, 짱이세요.' 하고 맞장구쳤다. 자신 역시 뭐라도 해야겠다는 위기의식이 들었기 때문이었다. 어설픈 그의 모습에 옆에 앉아 있던 현수가 숟가락을 든 채로 쿡쿡 웃었다.

하지만 맞은편의 현석은 웃지 않았다. 신입사원 면접관보다도 더 날카로운 눈동자로 테아를 뚫어지게 바라보고 있을 뿐이었다. 영혼까지 꿰뚫어볼 것처럼 번득이는 그의 눈빛에, 테아는 갈비찜이 입으로 들어가는지 코로 들어가는지도 모를 지경이었다.

"아, 참. 내 정신 좀 봐. 이럴 땐 술이라도 한잔 꺼내 와야 하는데. 백사주 좋은 놈으로다가 담가둔 거 있는데, 한번 먹어볼래?"

그런데 비위가 약한 테아는 백사만큼이나 새하얘진 얼굴로 얼른 고개를 흔들었다. 옆에 있던 정태가 아쉬움의 눈빛을 보내긴 했지만, 다행히도 팔복 씨는 아하하 크게 웃으며 '그럼 모과주 있는데 그거로 할래?' 하고 말했다. 혹시라도 잘못 대답하면 백사주가 나올까 봐, 테아는 있는 힘을 다해 열심히 고개를 끄덕였다.

팔복 씨가 꺼내 온 모과주는 먹음직스러운 노란 빛을 띠고 있었고, 뚜껑을 여는 순간부터 향기로운 냄새가 가득 퍼져 나왔다. 커다란 잔에 모과주를 한 잔씩 따라주며 팔복 씨가 호기롭게 건배를 외쳤다.

"우리의 인연을 위하여!"

뭔가 촌스러운 아저씨 느낌의 건배사였지만, 왠지 그 말이 테아의 마음에 와 닿았다. 최현수와의 인연과 오늘 만난 그녀의 가족들과의 이 순간이 어쩐지 마음에 깊이 전해져 왔던 것이다. 이런 게 바로 인연인 건가 싶어, 이 순간이 조금 더 특별하게 와 닿았다. 향기롭고 달콤한 모과주의 맛처럼, 어쩐지 마음이 달콤해지는 그런 느낌이었다.

"자, 한 잔 더 하지."

하지만 달콤하게 녹아내리려던 테아의 마음은 맞은편에서 지옥의 야차처럼 웃고 있는 현석을 본 순간 파사삭 얼어붙고 말았다.

"남자라면 술 한잔은 할 수 있어야지. 그렇지?"

이글이글 불타는 듯한 그의 눈빛은 분명 '닥치고, 어서 마셔!'라고 외치고 있었다. 그 눈빛을 본 순간 테아는 느낄 수 있었다. 이것이 2차 관문의 시작이란 것을. 분명히 이 남자는 오늘 작정하고 자신을 보내려 하고 있었다. 예부터 사윗감이 오면 일부러 고주망태가 될 때까지 술을 먹여 본다는 이야기가 퍼뜩 머릿속을 스쳐 지나갔다. 아마도 이 남자는 잔뜩 술을 먹여 자신의 밑바닥까지 확인해보려는 의도임이 분명했다. 자칫 여기서 주사라도 부리는 날엔 모든 것이 끝장이었다. 하지만 여기서 못 마시겠다고 내뺄 수도 없는 일이었다.

"예, 한 잔 주십쇼."

에라, 모르겠다, 하고 테아는 빈 잔을 불쑥 내밀었다. 무서운 눈빛으로 빙긋 웃으며, 현석이 테아의 빈 잔에 콸콸 술을 따랐다.

"잔 주십쇼. 형님도 한잔하셔야죠."

하지만 도전장이라도 내미는 듯, 테아는 현석을 향해 당당한 목소리로 요구했다. 이대로 혼자 죽을 수는 없었다. 죽더라도 같이 죽자며, 테아 역시 이글거리는 눈으로 현석을 바라보았다. 오호라, 이것 봐라 하는 얼굴로 현석이 찌릿찌릿 눈을 마주쳐 왔다.

"저도요! 저도 한 잔 주십쇼!"

아무것도 모르는 정태가 눈치 없이 발랄한 목소리로 끼어들었다.

"자, 그럼 다 같이 한잔하지. 오늘은 다 같이 끝까지 가보자고."

아무것도 모르는 팔복 씨도 해맑게 끼어들었다.

곧이어 건배, 하고 다섯 개의 잔이 짤그락 부딪쳤다. 현석의 눈을 바라보며, 테아는 꿀꺽꿀꺽 술을 삼켰다. 이 중에서 과연 누가 끝까지 갈지는 아무도 모르지만, 어쨌든 뭔가 알 수 없는 사나이들의 레이스가 시작되고 있었다.

7. 모과주가 가져온 기적

노랗게 익은 모과주에선 9월의 햇살 같은 맛이 났다.

말갛고 투명한 햇살처럼, 새큼하고 달큼하게 입안에서 반짝거리는 그런 맛이었다. 하지만 혀끝에서 감겨오는 달콤한 맛과는 달리 한 잔만 마셔도 정신이 얼얼할 만큼 독했다. 주거니 받거니 오가는 술잔 속에 커다란 유리 단지에 한가득 담겨 있던 모과주는 어느덧 바닥을 드러냈고, 밤 깊은 식탁 위엔 정신을 잃고 쓰러진 패잔병들만 남아 있었다. 승자도, 패자도 무의미한 전쟁이었다. 잘 시간이라며 열두 시가 땡 치자마자 방으로 올라가버린 현수만이 유일하게 남아 있는 생존자였다.

새벽 네 시. 아직은 아침이라기보다는 밤에 가까운 시간. 아래층으로 내려온 현수는 눈앞에 펼쳐진 참상에 한숨을 내쉬는 중이었다. 도무지 끝날 줄 모르던 시끌벅적한 술자리를 피해 잠을 청하긴 했지만, 아무래도 마음에 걸렸는지 설핏 들었던 선잠은 몇 시간 만에 깨어버리고 말았다. 다들 어찌 됐나 싶어 내려와 봤더니, 역시나 상상했던 대로 개판이었다. 거실의 소파 위엔 그녀의 아버지인 최팔복 씨가 어푸어푸 코를 골며 잠이 들어 있었고, 소파 바로 아래의 러그엔 불의의 습격을 당한 시체처럼 엎드러진 정태가 섬뜩한 모양새로 자고 있었다. 어떻게 해야 하나 잠시 고민하던 현수는 방으로 들어가 이불을 한아름 들고 나왔다. 널브러진 두 사람을 대충 수습하여 적어도 사람다운 모습으로는 잘 수 있도록 만들어준 후, 현수는 아까부터 사람 소리인지 귀신 소리인지 모를 괴상한 소리가 웅얼웅얼 새어나오고 있는 식당 쪽으로 걸음을 옮겼다.

"너어, 이 새끼. 내 동생한테 잘못하며언, 그땐 내 손에 주욱을 줄 알아. 알았어?"

"형니임, 저는 지인짜 잘하고 싶은데요오, 최현수가요오, 그럴 기회를 안 줘요. 형님 동생이요오, 너무 차가워요오."

"걔가 원래 그래! 어릴 때부터 원래 그랬어. 쪼끄만 게, 응, 오빠한테, 응, 맨날 눈 똥그랗게 뜨고 따졌다니까!"

"헤에, 귀여웠겠다아."

"뭐, 우리 현수가 어릴 땐 한 귀여움 했었지."

"에헤헤, 지금도 귀여워요. 진짜, 진짜 귀여워요."

식탁에 옹기종기 사이좋게 붙어 앉아 웅얼대는 두 남자를 보고, 현수는 어이가 없어서 걸음을 멈출 수밖에 없었다. 분명 어젯밤만 해도 진검을 겨누는 무사들처럼 결연한 표정으로 술잔을 마주하고 있는 걸 똑똑히 보고 나왔는데, 지금은 십년지기 친구처럼 사이좋게 어깨동무한 채 반쯤 얼싸안고 있었다. 술에 취해 꼬인 발음이 알아듣기도 힘든 지경인 것 같은데, 용케도 둘이서는 제법 통하는 듯 웅얼웅얼 도란도란 잘도 대화를 이어가고 있었다.

"어, 최현수다!"

게게 풀린 눈을 하고서도 현수는 용케 알아봤는지, 테아가 반색했다. 이마 끝까지 발그레 술이 오른 얼굴로도 뭐가 그리 좋은지 한들한들 손까지 흔들며 배싯배싯 웃어 보였다.

"그만들 하고 들어가서 자요."

그리 크지 않은 목소리로 말했음에도, 테아는 얼른 알아듣고는 응응 열심히 고개를 끄덕였다. 눈가가 술기운으로 발갛게 달아올라 있는데도, 눈동자만은 말 잘 듣는 강아지처럼 반짝거리고 있었다. 바짝 날 세워진 이성의 경계가 반쯤 무너진 듯한 천진한 얼굴이었다. 술주정뱅이 주제에 꽤나 귀여운 얼굴을 하고 있다고, 현수는 속으로 생각했다. 술 마시다 답답했는지 입고 있던 하얀 셔츠의 단추는 세 개나 풀어 헤쳐져 있었다. 쭉 뻗은 쇄골뼈 아래쪽까지 은은한 분홍물이 들어 있는 게 흘낏 보였다. 적당히 흐트러져 반짝거리는 금발과 분홍물이 든 하얀 피부가 죄다 고운 빛깔을 띠고 있었다.

"야, 가긴 어딜 가. 형님이랑 술 마셔야지."

"싫어요. 현수가 들어가서 자랬어요."

"이 자식. 너 이렇게 금방 배신 때릴래?"

현수의 말 한마디에 곧바로 돌변해버린 테아가 어이없었는지 현석이 억울한 듯 버럭댔지만, 현수를 만난 테아는 가차 없었다. 현석의 말은 귓등으로 흘려버린 채 오직 현수에게만 시선 고정이었다. 꼭 간식을 들고 온 주인을 반기는 강아지 같은 눈빛이었다.

"일어날 수 있겠습니까?"

"응, 당연하지."

테아는 자신의 어깨에 턱 하니 올려져 있던 현석의 팔을 곱게 들어서 내려놓고는 비틀비틀 열심히 일어나려고 애를 썼다. 하지만 이미 알코올에 반쯤 절여진 몸뚱이가 순순히 주인의 말을 들을 리 만무했다. 잡고 있던 의자 손잡이에서 손을 떼고 위태롭게 한 발 내디딘 순간, 그의 몸이 휙 꺾였다. 힘이 풀린 다리가 제 역할을 하지 못한 채 그대로 무너져 내린 것이다. 순간 현수의 몸이 반사적으로 움직였다. 숙련된 경호원으로서의 본능적 움직임이었다.

하지만 낙하하는 테아의 허리를 휘감아 바닥으로 고꾸라지지 않게 한 것까진 좋았는데, 정신을 차려보니 현수가 테아의 허리를 박력 있게 끌어안고 있는 다소 선정적인 모양새가 되어 있었다. 테아도 깜짝 놀랐는지 양팔로 현수에게 꼭 매달려 있다가, 뜻밖의 횡재에 놀라 감동으로 눈을 빛내는 중이었다. 따뜻한 갈색 빛을 띤 동그랗고 말간 눈동자가 코앞에 다가와 있는 것을 보고, 현수는 살짝 당황했다.

"팔⋯⋯."

"응?"

뜻하지 않은 현수와의 스킨십에 심장이 제멋대로 두근거리느라, 테아는 현수의 조그만 목소리를 제대로 듣지 못했다. 무겁게 가라앉은 그녀의 눈빛이 자신의 오른팔에 와 닿고 있다는 것도.

"팔⋯⋯ 멀쩡하시네요."

그제야 테아는 붕대를 칭칭 감은 자신의 오른팔이 씩씩하게 현수의 어깨에 감겨 있는 것을 발견했다. 오늘 지리산으로 오는 차 안에서도 아파 죽겠다며 낑낑대던 바로 그 오른팔이었다. 뒤늦게 아야,

아야 아픈 척을 해보았지만, 이미 늦어도 한참은 늦은 뒤였다.

"아직도 아파. 진짜야."

팔이 아프다는 핑계로 현수에게 이런저런 특급 서비스들을 받아왔던 테아는 뜨끔한 얼굴로 소심하게 주장해보았지만, 현수의 무심한 눈빛과 마주치자 바로 꼬리를 내렸다. 딱히 거짓말을 하려던 건 아니었다. 아직 실밥도 채 풀지 않은 상처는 때때로 따끔거리며 쿡쿡 쑤셔왔다. 물론 밥숟가락을 못 들 정도는 아니었지만. 하지만 끼니때마다 현수가 밥그릇 위에 반찬을 올려주는 게 너무 좋아서, 약간, 아주 약간, 과장했을 뿐, 생판 거짓말은 절대 아니었다. 맹세할 수 있었다.

"어깨 단단히 잡으세요."

"응?"

한 소리 단단히 들을 각오로 움찔 어깨를 움츠렸지만, 현수의 입에서 나온 것은 다소 뜻밖의 말이었다.

"걷기 힘드신 것 같은데, 손님방까지 모셔다 드리겠습니다."

현수는 능숙한 자세로 테아의 허리를 추스려 안았다. 그러고는 자신보다 목 하나는 커다란 사내를 안고 있는 사람이라고는 볼 수 없을 만큼 씩씩한 걸음걸이로 발걸음을 옮겼다. 꾀병 부렸다고 야단을 맞기는커녕 현수의 부축까지 받게 된 테아는 꿈인지 생시인지는 모르겠지만, 어쨌든 땡잡은 거라는 얼굴을 하고 있었다.

"이 자식이! 야, 너 내 동생이랑 어딜 가는 거야?"

분노와 경악에 휩싸인 현석의 목소리가 등 뒤에서 들려왔지만, 현석 역시 제 힘으로 일어나 뒤쫓아올 수 있는 그런 상황이 아니었다. 잔뜩 오른 술기운에 식탁 위로 반쯤 엎드러진 채, 멀어져 가는 두 사람을 향해 불만스러운 웅얼거림만을 내뱉는 게 그가 할 수 있는 최대한의 의사표현이었을 뿐이다.

"오빠는 여기서 잠깐 기다리고 있어. 먼저 이 사람부터 손님방에 데려다 주고 올게."

"최현수, 잠깐! 야, 니들 거기서 딱 기다려!"

현석은 나름 최선을 다해서 불만의 의사를 표했다. 하지만 두 사람은 아무것도 들리지 않는 듯 사이좋게 식당을 빠져나가는 중이었다. 술기운으로 흐릿해진 현석의 눈으로도, 현수에게 폭삭 기대어 안긴 테아의 오른손이 필요 이상으로 현수의 몸에 진하게 감겨든 게 똑똑히 보였다. 두 눈 벌겋게 뜨고 여동생을 웬 날도둑놈에게 탈취당한 듯한 기분이었다. 음흉하게 살랑대는 늑대의 꼬리를 녀석의 엉덩이 어디쯤에서 본 것 같은 착각마저 들었다. 저 자식이! 현석은 울컥했다.

하지만 제대로 움직이지 않는 몸을 억지로 일으키려 낑낑대던 현석은 한순간 멈칫 움직임을 멈췄다. 바람처럼 수런대듯 귓가를 스치는 누군가의 목소리를 들었기 때문이었다. 작은 한숨과 함께 현석의 어깨에서 힘이 쭉 빠졌다.

"안다니까요, 저도……."

현석은 불만스럽게 중얼거렸다. 귓가의 목소리가 또다시 바람 소리를 내며 속닥거렸다. 이 세상에서 오직 그만이 들을 수 있는 그 목소리는 지금껏 그를 지탱해온 힘의 원천이자, 피할 수 없는 그의 천형이었다.

"그래도 오라비 맘이 그런 게 아니잖아요. 원래 오빠들 눈엔 어떤 놈이 와도 다 도둑놈이에요."

뒤에서 일렁이고 있는 검붉은 핏빛 기운을 향해, 현석은 불퉁한 목소리로 투덜거렸다. 내림굿을 받은 스무 살 이후로 항상 함께하는 그의 수호령이자 몸주신은 까탈스러운 여느 신령들과는 달리 쓸데없이 사람 좋은 호인이었다. 지금만 해도 평소보다도 더 열렬하게 붉은 기운을 일렁이면서 열심히 테아의 편을 들어주는 중이었다. 사람이 좀 가벼워 보이긴 하지만 인물 잘나고 능력 출중한데다 품성도 괜찮으니, 저만하면 남자로서 괜찮지 않느냐는 게 수호령의 주장이었다. 무엇보다도 이미 정해진 연을 사람의 힘으로 끊어봐야 소용없다며 현석을 설득하고 있었다. 하지만 현석의 눈엔 아무리 봐도 현수가 아까웠다. 인연이고 나발이고 간에, 곱게 키운 여동생을 저런 호랑말코 같은 녀석에게 내어줘야 한다니 속이 쓰려올 수밖에 없었다.

결국 현석은 텅 빈 식당에 혼자 앉아 씁쓸한 얼굴로 남은 모과주만 들이켤 수밖에 없었다. 안타깝게도 그의 수호령에겐 함께 술잔을 부딪쳐줄 손이 없었기 때문이었다. 빈 술잔을 손에 든 채, 현석은 조금 전까지 함께 술을 마시던 테아의 모습을 곰곰이 되새겨보았다. 여러모로 부족한 놈이긴 하지만, 나쁜 놈은 아니었다. 하긴, 생각해보면 요즘 같은 세상에 저만한 놈도 흔치 않긴 했다. 이왕지사 이렇게 된 거 그냥 예쁘게 봐줄까 하고, 현석은 답답한 속을 애써 달래보았다. 하지만 여전히 술맛은 쓰기만 했다.

등 뒤로 느껴지는 사내의 몸은 무겁지만 따뜻했다. 어린애처럼 체온이 높은 뜨끈한 몸이 현수의 몸을 덩굴처럼 감아오고 있었다. 생각했던 것보다 훨씬 더 강단이 있는 몸이었다. 현수가 했던 것과는 종류가 다르겠지만 그 역시 오랜 시간의 수련을 거쳐 자신을 단련해왔음을, 단단하게 들어찬 근육을 통해 고스란히 느낄 수 있었다. 하지만 문제는 호리호리하면서도 근육이 실하게 박힌 그 팔뚝이 불순한 의도를 함뿍 담은 채 자신의 허리에 감겨오고 있다는 점이었다.

"강테아 씨, 계속 그러시면 버려두고 가겠습니다."

"내가 뭘?"

전혀 모르는 일인 것처럼 테아는 당당히 오리발을 내밀었다. 하지만 현수가 눈을 가늘게 뜨며 '지금 당장 버리고 갈까요?'라고 말하자, 곧바로 '아냐, 아냐!' 하고 꼬리를 내렸다. 말이 끝나기가 무섭게 허리에 와 닿은 손길이 조금 더 정숙해졌다. 하지만 현수에게 매달린 따뜻한 몸은 좀처럼 떨어질 기미를 보이지 않았다.

"최현수."

"네."

현수에게 몸을 기댄 채 테아가 귓가에서 속닥거렸다. 170센티미터가 넘는 현수보다도 목 하나는 훌쩍 큰 키라, 현수의 온몸을 덮치듯 매달려 있는 중이었다. 이래서야 현수가 테아를 부축하는 건지, 테아가 현수를 안고 가는 건지 분간하기 힘든 모양새였다. 테아가 입고 있는 하얗고 얇은 셔츠 아래에서부터 따끈따끈한 체온이 고스란히 느껴졌다. 몸과 몸이 만나는 틈새마다 후끈한 기운이 흘렀다. 아마도 그의 피를 타고 흐르는 모과주 탓일 거라고, 현수는 애써 생각했다. 귓가에 와 닿는 속삭임에서도 새큼하고 달큼한 모과주 향기가 났다.

"최현수는 왜 나한테 잘해줘?"

테아가 뚱딴지같은 질문을 던졌다. 이전에도 한번 들은 적 있는 질문이란 걸, 현수는 어렴풋이 기억해냈다. 그의 질문이 품고 있는 의미가 생각했던 것보다 깊은 것일 수도 있겠다는 생각이 문득 들었다. 현수는 잠시 걸음을 멈추고 테아의 얼굴을 바라보았다. 그의 말이 무슨 뜻인지 읽어내기 위함이었다. 테아의 눈동자가 그녀를 빤히 바라보고 있었다. 평소에는 밝은 다갈색을 띠고 있던 그의 눈동자가 오늘따라 몹시도 묘한 빛깔로 빛나고 있었다. 갓 내린 진한 커피처럼, 까만 어두움과 맑은 투명함을 동시에 지닌 눈동자였다.

"불만이십니까?"

뭐라 대답해야 할까 잠시 망설이던 현수의 입에서 나온 건, 결국 퉁명스런 한마디였다. 이런 간질거리는 분위기에 어울리는 달콤한 말주변 같은 건, 아직은 현수에겐 너무 무리한 미션이었던 것이다.

"아니. 이상해서. 원래 이유 없이 잘해주는 사람들은 다른 속셈이 있는 법이거든. 근데 최현수는 나한테 바라는 게 아무것도 없어. 난 그게 너무 이상해. 좋은데…… 불안해."

어느새 테아는 현수의 목에 양팔을 감고 있었다. 묵직한 그의 무게 때문에 더 이상은 앞으로 나갈 수 없었다. 모과향을 풍기는 술주정뱅이를 등 뒤에 매단 채, 현수는 그 자리에 가만히 서 있었다. 그의 말은 수수께끼처럼 알 듯 말 듯 했다.

"사람이 사람에게 친절을 베푸는 데, 꼭 이유가 있을 필요는 없다고 생각합니다."

"최현수는 참…… 낙관론자구나. 뭐, 그래서 더 귀엽지만."

현수는 살짝 당황했다. 태어나서 지금까지 귀엽다는 칭찬과는 담을 쌓고 살아왔기에, 그의 말이 칭찬인지 조롱인지 분간되지 않았던 것이다. 낙관론자와 귀여움의 상관관계에 대해 현수가 곰곰 생각하고 있을 무렵, 테아가 귓가에서 피식 웃었다.

"조심해, 낙관주의자 최현수 씨. 사람이 사람에게 친절을 베푸는 데는 말이야, 대부분 이유가 있어. 돈이라든가, 몸이라든가, 아니면 자신만의 환상이라든가. 그게 뭐든지 대가를 지불해야 해. 모든 인간관계는 말이야. 사실 일종의 거래거든. 최소한 자기가 준 만큼은 받아야 하는 거래……. 그러니까 최현수도 조심해. 뒤통수 맞지 않으려면."

그때와 똑같은 목소리였다. 그의 부모에 대한 이야기를 할 때와 비슷한 스산하고 공허한 목소리. 가슴의 어딘가가 뻥 뚫려 숭숭 바람이 불어오는 것 같은, 꼭 그런 목소리로, 테아는 한 마디 한 마디 씹어뱉듯 말하고 있었다. 현수는 문득 궁금해졌다. 대체 이 남자가 지금껏 만나온 사람들은 어떤 사람들이었던 걸까. 도대체 어떤 삶을 살았길래, 이 남자는 이토록 상처투성이가 된 걸까.

"강테아 씨도 그랬습니까?"

"응?"

"사람에게 뒤통수 맞아본 적…… 있으십니까?"

"나? 많지. 아아주 많지. 최현수가 상상할 수도 없을 만큼."

모과주 향이 나는 목소리는 메마른 사막같이 버석거리는 울림을 지니고 있었다. 그의 마음속에 켜켜이 쌓여진 슬픔과 분노를, 조금쯤은 느낄 수 있었다. 하지만 그가 지나온 세월을 온전히 알지 못하는 현수로서는 입에 발린 조언 따위 함부로 해줄 수 없었다. 그래서 현수는 자신이 해줄 수 있는 딱 그만큼의 이야기만 꺼내기로 했다.

"적어도 뒤통수 칠 일은 없을 테니까, 그런 건 걱정하지 마십시오."

그거로는 뭔가 부족하다 싶었는지, 현수는 쑥스럽게 한마디를 더 덧붙였다.

"전 경호원이니까요. 누군가 강테아 씨 뒤통수를 치면 막아주는 게, 제가 할 일입니다. 그러니까…… 한 번쯤은 그냥 믿어보세요. 속는 셈치고."

우문에 대한 현답을 들은 사람처럼, 테아는 현수를 가만히 바라보고 있었다. 자신이 생각해도 오글거리는 대사를 내뱉었다고 느낀 현수는 서둘러 뒷수습을 시작했다.

"제가 잘해주는 건 그냥 강테아 씨가 쓸데없이 손이 많이 가서 그런 겁니다. 어떻게 된 게 갓난쟁이보다도 더 손이 많이 가는지, 도저히 신경을 안 쓸래야 안 쓸 수가……."

하지만 농담처럼 가볍게 수습하려던 현수의 시도는 갑자기 벽으로 밀어 세우는 테아의 강력한 힘에 의해 무산되고 말았다.

"최현수, 키스해도 돼?"

테아의 목소리는 낮게 가라앉아 있었다. 평소의, 어딘가 꾸며낸 듯한 어린애 같은 발랄함이 지워진 그의 목소리에는 온전히 남자만이 남아 있었다. 순간 현수는 대답할 타이밍을 잃고 말았다. 그리고 그 찰나의 망설임이 채 끝나기도 전에 테아의 입술이 파고들 듯 다가왔다.

막을 수 있었다.

막무가내로 덮쳐오는 술주정뱅이 따위, 적당히 제압해서 메다꽂으면 그뿐이었다. 하지만 어쩐지, 현수는 그러지 못했다. 아마도 밤이 가져온 고요한 마법과 사방에 떠도는 모과주 향기 때문이었을 것이다. 입술에 와 닿는 뜨거운 감촉을 순순히 받아들인 것은. 하지만 그 순간만큼은 이 남자를 매정하게 뿌리칠 수가 없었다. 어린애 같은 얼굴과 부서질 듯한 목소리를, 그 순간만은 내치고 싶지가 않았다.

어느덧 벌어진 입술 사이로 뜨거운 살덩이가 쏟아지듯 파고 들었다. 상처 입은 짐승들이 서로를 핥는 것처럼, 부드럽고 갈급한 혓바닥이 입안의 깊은 곳까지 핥아왔다. 영혼까지 빨아들여 핥아내려는 듯, 깊고 또 깊게 스며들었다. 혀를 감고, 문지르고, 빨아들이는 이 원초적 행위가 어떤 의미인지, 현수는 아주 조금 알 수 있을 것 같았다. 그것은 위로였다. 감사였으며, 고백이었다. 말로는 도저히 표현할 수 없을 만큼 감정이 벅차올라서, 몸으로밖에는 표현할 수 없는 대화였다. 그의 혀가, 그의 입술이, 무슨 말을 하고 있는지 현수는 어렴풋이 알 수 있었다.

그가 느끼는 기쁨과 고마움과 감격이 맞닿은 혀를 통해 찌릿할 정도로 전해져 왔다. 어쩐지 울컥 눈물이 날 것 같았다. 자신도 이해할 수 없는, 정말 웃기고 이상한 감정이었다. 하지만 현수는 자신이 할 수 있는 최선의 위로를 담아, 부드럽게 그의 혀를 핥아 주었다. 그의 영혼에 쌓여 있던 상처들이 조금이라도 치유될 수 있기를 온 마음으로 바라면서, 몇 번이고 그의 몸에 자신의 혀를 문질러주었다.

진심이 담긴 현수의 대답은 그에게도 제대로 전달되었음에 틀림없었다. 기쁨에 겨운 그의 몸짓이 점점 더 격렬해지고 있었으니 말이다. 마침내 끊어질 듯 숨이 차서 입술을 떼었을 때, 테아는 잡아먹을 것처럼 이글거리는 눈빛을 하고 있었다.

"현수야…… 나 지금……."

하지만 안타깝게도 그의 말은 끝까지 이어지지 못했다. 갑자기 예고도 없이 현수가 어깨를 확 밀치는가 싶더니, 테아의 종아리에 무언가가 세차게 와 닿았다. 헉, 하는 사이에 테아는 바닥에 누워 있었다. 바닥에 내동댕이쳐진 다음에야, 테아는 현수에게 내던져졌다는 것을 깨달았다. 솜씨 좋게 넘겨 친 터라 육체적 충격은 별로 없었지만, 정신적 충격은 몹시 컸다.

"뭐야, 너희들?"

곱게 깔린 손님용 이불 위에 자빠진 테아가 눈을 껌벅일 동안, 손님방의 방문이 휙 열렸다. 뭔가 수상쩍은 낌새를 느낌 현석이 눈을 부라리며 들어오고 있었다. 하지만 아슬아슬한 간발의 차로 테아는 얌전히 바닥에 누워 있는 중이었다.

"어, 바닥에 눕히려다 잘못해서 넘어졌어."

어쩐지 평소보다 숨이 가쁜 느낌이긴 했지만, 어쨌든 태연한 목소리로 현수가 대꾸했다. 상기된 얼굴로 숨을 몰아쉬는 테아도, 어딘가 초조해 보이는 현수도 어딘지 모르게 수상쩍어 보였지만 물증은 없고 심증뿐이었다. 바닥에 널브러진 테아와 지금 당장이라도 달아날 채비 중인 현수를 번갈아 바라보던 현석은 결국 못마땅한 얼굴로 입을 다물었다.

"그럼 주무세요. 오빠도 얼른 들어가. 나도 좀 더 자야겠다."

현수는 평소보다 조금 더 상기된 목소리로 작별 인사를 하고선 잽싸게 제 방으로 내빼버렸다. 닭 쫓던 강아지 같은 얼굴로 테아가 쩝쩝 입맛을 다셨지만, 의심쩍게 쳐다보는 현석의 시선에 곧바로 먼 산만 바라볼 수밖에 없었다. '수상해. 아무래도 수상해.' 하며 테아를 흘겨보던 현석은 도움이라도 청하듯 등 뒤의 수호령을 바라보았지만, 아군이라 생각했던 수호령마저 괜한 딴청 중이었다. 결국 다들 한통속이라고 구시렁대며 현식 역시 방을 나갔다. 하지만 투덜거리면서도 문 닫기 전에 불을 꺼주는 것만은 잊지 않았다.

"이불 잘 덮고 자라. 감기 든다."

투덜거리듯 내뱉는 현석의 인사에 왠지 진한 동질감이 밀려든 테아는 싱긋 웃으며 큰 소리로 인사했다.

"안녕히 주무십쇼, 형님."

닫혀진 문밖에서 '너도 잘 자든지.' 하는 시큰둥하지만 정겨운 인사가 메아리처럼 들려왔다.

지리산의 아침 햇살은 유난히 맑았다. 투명하게 반짝이는 빛무리 속에서, 테아는 번쩍 눈을 떴다. 하지만 숙취로 머리가 뎅뎅 울리는 바람에, 인상을 잔뜩 찌푸리고 말았다.

"뭐지…… 이건?"

머릿속으로 쏟아지는 기억의 편린들에 테아는 극도의 혼란을 느끼는 중이었다. 현수의 아버지가 손수 해주신 맛난 갈비찜을 먹으며 모과주를 마시던 것까지는 확실히 기억이 났다. 너 죽고 나 죽어 보자는 듯 글라스에 콸콸 모과주를 따르던 현석의 얼굴도 강렬하게 떠올랐다. 하지만 그 뒤부턴 기억이 가물거렸다. 술에 취해 한둘씩 자리를 뜨면서, 마지막엔 세 사람이 남아서 술을 마셨던 게 어렴풋이 기억났다. 테아 자신과 현석, 그리고……. 장군님? 머릿속에 남아 있는 어처구니없는 기억에, 테아는 당황했다. 밤이 깊도록 굉장히 심도 깊은 연애상담을 나눴던 건 대강이나마 기억나는데, 함께 이야기를 나눈 사람이 누군지 도통 알 수가 없었다. 분명히 현수도 아니고, 정태도 아니고, 팔복 씨도 아니었다. 그저 장군님이라 불렀던 기억만 흐릿하게 남아 있을 뿐이었다. 멀쩡한 21세기에 장군님이라니……. 그게 대체 누구야!

하지만 이어지는 강렬한 기억은 더욱더 당황스러운 것이었다. 그것은 최현수를 벽에 밀어붙이고 열렬한 키스를 퍼붓는 자신의 이미지였다. 언제나 곱게 빗어 넘겨져 있던 현수의 검은 머리카락이 이마 위로 흐트러지고, 붉어진 입술에선 단숨이 뿜어져 나오고 있었다. 벌어진 붉은 입술이 미칠 것처럼 유혹적이었다. 혀끝에 감기는 뜨거운 점막과 머리가 아찔할 정도로 강렬하게 풍기는 모과 향기의 기억이 뒤섞였다. 가슴에 와 닿는 뭉클하고 부드러운 감촉이, 미칠 듯 달콤한 입술의 맛이 너무도 생생했다. 설마……. 나 최현수랑 키스한 건가! 정녕 어젯밤, 기적이 일어났던 걸까!

하지만 이내 테아는 고개를 흔들었다. 최현수가 그런 걸 허락해 줄 리가 만무했기 때문이다. 최현수와의 키스라니, 그것은 정체불명의 장군님보다도 더욱 믿기 힘든 현실이었다. 아마도 최현수를 향한 마음이 불치병 수준으로 깊어진 나머지, 이런 천국 같은 환각에 빠져들었던 걸 테지. 잠시 동안 벅찬 감격에 휩싸여 있던 테아는 어깨에 힘이 쪽 빠진 채 시무룩해지고 말았다. 하지만 환각이라도 좋았다. 베개에 얼굴을 파묻고 뒹굴거리며, 테아는 떠올릴 수 있는 모든 기억을 끄집어냈다. 온종일 되새김질하는 반추동물처럼, 조그만 기억 하나하나까지 몇 번이나 곱씹으며 최대한 음미했다. 꿈인지 환상인지는 몰라도, 정말 최고의 키스였다. 생각만으로도 이렇게 좋은데 실제로 하면 얼마나 좋을까 하며, 테아는 한숨만 푹푹 내쉬는 중이었다.

인생에서 단 한 번 올까 말까 한 절호의 기회를 홀라당 날려먹을 위기에 처해 있다는 것도 모른 채, 테아는 또다시 눈을 감았다. 혹시라도 꿈속에서 한 번 더 현수와 키스를 할 수 있지 않을까 기대하면서.

테아가 다시 눈을 뜬 것은 창밖의 햇살에 한낮의 기운이 조금씩 스며들고 있을 무렵이었다. 현수를 생각하다 잠깐 잠이 들었는데, 뜻밖의 단잠에 폭 빠져들고 말았나 보다. 그건 참 이상한 일이었다. 평소 불면증이 있는 데다 잠자리까지 가리는 테아에게, 이런 낯선 곳에서 이런 깊은 단잠을 잔다는 것은 있을 수 없는 일이었기 때문이었다. 짧고 깊은 수면 덕분인지 숙취의 피곤함도 꽤 사라져 있었다. 거울을 보고 상태가 꽤 멀끔하다는 것을 확인한 후, 테아는 조심스레 문밖으로 나섰다. 뭐가 좋은지 깔깔 웃는 정태의 웃음소리가 식당 쪽에서 들려오고 있었다.

"여어 강태공이! 잠은 잘 잤어?"

테아를 발견한 최팔복 씨가 손을 번쩍 들며 기운찬 인사를 보내왔다. 평소보다도 훨씬 생기가 넘쳐 보이는 정태도 싱글싱글 웃으며 양손을 흔들어 보였다. 짜식, 되도 않는 귀여운 척이라며 툴툴거리면서도 어쩐지 싱긋, 웃음이 났다. 평소에도 곰돌이 같은 정태 녀석이 오늘따라 더 순해 보여서, 조금 귀엽게 느껴졌던 거다. 지리산의 햇살 아래선 어쩐지 모든 것이 조금 더 반짝반짝 빛나는 것 같았다.

"일어났냐?"

심드렁한 얼굴의 현석도 슬쩍 눈인사를 하며 알은체를 해주었다. 그러나 안타깝게도 테아는 그의 인사에 대답해줄 수 없었다.

눈앞에 펼쳐진 뜻밖의 광경에, 그저 멍한 얼굴로 그 자리에서 굳어진 채 멈춰 서 있을 뿐이었다. 그의 눈앞엔 분홍색 토끼무늬 앞치마를 두른 현수가 서 있었다.

"안녕히 주무셨어요?"

평소와 다름없는 무심한 목소리로 테아가 인사를 건네 왔다. 하지만 테아는 안녕하지 못했다. 안녕할 수가 없었다. 심장이 쿵 떨어져, 그 자리에서 죽어버리는 줄만 알았으니까.

언제나 얄미울 만큼 단정하게 묶여 있던 현수의 머리카락은 부드럽게 틀어 올려져 커다란 핀으로 고정되어 있었다. 새하얗게 드러난 가느다란 목덜미가 눈이 시리도록 예뻤다. 목이 깊이 파인 연하늘색 니트 사이로는 반듯이 뻗어나간 쇄골뼈가 아찔한 음영을 드리우고 있었다. 꽉 조여진 나사처럼 완벽하기만 하던 평소의 모습과는 너무나도 다른 모습이었다. 연한 분홍빛 앞치마 위엔 앙증스러운 분홍 토끼들이 콕콕 박혀 있었고, 한 손엔 커다란 국자까지 들려 있었다. 마치 아침 식탁 앞에서 신랑을 기다리고 있는 새색시 같은 모습으로, 현수는 테아를 바라보는 중이었다. 밤새도록 되새기던 입술의 감촉이 한꺼번에 머릿속에서 뿜어지듯 터져 나왔다. 쿠당쿠당 소리가 느껴질 정도로 심장이 거세게 뛰었다.

"황태죽을 끓여봤는데, 아침에 죽 괜찮으세요?"

물론 괜찮다. 황태죽이 아니라 돌덩이를 줘도 괜찮다. 멍하니 현수에게 눈을 고정한 채, 테아는 삐걱삐걱 간신히 고개를 끄덕였다.

"형님 주무시는 동안 저희는 벌써 먹었지 말입니다, 현수 누님 음식 솜씨가 진짜 끝내주시더라고요. 전 여기 와서 진짜 현수 누님 다시 봤습니다."

정태가 호들갑스럽게 황태죽 칭찬을 늘어놓고 있는 동안 현수가 뜨끈한 황태죽을 한 사발 가득 퍼 담아 왔다. 자르르 윤기가 흐르는 노란 죽 위로 고소한 냄새가 확 퍼졌다. 아직도 꿈의 연장선 위에 있는 것 같아 테아는 얼떨떨하기만 했다. 토끼 앞치마를 입은 현수가 떠주는 황태죽이라니!

어딘지 나사가 하나쯤 빠진 듯한 얼굴로 테아가 숟가락을 쥐고 있는 사이, 팔복 씨가 명랑하게 말을 꺼냈다.

"그럼 우린 뒷산이나 한 바퀴 돌고 올까? 정태도 한번 가보고 싶댔지?"

"네, 저야 좋죠. 근데 형님 식사 끝나시면 같이……."

"됐어, 천천히 먹고 따라오라고 하면 되지, 뭐."

팔복 씨가 찡긋찡긋 눈짓을 주며 말하자, 그제야 정태가 테아를 흘끗 보고는 아하, 하는 얼굴을 해 보였다. 아마도 팔복 씨는 식당에 두 사람만 남겨놓고 싶어 하는 게 분명했다.

"아, 네! 새, 생각해보니 지금 당장 가고 싶네요. 역시 산책은 식후에 바로 해야죠."

눈치 빠른 정태가 벌떡 자리에서 일어섰다. 못마땅히 앉아 있는 현석에게도 자연스럽게 '강제 산책'이 권해졌다.

"너도 얼른 나와라, 같이 한 바퀴 돌자."

"뭘 아침부터 산을 돌아요. 그냥 과일이나 먹죠."

"이렇게 게으르니까 배가 나오지. 얼른 일어나."

"저 배 안 나왔어요. 아버지가 요즘 못 봐서 그렇지, 저 요새 복근 장난 아니에요."

"잡소리 말고 얼른 따라 나와."

결국 현석도 구시렁거리면서 자리에서 일어섰다. 결국 죽그릇 앞에 마주한 테아와 현수만을 남겨놓은 채, 세 사람은 우르르 썰물처럼 빠져나가버렸다.

"아버지도 참. 뭘 이렇게까지 하셔요, 유난스럽게."

원치 않게 아침 산책에 따라나서게 된 현석이 운동화를 챙겨 신으며 불만스럽게 툴툴거리자, 팔복 씨가 장난스러운 얼굴로 싱긋 웃었다.

"저놈이 그놈이지?"

"뭐가요."

"귀신을 속여라, 이놈아. 딱 보니 그놈이더만."

"우리 아부지 점쟁이 아들 두더니 반 점쟁이 다 되셨네."

"딱 보면 척이지. 안 그럼 네가 별일도 없는데 여길 괜히 왔겠냐? 명절에도 코빼기도 잘 안 비치는 놈이."

"명절은 점쟁이한텐 대목이니까 그렇죠."

"그럼 명절 아닌 때라도 좀 자주 오든가. 암튼 앞으로 둘이 잘 산대냐? 응? 천생연분이래?"

"아, 저 식구들 점은 안 보는 거 아시잖아요."

"거, 되게 깐깐하네. 점쟁이 아들 둬서 하나 쓸데도 없어. 그럼 로또 번호라도 좀 맞혀보든가."

"그런 거 하면 벼락 맞아요. 원래 인생은 모르는 게 약이고, 아는 게 병이에요."

두 사람의 대화를 듣고 있던 정태가 눈치를 보며 한마디 끼어들었다.

"무슨 얘기예요? 두 사람, 뭐, 특별히 인연이 있거나 그런 거예요? 형님 그런 것도 볼 수 있으세요?"

"그럼, 이놈이 이래 봬도 꽤 용한 점쟁이거든."

하지만 현석은 귀를 쫑긋거리며 달라붙는 정태를 뒤로한 채, 유유자적 산길을 향해 걸음을 옮겼다.

"아, 몰라. 앞일이 어찌 될 줄 알고 사람이 제멋대로 훈수를 둬. 인연이면 인연인 대로 알아서 잘 흘러가겠지. 얼른 저기 약수통이나 챙겨. 조금 올라가면 약숫물 기가 막힌 거 있다."

치렁치렁 늘어진 현석의 검은 머리 타래가 여우꼬리처럼 살래살래 흔들리고 있었다. 그 뒷모습을 잠시 바라보던 정태는 눈치 빠르게 대충 상황 판단을 끝내고선, 헤헹 웃으며 약수통을 챙겨 뒤따라갔다.

"너 보기엔 어떠냐? 저놈 쓸 만하냐?"

입을 꼭 다물어버린 현석에게선 쓸 만한 대답이 나올 것 같지 않자, 팔복 씨는 정태에게 사근사근 들러붙었다. 잘하면 귀한 딸내미의 짝이 될지도 모르는 놈이니, 사전 정보라도 입수해두려는 듯했다. 하지만 정태는 잠시 망설일 수밖에 없었다. 물론 테아는 어떤 면에선 대한민국에서 최고로 손꼽힐 만큼 쓸 만한 남자였지만, 또 다른 어떤 면들에선 도통 쓸 만하지 못한 남자라는 걸, 누구보다 잘 알고 있었기 때문이었다.

"음……. 사람은 착해요."

그것이 머릿속에서 도는 여러 가지 생각들 중에서 고르고 고른 정태의 대답이었다. 물론 테아의 지랄맞음을 경험한 수많은 사람은 이 의견에 거품을 물고 반대할 수도 있었다. 하지만 테아를 바로 옆에서 5년이나 지켜본 정태의 결론은 그랬다. 강테아의 깊은 곳은 보통 사람들보다 더 착하고 더 여렸다. 그저 오랜 시간동안 사람들에게 상처를 겪으며 굳어져버린 딱딱하고 날카로운 껍질이 한 겹 더 단단히 둘러져 있을 뿐이었다.

"돈도 엄청 잘 벌어요."

다행히 이번 대답엔 망설임이 없었다. 강테아가 돈을 잘 버는 건 확실한 사실이었으니까. 싱어송라이터인 테아는 저작권 수입만 해도 대한민국에서 5위 안에 들었다. 아무것도 안 하고 놀아도 저작권료만 일 년에 십억 좀 안 되는 금액이 꼬박꼬박 들어왔다. 일본에서 공연 수익만 해도 천문학적인 데다 음반도 팔고 광고도 찍는다. 연차가 오래된 아이돌이라 회사와의 배분율도 높았다. 게다가 요즘은 패션 사업 쪽으로도 손을 대서 승승장구 중이었다. 걸어 다니는 중소기업쯤은 너끈히 되는 남자였다.

"그리고…… 현수 누님한테 완전히 빠진 것 같아요."

마지막 말은 목소리를 낮춘 속닥거림이었다. 그제야 팔복 씨의 얼굴이 환해졌다. '역시나 그렇지? 내 딸이 누군데.' 하는 전형적인 '딸바보 아빠'의 얼굴로 벙긋 웃었다.

"허허, 그래?"

"원랜 저런 인간이 아니거든요. 근데 현수 누님 오신 담부터는 완전히 맛이 간 것 같아요."

"원랜 어떤 인간인데?"

본의 아니게 시작된 테아의 뒷담화에 막 신이 나려던 정태는 아차 하고 입을 다물었다.

"아, 그게……. 그냥…… 살짝…… 예민한 성격이에요. 아무래도…… 예술가니까요."

강태아의 지랄맞음을 순화시켜 표현해줄 수 있는 가장 적절한 단어를 찾기 위해 고심하던 정태는 팔복 씨의 눈치를 살살 살피며 간신히 대답했다. 혹시라도 말실수를 한 건가 싶어 팔복 씨의 안색을 얼른 살폈지만, 팔복 씨는 그저 심각한 얼굴로 고개만 끄덕이고 있을 뿐이었다.

"뭐 해요, 안 올라오시고."

앞서가던 현석이 한 손에 약수통을 든 채 심드렁히 소리쳤다. 혹시라도 곤란한 질문이 더 나올까 눈치만 보던 정태는 이때다 싶어 '네, 갑니다, 가요.' 하고 대답하며 얼른 내빼버렸다. 홀로 남은 팔복 씨 역시 흘낏 뒤를 한 번 돌아다보고는 두 사람을 따라 걸음을 옮겼다.

엄마도 없이, 투박한 사내의 손으로 길러온 딸이었다. 안타깝게도 현수의 생일과 현수 엄마의 제삿날은 같은 날이었다. 자기를 꼭 닮은 어린 딸만 남겨둔 채, 현수의 엄마는 혼자서만 멀고 먼 저승길로 떠나버렸다. 그리고 태어나면서부터 제 어미를 잡아먹고 태어난 비운의 아이는 원죄라도 짊어진 것처럼 언제나 조용하고 무던했다. 할 줄 아는 거라곤 칼 쓰는 것뿐인 무뚝뚝한 아비와 인적 없는 외진 산속에서 자라면서, 현수는 어딘가 이 세상과는 어울리지 않는 아이로 자라났다. 어릴 때부터 현수는 지나치게 완벽하면서도 어딘지 부족한 아이였다. 말썽 한 번 부리지 않고 착하게 자라온 빈틈없는 아이였지만, 한편으로는 보통 사람에게 응당 있어야 할 틈이 보이지 않았다. 그런 현수가 처음으로 데려온 남자친구 비스무리한 존재에 팔복 씨는 코끝이 찡할 만큼 감개가 무량해졌다.

현수가 예뻐 죽겠다는 얼굴로 반쯤 넋을 놓고 있던 금발의 젊은 이를 떠올리며 팔복 씨는 작게 웃었다. 현수와는 달라도 너무 달랐지만, 현수에게 없는 면들이 많아서 좋았다. 무엇보다 때 묻지 않은 환한 얼굴로 잘 웃는 게 마음에 들었다. 현석의 말대로, 정말 인연이라면 인연 따라 흘러갈 테지. 그것이 팔복 씨가 내린 결론이었다.

한편, 부엌에선 정태가 말한 '예민한 예술가'의 모습과는 백만 광년쯤 동떨어진 듯한 모습의 테아가 헤벌쭉한 얼굴로 황태죽을 퍼먹고 있었다. 토끼 무늬 앞치마를 입은 현수를 흘끔거리느라 황태죽이 코로 들어가는지, 입으로 들어가는지도 모를 지경이었다. 햇살도 반짝거리고, 현수도 반짝거리고, 모든 것이 반짝거렸다. 주위를 감싼 공기의 입자들마저 반짝반짝 발랄한 빛을 내뿜으며 날아다니는 것만 같았다. 마치 모든 것이 마법에 걸린 것만 같은 아침이었다.

"입맛에 맞으세요? 싱거우면 소금 좀 드릴까요?"

단어를 내뱉을 때마다 움직이는 새빨간 입술이 화인처럼 눈에 들어와 박혔다. 저 입술에서 어떤 맛이 나는지 알 것 같다는 생각이 문득 들었다. 아마도 미칠 듯이 달콤하고 향기로운 맛이 나겠지. 마치 가을 햇빛 같은, 노랗게 잘 익은 모과 같은 맛. 가만히 있어도 저절로 입안에 신 침이 고였다.

"아니, 아니, 딱 맞아."

현수의 입술만 바라보다 한 박자 늦게 다급한 대답을 내뱉은 테아는 얼른 고개를 숙이고 황태죽을 한 숟가락 크게 퍼 넣었다. 굉장히 불경한 생각이라도 한 것 같은 쑥스러운 마음이 들어서였다.

"맛있다."

"다행이네요."

"앞으로도…… 가끔 해주면 좋겠다."

"황태죽이요?"

아니, 너와 함께하는 이런 아침. 테아는 차마 내뱉지 못한 말을 황태죽과 함께 꿀꺽 삼켰다. 하지만 삼켜진 말의 씨앗은 그의 뱃속에서 점점 더 무럭무럭 자라났다. 최현수와 함께하는 아침이라. 매일 아침, 토끼무늬 앞치마를 입은 최현수와 함께하는 두 사람만의 아침이라……. 가만히 있는데도 저도 모르게 실룩실룩 웃음이 났다. 문득 테아는 깨달을 수 있었다. 자신이 최현수와 무엇을 하고 싶은지를. 그것은 하룻밤 침대에서 뒹굴고 싶은 수컷의 욕망 같은 게 아니었다. 매일매일 아침을 함께하고, 손을 잡고 산책을 하고, 어깨에 기대 잠을 자고 싶었다. 앞으로 남아 있는 모든 시간을 이 여자와 함께하고 싶었다. 만약 그렇게 될 수만 있다면, 그의 인생에도 행복이란 게 생겨날 수 있을 것 같았다.

"최현수."

"네."

자신도 모르게 불쑥 현수의 이름을 불러버리고 말았다. 무슨 말을 하려고 했는지 테아 자신도 알 수가 없었다. 그저 이 순간 그녀에게 무언가를 말해주고 싶었다. 그가 느끼는 이 달콤하고 새콤한 감정에 대한 무언가를. 하고 싶은 말은 너무 많은데 죄다 목구멍에서 걸려 나오지를 않았다. 수많은 감정이 가슴속에서 아우성만 칠 뿐, 무슨 말을 어떻게 꺼내야 할지 도무지 알 수가 없었다.

"사랑해."

갑작스럽게 밑도 끝도 없는 고백이 튀어나왔다. 황태죽이 담긴 숟가락을 손에 든 채 할 말은 분명 아니었다.

"네?"

밥 잘 먹다 튀어나온 뜬금없는 고백에, 웬만해선 잘 놀라는 법이 없는 현수마저도 눈이 둥그래졌다. 테아 역시 당황했다. 하고 싶은 말이 많긴 했지만, 이렇게 앞뒤 없이 결론부터 튀어나올 줄은 본인도 몰랐던 거다. 하지만 말해놓고 보니 확실히 알 것 같았다. 자신의 마음속에 답답하게 쌓여 있던 감정의 실체가 무엇이었는지를. 입 밖으로 내뱉은 사랑이라는 두 글자 안에는 그가 말하고 싶었던 모든 것이 죄다 들어 있었다. 참으로 신기한 일이 아닐 수 없었다.

"고백하는 거야."

여전히 숟가락을 손에 든 채로, 테아는 짧게 부연 설명을 덧붙였다. 현수는 잠시 동안 대답하지 않았다. 무서울 정도로 고요한 침묵이 한순간 주변을 가득 메웠다. 그 어색한 간극을 견디지 못한 테아는 마침내 숟가락을 탁 내려놓았다. 칼을 빼든 장수처럼 결연한 얼굴이었다.

"알아, 나도. 내가 당신 기준에 못 미치는 거. 근데 잘할게. 정말 잘해줄게. 그러니까 나한테 한 번만 기회를 줘. 이제 나 당신 없으면 안 될 것 같아."

폭풍처럼 휘몰아치는 고백이 끝나자 또다시 어색한 침묵이 내려앉았다. 쪽팔림과 부끄러움이 후폭풍처럼 몰아닥쳤다. 하지만 속 시원했다. 언젠가부터 가슴속에 응어리처럼 들어앉아 있던 묵직한 덩어리가 한꺼번에 토해진 느낌이었다. 내가 진심으로 하고 싶었던 말이 이거였구나. 테아는 그제서야 확실히 깨달을 수 있었다.

"네."

선선한 얼굴로 현수가 고개를 끄덕였다. 너무나 선선한 대답이어서, 처음에 테아는 그게 무슨 뜻인지 이해하지 못했다. 그래서 '응?' 하고 멍청한 얼굴로 반문할 수밖에 없었다.

"기회를 달라면서요."

"응?"

"그래서 기회를 드린다고요."

테아의 얼굴이 잠깐 멍해졌다. 잠시의 침묵이 지난 몇 초 뒤에야 현수의 말이 대뇌 안으로 접수되었다.

"지금 허락한 거야?"

기백 넘치게 터져 나온 테아의 일갈에 현수도 좀 머쓱한 얼굴이 되었다. '뭐…… 그렇다고 할 수 있죠.' 하고 어물어물 대답하고는 현수답지 않게 딴청을 부렸다. 어쩐지 부끄러운 마음이 들어서 황태죽이 올려진 가스레인지 쪽으로 슬금슬금 내빼려는 중이었다. 하지만 그 순간 우당탕 소리와 함께 의자가 뒤로 나자빠졌다. 그리고 벌떡 일어난 테아가 현수를 향해 성큼성큼 돌진했다. 너무나 강렬한 기세라, 현수는 저도 모르게 방어 태세를 취하고 말았다. 여차하면 그대로 넘겨 칠 수도 있을 정도였다. 하지만 사랑에 빠진 남자의 공격력은 생각했던 것보다 훨씬 더 강력했다. 방어하듯 올려진 현수의 손목을 꽉 틀어잡은 채, 그대로 몸을 밀어붙여 입술을 덮쳐왔던 것이다.

황태죽의 고소한 향기가 감도는 부엌에서, 선득한 냉기가 느껴지는 냉장고에 기댄 채, 현수는 테아와 두 번째 키스를 했다. 입안에서 느껴지는 타인의 혓바닥은 뜨겁고 거칠었다. 주인만큼이나 제멋대로였다. 깊숙이 파고들어 얌전히 있던 남의 혓바닥을 감아

채더니 제 것인 양 탐욕스럽게 빨아들였다. 입천장과 잇몸의 구석 구석을 돌아다니며 제 것이라 영역 표시를 하고는 안으로, 안으로 끝없이 파고들었다. 현수의 고개가 점점 더 위로 들리고, 그 빈자 리만큼 테아가 점점 더 깊이 들어왔다.

갈수록 깊어지는 아찔한 기세에, 현수는 손을 뻗어 테아의 어깨 를 붙잡았다. 그렇게라도 하지 않으면 어디론가 떠내려갈 것만 같 았다. 테아 역시 현수의 감싸 안은 손에 점점 더 힘을 더해가고 있 었다. 부드러우면서도 탄탄하게 휘어지는 현수의 허리 위로, 커다 란 사내의 손이 점점 더 탐욕스럽게 감겨들고 있었다. 동동 발이라 도 구르고 싶을 만큼 조바심이 났다. 입을 맞추면 맞출수록, 몸을 맞대면 맞댈수록 더욱더 절실하고 안타까운 마음이 깊어져만 갔 다. 조금 더 간절히 맞닿고 싶어져서 애가 달았다. 할 수만 있다면 최현수를 통째로 들이마시고 싶었다.

해일처럼 휘몰아쳤던 키스의 폭풍이 한차례 지나간 후, 테아는 숨을 몰아쉬며 현수를 바라보았다. 끊임없이 쓰다듬던 테아의 손 길에 느슨하게 올려져 있던 현수의 머리카락이 반쯤 흐트러져 있 었다. 언제나 칼날 같은 총기를 뿜어내던 현수의 검은 눈동자는 꿈 꾸는 듯 빛나고 있었고, 평소보다도 더 붉어진 입술은 반들거리는 물기에 젖어 있었다. 그것은 마음이 아릴 정도로 아름답기도 하고, 너무나 비현실적이어서 꿈처럼 아련한 광경이기도 했다.

"……꿈 아니지?"

잔뜩 가라앉아 갈라진 목소리로 테아가 간신히 입을 열었다. 입 만 열면 튀어나오는 이 남자의 뚱딴지같은 말에, 현수는 피식 웃었 다.

"어젯밤도…… 꿈 아니지?"

키스 속에서 낯익은 기시감을 느꼈던 테아는 그제야 부서진 기억의 조각들을 떠올릴 수 있었다. 꿈일 거라고만 생각했던 어젯밤의 환상이 실제였을지도 모른다는 사실을.

"설마…… 기억 못 하시는 겁니까?"

이번엔 조금 어이없는 얼굴로 현수가 되물었다. 제 딴엔 있는 힘껏 용기 내서 해준 첫 키스였는데, 정작 당사자가 기억을 못 한다니 어처구니없을 수밖에 없었다.

"응. 당신이 나한테 키스해줄 리가 없잖아."

"……평소 저에 대해 어떻게 생각하시는 겁니까?"

너무나 당당하게 튀어나온 대답에, 현수는 어이없는 목소리로 반문했다.

"깍쟁이."

"네?"

"깍쟁이 같다고. 맨날 튕기기만 하고, 틈이라곤 손톱만큼도 안 주고."

어릴 때부터 분위기가 무섭다거나 다가가기 어렵다는 말은 종종 들어왔던 현수였지만, 깍쟁이 같단 표현은 난생처음이었다. 어이가 없어서, 화가 나기보단 그냥 좀 웃겼다.

"그래서 귀여워. 그래서 정말 좋아."

어린애처럼 천진한 얼굴로 웃으며 테아가 말했다. 조금 전 짐승 같은 키스를 실컷 퍼부어놓은 남자라고는 생각되지 않을 만큼 상큼한 웃음이었다. 결국 현수도 피식 웃을 수밖에 없었다. 하긴 귀엽다는 말도 이 남자한테 처음 들었다. 자신이 '귀엽다'는 형용사와 전혀 어울리지 않는 여자라는 건 누구보다 현수가 제일 잘 알았다. 하지만 이 취향 이상한 남자의 눈에는 진짜로 자신이 귀여워 보이나 보다. 하긴 언제나 이상한 말만 하고 이상한 행동만 하는 이상한 남자였다. 처음부터 지금까지, 테아는 현수에게 쭉 이상한 남자였다. 하지만 적어도 행복한 얼굴로 웃고 있는 남자의 눈엔 조금의 거짓도 찾아볼 수가 없었다. 그것만은 확실히 알 수 있었다. 지금, 이 남자가, 진심이라는 것.

"참 이상해. 어떻게 이렇게 될 수가 있지?"

정말로 이상하다는 얼굴로 테아가 중얼거렸다. 하지만 그건 오히려 이쪽이 묻고 싶은 질문이었다.

"어떻게 사람이 이렇게 좋아질 수가 있지?"

현수는 대답해줄 수 없었다. 현수 역시 누군가에게 묻고 싶은 질문이었으니까.

"대답해봐, 최현수. 어떻게 이렇게 예쁠 수가 있지? 응?"

이쯤 되니 달달한 분위기에 약한 현수는 도망이라도 치고 싶은 기분이 들었다. 온몸이 들척지근하게 녹아내릴 것 같은 느낌이라 견디기가 어려워졌기 때문이었다.

"다들 기다릴 것 같은데 우리도 슬슬……"

하지만 괜히 딴 이야기를 꺼내며 달아나려는 현수의 시도는 어깨를 붙잡는 테아의 손길에 곧바로 막혀버리고 말았다.

"키스해도 돼, 최현수?"

벌써 몇 번이나 들었던 질문이었지만, 이번만큼은 확실히 달랐다. 나지막하고 달콤한 그 속삭임은 지금까지 들었던 그 어떤 제안보다도 유혹적인 울림을 띠고 있었다. 잠시 망설이던 현수는 어색하게 고개를 끄덕였다. 그것은 그나마 현수가 대답해줄 수 있는 유일한 질문이었기 때문이었다. 대답이 떨어지기가 무섭게 또다시 짐승이 덮쳐들었다. 기나긴 입맞춤의 폭풍이 다시 한 번 시작되고 있었다.

뭔가 있었구나.

묵직하게 채워진 물통을 손에 들고 들어서던 세 남자는 똑같은 생각을 하고 있었다.

"오셨어요?"

'예민한 예술가'라던 강태아는 그곳에 없었다. 벙긋거리는 빙구 웃음을 짓고 있는 낯모르는 남자 하나만 남아 있을 뿐이었다.

"테아 형님?"

정태가 조심스레 물었다. 헤벌쭉 웃고 있는 저 남자가, 설마 자신이 알고 있던 강태아가 맞는지 의심스러워졌던 것이다.

"약수물 떠 온 거야? 우와, 우리 정태 대단하네."

역시나 강태아가 아닌가 보다. '우리 정태'라니……. 저렇게 친절한 목소리로 반겨주는 남자가 강태아일 리가 없었다. 정태는 어쩐지 무서워졌다.

"무슨 일 있으셨어요, 형님?"

"일은 무슨!"

테아가 화들짝 놀랐다. 갑작스럽게 벌게지는 얼굴만 봐도 무슨 일이 있었다는 걸 곧바로 알 수 있었다. 정태는 얼른 현수 쪽을 바라봤지만, 현수는 평소와 다름없이 읽어내기 어려운 덤덤한 얼굴이었다.

"약수통 주세요. 냉장고에 넣어 놓을게요."

정태에게서 약수통을 받아다가 냉장고에 넣을 작은 병에 옮겨 붓는 현수의 태도는 평소와 크게 다를 바가 없었다. 하지만 헤벌어진 얼굴로 그녀를 바라보는 테아의 모습은 평소와는 달라도 너무 달랐다. 헤벌쭉 현수를 바라보다가 아차 하는 얼굴로 달려가서 약수통을 받아 드는 테아의 모습을, 정태는 어이없는 눈으로 바라보고 있었다. 그 모습을 보던 팔복 씨는 귀엽다는 듯 흐뭇하게 웃으며 정태를 향해 눈을 찡긋거렸고, 현석은 한구석에서 복잡한 얼굴로 입맛만 쩝쩝 다시고 있었다. 대충 이렇게 될 것은 알고 있었지만 막상 현실로 닥치니 이런저런 생각이 깊어지는 중이었던 것이다.

"드릴 말씀이 있습니다, 아버님."

얼음 띄운 차가운 매실차를 한 잔씩 들고 거실에 모여 앉았을 때, 테아가 비장하게 입을 열었다. 뜬금없이 튀어나온 '아버님'이란 단어만으로도, 그가 무슨 말을 하려는지 대략은 짐작할 수 있을 것 같았다.

"따님과 결혼을 전제로 진지하게 교제를 하고 싶습니다."

세 사람의 얼굴이 잠시 당혹감에 굳어졌다. 이건 뭔가 예상보다 훨씬 더 급전개라는 생각이 들었던 것이다. 세 사람의 얼굴이 한꺼번에 현수를 향했다. 하지만 현수는 조금 난처한 얼굴로 어깨만 슬쩍 으쓱여 보일 뿐이었다.

가장 큰 패닉에 빠진 사람은 정태였다. 지금껏 그는 테아의 사랑을 적극 지지하는 입장이었다. 하지만 그것은 단지 사랑에 빠진 테아가 기특하고 훈훈해서 잘되길 바란 것뿐이었다. 하지만 그의 입에서 결혼 이야기까지 튀어나오자 이것이 얼마나 크고 무서운 일인지 비로소 실감이 되었다. 테아의 결혼은 테아 혼자만의 사적인 일이 결코 아니었다. 테아는 그 자체가 브랜드이고 상품인 남자였다. 그리고 고객들에게 꿈과 환상을 안겨줘야 하는 아이돌이란 직업을 지닌 남자였다. 그에게 결혼이란, 그가 가진 상품성에 치명적인 하자가 생긴다는 뜻이기도 했다. 당장 륜엔터테인먼트의 주식이 곧바로 하한가를 칠 거다. 그리고 회사는 각계각층에서 걸려오는 전화로 공황상태에 빠지겠지. 분명 아찔할 정도로 무서운 참극이 벌어질 것이 분명했다.

"저…… 형님. 이런 문제는 우선 대표님하고 상의를 먼저 하시는 편이……."

하지만 사랑에 빠져서 뵈는 게 없는 남자는 발끈했다.

"아니, 내 결혼인데, 왜 대표님이랑 의논을 해."

당사자인 현수와도 아직 상의되지 않은 결혼을 제멋대로 발표했다는 걸 까마득히 잊어버린 듯, 테아가 당당하게 항의했다.

"아니, 그러니까…… 앞으로 형님 군 문제도 있는데 결혼 문제까지 겹치면……."

순간, 싸한 기운이 내려앉았다. 믿을 수 없다는 얼굴로 팔복 씨가 미간을 찌푸렸다.

"강태공이…… 너 혹시…… 아직 미필이냐?"

순간 테아는 깨달았다. 이제 막 시작되려던 자신의 사랑이 또다른 암초를 만났다는 사실을. 그토록 어렵게 현수의 허락을 얻어냈는데, 국방부가 이렇게 초를 칠 거라고는 미처 생각하지 못했다. 역시나 생각이 짧았다. 단순히 현수의 마음을 얻는 것 가지고는 아직도 부족했다. 대한민국에서 군 미필의 아이돌이 제대로 된 연애를 하는 것은 생각보다도 훨씬 더 험난한 여정이 기다리고 있었던 것이다. 성공 연애를 향한 테아의 고생길은 사실 이제부터가 진짜 시작인 걸지도 몰랐다.

여자들이 가장 싫어하는 이야기 세 가지가 있다고 한다. 첫째는 군대 이야기, 둘째는 축구 이야기, 셋째는 군대에서 축구한 이야기. 비록 여자는 아니었지만, 여자들이 왜 이런 이야기들을 싫어하는지 테아는 알 것 같았다. 지금 그의 심정이 딱 그랬으니까.

테아가 군 미필이라는 사실을 알게 되자 자연스럽게 화제는 군대 이야기로 흘렀고, 테아를 제외한 세 남자들은 믿거나 말거나 한 군대에서의 무용담을 앞다투어 펼쳐놓기 시작했다. 이 순간만은 정태마저도 테아의 로드매니저가 아닌 자랑스러운 대한민국의 예비군으로 돌아가, 테아가 모르는 군대 이야기들을 신나게 늘어놓고 있었다. 말만 들으면 아주 군사 전문가가 납신 것 같았다.

테아는 영 입맛이 썼다. 대한민국은 군 미필의 남자가 살아가기에 적당한 곳이 아니었다. 남자는 군대 갔다 와야 사람 된다는 개소리가 공공연하게 오가는 한국 사회에서, 군대를 다녀오지 않았다는 건 포경수술을 받지 않은 애송이와 비슷한 취급을 받게 된다는 뜻이기도 했다. 남자라면 반드시 해야 할 무언가를 하지 않은 채, 성년과 미성년의 아스라한 중간지점을 하염없이 헤매는 기분이었다.

하지만 테아에게도 할 말은 있었다. 테아뿐 아니라 대한민국의 모든 남 아이돌들에게 군대란 일종의 사형선고와 같았다. 매일매일 풋풋하고 싱그러운 신인들이 쏟아져 나오는 이 바닥은, 군대라는 2년의 공백기를 기다려줄 만큼 한가하지 않았다. 지금은 인기 절정의 스타라 할지라도, 2년 후에 돌아올 곳이 남아 있을지는 아무도 장담해줄 수가 없었다. 젊고 예쁜 20대의 한순간이 지나면,

유통기한 지나버린 소모품처럼 폐기되어버리는 것이 아이돌의 숙명이었으니까. 그래서 브로커를 고용하고 허위 진단서를 끊어서라도 도망치고 싶어 하는 것이다. 불안하고 무서우니까.

그래도 테아는 군대가 그렇게 무섭진 않았다. 굳이 아이돌이 아니더라도 음악을 계속할 수 있다는, 뮤지션으로서의 자신감이 있었기 때문이었다. 회사에서 시키는 대로 노래하고 춤추는 아이돌이 아니라 스스로가 무대를 창조해내는 창작자라는 점에서 테아는 자신이 있었다. 이미 오래전부터 프로듀서나 작곡가로서도 상당한 입지를 다져놓은 상태였기 때문에, 아이돌로서 더 이상 멋진 무대를 보여줄 수 없다고 생각되었을 땐 미련 없이 그 자리를 박차고 내려올 생각이었다. 그리고 그 마지노선쯤 되는 시기에 군대를 다녀오려고 했다. 그래서 인터넷에 가득 쓰인 '저 새끼 군대는 언제 가냐'는 비아냥 어린 댓글들을 보면서도 허허 웃을 수 있었다. 너희들이 뭐라 안 해도 때 되면 알아서 잘 다녀올 수 있다는 자신감이 있었기 때문이었다.

하지만 이제는 얘기가 달라졌다. 겨우 붙잡은 현수의 마음이 2년 동안 변함없으리란 보장이 없었다. 지금도 간당간당 불안한데 2년을 어떻게 견뎌낸단 말인가. 저렇게 예쁘고 귀여운데, 저렇게 몸서리도록 섹시하고 매력적인데, 딴 놈이 휙 채가지 말란 보장이 없었다. 우선 경호업체 투캅스의 그 재수 없는 실장 녀석부터가 용의자 1호였다. 테아는 태연하게 과일을 깎고 있는 현수를 초조한 눈빛으로 흘깃거렸다. 역시 예뻤다. 그것도 겁나게 예뻤다. 이제는 제 여자라 생각하니 더 예뻤다. 얌전히 포개져 있는 저 붉은 입술이 조금 전 자신이 입 맞추던 바로 그 입술이라 생각하니, 초조함에

바작바작 침이 말라왔다. 분명, 뭔가 대책이 필요했다.

"군대도 안 갔다 온 놈이 결혼은 무슨 결혼."

어린애 재롱이라도 본 것처럼 팔복 씨는 껄껄 웃었다. 조금 전 인생에서 가장 진지한 발언을 했던 테아로선 좀 억울한 처사였다.

"그럼 저희 사귀는 건 허락해주시는 거죠?"

"글쎄. 현수 네 생각은 어떠냐? 진짜 저놈이 맘에 드냐?"

조급하게 재촉하는 테아의 성화에, 팔복 씨는 슬쩍 현수에게 공을 넘겼다.

"뭐, 어느 정도는요."

현수는 선선하게 고개를 끄덕였다. 애매모호하긴 했지만 대략 긍정적인 의사표시였다. 두근두근한 얼굴로 현수의 대답을 기다리던 테아는 고작 그게 다냐는 듯 시무룩한 얼굴이 됐지만, 현수의 성격을 잘 아는 팔복 씨와 현석은 놀랍다는 듯 둥그런 눈으로 현수를 바라보는 중이었다. 천하의 최현수가 저 정도의 반응이라도 보여준 남자는 지금껏 테아가 유일했기 때문이었다.

어린 시절, 현수한테 맞았다고 엄마 손 붙잡고 찾아온 코찔찔이 사내 녀석들 이후로, 현수가 집으로 데려온 남자는 생전 처음이었다. 지금껏 남자는커녕 인간이란 존재 자체에 별 관심을 보이지 않던 현수가 처음으로 마음에 든다는 반응을 보이는 중이었다. 팔복 씨에겐 이것만으로도 이미 충분했다.

"나야 현수만 좋으면 상관은 없지. 스무 살 넘으면 성인인데 누굴 택하든 본인 마음인 거지."

"그럼 허락하신 걸로 알겠습니다, 장인어른."

대충 분위기가 긍정적인 걸 확인한 테아는 넙죽 엎드려 절하면서, 얼른 쐐기를 박아 넣었다. 현수의 태도가 애매모호하니 팔복 씨라도 확실히 자기편으로 만들겠다는 의도였다. 그리고 그런 모습을 옆에서 지켜보던 정태는 결국 이마를 부여잡을 수밖에 없었다. 김 대표가 이 사실을 알게 된다면, 가장 먼저 자신부터 족칠 거라 생각하니 눈앞이 깜깜했다. 저걸 어떻게 수습하나 싶어, 정태는 한숨만 푹푹 내쉬는 중이었다. 테아는 오늘 아주 사고를 제대로 칠 모양인 듯싶었다.

브레이크 풀린 자동차처럼 막 나가던 테아를 잠재운 건 결국 현수의 한마디였다. 팔복 씨를 향해 떼를 쓰는 테아를 가만히 바라보고 있던 현수가 가만히 입을 열었던 것이다.

"전 아직 허락 안 했는데요."

순간 싸한 분위기가 거실 안을 에워쌌다. 이건 무슨 어처구니없는 시추에이션이냐는 눈빛으로 모두가 테아와 현수를 번갈아 바라보고 있는 중이었다.

"오해가 있으신가 본데, 전 그냥 기회를 드린다고만 말씀드렸습니다."

"그게 그 말이잖아!"

"전혀 다른데요."

"뭐야, 이런 게 어디 있어. 아까랑 말이 다르잖아. 치사해, 최현수."

믿었던 현수의 배신에 테아가 불만을 터뜨렸다. 그 모습을 바라보던 정태는 다시 한 번 이마를 감싸 쥐며 먼 산을 바라보았다. 어쩐지 테아보다 자신이 더 부끄러워지는 것 같았기 때문이었다. 할 수만 있다면 모르는 사람인 척하고 싶었다.

"뭐야? 강태공이 너 아직 현수랑 얘기도 다 안 된 거였냐?"

"아닙니다. 저희 이미 키……."

팔복 씨의 말에 다급히 뭔가를 변명하려던 테아는 날렵한 솜씨로 발을 꾹 눌러 밟는 현수에게 곧바로 제지당하고 말았다. 결국 테아는 큼큼 헛기침을 하고선, 결연한 목소리로 결론을 지었다.

"아무튼 저희끼리는 어느 정도 합의가 끝났습니다."

"전 그런 기억 없는데요."

"헐, 웃긴다, 최현수. 그럼 아까 그건 뭔데?"

"그건……."

천하의 최현수도 이번엔 살짝 말이 막혔다. 어찌 되었든 간에 테아는 조금 전 최현수의 키스를 쟁취한 남자였던 것이다. 이겼다는 듯한 얼굴로, 테아가 씨익 미소를 지었다. 막 시작하는 연인들처럼 아옹대는 두 사람을 지켜보던 팔복 씨는 결국 껄껄 웃음을 터뜨리고 말았다.

"푸하하, 둘 다 아직 갈 길이 멀구만. 어이, 강태공이. 현수 맘 꽉 붙잡아서 오면, 내 허락해준다. 어디 한번 잘해봐."

"그럼 장인어른은 확실히 허락하신 겁니다. 나중에 말 바꾸시기 없는 겁니다."

"아, 짜식. 은근히 집요하네. 알았다, 알았어. 각서라도 써주랴?"

"장인어른은 그럼 앞으로도 쭉 제 편 해주시는 겁니다."

"오케이, 오케이."

어쨌든 테아는 절반쯤 목적을 달성하는 데는 성공했다. 현석과 정태가 좀 한심한 눈으로 바라보긴 했지만, 어쨌든 예비 장인이 될 팔복 씨의 허락만큼은 확실히 받아두었기 때문이었다. 물론 당사자인 현수의 확답을 받기 위해선 앞으로 한참은 더 노력이 필요할 듯했지만 말이다.

예로부터 남녀 간의 만리장성은 하룻밤 만에 쌓이는 거라고 했었다. 지리산으로 충동적인 여행을 떠나던 어제만 해도 누구도 상상하지 못했던 방향으로 두 사람의 인연은 급진전되고 있었다. 아니, 어쩌면 처음부터 이렇게 될 운명의 방향대로 착실히 달려가고 있는 건지도 몰랐다.

어쨌든 어제만 해도 일개 남자친구 후보에 불과하던 테아는 하루아침에 최현수의 유력한 신랑감 후보로 등극하게 된 것이다. 놀랍게도.

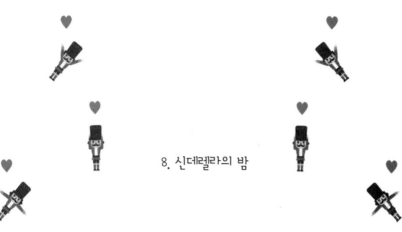

8. 신데렐라의 밤

"그럼 장인어른, 저희는 이만 가보겠습니다."

예비 장인어른인 팔복 씨를 충분히 제 편으로 확보했다고 판단한 테아는 벌떡 자리에서 일어섰다.

"응? 오랜만에 왔는데 좀 더 쉬다 가지. 왜 벌써 가?"

"지금부터 최현수 마음 좀 붙잡아보려구요."

"에헤, 이 녀석 성격 급한 것 좀 보게. 왜, 현수랑 데이트라도 하게?"

"네! 저한테 시간이 별로 없거든요."

테아는 의기충천한 태도로 씩씩하게 대답했다. 그에게 주어진 한 달의 휴가는 이미 절반쯤 지나 있었다. 상처 난 팔 역시 조금 있으면 실밥을 풀 예정이었다. 휴가가 끝나고 붕대를 풀면, 그때부턴 살인적인 스케줄이 그를 기다리고 있을 터였다. 남아 있는 시간이 절대적으로 부족했다. 어서 빨리 최현수의 마음을 붙잡아 어떤 식으로든 제 여자란 도장을 꽝꽝 찍어놓아야만 했다.

"가자, 현수야."

싱긋 웃음 띤 얼굴로, 테아는 현수를 향해 고갯짓을 해 보였다. 갑작스럽기 짝이 없는 제안이었지만, 현수는 의외로 선선한 얼굴로 고개를 끄덕였다. 지켜보는 사람들에겐 당황스러울 정도의 급전개였는데도, 정작 당사자인 현수는 그다지 놀라는 기색도 없었다. 물 흐르듯 자연스러운 태도로 자리에서 일어난 현수는 '그럼 저도 가보겠습니다.'라는 짧은 인사만을 남긴 후, 곧바로 테아를 따라서 걸음을 옮겼다. 순식간에 일어난 일에 당황한 세 사람만 남겨놓은 채, 테아와 현수는 그렇게 삽시간에 무대 밖으로 퇴장해버리고 말았다.

"크하하하하. 진짜 웃긴 녀석들일세."

잠시 황당한 얼굴로 두 사람의 뒷모습만 바라보고 있던 팔복 씨가 결국은 껄껄 웃음을 터뜨리고 말았다.

"저 녀석 평소에도 저렇게 웃기냐?"

"네…… 뭐……. 그런 편이라고 할 수 있죠."

"우리 딸도 참 특이하지만, 저 녀석도 만만치 않네."

"뭐……. 그러니까 잘 어울리는 걸지도……."

팔복 씨의 말에 정태가 우물거리며 대답했다. 하긴 그랬다. 극과 극으로 다른 것 같은 두 사람인데도 묘하게 죽이 잘 맞는 데가 있다며, 정태는 고개를 끄덕이는 중이었다. 두 사람 모두 보통 사람들과는 약간 어긋난 데가 있는데, 그 점이 묘하게 잘 맞아떨어지는 듯했다. 극과 극은 통한다더니, 이런 경우를 두고 하는 말인지도 몰랐다. 어쨌든 갑작스레 혼자 남겨진 정태는 민망한 얼굴로 하하 웃으며 '아이, 참 성격들도 급하시지.' 하고 분위기를 수습해야만 했다.

결국 30분도 안 돼서, 세 사람은 타고 왔던 빨간 페라리 앞에 서 있었다. 테아의 품에는 팔복 씨에게 받은 커다란 모과주 한 병이 안겨 있었고, 정태의 양손에도 밭에서 캔 감자와 이런저런 채소들이 바리바리 들려 있었다. 어서 빨리 돌아가 현수와 본격적인 데이트라도 할 생각인지, 테아는 잔뜩 들뜬 얼굴이었다.

"조심해서 들어가고, 어려운 일 있음 연락해라."

현석이 지갑에서 명함 한 장을 꺼내 테아에게 내밀었다. 노란 바탕에 빨간 궁서체로 쓰여진 명함에는 최현석이란 이름 대신 '계담법사'라는 법명이 쓰여 있었다. 그제야 테아는 이 남자가 진짜 무속인이라는 게 실감이 났다. 현석이 내민 노란 명함엔 '강남 꽃도령'이라는 조금 유치한 별칭도 함께 쓰여 있었지만, 테아는 웃음기 없는 진지한 얼굴로 한 자 한 자 정성 들여 현석의 명함을 읽었다.

"와, 진짜로 법사님이시네요."

"그럼 사이비인 줄 알았냐?"

"아닙니다. 그냥 뭔가 좀 신기해서요."

"신기하긴 네놈이 더 신기하지. 견귀도 못하는 놈이 접신을 하기에 깜짝 놀랐다."

"네? 제가 언제요?"

"기억 못 하는 거냐?"

멍한 얼굴로 아스라이 기억을 더듬던 테아가 설마 하는 얼굴로 조심스레 물었다.

"혹시……. 어젯밤…… 장군님? 헉, 그거 진짜였어요?"

"기억 안 나면 기억하지 마. 산 사람한텐 별로 좋은 거 아니니까."

현석은 평소와는 다른 엄숙한 목소리로 딱 잘라 말했다. 하지만 테아에겐 어젯밤 들었던 우렁우렁한 목소리가 똑똑히 기억나기 시작했다. 어떻게 이토록 까맣게 잊고 있었는지 의아할 만큼 선명한 기억이었다.

'예끼, 이놈아. 인연이란 게 어디 그리 쉬운 줄 알았더냐? 이놈 제 평생 베필 얻는 일을 아주 날로 먹으려 드네.'

머릿속을 뎅뎅 울릴 만큼 호탕한 목소리가 선명하게 떠올랐다. 분명 어젯밤 들었던 장군님의 목소리였다.

'천생연분이니 뭐니 그런 거 믿지 마. 운명이란 건 원래 반쪽짜리야.'

아마도 자신은 장군님을 향해 현수와 천생연분인 거냐고, 술에 취해 징징대며 물어봤었던 것 같았다. 별 웃긴 놈 다 보겠다는 듯이 껄껄 웃으며, 장군님은 그에게 이야기해주었다.

'씨앗이 아무리 좋아도 가꾸지 않으면 아무런 소용이 없지? 사람 인연도 다 그런 거야. 타고난 운명의 씨앗을 인이라고 하면, 그걸 가꾸는 농부의 노력을 연이라 부르는 게지. 인과 연이 함께 더해져야 비로소 참된 인연이 되는 것이야.'

무서운 훈장님 같기도 하고, 친절한 할아버지 같기도 한 목소리였다. 어젯밤 그 목소리는 테아의 곁에서 밤새도록 조근조근 이야기를 해주었다. 사람과 사람 사이의 인연에 대해, 그리고 타고난 운명과 후천적 노력의 상관관계에 대해.

"어……. 저 어젯밤 일 기억났어요. 분명히 저 어제 장군님이랑 같이 이야기했는데……. 대체 누구신 거죠, 장군님은?"

"내 몸주신이다."

"몸…… 주신이요?"

"무당에게 처음으로 영력을 내려준 신을 말하는 거야. 뭐, 이를 테면 일종의 수호령 같은 거지."

"신기하네요……. 대단하십니다, 형님."

"대단할 거 없어. 웬만하면 이런 세계는 모르고 사는 게 더 좋아. 뭐, 너랑은 파장이 잘 맞는 것 같으니 언제 또 만날 기회가 있을지도 모르지만."

"어젯밤에 좋은 말씀 많이 들었는데, 나중에 제가 장군님께 대접이라도 한번 하겠습니다."

"그럼 언제 술이나 좋은 걸로 한 병 들고 신당으로 와라. 술이라면 사족을 못 쓰는 영감이니까."

"아, 네. 신당이 강남이라고 하셨죠? 그…… 강남 꽃도령이라고."

테아의 입에서 나온 낯부끄러운 별호에 현석이 큼큼 헛기침을 하며 시선을 회피했다.

"뭐, 그냥 영업 전략이야. 아무래도 요즘은 그런 게 잘 먹히니까."

"이해합니다. 저희 업계도 그렇거든요."

아이돌과 무속인의 사이에 존재하는 예상 밖의 공통점을 발견한 테아가 진지한 얼굴로 고개를 끄덕였다.

"저…… 나중에 찾아가면 제 미래도 봐주십니까?"

"현수가 아직 말 안 했나 본데, 난 가족 점은 안 본다."

"저도…… 가족…… 인 겁니까?"

"뭐, 아직은 그냥 후보라고 해두지."

"감사합니다, 형님."

심드렁한 얼굴이긴 했지만 의외로 선선히 대답해주는 현석을 향해 테아는 꾸뻑 고개를 숙여 보였다. 비록 후보이긴 하지만 자신을 가족의 범주에 포함시켜주는 것에 꽤나 감동을 받았던 것이다.

"그럼 제가 언제 한번 찾아뵙고 식사라도 대접하겠습니다."

"됐어. 나중에 현수랑 같이 와. 밥은 내가 사줄게."

"예. 그럼 언제 한번 놀러 가겠습니다. 그럼 장인어른, 저희 올라가 보겠습니다."

넙죽넙죽 인사하는 테아를 보며, 정태는 어처구니가 없어서 입을 떡 벌릴 수밖에 없었다. 저 인간이 저렇게 사회성 넘치는 인간이었는지, 정태는 5년 만에 처음 알았다. 저렇게 잘할 수 있는 인간이 왜 지금껏 그렇게 지랄맞게 살아왔단 말인가. 사랑이 사람을 변하게 한다는 말을 듣긴 했지만 이렇게까지 잘 듣는 명약인 줄은 몰랐다며, 정태는 짤래짤래 고개를 흔들었다.

어쨌든 테아의 요란한 작별 인사가 끝나고 나서야, 세 사람은 나란히 차에 오를 수 있었다. 이번에도 현수는 테아와 나란히 뒷좌석에 앉았다. 얼른 자기 자리에 탄 뒤 초롱초롱 바라보는 테아의 눈빛을 차마 거절할 수 없었기 때문이었다. 번쩍 손을 흔들어 주는 팔복 씨와 심드렁하지만 따뜻한 얼굴로 고개를 끄덕여주는 현석을 향해, 테아는 몇 번이나 꾸벅꾸벅 고개를 숙여서 인사를 해 보였다.

"신기하다."

현수의 집이 숲 속으로 사라질 때까지 한참이나 뒤를 바라보던 테아가 불쑥 말을 꺼냈다.

"뭐가 말입니까?"

"가족이란 거."

"가족이요?"

"응, 형님이 아까 나보고도 가족이라고 해줬거든. 되게 오랜만에 들어봐서 신기해. 아버님도 그렇고 형님도 그렇고, 엄청 좋으신 분들이네. 진짜 가족 같은 기분이 들었어. 진짜 오랜만에."

"부모님이랑은 연락 안 하십니까?"

"응, 안 해."

명랑한 목소리로 딱 잘라 대답한 테아는 조금 망설이는 듯하다가 '법적으로 접근금지 조치가 되어 있거든.' 하고 덧붙였다. 뜻밖의 말에 현수의 표정이 살짝 굳자, 테아가 피식 웃었다.

"말했잖아, 개싸움이었다고. 우리 집안이 생각보다 좀 많이 콩가루 집안이야."

별것 아닌 농담이라도 하듯, 테아는 어깨를 으쓱였다. 하지만 현수는 그의 목소리가 어색할 정도로 밝은 기운을 가장하고 있다는 것을 알아챌 수 있었다.

"우리 집 얘기 엄청 유명했는데, 최현수는 못 들어봤나 보네."

"연예계 기사는 별로 관심이 없어서요."

"뭐, 그런 게 최현수다워서 좋지만."

현수를 보며 슬쩍 눈웃음을 지은 테아는 자신의 손가락을 만지작거리며, 명랑하지만 텅 빈 목소리로 말을 이었다.

"나 열세 살 때부터 일했는데, 스무 살까지 번 돈이 하나도 없어. 내 부모란 사람들이 다 갖다 썼거든. 그리고도 자기들끼리 더 갖겠다고 싸우다가 법정까지 갔지. 그런데 내가 성인이 되자마자 제일 먼저 한 일이 뭔 줄 알아? 나도 성인이니까 내 돈은 내가 관리하겠다고 말한 거야. 하하하, 그때 그 사람들 표정을 봤었어야 했는데."

조금도 우습지 않은 목소리로, 테아는 커다랗게 핫핫 웃었다.

"그 뒤로 난리가 났지. 개새끼 소새끼 난리를 치다가 고소를 하더라고. 그전까지도 이미 충분히 개싸움이었는데, 그다음부터는 감당이 안 될 정도로 진흙탕이었지. 물론 내가 이겼어. 근데 이상하게 하나도 기쁘지가 않더라고. 핫핫. 속 시원할 줄 알았는데 말이야."

손가락을 만지작거리는 테아의 움직임이 좀 더 빨라지다가 어느 순간 딱 멈췄다.

"그 사람들 지금도 나 아들로 안 봐. 그 사람들한테 난 그냥 돈 나오는 기계 같은 거야. 황금알 낳는 거위, 뭐, 그런 거. 근데 되게 웃긴 게…… 동화책 보면 나중에 욕심내다가 거위 배 가르잖아. 그거 현실에서도 진짜로 그렇더라고. 사람 마음이 다 그런 건가 봐. 웃기지?"

현수는 웃지 않았다. 그저 평소와 같이 깊고 까만 눈동자로 테아를 물끄러미 바라볼 뿐이었다. 하지만 테아는 그녀가 무슨 말을 하고 싶은지 알 수 있을 것 같았다.

"불쌍해?"

"아니요."

"안 불쌍해?"

"네."

"왜?"

"과거가 어떻든, 지금은 잘 이겨냈으니까요."

"내가 잘 이겨낸 것 같아?"

"네. 지금 여기에 있다는 것만으로도 이미 충분히 잘해낸 거라고 생각합니다."

담담하지만 흔들림 없는 목소리로 현수가 말했다. 참 이상했다. 지금껏 수많은 사람이 테아를 향해 충고를 하고 위로를 하고 동정을 해주었지만, 아무도 최현수처럼 진심으로 말해주지는 않았다. 그녀의 목소리는 듣기 좋으라고 해주는 허울뿐인 위로와는 분명 다른 울림을 지니고 있었다. 테아는 하하하 소리 내서 웃었다. 아까와는 다른 빛깔을 지닌 웃음이었다. 어린애처럼 천진해 보이기도 하고, 요사스러울 만큼 화사하기도 한 얼굴로, 테아는 진심으로 재미있다는 듯이 마음껏 웃었다. 하지만 웃음을 그친 테아는 그 어느 때보다도 더 진지한 얼굴이었다.

"어떡하지? 나 점점 더 최현수가 좋아져."

"그러면 곤란한 건가요?"

"응, 아주 곤란해. 지금도 최현수가 좋아서 미칠 것 같은데, 여기서 더 좋아지면 진짜 미친놈이 되어버릴지도 몰라."

앞에서 운전을 하던 정태가 사레라도 걸린 듯 쿨럭 기침을 했다. 도저히 계속 듣고 있기 민망할 정도로 닭살스럽고 낯간지러운 멘트였기 때문이었다. 테아의 입에서 저런 소리가 나오리라고, 정태는 정말이지 꿈에서라도 생각해본 저기 없었다. 하지만 정작 그 기적 같은 말을 직접 들은 현수는 별다른 표정 없이 덤덤한 얼굴로 고개만 끄덕이고 있을 뿐이었다.

"아까 한 말 말이야. 그거 진심이야."

"어떤 말이요?"

"너랑 결혼하고 싶다고 한 거."

진지해지는 분위기에 앞자리에서 가만히 듣고만 있던 정태가 뭐라고 입을 열려다가 포기한 듯 한숨을 내쉬었다. 이미 말린다고 해결될 단계가 아니란 걸 깨달았기 때문이었다.

"나 정말로 진지하게 말하는 거야. 그러니까 최현수도 진지하게 생각해서 대답해줘."

그렇게 말하는 테아의 눈동자는 정말로 진지한 빛을 띠고 있었다. 그래서 현수 역시 진지한 얼굴로 고개를 끄덕여주었다.

"그런 의미에서 손."

테아가 싱긋 웃으면서 손을 내밀었다.

"손 달라고. 손."

뭘 어쩌란 거냐는 듯 고개를 갸웃하는 현수를 향해, 테아가 답답한 듯 말했다. 그러고는 어리둥절한 얼굴로 머뭇머뭇 내미는 현수의 손을 잽싸게 잡아챘다.

"뭐 하시는 겁니까?"

"손잡고 가자고. 원래 다 이렇게 하는 거야."

여전히 무슨 소리인지 모르겠다는 얼굴로 바라보는 현수를 향해서, 테아는 장난꾸러기처럼 씨익 웃었다.

"연인들은 원래 다 이렇게 하는 거라고."

떫은 감을 씹은 것처럼 이상한 얼굴로, 현수가 멈칫 굳어졌다. 하지만 테아는 분명히 보았다. 그녀의 귓불 아래가 붉은 물이 드는 것처럼 은은하게 달아오르는 것을. 겉으로 보기엔 별다른 변화가 없었지만, 분명 현수는 조금 부끄러워하고 있었다. 테아의 미소가 조금 더 짙어졌다.

"어젯밤에 말이야. 나 형님네 장군님을 만났어."

엄지손가락으로 현수의 손을 부드럽게 쓰다듬으며 테아가 입을 열었다.

"신기하네요. 저도 본 적 없는데."

"착한 사람 눈에만 보이나 보지."

"글쎄, 그런 것 같진 않은데요."

"최현수가 잘 모르나 본데, 나 원래 엄청 착해."

앞자리에서 또다시 쿨럭쿨럭 정태의 헛기침 소리가 들려왔다. 헛소리는 작작 하라는 뜻인 게 분명했다.

"어쨌든 말이야, 장군님이 얘기해줬는데, 인연이란 건 원래 '인'과 '연'이 더해진 말이래. 예를 들면 씨앗을 '인'이라고 하면, 씨앗에 주는 물이나 비료 같은 걸 '연'이라고 말하는 거야. 그러니까 운명도 중요하지만 그것보다 더 중요한 건 그걸 가꾸는 사람의 노력이라는 거지. 그러니까 내 말은 말이야."

꼭 붙잡은 현수의 손을 끌어당긴 테아는 싱긋 웃는 얼굴로 현수의 손등에 입을 맞췄다. 촉 하는 습기 찬 소리가 조용한 차 안에 조그맣게 울려 퍼졌다. 부드러우면서도 촉촉한 낯선 감각이 손등에서 느껴지자 현수의 몸이 조금 더 딱딱하게 얼어붙었다.

"지금부터 우리 제대로 시작해 보자. 인연이라는 거."

현수의 눈을 가만히 바라보며 테아가 작게 속삭였다. 오래된 나무처럼 따뜻한 다갈색 빛을 띤 눈동자가 부드럽게 웃고 있었다. 커다랗고 따뜻한 손이 조금 더 강하게 마주 잡아왔다. 어떻게 할까 고민하던 현수는 아주 조그맣게 고개를 끄덕여주었다. 자세히 보지 않으면 눈치채지 못할 만큼 작은 움직임이었지만, 테아는 용케 알아들었는지 곧바로 환한 미소를 지었다. 눈이 부실 만큼 아찔하게 예쁜 미소였다.

"그런 의미에서 집에 가면 데이트부터 하자."

언제나 그렇듯, 테아는 제멋대로의 논리로 결론부터 내렸다. 하지만 현수는 선선히 고개를 끄덕여주었다.

"나 최현수랑 하고 싶은 게 진짜 많아. 맛있는 것도 먹으러 가고 싶고, 좋은 곳으로 여행도 하고 싶고……."

마지막 말은 귓가에 조그맣게 속삭이는 나지막한 목소리였다.

"야한 것도 하고 싶고."

현수는 대답하지 않았다. 말없이 나머지 다른 한 손으로 찰싹, 하고 테아의 손등을 내리쳤을 뿐이었다. 하하하 하고 짓궂은 장난꾸러기처럼 테아가 웃었다.

"최현수는 어때? 나랑 하고 싶은 거 없어?"

"글쎄요……. 그런 생각 해본 적이 없어서."

"남자친구 생기면 해보고 싶은 그런 거 없었어?"

"글쎄요……. 굳이 생각해보자면…… 트라이애슬론?"

"설마 지금 철인 3종 경기 말하는 거야?"

"네. 언제 한번 꼭 해보고 싶었거든요."

테아는 휴우 하고 한숨을 크게 내쉬었다.

"안 되겠다. 역시나 최현수에겐 특훈이 필요해."

"또 특훈입니까?"

"응. 아무리 생각해도 최현수는 로맨틱함이 너무 부족해. 특훈을 좀 받아야 할 것 같아."

"이런 말씀은 좀 그렇지만, 사돈 남말이신 것 같은데요."

"허어, 무슨 소리. 최현수는 내가 얼마나 로맨틱한 남자인지 모르는구나. 앞으로 로맨틱한 게 뭔지 내가 제대로 보여줄 테니까, 단단히 각오하고 있어."

"뭐, 기대해보죠."

"어어? 별로 기대하는 얼굴이 아닌데?"

"아닌데요. 엄청 기대하고 있는 건데요."

"진짜?"

"진짭니다."

"아닌 것 같은데?"

"진짜라니깐요."

앞자리에서 조그마한 한숨 소리가 또다시 터져 나왔다. 도저히 유치해서 들어줄 수 없다는 정태의 말 못 할 하소연이었다. 하지만 안타깝게도 둘만의 세계에 빠져 있는 두 사람의 귀엔 들리지 않는 듯했다. 결국 한참이나 속닥속닥 이어지던 유치한 만담 같은 대화는 어젯밤의 숙취에 지친 테아가 현수의 어깨에 기대어 잠이 든 이후에야 겨우 끝이 날 수 있었다.

집으로 돌아오는 길은 고요하고 평화로웠다. 휙휙 지나는 풍경을 무심하게 바라보는 현수의 어깨 위엔 편안한 얼굴로 잠이 든 테아가 기대어 있었다. 무슨 꿈이라도 꾸는지, 평소보다 훨씬 더 행복한 얼굴이었다. 부드럽게 감긴 눈꺼풀 끝에는 갈색빛이 감도는 기다란 속눈썹이 소복하게 내려앉아 있었다. 참 예쁜 얼굴이라고, 현수는 문득 생각했다. 취향도 참 특이하지. 이런 남자가 뭐가 좋다고 자신 같은 여자에게 목을 매는지 알다가도 모를 일이었다. 어쨌든 이 남자 덕분에 팔자에도 없는 연애란 걸 하게 됐다고 생각하니, 웃음이 피식 새어나왔다.

테아는 자면서도 단단히 붙잡은 현수의 손만은 놓지 않고 있었다. 현수는 가만히 고개를 숙여 테아에게 붙잡힌 자신의 손을 한참이나 바라보았다. 여자 손치고는 커다랗고 못난 손이라고 늘 생각하고 있었는데, 테아의 손 안에 소중하게 붙잡혀 있는 자신의 손은 그런대로 봐줄 만해 보였다. 테아의 팔목엔 아직도 하얀 붕대가 칭칭 감겨 있었다. 붕대 아래에는 현수를 감싸다 생긴 커다란 상처가 조금씩 아물어가고 있는 중일 터였다. 태어나서 처음으로 누군가에게 안겨 보호받던 그 순간을, 현수는 다시 한 번 떠올려 보았다. 그의 품에서 풍기던 사내다운 느낌의 옅은 코롱향이 선명하게 떠올랐다. 그리고 그 향은 지금도 자신의 어깨 위에서 아련하게 피어오르고 있었다. 현수는 미묘한 미소를 띤 얼굴로 지금도 피어오르고 있는 향기의 주인공을 바라보았다. 곱게 잠든 그의 옆얼굴을 가만히 바라보면서, 현수는 그가 말했던 인연에 대해서 곰곰이 생각해보았다. 인과 연이 만나서 만들어진 두 글자는 그녀가 생각했던 것보다도 훨씬 신기한 능력을 가지고 있는 것 같다고, 현수는 문득 생각했다.

"강테아 씨는 어디 나가셨나요?"

점심으로 마련된 미역국을 떠먹으며, 현수는 덤덤한 목소리로 도우미 아주머니를 향해 질문을 던졌다. 겉보기엔 여상한 질문처럼 보였지만 현수 나름대로는 진지한 질문이었다. 어제저녁 하동에서 돌아오는 길에서부터 내일은 데이트가 있으니 마음 준비를 단단히 해놓으라고 노래를 부르던 테아가 어쩐 일인지 아침부터 보이지 않았기 때문이었다. 경호원으로서 이 집에 들어온 이후 태아도, 정태도 없이 혼자서 밥을 먹은 적은 처음이라, 쓸데없이 넓기만 식탁이 유난히 횅해 보였다.

간간하게 조려낸 호두멸치조림도, 홍합을 끓여 시원하게 맛을 낸 미역국도, 모두 테아가 좋아하는 것들이었다. 항상 함께 밥을 먹는 데다 요 근래 테아가 팔을 다친 이후로는 현수가 일일이 테아의 반찬을 집어주던 터라, 테아의 식성 정도는 어느새 줄줄이 꿰고 있었다. 겉보기와는 달리 노인네 같은 식성이 현수와 잘 맞던 테아였다. 혼자서 심심하게 밥을 먹으며, 현수는 비어 있는 옆자리 의자를 바라보았다. 생각보다 더 많이, 강테아라는 남자는 현수의 일상에 진하게 녹아들어 있었나 보다. 그의 빈자리가 이렇게 허전한 걸 보니 말이다.

"매니저님이랑 아침부터 일찍 나갔는데. 어디 가셨을까요? 스케줄도 없으실 텐데."

도우미 아주머니 역시 딱히 아는 바가 없었다. 로맨틱한 데이트를 해보자며 하도 열의를 불태우기에 무던한 현수마저도 어젯밤엔 조금 잠을 설쳤더랬다. 데이트 같은 것과는 담을 쌓은 채 살아온 스물여덟 해였다. 지금껏 대부분의 남자들이 현수의 싸늘한 분위기에 지레 나가떨어졌고, 그나마 예쁘장한 외모를 보고 접근해

왔던 남자들도 이해하기 힘든 성격이라며 금세 흥미를 잃곤 했다. 하지만 그런 이들을 위해 천성에도 없는 애교를 부리며 사신을 포장하고 싶지는 않았다. 이렇게 멋대가리 없이 딱딱하게 생겨먹었으니, 처음부터 좋은 연인, 좋은 아내가 되기에는 애초부터 글러먹은 성격일지도 몰랐다. 그래서 무소의 뿔처럼 혼자서 잘 살아가는 것도 나쁘지 않다고, 오래전부터 생각하고 있었다. 외로움이란 건 누구나 앓고 있는 가벼운 위염 같은 거라고, 현수는 그렇게 자기 자신을 설득하곤 했다. 강테아를 만나기 전까지는.

조용히 식사를 끝낸 현수는 방으로 올라와 책을 펼쳤다. 법구경을 현대적으로 해석해놓은 책인데, 마음이 심란할 때 읽기엔 딱이었다. 그런데 웬일인지 오늘따라 글자가 눈에 잘 들어오지 않았다. 몇 번을 반복해서 읽는데도, 검은 것은 글씨고 흰 것은 종이였다. 결국 현수는 책을 덮고는 작은 한숨을 내쉬고 말았다. 벽에 걸린 거울엔 무덤덤한 표정을 한 젊은 여자가 들어 있었다. 딱히 못생긴 편은 아니었지만, 쓸데없이 창백하기만 한 데다가 재미없어 보이는 얼굴을 하고 있었다. 현수는 입술을 조금 올려 웃어 보였다. 거울 속의 여자가 어딘가 어색한 바보 같은 얼굴로 따라 웃었다.

현수는 눈꼬리를 접어 웃는 테아의 웃음을 떠올려 보았다. 얼굴로 먹고사는 직업이니만큼 남들보다 눈에 띄게 잘생긴 테아였지만, 웃는 얼굴은 특히나 더욱 예뻤다. 평소에는 잘 웃지 않는다고 하던데, 이상하게 현수 앞에서만은 웃음보따리가 풀어진 사람처럼 자주 웃곤 했다. 이런 데 둔한 현수마저도 반짝거린다는 느낌을 받을 정도로 예쁘고 해맑은 웃음이었다. 테아의 웃음을 떠올리며, 현수는 다시 한 번 입꼬리를 올려보았다. 하지만 여전히 어딘지 모르게 부족하고 어색한 웃음이었다. 조금 짜증이 난 현수는 침대에 벌렁 드러눕고 말았다. 이게 무슨 짓인가 싶어졌던 것이다. 현수는 잡생각을 떨쳐버리기라도 할 듯 질끈 눈을 감았다. 모처럼의 휴식 이니 낮잠을 자는 것도 괜찮을 것 같았다.

　현수에게 손님이 찾아온 건, 그 후로도 한 시간쯤 지난 뒤였다. 마음처럼 잠도 오지 않아 한참을 침대 위에서 뒤치락거리다가 차라리 검 연습이나 해야겠다고 일어설 무렵, 그 남자가 찾아왔다. 테아는 아니었다. 요란스럽게 등장한 거구의 남자를 보며 현수는 고개를 갸웃거렸다. 분명히 예전에 보았던 그 남자가 맞았다. 이렇게 특이한 남자를 잊어버릴 리가 없었다. 그는 분명 테아와 함께 가본 적 있었던 의상실의 주인이었다.

　"잘 지내셨어요? 어머, 그새 더 예뻐지셨다. 저 기억하시죠?"

　"아, 네."

　'이름이 뭐였더라. 달과 관련한 이름이었는데.' 하고 기억을 더듬고 있었더니, 거구의 남자는 요란스러울 만큼 실망한 얼굴을 해 보이며 '루나 최예요. 지난번 우리 부티크에서 만난 적 있는데.'라고 불만스럽게 종알거렸다.

　"아, 기억합니다. 오랜만이네요. 그런데 저한텐 무슨 일로……?"

　현수의 질문에 루나의 얼굴이 화악 피어났다. 칠면조만큼이나 감정의 표현이 극단적인 남자였다.

　"서프라이즈 선물이에요."

　"네?"

　대체 무슨 뜻인지 몰라 어리벙벙한 얼굴을 하고 있는 현수 앞에, 루나는 짜잔 하고 옆에 서 있던 여자들을 가리켜 보였다. 부띠끄의 직원으로 보이는 젊은 여자들은 제각기 크고 작은 상자들을 양손에 한가득 들고 있었다.

"이게 뭔가요?"

"마법의 변신 세트예요."

"네?"

"로맨틱한 데이트를 위한 여자들의 필수 코스랄까요. 현수 씨는 마음 푹 놓고 저한테 맡겨주시기만 하면 돼요. 어머, 근데 벌써 세 시네. 이러고 있을 시간이 없어요. 얼른 준비해야 하니까 서둘러주세요."

이게 대체 무슨 상황인가 싶어서 얼떨떨한 사이, 현수는 친절하지만 노련한 여자들의 손길에 의해 드레스룸으로 끌려들어 가고 말았다. 정신을 차렸을 땐 메이크업용 캡이 씌워진 채로 얼굴로 쏟아지는 화장품 세례를 받고 있는 중이었다.

"어머, 피부가 너무 좋으세요. 진짜 애기 피부네."

"얼굴이 하애서 핑크 톤이 되게 잘 받으시네요. 눈 좀 감아보시겠어요? 아니, 그렇게 꽉 말고 살짝이요."

"자, 고개를 살짝만 들어보세요. 아니, 아니, 눈 뜨시면 안 돼요. 그대로 가만히 계세요."

팔레트와 브러시, 그리고 퍼프로 무장한 여자들의 공격은 무시무시했다. 현수의 반항이나 질문은 원천 봉쇄한 채로 자기들끼리의 대화를 이어나갔다. 발길질과 주먹질로 싸우는 건 익숙해도 이런 유의 상황에는 문외한에 가까운 현수는 혼이 쏙 빠져나갈 것만 같았다. 그사이 현수의 얼굴 위로는 달콤하고 향긋한 무언가가 끊임없이 발라졌다.

"자아, 이제 눈 뜨셔도 됩니다."

여전히 어리벙벙한 채로, 현수는 끔뻑끔뻑 느릿하게 눈을 떴다. 속눈썹 위로 올려진 이물질 때문에 어색한 느낌이 들었기 때문이었다. 하지만 거울을 본 순간, 불편한 속눈썹에도 불구하고 또다시 커다랗게 눈을 뜰 수밖에 없었다. 거울 속에는 그녀가 한 번도 본 적 없는 낯선 여자가 앉아 있었다. 텔레비전이나 영화에서 본 것 같은 꼭 그런 여자였다. 너무나 달라진 자신의 모습에 현수는 그저 눈만 깜박이고 있었다. 주변에 있던 여자들이 너무 예쁘다며 참새처럼 한꺼번에 조잘거렸다. 자신들이 만들어낸 작품에 진심으로 만족하고 감동하는 눈치였다. 기쁨에 가득 찬 여자들에게 찬물을 끼얹고 싶지는 않아서 현수는 이게 무슨 상황이냐고 차마 묻지 못했다. 헤어드라이어를 들고 온 여자들에 의해 곧바로 2차전이 시작되었기 때문에, 뭔가를 물을 만한 여유도 없었기 때문이기도 했다.

여자들은 현수의 새카맣고 윤기 있는 머리카락에 탄복하면서 한참을 이리저리 매만지더니, 드라이어와 브러시 기타 등등의 도구들로 한참을 공들인 결과 할리우드 고전 영화의 여주인공처럼 우아하게 틀어 올려진 아름다운 헤어스타일로 완성해냈다. 어리둥절한 현수가 또 한 번 여자들의 손에 이끌려 가자, 이번에는 몸에 흐르듯 밀착된 검정 원피스와 그에 어울리는 검은색 구두까지 신겨져 있었다. 어느덧 거울 속에는 오드리 헵번처럼 늘씬하고 우아한 미녀가 서 있었다. 섬세한 장인의 손길로 완성된 그야말로 완벽한 변신이었다.

"브라보!"

전신거울 앞에 어정쩡하게 서 있는 현수를 바라보며, 루나가 짝짝 손뼉을 치며 등장했다.

"그래, 바로 이거야. 어우, 진짜 너어무 뷰티풀하다. 역시 내 눈은 틀리지 않았다니까."

감동의 눈물이라도 흘릴 듯한 기세로 루나가 연거푸 탄성을 내뱉었다.

"이거 강테아 씨가 부탁한 일인가요?"

예뻐져서 좋긴 하지만, 한편으론 어릿광대가 된 것 같은 씁쓸함에 현수의 목소리가 살짝 뾰족해졌다.

"어머, 별론가요, 이런 거? 어우, 어떡해. 난 현수 씨가 엄청 좋아할 줄 알았는데."

급작스럽게 시무룩해지는 루나의 태도에 현수는 조금 목소리를 가다듬었다. 자신을 위해 최선을 다해준 루나에게 싫은 기색을 보이는 것은 예의가 아니라고 생각했기 때문이었다.

"딱히 싫은 건 아닙니다. 다만 이런 일이 있다면 미리 제게 상의해주는 게 더 좋았을 거라고 생각했을 뿐입니다."

하지만 축 처진 루나의 커다란 어깨는 쉽사리 회복되지 않았다. 땅이 꺼져라 커다랗게 한숨을 쉰 루나는 잘못한 어린애처럼 힘없이 중얼거렸다.

"테아 씨는 고객 이전에 제 오래된 친구예요. 테아 씨 옷 봐준 것만 십 년이 넘었거든요. 근데 그 십년동안 테아 씨가 오늘처럼 기뻐하는 건 본 적이 없었어요. 그러니까 현수 씨도 이왕이면 기쁘게 받아주시면 안 될까요? 아마도 자기 나름엔 현수 씨를 기쁘게 해주려고 최선을 다하는 것 같은데……. 정말 처음이거든요. 테아 씨가 누군가에게 이렇게 관심을 쏟는 건요."

알겠다는 듯, 현수는 고개를 끄덕여주었다. 제멋대로이긴 하지만, 테아가 무슨 의도로 이렇게 준비한 것인지는 대충 알 것 같았다. 허리가 꽉 끼는 답답한 드레스와 불편한 하이힐이 영 마음에 들지 않긴 했지만 현수는 참아주기로 했다.

"어우, 진짜 완벽해. 완벽해. 근데 딱 하나가 부족하네. 조금만 기다려 봐요. 아주 까암짝 놀랄 만한 선물이 준비되어 있으니까. 어디 보자. 이제 슬슬 올 때가 된 것 같은데……."

루나가 초초하게 손목시계를 들여다보는 동안, 때마침 똑똑 작은 노크 소리가 들려왔다.

"어머나, 어머나, 왔나 보다. 완전 굿 타이밍."

루나가 박수를 치며 호들갑을 떠는 사이, 방문이 열리고 단발머리를 찰랑거리는 조그만 머리통이 불쑥 고개를 내밀었다.

"저……. 루나 쌤 여기 계세요?"

조그만 빌로드 상자 하나를 손에 든 채, 테아의 스타일리스트 윤희주가 조심스럽게 방 안으로 들어왔다.

"어머, 희주 씨. 나 여기, 여기. 너무 딱 맞춰 왔다. 고마워. 나 희주 씨 없었음 어쩔 뻔했니? 제일 중요한 걸 빼놓고 왔지 뭐야. 마침 희주 씨가 여기 올 일이 있어서 정말 다행이야. 너무너무 땡큐."

하지만 루나의 열렬한 환영 인사 따위는 귀에 들어오지도 않는 듯이, 희주의 눈동자는 얼어붙은 듯 현수에게만 향해 있었다.

"최…… 현수?"

누가 봐도 한눈에 알 수 있었다. 이 방의 주인공은 현수라는 것을. 아름다운 검정 원피스를 입고 방 한가운데 우뚝 선 현수의 모습은 마치 여왕처럼 당당해 보였다.

"지금…… 뭐 하는……."

"우리 현수 씨 너무 너무 예쁘지? 얼른 그것 좀 줘봐. 여기 마지막 하이라이트…… 짜잔!"

혼란에 빠진 얼굴로 얼어붙은 희주의 경악을 눈치채지 못한 듯, 루나는 그녀가 들고 있던 작은 상자를 열어서 현수를 향해 내밀었다. 검은 빌로드로 채워진 상자 안에는 섬세하게 세공된 다이아몬드 목걸이가 반짝이고 있었다.

"성공적인 데이트를 위한 부적."

"어…… 이건 너무 비싼 것 같은데, 저는 좀……."

"어우, 어우, 걱정 마. 내가 주는 거 아냐. 이건 테아 씨 선물."

"그래도 이건……."

"몰라, 몰라. 난 전해주기만 하는 거야. 돌려주려면 테아 씨한테 돌려줘. 우선은 얼른 걸어보자. 어우, 테아 씨 진짜 센스도 넘치지. 너어무 예쁜 걸로 골랐다아."

정신을 쏙 빼놓을 정도로 호들갑스러운 루나의 페이스에 말리다 보니, 현수의 목 위에는 어느새 반짝이는 목걸이가 채워져 있었다.

"그럼 얼른 가서, 멋진 데이트 하고 와요. 행운이 함께하길 바라요. 나의 신데렐라."

소녀처럼 눈을 반짝이며 루나가 속삭였다. 만화영화에서나 존재할 것 같은 닭살스러운 대사를 현실에서, 그것도 거구의 아저씨에게 듣게 될 줄은 꿈에도 몰랐던 현수는 그 자리에서 돌처럼 굳어지고 말았다. '감사해요, 요정님.' 하고 장단을 맞춰줄 수도 없고, '신데렐라는 무슨 얼어 죽을 신데렐라예요?' 하고 급정색을 하기도 뭣했기 때문이었다. 이런 요상한 대사엔 뭐라고 대꾸해야 할지 몰라서, 현수는 그저 어색한 얼굴로 웃으며 고개만 끄덕일 뿐이었다.

어쨌든 현수는 원치 않게 신데렐라가 되고 말았다. 조금 전까지 집에서 편히 입던 검도용 도복 바지를 입고 침대 위에서 뒹굴고 있었는데, 정신을 차려보니 오드리 헵번의 환생이 된 것 같은 모습으로 집을 나서는 중이었다. 몸을 타고 흐르는 검정 원피스는 단단하면서도 여성적인 현수의 굴곡을 고스란히 드러내주고 있었고, 우아하게 틀어 올려진 검은 머리 타래 아래로는 은은한 산홋빛 입술이 빛나고 있었다. 전문가의 손길로 한껏 꾸민 데다 현수 특유의 고요한 분위기까지 더해지자, 마치 왕족이나 귀족이라도 된 것 같은 고급스런 우아함이 물씬 풍겨 나오는 중이었다. 이 놀라운 마법을 창조해낸 루나와 그의 직원들은 몹시 만족하고 감격해했다. 사실 현수는 원치 않게 인형놀이를 당한 것 같은 불만스런 마음이 조금 남아 있었지만, 우리가 해냈다는 감동으로 물결치는 그들의 행복한 얼굴을 바라보고 있노라니 차마 마음에 안 든다고 말할 수가 없었다. 결국 현수는 그들의 열화와 같은 환송을 받으며 '성공적인 데이트'를 위한 여정을 떠나게 되었다. 아직도 이 상황이 믿기지 않는 듯 멍한 눈으로 서 있는 윤희주만이 이 감격적인 광경에 어울리지 않는 유일한 오점이었다. 동화처럼 아름다운 모습으로 집을 나서는 현수의 뒷모습이 문밖으로 사라진 뒤 한참 동안이나, 희주는 충격으로 멍한 눈으로 닫힌 문만을 바라보고 있었다.

집 앞에는 테아가 미리 준비해둔 고급스런 검은 세단이 준비되어 있었다. 검은 양복을 운전사가 도도도 달려나와 뒷좌석의 문을 열어주는 것을 보고 현수는 그만 웃음을 터뜨리고 말았다. 통통한 몸매에 검은 슈트를 걸쳐 입고 빨간 나비넥타이까지 하고 있는 그는 다름 아닌 테아의 로드매니저 정태였던 것이다.

"매니저 님?"

"현수 누님?"

평소와는 너무도 다른 서로의 모습 앞에, 두 사람의 첫마디는 애매한 의문문이 될 수밖에 없었다. 아주 잠깐 침묵과 경악의 시간이 흐른 후, 정태가 먼저 호들갑스럽게 입을 열었다.

"우와, 현수 누님 진짜 짱이십니다. 너무 예쁘세요. 전 진짜 딴사람이 나오시는 줄 알았어요. 진짜 너무너무 예쁘십니다. 누님 짱. 대박!"

"매니저 님도 멋지시네요."

"에헷, 괜찮죠? 테아 형님이 한 벌 해주셨어요. 이런 날은 저도 분위기 좀 내야 한다고요."

아마도 강테아는 예고했던 것만큼이나 뻑적지근한 데이트를 준비해놨나 보다. '아무튼 제멋대로라니까.'라고 생각하면서도, 현수는 피식 웃었다. 잔뜩 기대에 부푼 얼굴로 이 모든 것을 준비하고 있을 테아의 모습이 눈에 선했기 때문이었다.

드라마에 나오는 재벌가의 마나님처럼 고급스런 자동차 뒷좌석에 앉아 있으려니 정말이지 기분이 묘했다. 운전석에 앉은 정태가 흠흠 헛기침을 하더니 먼저 입을 열었다.

"기분이 참 묘하네요."

현수가 하고 싶었던 바로 그 말이었다. 현수는 말없이 정태를 바라보았다. 강남 멋쟁이처럼 곱게 가르마까지 탄 정태가 백미러를 통해 흘깃 보였다. 그 역시 거울에 비친 현수를 묘한 눈으로 바라보는 중이었다.

"원래 이러면 안 되거든요. 우리 대표님이 아시면 아마 난리 나실 거예요. 근데 안 되는 거 알면서도 이상하게 좋네요. 이거 어쩌죠?"

"이러면 안 되는 건가요?"

"네, 형님은 아이돌이잖아요. 이 바닥이 원래 그래요. 뒤로는 아무리 더럽게 놀더라도 앞으로는 깨끗해야 하거든요. 소문나면 한순간에 훅 가는 동네니까요."

생각에 잠긴 얼굴로, 현수는 한동안 말이 없었다. 결국 괜한 소릴 했나 싶어서 조심스레 현수의 눈치만 살피던 정태가 먼저 너스레를 떨었다.

"에이, 뭐. 그냥 쭉쭉 밀고 나가십쇼. 아이돌이고 나발이고 다 잘 살자고 하는 건데, 좋아하는 사람이랑 연애도 못 하면 그게 다 무슨 소용이랍니까. 아, 몰라. 전 지금부터 그냥 두 분 팍팍 응원할랍니다."

저 혼자 결론지은 정태는 백년 묵은 변비가 한방에 해결된 사람처럼 개운한 얼굴이 되었다. 하지만 그런 정태와는 달리 현수는 여전히 생각이 많은 얼굴이었다. 각기 다른 생각에 잠긴 두 사람을 실은 차는 어두운 밤이 내려앉은 한강가를 시원스레 내달리고 있었다.

그리고 마침내 도착한 곳은 매끈한 대리석으로 뼈대를 세우고 자연석 느낌의 화강암으로 장식을 더한 커다란 3층 건물 앞이었다. 유럽풍의 이국적 느낌이 물씬 나는 커다란 대문과 그 위에 금박으로 쓰인 'il velo'라는 이딜릭체 로고가 박혀 있었다. 묵직한 나무문을 열고 들어가자 건물 중앙에 자리 잡고 있는 거대한 실내 정원이 가장 먼저 눈에 띄었다. 중앙 정원 주위로는 투명한 유리벽이 에워싸고 있었고, 그 주위로 우아하게 꾸며진 홀들이 층층이 쌓아올려진 독특한 구조였다.

그제야 현수는 이곳이 고급 레스토랑이란 것을 알아차렸다. 레스토랑에 걸맞게 우아한 품격을 갖춘 홀 서버가 현수를 지하로 안내해주었다. 어둑한 조명이 켜진 커다란 지하 홀로 들어선 현수는 그 자리에서 멈춰 설 수밖에 없었다. 그녀가 들어서자마자 어둑한 홀 중앙에서부터 부드러운 피아노 선율이 울려 퍼졌기 때문이었다. 부드럽고 달콤한 울림을 지닌 피아노 소리를 따라 낮으면서도 힘 있는 미성의 목소리가 들려왔다. 그것은 분명 현수 한 사람만을 위한 세레나데였다. 아름다운 선율에 홀린 것처럼, 현수는 텅 빈 홀을 천천히 걸어갔다. 아직 익숙하지 않은 새카만 벨벳 구두에서 흘러나오는 발소리가 마치 악기처럼 또각또각 음악 속으로 녹아들고 있었다.

홀 정면의 작은 무대 위에는 그녀가 잘 알고 있는 남자가 커다란 그랜드 피아노 앞에 앉아 있었다. 테아였다. 아니, 정확하게 말해서 무대 위의 테아는 그녀가 잘 알고 있던 테아는 아니었다. 피아노를 치며 감미로운 목소리로 노래하는 테아는 그녀가 처음 본 낯선 남자였다.

성당 벽화에 그려진 천사처럼 밝은 금빛을 띠고 있던 테아의 머리카락은 까마귀처럼 새카만 칠흑색으로 바뀌어 있었다. 남성적으로 짧게 잘린 머리카락 아래로 까만 턱시도 속에 감춰진 강인한 근육들이 피아노 음률에 맞추어 물결치고 있었다. 강함과 부드러움이 공존하는 아름다운 움직임이었다. 물방울처럼 튀어 오르는 피아노의 선율 위로 낮고 감미로운 목소리가 휘감듯 어우러졌다. 그의 직업이 가수라는 걸, 현수는 새삼 깨달았다. 텅 빈 홀을 가득 메우는 그의 목소리는 현수의 심장까지도 가득 채워왔다. 언제부터인지 현수의 심장이 쿵쿵 뛰고 있었다.

물론 심장이 뛴 건 현수뿐만은 아니었다. 현수가 온다는 사인을 받고 준비한 세레나데를 연주하던 테아 역시 객석으로 모습을 드러낸 현수를 발견하고는 쿵 하고 심장이 떨어지는 듯한 충격을 받았기 때문이었다. 아침 일찍부터 현수를 위해 열심히 고른 옷들이긴 했지만, 이렇게까지 예쁠 것이라곤 상상도 하지 못했던 거다. 정말이지 이렇게까지 예쁜 건 반칙이었다. 어려서부터 연예계에서 자라온 만큼, 내로라하는 미남미녀들은 그야말로 발에 채이듯 흔하게 보아온 테아였다. 그러나 이렇게 심장을 뛰게 하는 여자는 평생에 처음이었다. 그러니 현수를 발견한 순간 건반 위를 뛰놀던 테아의 손가락이 삐끗할 수밖에 없었던 당연한 일일 수밖에 없었다. 절대로 테아 자신의 연주 실력이 모자라서가 아니었다고, 테아는 속으로 열심히 변명 중이었다. 자칫 '삑사리'가 날 뻔한 위기를 간신히 넘긴 테아는 현수의 모습에서 눈을 떼지 못한 채 연주를 계속했다. 그렇지 않아도 감미롭던 테아의 목소리가 점점 더 달콤해진 것은 두말할 나위도 없었다.

마침내 길게 끌리는 피아노 소리의 여운을 끝으로, 테아의 노래가 끝났다. 부드럽게 스러지는 피아노의 울림이 멈추고, 건반 위에 잠시 손을 얹은 채 앉아 있던 테아가 부드러운 얼굴로 미소를 지었다. 쑥스러움과 자랑스러움이 섞인 수줍은 미소였다. 현수는 조그맣게 손뼉을 쳐주었다. 지금 자신이 들은 것이 그 어느 곳에서도 들을 수 없는 특별한 무대임을, 그녀 역시 느꼈던 거다. 현수의 박수에 쑥스러운 듯 씨익 웃음을 지은 테아는 곁에 놓여있던 커다란 분홍 장미 다발을 집어 든 후, 천천히 무대에서 걸어 내려왔다.

"원래 이런 건 관객이 주는 거 아닌가요?"

"아니, 이런 건 원래 더 좋아하는 사람이 주는 거야. 지금은 내가 최현수를 백만 배쯤 더 좋아하고 있을걸. 그러니까 이건 뇌물. 앞으로 잘 봐달라고 주는 거야."

테아가 건네는 장미꽃 다발에선 아찔할 정도로 진한 향기가 흘러나왔다. 어쩐지 머쓱한 마음이 들어서 현수는 테아를 똑바로 바라볼 수가 없었다. 경호 일을 하면서 절체절명의 위험한 순간에 수없이 겪어온 현수였지만, 향기로운 장미꽃 다발이 쏘아내는 간질간질한 공격에는 어떻게 대응해야 할지 도무지 알 수가 없었다.

"최현수한텐 빨간 장미가 어울릴 것 같았는데, 빨간 장미의 꽃말이 '열정적인 사랑'이라잖아. 나는 최현수랑 그냥 열정적이기만 한 사랑을 하려는 건 아니거든. 그래서 분홍색으로 골랐어. 분홍장미의 꽃말이 뭔 줄 알아?"

"아니요."

"분홍 장미의 꽃말은…… 사랑의 맹세래. 음……. 그러니까 이건 내가 최현수에게 하는 일종의 맹세 같은 거야."

난생처음 해보는 간지러운 고백에, 어느덧 테아의 목소리가 조금씩 떨리고 있었다. 하지만 그는 용기 있게 끝까지 고백을 이어나갔다. 처음으로 본 오디션보다 훨씬 더 떨리는 순간이었다.

"어떤 걸 맹세하실 건데요?"

엷은 웃음기가 배어 있는 목소리로 현수가 물었다.

"최현수를 영원히 사랑하겠다는 맹세."

"세상에 영원한 건 없어요."

꼬장꼬장한 현수가 태클을 걸어왔다. 역시나 최현수는 그냥 대충 달콤한 말로 쉽게 넘어갈 수 있는 상대가 아니었다. 테아는 숨을 한 번 들이마신 후, 모든 용기를 그러모은 고백을 다시 한 번 쏟아내었다.

"알았어. 그럼 내가 죽을 때까지. 맘 같아선 죽어서도 계속계속 사랑할 거라고 말하고 싶은데 그렇게 하면 최현수가 안 믿겠지?"

"강테아 씨는 영원한 사랑을 믿어요?"

"아니, 솔직히 안 믿어. 그래서 지금부터 내가 한번 해보려고. 영원한 사랑이란 거."

"자신 있어요?"

"응. 사랑은 못 믿어도, 나는 믿거든."

분홍 장미꽃을 한아름 품에 안은 채, 현수는 웃었다. 테아의 대답이 너무나 테아다워서였다. 말도 안 되는 소리 같으면서도 묘하게 믿음이 갔다. 테아라면, 이 남자라면 그렇게 할 수 있을 것 같다는 그런 믿음.

"자, 대답은 밥 먹고 해줘. 원래 사람은 배가 차야 긍정적인 대답이 나오는 법이니까. 아, 그리고 그 전에…… 정말 예쁘다, 최현수."

이 남자는 참 불의의 습격을 잘하는 것 같다고, 현수는 생각했다. 사람이 방심하고 있을 때마다 꼭 저런 '심쿵'하는 대사를 날리곤 했다. 단지 말로만 하는 립서비스도 아니었다. 반짝이는 테아의 눈동자 역시 최현수가 너무너무 예뻐서 죽을 것만 같다고 열렬히 외치고 있었으니까. 갑자기 왈칵 몰려든 부끄러움에 현수는 얼른 시선을 돌렸다. 어색하게 굳어져 버린 현수의 귓불이 또다시 은은한 붉은색으로 물들고 있었지만, 다행히 어두운 조명 덕분에 테아에겐 발각되지 않았다.

"뭐, 강테아 씨도…… 멋지네요."

바닥부터 닥닥 그러모은 용기로 현수가 웅얼거리듯 말했다. 평소엔 참 또박또박 말도 잘하는 현수였지만, 이런 말은 도통 익숙해지지가 않았다.

"마음에 들어? 최현수가 좋아할 것 같은 스타일로 바꿔봤어. 검은색 좋아하잖아."

"딱히 검은색을 좋아하는 건 아니에요. 그냥 편하니까 자주 입는 거죠."

"그래? 그럼 무슨 색을 좋아하는데?"

"뭐……. 이것저것이요. 파란색도 좋고, 초록색도 좋고…… 가끔은 분홍색도…….'

'좋아요.'라는 마지막 말은 웅얼거리는 듯한 작은 소리로 현수의 입속에서 스러졌다. 하지만 그녀의 눈동자는 분명히 품에 안겨 있는 분홍 장미를 향해 있었다. 현수의 대답이 무엇을 의미하는지를 눈치챈 테아의 얼굴에 벙긋 미소가 어렸다. 아마도 테아의 고백은 합격점 이상을 받은 것 같았다.

"앞으로 하나씩 알려줘. 최현수가 좋아하는 것, 최현수가 싫어하는 것. 그럼 나도 최현수가 좋아하는 사람이 될 수 있도록 노력할게."

"기대할게요."

현수의 입술이 살짝 휘어졌다. 자신이 얼마나 예쁜 미소를 짓고 있는지, 현수는 몰랐다. 아까 혼자서 거울을 보며 연습할 때와는 전혀 다른 미소를, 지금 현수는 짓고 있었다. 그것은 단단히 움츠려 있던 꽃송이가 피어나는 것처럼, 눈을 뗄 수 없이 매혹적인 미소였다. 그런 그녀를 바라보는 테아의 눈동자에도 황홀한 꽃송이가 피어나고 있었다.

"그런 의미에서 스테이크 좋아해? 왠지 로맨틱한 데이트에는 양식이 어울릴 것 같아서 여기로 예약했는데. 여기 스테이크 엄청 맛있거든."

"음식은 다 잘 먹는 편입니다."

"거짓말. 가지는 안 먹잖아."

테아가 자신의 소소한 편식 습관까지 알고 있다는 사실에 현수는 깜짝 놀랐다.

"그걸 어떻게 아셨습니까?"

"매일 보고 있으니까 알지."

테아가 씽긋 웃었다. 현수가 좋아하는, 어린애처럼 해맑은 웃음이었다.

"가지는 빼고 시켰으니 안심해. 사실 여기 가지구이도 되게 맛있는데."

"흠흠. 못 먹진 않습니다. 그저 별로 좋아하지 않을 뿐입니다."

"가지가 얼마나 몸에 좋은데."

"야채가 보라색인 게 싫어서요."

"푸핫. 단지 그 이유 때문이야?"

"식감도 별로 좋아하지 않지만, 보라색인 게 제일 맘에 안 듭니다."

"푸하하핫. 어쩐지 최현수다워."

"그 말 기분 나쁜데요? 최현수답다는 게 정확히 어떤 겁니까?"

"음……. 종잡을 수 없이 매력적인 거?"

"딱히 칭찬같이 들리지 않는데요?"

"아냐. 칭찬 맞아. 그래서 내가 최현수한테 정신없이 빠진 거잖아."

"종잡을 수 없어서요?"

"아니. 매력적이어서."

테아가 또다시 기습공격을 해왔다. 저렇게 열정적으로 반짝이는 눈동자를 하고, 부끄러울 정도로 달콤한 말을 할 때마다, 현수의 심장이 한 번씩 쿵쿵 울렸다. 다행히 이번엔 얼굴이 빨개지기 전에 음식을 든 서버들이 타이밍 맞게 들어왔다. 붉은 게살이 들어 있는 크림스프와 올망졸망 예쁘게 빚어진 정체불명의 무언가였다.

"이게 뭔가요?"

"이태리 만두."

"이탈리아에도 만두가 있나요?"

"응. 라비올리라고 우리나라 만두 비슷한 거야. 이건 정확히 말하면 아뇰리티. 라비올리의 일종이야."

"흠. 신기한 맛이네요. 뭔가 고기가 들어 있는데요?"

"응, 토끼고기야. 입에 맞아?"

"아, 어쩐지 익숙하다 했더니. 어릴 때 많이 먹었어요. 집 근처에 토끼가 많았거든요."

"토끼? 직접 잡은 거야?"

"네, 바구니에 줄 매서 잡았어요."

"으잇, 잔인해."

"토끼고기를 먹으면서 하실 말씀은 아닌 것 같은데요."

"그건 그거고 이건 이거지."

"그거나 이거나 똑같은 토끼인 것 같은데요."

평소와는 달리 멋들어지게 차려입은 두 사람이었지만, 식탁 앞에서 아웅다웅하는 것은 평소와 똑같았다. 하지만 테아는 현수의 이런 점이 좋았다. 비싼 음식을 앞에 둔 대부분의 여자들은 테아에게 잘 보이기 위해서 몸을 꼬며 교태를 부리곤 했다. 어떤 이는 우아함을 가장하고 어떤 이는 발랄함을 가장했지만, 경중만 달랐을 뿐 항상 비슷한 모양새였다. 하지만 현수에겐 그런 게 없어서 좋았다. 언제나 그냥 있는 그대로를 보여주기에, 테아 역시 무언가를 꾸밀 필요가 없었다. 그래서 항상 마음이 편했다. 최현수와 함께 있는 건.

"근데 그거 언제까지 할 거야?"

"어떤 것 말씀입니까?"

"존댓말."

"불편하십니까?"

"응. 계속 경호원 같잖아. 이젠 여자친구인데."

토끼고기가 들어 있는 이태리 만두를 먹고 있던 현수는 쿨럭 사레에 들리고 말았다. 여자친구라니. 아직까지 이런 유의 달콤한 단어에는 면역력이 현저히 약한 현수였다.

"그럼 말 놔도 됩니까?"

"응. 우리 동갑이잖아. 둘이서 있을 때만이라도 편하게 말해줬음 좋겠어."

"후회 안 하실 겁니까?"

"남자가 한 입으로 두말하겠나."

속내를 알 수 없는 얼굴로 현수가 씨익 웃었다. 그리고 그녀의 입에서 나온 것은 테아의 예상과는 상당히 다른 것이었다.

"그럼…… 강태공."

현수의 산홋빛 입술에서 또박또박 튀어나온 자신의 이름에 테아는 긴장했다. 아무리 생각해봐도 이건 연인 사이의 달콤함과는 크게 차이가 있는 것 같았다. 굳이 예를 들자면…… 신병 교교대의 빨간 모자 조교들이 떠오른다고나 할까? 굳어진 얼굴로 멀뚱하게 자신을 바라보는 테아를 향해 현수는 씨익 웃었다.

"잡소리 말고 밥이나 먹어."

쿨럭. 결국 테아는 거나하게 사레에 걸리고 말았다. 그랬다. 테아는 미처 몰랐던 거다. 경호학과 출신의 현직 경호원 현수가 여고 졸업 이후 쭈욱 남자들로만 이루어진 집단에서 생활해왔다는 것을. 그리고 커다란 사내 녀석들을 사정없이 굴리던 그녀의 별명이 '지리산 호랑이'였다는 사실 역시, 테아는 결코 알지 못했다.

무언가 무시무시한 판도라의 상자를 열어버린 것 같은 두려움에 테아는 바싹 얼어붙고 말았다. 하지만 정작 원인 제공자인 현수는 지극히 만족스러운 얼굴로 토끼고기가 든 이태리 만두를 맛있게 먹고 있을 뿐이었다.

어느덧 해가 진 도시에는 어둑한 밤이 내려앉아 있었다. 방금 전 로맨틱한 첫 데이트의 제1코스를 나름 성공적으로 완수한 두 사람은 반짝반짝 윤기가 흐르는 검은 세단의 앞좌석에 나란히 앉아 있었다. 두 사람의 오붓하고 낭만적인 데이트를 위해 눈치 빠른 정태가 자리를 비켜준 덕분이었다. 하지만 차 안의 상황은 정태가 기대했던 것만큼 그다지 낭만적이진 못했다. 사건의 발단은 테아가 멋모르고 던졌던 소소한 한마디 때문이었다.

"야, 강태공."

테아의 반응을 노골적으로 구경하며 현수가 놀리듯 말했다. 그간의 아니꼽고 더럽던 모든 것을 만회하겠다는 듯한 여유만만한 태도였다. 대놓고 놀려먹겠다는 의도가 다분해 보이는 현수를 흘겨보며 테아는 볼을 부풀렸다.

"하지 마. 그거 싫어."

얄밉다는 듯 골난 눈빛으로 테아가 삐죽거렸다. 존댓말을 버리고 반말을 장착한 현수는 평소보다 열 배쯤 더 카리스마가 넘쳐흘렀다. 전문가의 손길에 의해 완벽하게 세팅된 귀부인의 모습이라 더욱더 그런 걸지도 몰랐다. 어쨌든 그간 현수가 고용주에 대한 예우 차원에서 많이 참아주고 있었다는 것을 테아는 뼈저리게 깨달을 수 있었다.

"왜? 둘만 있을 때는 반말하라며?"

"그거 도로 물러. 해보니까 별로야."

테아가 툴툴거렸다. 아무리 생각해도 그가 원했던 반말모드는 이런 게 아니었다. 좀 더 친밀하고 다정한 간질간질 알콩달콩한 연인모드가 될 줄 알았지, 이렇게 무시운 동네 형님 분위기를 풍길 줄은 몰랐던 것이다. 하지만 그 와중에도 영 싫은 얼굴은 아니었다. 테아가 생각하던 것과는 영 딴판으로 다른 느낌이긴 했지만, 어쨌든 바늘 하나 들어갈 틈 없었던 현수가 제 나름의 벽을 허문 것만은 사실이었기 때문이었다.

한편, 현수 역시 골난 어린애 같은 테아의 표정이 꼭 어릴 때 키우던 강아지 같다며, 내심 흐뭇하게 생각하는 중이었다. 절에서 키우던 백구와 정처 없는 떠돌이 아비 개 사이에서 태어난 흰둥이는 어릴 적 현수가 키우던 강아지였는데, 변변한 친구도 없이 산에 살던 현수에게, 유일하게 마음을 터놓을 수 있던 친구이자 동생 같은 녀석이었다. 하얗고 복슬복슬한 털을 지닌 흰둥이는 현수가 제 맘에 안 드는 장난을 칠 때면 강아지 주제에 꼭 사람처럼 뚱한 표정을 지으며 현수를 흘겨보곤 했는데, 지금의 테아가 꼭 그런 얼굴을 하고 있었다. 어쩐지 볼수록 귀여운 느낌이라 현수는 저 혼자 푸훗 웃음을 터뜨렸다.

골이 난 와중에도 테이의 표정이 실쭉 풀어졌다. 소리 내어 웃는 최현수란 그야말로 쉽사리 보기 힘든 진귀한 광경이었던 것이다.

"좀 더 웃어봐, 최현수."

잘하던 짓도 멍석 깔아 놓으면 못하는 법이랬다. 소리 내어 키득거리던 현수의 웃음이 뚝 하고 그친 건 당연한 일이었다.

"뭘."

"다시 웃어보라고. 너 그거 알아? 너 웃을 때 얼마나 예쁜지."

현수가 어색한 표정을 지었다. 언뜻 보면 골이라도 난 것처럼 뚱해 보이는 얼굴이었지만, 테아는 이제 알 수 있었다. 그녀의 표정이 쑥스럽다는 뜻이란 것을. 테아의 눈꼬리가 조금 더 예쁘게 휘어졌다.

"너 되게 예뻐, 웃을 때. 너 웃으면 나 막 심장이 뛴다. 만져 볼래? 진짜인데."

"아니, 괜찮아."

현수는 기겁하며 고개를 내저었지만 현수의 손을 억지로 끌어다 자신의 가슴에 놓았다. 얇은 드레스 셔츠 아래로 따끈따끈한 테아의 가슴이 느껴졌다. 여자의 부드러운 가슴과는 달리 단단한 근육으로 한 꺼풀 뒤덮인 사내의 가슴이었다. 직업이 직업이니만큼 사내의 몸을 본 적도, 만져본 적도 많았던 현수였지만, 귓불 아래가 후끈할 정도로 혹 달아오르는 것은 어쩔 수가 없었다. 똑같은 사내의 가슴이지만, 훈련 중 수도 없이 보았던 후배들의 맨가슴과는 천양지차 다른 느낌이었던 것이다. 테아의 말이 생판 거짓말은 아니었던 듯, 정말로 손바닥 아래에 쿵쿵 울리는 심장의 고동이 느껴졌다. 그 소리와 공명이라도 하듯, 현수의 심장도 조금씩 빠르게 박동하기 시작했다.

"느껴져? 너를 향한 내 마음."

달콤하다 못해 닭살스러운 테아의 말에, 현수의 표정이 떫은 감이라도 씹은 것처럼 굳어졌다. 이런 유의 달콤한 밀어를 소화해내기에는 아직 현수의 연애세포가 충분히 성장하지 못했던 것이다. 테아에게 잡힌 손을 빼지도 못한 채 진저리치고 있는 현수를 보며, 테아가 소리 내어 웃었다. 그러곤 더욱 은밀하고 짓궂은 표정으로, 현수의 귓가에만 겨우 들릴 만한 낮은 목소리로 속삭였다.

"나도 만져봐도 돼?"

"뭘?"

"네 가슴."

그 순간 테아의 가슴에 수줍게 맞닿아 있던 현수의 손이 전광석화와 같은 속도로 달아났다. 그냥 달아나는 것도 아니고, 손등으로 테아의 가슴을 탁 소리가 날 만큼 가격하고 달아났다. 아플 정도는 아니었지만, 전문 무도인의 솜씨를 증명하기엔 충분한 스피드였다.

"죽는다."

아직도 놀란 가슴이 진정되지 않았는지, 현수가 테아의 마수에서 구출해 온 자신의 손을 꽁꽁 감싸 쥔 채 쏘아붙였다. 눈 깜짝할 새에 일어난 일에 놀란 얼굴로 얼얼한 가슴을 부여잡고 있던 테아는 잠시 후에야 웃겨 죽겠다는 듯 우하하 웃음을 터뜨렸다.

"아, 진짜 귀엽다, 최현수."

한참이나 시원스레 웃고 난 테아가 내뱉은 것은 그야말로 뚱딴지같은 말이었다. 가슴도 한 방 때리고 죽인다고 위협도 했는데도 정작 돌아온 것은 귀엽다는 칭찬이니, 현수는 얼떨떨해지고 말았다. 하지만 사랑에 빠져 단단히 콩깍지가 낀 남자의 눈에는 그런 모습마저도 귀엽기만 했다. 지금까지 이런 달달하고 끈적한 분위기에서 이런 반응을 보인 여자는 정말이지 최현수가 유일했다. 사랑에 빠진 테아의 눈에는 한구석으로 몸을 붙인 채 쏘아보고 있는 현수가 꼭 토끼 굴로 달아나서 눈을 깜박이고 있는 흰 토끼 같았다. 아니면 잔뜩 겁을 먹고 꼬리를 부풀리는 아기 고양이거나. 저렇게 귀여운 반응을 볼 줄 알았더라면, 좀 더 일찍 반말을 쓰라고 할 걸 그랬다고, 테아는 생각했다.

"아, 귀여워. 진짜로 귀여워. 이리 와봐, 최현수."

테아는 차 구석에 붙어 있는 현수를 향해 손을 뻗었다. 그러고는 아기 고양이에게나 해줄 법한 사랑스러운 손길로 현수의 아래턱을 부드럽게 매만져 주었다. 누구도 손댄 적 없는 턱 아래의 부드러운 살결에 사내의 손가락이 와 닿자, 현수의 몸이 조금 더 굳어졌다. 하지만 아까처럼 단번에 내쳐버리지는 않았다. 대신 '귀엽기는. 눈이 삐었나.' 하고 못마땅한 듯 고개를 조금 틀었을 뿐이었다.

"왜에, 최현수가 얼마나 귀여운데."

"그런 말 하는 사람 너뿐이거든."

강테아 씨라고 말할까 망설이던 현수는 에라, 모르겠다 싶어 그냥 맞장을 까기로 했다. 이왕지사 반말하기로 한 거, 이제 와서 무르기도 뭣했기 때문이었다.

"어떻게 안 귀여울 수가 있지, 최현수가?"

별 이상한 소리를 다 듣겠다는 듯 테아가 고개를 갸웃거렸다. 천진하게 고개를 갸웃거리는 모양새가 정말로 흰둥이 같았다. 보이지 않는 곳에 꿍쳐둔 속셈 따위는 전혀 없어 뵈는 천진하고 순한 눈망울이었다.

"네 눈이 이상한 거야."

"나 양쪽 다 1.0인데."

안타깝게도 최현수는 깜박 속은 거였다. 강아지처럼 순박한 눈동자를 한 이 사내에겐 꿍쳐둔 속셈이 아주 많았다. 그것도 아주 시꺼멓고 은밀한 속셈들이었다. 현수가 테아의 예쁘고 순박한 눈빛에 잠시 홀려 있는 사이, 테아의 나머지 한 손이 현수의 어깨를 가만히 끌어당겼다. 어느새 현수의 몸은 테아의 품 안에 안겨 있었다.

"향수는 뿌리지 말라고 할 걸. 최현수 냄새가 가려졌어."

목줄기 뒤의 예민한 살결 옆에서 테아가 소근거렸다. 솜털 가까이에서 느껴지는 따뜻한 숨결에 현수는 어깨를 움츠렸다.

"나한테서…… 냄새…… 나?"

혹시라도 자신도 모르는 이상한 냄새가 나나 싶어진 현수가 조심스러운 목소리로 물었다.

"응. 애기 냄새. 아니, 그거보다 좀 더 달콤한 냄새……. 정말 좋아, 최현수 냄새."

어느새 테아의 코끝이 목덜미에 와 닿아 있었다. 테아가 닿는 곳마다 쭈뼛쭈뼛 솜털이 곤두서는 것만 같았다. 바짝 긴장한 현수를 이해라도 한다는 듯, 테아의 손바닥이 둥글고 부드럽게 등을 쓰다듬었다. 현수가 처음으로 입어본 검정 원피스는 생각보다 얇은 재질이었나 보다. 커다란 손바닥을 통해 테아의 따뜻한 체온이 고스란히 등으로 전해지는 걸 보니.

키스는 자연스러운 수순이었다. 도망치지 못하도록 현수의 등을 꼭 감싼 채 테아는 천천히 다가왔다. 테아의 눈동자가 어두워지는 것을 본 순간, 현수 역시 직감할 수 있었다. 이 다음에 곧바로 키스가 이어지리라는 것을. 이번이 고작 세 번째 키스였을 뿐이었지만, 이미 현수의 온몸이 능숙하게 키스를 예감하고 있었다. 하지만 음험한 욕망을 지니고 다가오는 사내를 뻔히 느끼면서도, 현수는 막지 않았다. 대신 천천히 눈을 감으며, 그다음의 일들을 기다렸다.

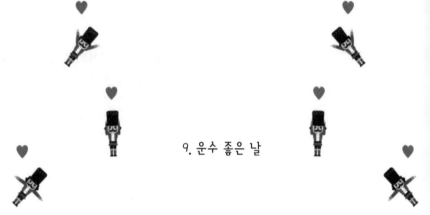

9. 운수 좋은 날

세 번째 키스는 아주 느렸다. 맞닿는 점막의 모든 세포가 초조함으로 간질거릴 만큼 감질나게 느렸다. 현수의 입술이 아주 부드러운 솜사탕이나 되는 것처럼, 테아는 아주 조심스럽게 빨아들였다. 달콤한 아이스크림을 먹을 때처럼 혀를 내밀어 조심스럽게 핥았다가, 천천히 음미라도 하듯 눈을 감고는 하아 뜨거운 숨을 내쉬었다. 맞닿은 입술이 타버릴 듯 뜨거웠다. 어느덧 벌어진 입술 안쪽의 부드럽고 촉촉한 점막이 서로 마주치며 촉촉 젖은 소리를 냈다. 그저 소리일 뿐인데도, 귀가 녹을 것처럼 달았다. 현수는 어깨를 움츠리며 조그맣게 진저리쳤다.

비 오는 날의 달팽이처럼 조심스레 모습을 드러낸 테아의 분홍빛 혀가 천천히 현수의 닫힌 입술 사이를 핥았다. 열어달라고, 당신의 몸속으로 들여보내 달라고, 조그맣고 따뜻한 혓바닥은 그렇게 애원하고 있었다. 현수는 천천히 입술을 열었다. 그가 들어올 수 있도록 아주 살짝, 아주 빼꼼히. 하지만 그녀가 연 것은 단지 입술만이 아니었다. 그가 스며들어올 수 있도록, 그녀의 마음도 함께 열리고 있었다.

그러나 비 맞은 어린 강아지처럼 애처롭게 굴던 테아의 혀는 문이 열리는 순간 돌변해버리고 말았다. 제멋대로 밀고 들어와 순식간에 현수의 혀를 휘감아버린 것이다. 혓바닥을 삼켜버릴 듯 제멋대로 구는 뜨거운 살덩이를 느끼며, 현수는 움찔움찔 몸을 젖혔다. 뜨거운 기세에 잡아먹힐 것 같은 본능적인 위기감이 들어서였다. 하지만 그런 현수를 달래듯 끌어안으며, 테아는 점점 더 안으로 파고들었다. 부드럽고 정중하지만, 거부는 허락하지 않는 단호한 몸짓이었다.

키스란 건 참 달콤한 것이라고, 현수는 문득 생각했다. 사람의 체액이 지니는 미묘한 단맛도, 부드럽게 몸을 엮으며 느끼는 안락하고 따뜻한 느낌도, 혼자가 아니라 누군가와 함께 있다는 안도감도, 모두 제각각의 달콤함을 띠고 있었다. 그리고 각기 다른 맛을 지닌 달콤함이 모여서 키스라는 행위를 이루고 있었다. 그래서였을까. 보기보다 훨씬 커다란 테아의 손바닥이 등에서 옆구리를 거쳐 가슴 위로 타고 올랐을 때도, 현수는 키스를 멈추지 않았다. 흠칫 놀라 단단히 몸을 굳히기는 했지만, 지금이라도 밀쳐낼 것처럼 손가락 끝에 힘을 주긴 했지만, 괜찮다는 듯 부드럽게 등을 문지르는 테아의 손길에 조금씩 몸의 긴장을 풀었다.

가슴이 성감대라는 것은 아무래도 사실인 것 같았다. 말랑말랑한 살덩이를 그저 부드럽게 쓰다듬고 문지르는 것뿐인데도, 몸 안에서부터 기이한 감각이 피어올랐다. 그것이 쾌감이라는 걸, 성에 무지한 현수 역시 알 수 있었다. 아무도 손댄 적 없는 말랑하고 부드러운 살덩이는 처음으로 만나게 된 타인의 손길에 민감하게 반응했다. 테아의 손가락이 잔잔한 파도처럼 부드럽게 움직일 때마다, 현수의 몸이 흠칫흠칫 튀어 올랐다.

마침내 기나긴 키스가 끝났을 때, 강아지 같은 눈빛을 한 남자는 사라지고 없었다. 어둡고 탁한 욕망으로 물든 한 쌍의 눈동자만이 어둠 속에서 번득이고 있을 뿐이었다.

"현수야."

탁해진 목소리로 테아가 속삭였다.

"오늘 밤, 나랑 같이 있어."

유난히 어둡던 그의 속삭임에 정확히 뭐라고 대답했는지, 현수는 기억하지 못했다. 어색하게 고개를 끄덕였던 것도 같고, 망설이듯 고개를 흔들었던 것도 같다. 하지만 현수의 대답이 긍정이었던 것만은 확실했다. 현수의 얼굴에서 대답을 읽어낸 테아가 곧바로 다급하게 자동차의 시동을 거는 것을 보니.

"아, 미치겠다. 차가 계속 막혀."

테아가 초조하게 핸들 끝을 두드리며 중얼거렸다. 바작바작 타버릴 것 같은 초조함이 온몸에서 뿜어져 나오고 있었다. 마음 같아선 갓길로 빠져서 마구 내달리고 싶지만, 그러다 교통경찰에게 잡히기라도 하면 다음 날 메인뉴스는 따 놓은 당상일 거다. 시속 300킬로가 넘는 포르쉐를 타고도 제한속도에 맞춰 안전운전을 해야만 하는 처지이니, 교통법규 위반은 절대 안 될 일이었다. 하지만 1초, 2초 애타게 시간이 지나가는 사이, 언제 현수의 마음이 바뀔지 장담할 수 없었다. 아까부터 액셀러레이터 페달 위에 올려진 테아의 발끝이 초조한 그의 마음을 대변하기라도 하듯 쉴 새 없이 까딱거리고 있었다. 지금 당장에라도 세차게 눌러 밟고 싶은 충동과 필사적으로 싸우는 중인 것이다.

한편 현수는 그야말로 난처한 얼굴이었다. 조금 전까지는 난생처음 겪어보는 핑크빛, 아니 그보다 더 진하고 끈적한 진홍빛의 분위기에 휩쓸려서 테아가 이끄는 대로 끌려갔지만, 이제는 어느 정도 이성이 돌아온 상태가 되었던 것이다. 어쩌다 보니 불타는 하룻밤을 위해 차를 달리는 상황에 놓여버렸으니, 그야말로 난감하기 짝이 없었다. 하지만 온몸으로 기대감을 불태우고 있는 테아에게 '미안, 오늘 일은 취소!'라고 말하기도 뭣한 상황이었다. 뭐, 딱히 금욕주의자나 혼전순결주의 같은 걸 맹신하는 건 아니니 하게 되면 해도 되긴 했지만, 그래도 당황스러운 건 당황스러운 거였다. 차 문이 열리면 곧바로 달아나버릴까 하고, 현수는 몹시 진지하게 고민 중이었다.

서로 다른 생각에 가득 찬 두 남녀를 태운 자동차는 테아의 집을 향해, 허락될 수 있는 최대한의 속도로 달려가는 중이었다. 휘황하게 불을 밝힌 호텔과 모텔의 불빛들이 욕정에 휩싸인 테아의 눈길을 유혹했지만, 테아는 흔들림 없이 집으로 향하고 있었다. 호텔 따위는 가고 싶지 않았다. 그저 겉보기에만 새하얄 뿐 어떤 연놈들이 뒹굴었을지도 모를 그 침대 위에서, 현수의 처음을 갖고 싶진 않았다. 온전히 그의 공간에서, 온전히 그의 여자로, 그렇게 현수를 품고 싶었다. 최현수야말로 진심으로 그의 몸과 마음과 존재 자체에 깊숙이 들여놓고 싶은 첫 번째 여자였던 깃이다.

어느덧 검은 세단은 낯익은 테아의 집 앞에 도착해 있었다. 정원을 둘러싼 높다란 벽은 상당한 고급 재료로 지어졌음에도 '테아 오빠 사랑해요', '테아 오빠 내 거 해' 따위의 낙서와 하트들로 성한 곳이 하나도 없었다. 테아는 리모컨을 몇 번이나 꾹꾹 눌러 철문을 열었다. 초조한 그의 심정을 고스란히 드러내 보이는 성급한 손길이었다. 마침내 천년만년이나 걸릴 것처럼 느릿하게 철문이 올라가고 검은 세단이 마침내 테아의 영역으로 온전히 들어서자, 테아는 억누른 욕망을 모두 표출이나 하듯 거칠게 브레이크를 밟았다. 차 밖으로 뛰쳐나온 테아는 얼른 차 주위를 한 바퀴 돌아 현수가 탄 조수석 문을 곧바로 열어젖혔다. 기회를 봐서 달아날까 하던 현수의 도주계획은 결국 수포로 돌아가고 말았다.
하지만 지금 당장이라도 덮칠 듯한 기세이면서도, 테아는 정중하게 현수를 향해 손을 내밀었다. 뭔가가 꾹꾹 억눌려 있는 듯한 얼굴을 하고 있으면서도, 현수를 향해 다정히 웃어주는 것도 잊지 않았다. 무섭게 하고 싶지 않았다. 그저 단순히 열정이나 욕망만으로 안고 싶지도 않았다. 최현수가 허락만 해준다면, 오늘 밤 이 세상에서 가장 행복한 여자로 만들어주고 싶은 게 테아의 마음이었다. 조금 망설이는 얼굴을 하고 있던 현수는 결국 마음을 굳힌 듯 손을 내밀었다. 그리고 테아의 따뜻한 손바닥 위로 조금은 서늘한 현수의 손이 겹쳐진 순간, 28세 청춘의 인내심은 결국 한계를 고하고 말았다.

붙잡은 손을 그대로 끌어당겨 현수를 품에 안은 테아는 미끈하고 새카만 차 옆구리에 현수를 세워놓은 채, 그대로 입술을 겹쳤다. 얇은 원피스 자락 뒤로 느껴지는 선득한 금속의 감촉에 현수는 몸을 움츠렸다. 어느덧 쌀쌀해진 밤바람이 민소매 원피스 위로 훤히 드러난 어깨를 스쳤다. 하지만 그보다 훨씬 더 뜨거운 사내의 몸이 그녀를 감싸고 있었다. 아까보다 훨씬 더 뜨겁고 격렬한 입술이 그녀의 온몸을 빨아들일 듯 뒤덮어 왔다. 등을 감싸고 있던 커다란 손이 자동차와 현수의 몸 사이 좁은 틈새를 파고들어와 점점 더 밑으로 내려가고 있었다. 그리고 운동으로 탄탄히 다져진 그녀의 엉덩이 위로, 욕망으로 적셔진 손가락들이 탐욕스럽게 파고들려던…… 그 순간이었다.

찰칵.

고막을 파고드는 날카로운 금속성의 소리. 그것이 무엇인지 테아는 누구보다도 잘 알고 있었다. 그가 데뷔한 열세 살 이후부터 언제나 그의 주변을 떠나지 않던 망령 같은 소음이었다. 그것은 분명…… 카메라 셔터 소리였다.

그제야 테아는 자신이 문을 열기만 했을 뿐, 닫지는 않았다는 사실을 깨달았다. 커다란 세단이 들어오기에 충분한 공간 안으로, 그 어떤 끔찍한 무엇이 숨어 들어왔을지는 아무도 장담할 수 없었다. 테아는 서둘러 현수부터 차 안으로 대피시켰다. 어차피 자신은 알려질 대로 알려진 얼굴이었다. 하지만 현수는 달랐다. 지금껏 그와 함께 엮였던 그 누구도 행복한 결말을 맞은 이는 없었다. 최현수마저도 그렇게 만들 수는 없었다.

"누구야?"

현수를 조수석에 태우고 차 문을 닫은 후, 테아는 사납게 소리
쳤다. 자신의 영역까지 파고들어 소중한 순간을 방해한 범인을 반
드시 잡아야 했다. 그리고 그의 카메라 속에 기록되어 있을 현수의
모습을, 무슨 일이 있더라도 지워야만 했다.

바람결에 나뭇잎만 사각거리는 고요한 순간이 얼마나 지났을
까, 신경을 곤두세우고 차 주위부터 열려진 정문까지 이리저리 탐
색하던 테아의 눈에 낯선 무언가가 들어왔다. 그것은 열려진 철문
옆 덤불 위로 빼꼼하게 솟아올라 있는 둥그런 머리통이었다. 날렵
하게 달려간 테아는 쥐새끼처럼 옹송그린 채 숨어 있는 녀석의 뒷
덜미를 재빠르게 낚아챘다.

"뭐야, 너?"

테아의 손아귀에 대롱대롱 매달린 채 모습을 드러낸 건 갓 중학
생이나 되었을까 싶은 어린 여자애였다. 입고 있는 커다란 점퍼 아
래로는 교복 치마인 것이 분명한 체크무늬 스커트가 찰랑이고 있
었다.

"죄송해요, 죄송해요. 오빠. 너무 걱정돼서 그랬어요. 오빠가 아
프다니까……."

뒷덜미를 대롱대롱 붙잡힌 채, 여자애는 싹싹 두 손을 비비며
울고 있었다. 테아는 조금 힘이 빠졌다. 잔뜩 긴장해 있던 몸이 스
르르 풀렸다. 악질적인 스토커이거나 파파라치일 거라고 생각했
는데, 그나마 다행스러운 일이었다.

"너 인마, 지금이 몇 신데 집에 안 가고 이러고 있어?"

사나운 학생주임 선생님처럼 불호령을 내자, 맞비비던 여학생
의 두 손이 더욱 빨라졌다. '죄송해요. 죄송해요.' 하는 녹음기 같

은 소리가 힝힝거리는 울음 사이로 반복되고 있었다. 머리카락을 뽑고, 옷자락을 찢고, 멀쩡한 고급 옷에 사인펜을 그어대면서도 웃고 있는 악질 스토커 팬들도 수없이 만나본 테아였다. 지금 테아의 손에 잡힌 건, 그네들에 비하면 그야말로 햇병아리에 불과했다.

"너 테아미 아니야?"

"맞아요, 오빠. 저 테아미 정회원이에요. 14기예요."

"근데 팬클럽 규칙도 몰라? 집 앞에 죽치고 있는 건 사생들이나 하는 거라고 그랬지?"

"알아요, 알아. 근데 너무 걱정되는 걸 어떡해요. 오빠는 다쳤는데, 소식도 없고, 활동도 중단이고."

"너 앞으로 한 번만 더 이러면 테아미에서 강퇴시켜버린다. 내가 이런 거 딱 싫어하는 거 알지?"

팬클럽 강퇴를 인질 삼아 협박했더니, 여자아이의 얼굴이 대번에 사색이 됐다.

"네, 네, 알아요. 다시는 안 그럴게요."

순하게 네, 네 대꾸하는 여학생의 모습에 테아도 마음이 풀어졌다. 치가 떨릴 정도로 악질적인 몇몇 사생팬을 제외하면, 모두들 자신을 아껴주고 사랑해주는 팬들이었다. 그를 뒷받침해주는 가장 큰 원동력이자 힘이 되는 이들이다.

"너 여기 온 거 부모님은 아시냐?"

"모, 모르세요."

"잘하는 짓이다. 팬질 하는 그만큼 공부도 열심히 하라고 했지? 팬질 한다고 성적 떨어지면 누가 욕먹는다고 했어?"

"······테아 오빠요."

"그래, 너네가 말썽 부리면, 그 욕 다 내가 믹는다고. 그러니까 앞으로 이런 데 오지 말고 공부 열심히 해."

"저 공부도 잘해요. 오빠 사진 붙여놓고 공부해서, 이번 시험 성적도 많이 올랐어요."

"그래, 그건 잘했다. 근데 너 이 시간까지 이러고 있으면 집은 어떻게 갈 거야?"

"어······. 근처 편의점 같은 데서 밤새우고 첫차 타고 가면 돼요."

결국 여학생은 테아의 손에 꿀밤을 먹고 말았다. 아프지 않게 콩 하고 이마를 한 대 때려준 테아는 품에서 지갑을 꺼내 들었다.

"집이 어디야?"

"인천이요."

"멀리서도 왔네. 거기서 여기가 얼마나 먼데 여기까지 왔어?"

"에헷, 오빠 보려고요."

테아의 기분이 풀어진 걸 알아챈 여학생이 헤실헤실 웃으며 애교를 부렸다. 테아는 지갑에서 꺼낸 만 원짜리 몇 개를 그녀에게 주면서 택시 타고 얼른 집에 가라고 단단히 훈계했다.

"그리고 그 전에, 휴대폰이랑 카메라 이리 내놔봐."

"어, 저 사진 안 찍었는데요."

"알겠으니까 우선 내놔봐."

테아는 여학생이 등에 멘 가방 속에서 꾸물꾸물 꺼낸 카메라와 휴대폰을 꼼꼼히 점검했다. 꽤 일찍부터 와 있었는지 낮이 밝았을 때의 사진들도 꽤 많았지만, 대부분 테아의 집이라든가 담벼락의 낙서 등등이 찍힌 셀카들이었다. 테아가 걱정하던 사진은 다행히도 찍혀 있지 않았다.

"이게 다야?"

"네, 이게 다예요."

"진짜?"

"네! 테아미의 명예를 걸고 진짜 이게 다예요."

팬클럽의 이름을 걸고 경건하게 맹세하는 여학생의 얼굴을 테아는 뚫어져라 바라보았다. 거짓말을 하는 얼굴은 아니었다. 가만히 그녀의 얼굴을 바라보던 테아는 결국 알겠다는 듯 고개를 끄덕였다.

"좋아, 믿어주지. 그럼 지금부터 딴 데 들리지 않고, 얼른 집에 간다. 실시!"

에헷 하고 웃어 보인 후, 여학생은 90도로 꾸벅 고개를 숙였다. 그러고는 뒤돌아 열 걸음쯤 가다가 돌아서서 양팔로 하트를 만들며 '테아 오빠 사랑해요!' 하고 커다랗게 외쳤다. 피식 웃은 테아는 그제야 뒤돌아서 걸음을 옮겼다. 걱정했던 것에 비해, 이만하면 나름 해피엔딩인 듯싶었다.

하지만, 차로 돌아온 테아를 기다리고 있던 것은 그야말로 최악의 새드엔딩이었다. 흥이 온전히 식은 얼굴로 집에 갈 채비를 하는 현수가 평소처럼 무덤덤한 얼굴로 그를 기다리고 있었던 것이다.

"다 끝나셨으면 들어가 보겠습니다."

경호원의 얼굴을 한 현수가 꾸벅 목례를 해 보이자, 테아는 그만 울고 싶어졌다. 신데렐라의 마법은 이미 깨져버리고 말았음을 깨달았던 것이다.

"오늘 밤은 나랑 있겠다고 했잖아! 이렇게 한 입으로 두말하기 있어?"

테아는 나름 열심히 주장해보았지만, 현수는 땡깡을 부리는 어린애를 보는 듯한 눈길로 심드렁히 일별했을 뿐이었다.

"글쎄요. 딱히 약속을 한 기억은 없는데요. 오늘은 여기까지만 하는 걸로 하죠. 어쨌든 오늘은 즐거웠습니다."

"아, 그런 게 어디 있어!"

돌아서는 현수를 끌어안으ㅊ려던 테아의 시도는 현수의 방어에 곧바로 무너지고 말았다. 별다른 힘을 들인 것 같지도 않은데도, 덮쳐오는 테아의 팔을 교묘히 흘려내며 탈출한 현수는 또각또각 무정한 발소리를 내면서 정원 사이로 걸어가 버렸다. '최현수, 너무해! 최현수, 뺑쟁이!'와 같은 테아의 유치하고도 허망한 외침만이 텅 빈 정원을 가득 채울 뿐이었다.

그런데— 이날 밤 조그맣게 들린 카메라 셔터 소리를 대수롭지 않게 여겼던 걸, 테아는 훗날 두고두고 후회할 수밖에 없었다. 그날 밤 누군가가 분노에 휩싸인 채 짐승 같은 절규를 내지르고 있으리라고는 꿈에도 생각하지 못했기 때문이었다. 현수를 허망히 보낸 상실감으로 테아가 밤새도록 침대에서 몸을 뒤척이고 있는 동안 열 권의 일기장과 테아의 얼굴이 담긴 수백 장의 사진이 불에 태워지고 있었지만, 테아가 그런 사실까지는 알 수는 없었다.

"오빠, 그러시면 안 돼죠."

사진을 태우면서 누군가가 히죽 웃고 있었다. 그르렁대는 짐승을 닮은 듯한 묘한 웃음이었다.

"오빠, 그러면 안 돼요. 배신은 나쁜 일이잖아요."

어느덧 마지막 남은 사진 한 장에도 화르르 불이 붙고 있었다. 불길에 새까맣게 오그라지면서도, 사진 속의 테아는 해맑게 웃고 있었다. 화염으로 사라지는 테아의 사진을 보며, 누군가가 싱긋이 웃고 있었다. 슬픔과 좌절과 분노가 한데 뭉쳐져 기괴한 모습으로 완성된 듯한 섬뜩하고도 기묘한 미소였다.

"현수야아."

식탁 머리에 앉아 현수를 부르는 테아의 목소리 끝이 길게 늘어졌다. 솜사탕처럼 달콤달콤한 목소리에 같이 밥 먹던 정태는 하마터면 숟가락을 떨어뜨릴 뻔했다. 까칠하고 지랄맞은 성미라면 어디가도 꿀리지 않던 천하의 강테아는 과연 어디로 가버렸단 말인가? 이쯤 되면 한밤중에 외계인이 나타나 강테아의 영혼을 바꿔놓았다고 해도 믿을 수 있을 것 같았다. 하지만 정작 그 달콤한 목소리 공격을 받은 당사자는 무덤덤하기만 했다.

"왜 그러십니까?"

"너 진짜 이럴래?"

"지금은 근무시간입니다. 사적인 대화는 근무시간 이외에 해주십시오."

안타깝게도 신데렐라의 마법은 끝났다. 늘씬한 몸매를 드러낸 검정 원피스를 입고 테아를 향해 웃어주던, 수줍게 고개를 끄덕이며 뜨거운 밤을 약속하던 그 최현수는 사라지고 없었다. 평소처럼 단정한 얼굴로 앉아 있는 경호원 최현수만이 남아 있을 뿐이었다.

"너무해!"

"식사나 하십시오. 국 식습니다."

"생각해보니까 아직 어딜 시밖에 안 됐잖아. 대한민국의 평균 근무시간은 아홉 시부터라구. 그러니까 지금은 엄연히 사적인 시간이야. 그렇지, 정태야?"

꼭 자기 불리할 때만 찾는다며 구시렁거리면서도, 정태는 성실하게 '네, 그렇죠. 그렇고말고요.' 하고 대꾸해주었다. 하지만 다음 순간, 정태는 진짜로 쨍강 하고 숟가락을 떨어뜨리고 말았다.

"밥부터 먹어."

현수의 입에서 나온 짤막한 한마디 때문이었다. 언제나 깍듯하고 정중한 존댓말만 쓰던 현수에게서 저런 말이 나오리라고, 정태는 상상조차 하지 못했었다. 존댓말을 쓰는 현수도 범접하기 쉽지 않은 분위기였는데, 반말을 쓰는 현수는 더욱더 카리스마가 쩔어보였다. 설마 저한테 하는 말인가 싶어서 정태의 눈이 휘둥그레졌다. 하지만 정작 대답이 나온 것은 옆에 앉아 있던 테아 쪽이었다.

"거봐, 얼마나 좋아. 친근하고, 다정하고. 그러니까 앞으로도 그냥 이렇게 편하게 말해."

친근함과 다정함이라니? 대체 아까의 그 무뚝뚝하고 짧은 말 속 어디에, 그런 간질거리는 감성이 들어 있었던 건데? 정태는 경악했다. 분명히 테아는 고막까지 콩깍지로 뒤덮여 있는 것이 분명했다.

"그럼 이따가 밥 먹고 나서 나 가사 쓰는 것 좀 도와줘."

달콤함이 뚝뚝 묻어날 것 같은 테아의 제안에 현수는 선선히 고개를 끄덕였다. 하지만 옆에서 지켜보고 있는 정태는 벌린 입을 다물지 못하는 중이었다. 평소 작업할 때면 있는 대로 예민해져서 근처에 사람 그림자가 어른거리는 것조차 못 견뎌 하던 양반이 바로 강태아였다. 연애와 음악 작업은 언제나 별개로 칼같이 선을 긋던 예전의 테아와 달라도 너무 달랐다. 이것이 바로 사랑의 힘이란 말인가! 정태는 테아의 변화에 경악하면서도 한편으로는 감탄했다.

"참, 형님. 이따가 윤 실장님 오신다고 하셨는데요."

"윤 실장이 왜?"

"뭐, 명색은 형님 병문안이지만, 사실은 형님 어떠신지 간 보러 오시는 거 아니겠습니까. 이제 슬슬 스케줄 조정하실 때도 되셨지 말입니다."

테아의 얼굴이 떫은 감이라도 씹은 것처럼 와작 구겨졌다.

"백만 년 만에 한 번 있는 휴가인데, 그냥 좀 내버려두면 안 되나? 아무튼 다들 인정머리라곤 코딱지만큼도 없어. 아직 팔에 상처도 안 아물었다구. 지금도 잘 때면 욱신욱신하단 말이야."

샤워할 때 빼곤 조금도 불편해 보이지 않는 팔의 상처를 핑계 대며 테아가 불만을 터뜨렸다. 하지만 이제 슬슬 일상으로 복귀해야 할 때라는 것을 테아도 어느 정도는 예감하고 있었다. 이제 진짜로 시간이 얼마 남아 있지 않았다. 테아가 점점 더 조급해지는 것도 당연한 일이었다. 어서 빨리 현수에게 '강테아 거'라는 도장을 꽝꽝 찍어놓지 않으면 안 됐다.

결국 식사가 끝나자마자, 현수는 테아의 손에 이끌려 지하에 있는 테아의 연습실로 내려갔다. 현수가 없으면 안 된다는 테아의 성화 덕분이었다. 테아는 연습실의 붉은 소파 위에 현수를 앉혀 놓고는 작업대 앞에 자리를 잡고 조금 부끄러운 듯 흠흠 헛기침을 했다.

"들어봐. 널 생각하면서 작곡한 거야."

테아는 현수의 눈을 바라보며 신디사이저를 연주하기 시작했다. 아직 후반 작업이 되지 않은 스케치 버전의 멜로디 라인이라 그런지, 현수의 귀에도 꽤나 들을 만했다. 평소 시끄럽고 산만하다고 생각하던 테아의 음악과는 달리 청아한 느낌이 나는 곡조였다. 하지만 이 음악의 대체 어디쯤에 테아가 생각하는 자신의 이미지가 숨어 있는 것인지는 도무지 찾아낼 수가 없었다.

"좋네요. 멜로디가 귀에 잘 들어와요."

어쨌든 현수는 고개를 끄덕이며 칭찬을 해주었다. 테아의 얼굴이 대번에 환하게 밝아졌다.

"응. 조금 한국적인 멜로디 라인을 넣어봤어. 여기 디 브리지 부분에는 해금 연주를 넣어보려고. 이런 식으로."

신기하게 생긴 신식 기계 주제에 꽤 능숙하게 진짜 해금과 비슷한 소리를 내는 것을 보고 현수는 감탄했다. '요즘 신기술들이 참 좋긴 좋구나.' 하며 고개를 끄덕이는 중이었다.

"어때? 맘에 들어?"

"음……. 솔직히 말하면 아직은 잘 모르겠어요."

"큰일이네. 딴 사람은 몰라도 최현수 마음엔 꼭 들어야 하는데. 이거 제목이 뭔 줄 알아?"

테아는 고개를 젓는 현수를 바라보며 의미심장하게 쿡쿡 웃었다. 설마 '최현수 송'같은 유치찬란한 건 아니겠지 싶어서, 현수의 얼굴에 불안한 기색이 떠돌기 시작했다.

"사랑가야."

"사랑가요?"

'사랑사랑 내 사랑이야' 하는 춘향가의 한 대목을 머릿속에 떠올리며, 현수는 고개를 갸웃거렸다.

"응, 최현수에 대한 내 사랑을 가득 담아서 만들었지. 그러니까 지금부터 최현수가 도와줘야 해."

현수가 고개를 갸웃대고 있는 사이에, 테아는 성큼성큼 다가와서 소파 위로 벌러덩 드러누웠다. 현수의 허벅지를 베고 편안하게 자리를 잡은 테아가 싱글거리며 현수를 올려다보았다.

"지금부터 작사를 할 거거든."

테아는 현수의 손을 잡다 자신의 이마 위에 턱 하니 올려놓았다.

"좋은 가사가 나올 수 있도록 최현수가 옆에서 영감을 팍팍 불어넣어 줘야 해."

순 제멋대로 억지라고 생각하면서도, 현수는 천천히 손을 움직여서 테아의 이마를 쓰다듬어 주었다.

"이렇게요?"

"응, 좋아, 그치만 존댓말은 빼고. 지금은 우리 둘뿐이잖아. 지금은 경호원이 아니라 여자친구로 옆에 있어줘."

"아직 근무시간인데요?"

"오늘은 특별히 휴가로 해줄게."

"아무튼 자기 멋대로야."

현수가 테아의 이마에 딱콩 하고 장난스럽게 손가락을 튕겼다.

"어어, 이제 막 때린다."

아프기는커녕 간지럽지도 않은 이마를 감싸 쥐며 엄살을 부리던 테아는 현수의 손을 냉큼 붙잡아 앙 하고 깨물었다. 그러고는 현수가 당황한 사이 그녀의 손등 위로 쪽 하고 입을 맞추었다. 어느덧 두 사람의 주위로 간질간질하고 따끈따끈한 분홍빛의 공기가 피어오르고 있었다.

"자, 들어봐. 우선 첫 구절은 이렇게 시작하려고. 널 처음 본 순간, 난 사랑을 알았어."

현수를 똑바로 올려다보며 테아가 속삭이듯 노래했다. 조금 전 신디사이저로 들었던 곡조였지만, 그의 입술에서 노래가 되어 흘러나오자 훨씬 더 달콤한 느낌이 들었다. 현수의 귓가에 서서히 묽은 물이 들기 시작했다. 그의 노래가 정말로 자신을 향한 고백임을 깨달았기 때문이다. 현수의 무릎을 베고 누운 채, 테아는 열렬하게 타오르는 눈동자로 사랑을 노래하고 있었다.

"아침에 피어난 꽃처럼, 한밤에 떠오른 달처럼, 넌 내게 다가왔지."

"가사가 좀 유치한 거 아냐?"

"원래 이런 건 좀 유치해줘야 매력인 거야."

꽃이니 달이니 하는 닭살스러운 표현에 현수가 진저리를 치자, 테아가 뚱하니 삐친 얼굴을 해 보였다.

"알았어. 그다음은?"

"우선 이렇게 인트로를 넣은 다음에, 북소리를 둥둥 넣으면서 랩이 들어가는 거야. 너의 입술은 red, 나의 하트는 dead."

"푸핫."

자신의 무릎 위에 누운 채로 열심히 랩을 하는 테아의 모습이 어쩐지 웃기고도 귀여워서, 현수는 결국 웃음을 터뜨리고 말았다.

"어어, 웃어?"

"아, 미안. 이상해서 웃은 거 아냐."

"그럼 왜 웃었는데."

"귀여워서."

자신도 모르게 불쑥 튀어나온 단어에 현수 본인도 놀랐는지, 곧바로 입을 다물었다. 잠깐 동안 자신이 들은 말이 꿈인지 현실인지 긴가민가한 표정을 짓던 테아가 곧바로 함박웃음을 지었다.

"진짜 귀여워?"

"뭐, 그럭저럭."

"귀여우면 키스해줘."

물론 현수는 테아의 이마를 손가락으로 꾸욱 누르는 것으로 대답을 대신했다. 하지만 테아가 그녀의 손가락을 한 손으로 잡고 힘주어 당기자, 못 이긴 척 따라가 주었다. 결국 두 사람은 붉은 소파 위에서 또다시 입술을 겹쳤다. 현수가 위에서 하는 키스는 테아가 주도하던 강렬한 키스와는 또 다른 맛이 있었다. 입술을 살짝살짝 맞부딪치며 장난스럽게 나누는 키스는 간질거리는 행복의 맛이 났다. 비록 아래쪽의 테아는 안달이 나서 죽을 것 같아 보이긴 했지만 말이다.

한참 동안 계속되는 감질나는 키스에 인내심이 끊어져버린 테아가 본격적으로 덮쳐들려다가 현수에게 제압되어 소파 위에 나뒹굴게 된 것은 그로부터 10분 정도 후의 일이었다.

"너 예전에 나한테 사랑을 믿냐고 물은 적 있었는데, 기억나?"

현수의 발길질 한 방에 불타올랐던 욕정의 불길이 한풀 꺾인 후, 조금 더 플라토닉한 애정모드로 바뀐 테아가 여전히 현수의 무릎 위에서 뒹굴거리며 그녀를 향해 물었나.

"그 말이 이상하게 마음에 남아서. 왠지 넌 사랑을 안 믿는단 소리 같잖아."

조금 생각에 빠진 얼굴로, 현수의 테아의 새카만 앞 머리카락을 천천히 쓰다듬었다.

"글쎄……. 뭐, 비슷하지. 사랑을 믿지 않는다기보다는 사람을 잘 안 믿는다는 표현이 맞을 거야."

"아, 그 말 나도 공감."

사람에 대한 불신이라면 남부럽지 않다고 자부하는 테아가 고개를 끄덕이며 맞장구쳤다. 10년이 넘는 연예계 생활 동안 수많은 사람에게 각양각색의 방식으로 데여왔던 테아였다. 이쯤 되면 인간이란 존재에 대해 자연스럽게 진저리를 치는 것도 당연한 일이었다. 하지만 현수의 입에서 그런 말이 나온 것은 조금 의외의 일이었다.

"근데 뜻밖이네. 최현수도 그런 생각을 하는구나."

"예전에 내가 얘기했었지. 나도 감이 예민한 편이라고, 오빠만큼은 아니지만 다른 사람들보다는 많이 민감한 편이야."

"귀신 같은 게 막 보여?"

"아니, 그 정도는 아니고. 그냥 사람의 기운이랄까, 그런 게 좀 느껴지는 정도."

"신기하네. 지금 내 기도 느껴져?"

"응, 대충은."

"어떤데, 내 기운은?"

"맑아."

"푸하핫, 최현수가 그런 말 하니까 꼭 그거 같다. 도를 아십니까."

"그런 건 아니고. 그냥……. 기운이 깨끗하다는 정도? 숨기거나 속이는 거 없고, 딱 마음속에 있는 그대로만 겉으로 내보이고."

"어? 그런 것도 아는 거야? 우와, 최현수한테 거짓말하면 절대 안 되겠네."

"그 정도는 아니야. 그 정도면 오빠처럼 점쟁이를 하고 있겠지."

"와, 되게 신기하네. 어쨌든 난 앞으로도 최현수한테 절대로 거짓말 안 할 거야. 그건 믿어도 돼."

현수는 말없이 웃으면서 테아의 이마를 쓰다듬어 주었다. 테아에게 말은 하지 않았지만, 현수가 테아에게 마음을 열 수 있었던 가장 큰 이유가 바로 그것이었다. 어린애처럼 맑은 기운. 뱃속에 품은 혼탁한 기운을 위선으로 감싼 채 살아가는 수많은 사람과는 달리, 테아는 맑고 단단한 기운을 지니고 있었다. 비록 이리저리 상처 나고 찢겨지긴 했지만, 그 내부에 자리 잡고 있는 근본이 바르고 고운 사내였다.

"대충 알 것 같다, 최현수가 왜 사람을 믿지 않게 됐는지."

"응. 어릴 땐 사람들이 정말 싫었어. 그땐 나도 어렸고, 지금보다 훨씬 더 예민했었거든. 그런데 나이를 먹어가면서 점점 더 이해가 되더라고. 그냥 약해서 그런 거 같아, 사람이란 게…… 그냥 다들 살아가려면 어쩔 수 없는 거구나 싶어."

"좋은 깨달음이네."

악함이 아니라 약함이라……. 테아는 자신을 상처 입힌 사람들을 떠올려보며 현수가 했던 말을 곱씹어보았다. 얼굴 한 번 직접 본 적 없는 자신을 향해 악플을 싸지르는 악성 네티즌들부터 피붙이라고는 상상할 수 없을 만큼 모질게 굴던 자신의 부모까지, 자신을 상처 입힌 이들을 하나하나 떠올려보았다. 그들은 악한 것이 아니라, 그저 약했던 것뿐일까.

"강태공."

현수가 상념에 빠져 있는 테아의 머리카락을 가볍게 흩트렸다.

"하지 마, 나 그 이름 싫어."

"왜? 귀여운데."

현수의 입에서 귀엽다는 말이 나오는 바람에 테아는 망설임에 빠졌다. 촌스러운 이름이라고 늘 싫어했었는데, 현수의 입으로 들으니 꽤 괜찮은 이름 같기도 했다.

"아무튼…… 강태공, 넌 변하지 마라. 계속 꼭 이대로만 있어."

부드럽게 테아의 머리카락을 쓰다듬으며 현수가 속삭였다. 그것은 참 이상한 부탁이었다. 지금껏 테아가 만난 수많은 사람은 테아가 변하기를 바랐다. 저마다 자신이 원하는 강테아를 만들어 놓고 제멋대로 찬양하다가, 어느 날 갑자기 그 기준에 미치지 못한다며 테아에게 화를 내곤 했다. 그의 부모가 그랬고, 그의 팬들이 그랬고, 함께 작업했던 동료들이 그랬고, 그가 스쳐 지나온 수많은 여자가 그랬다. 지금의 강테아 그대로가 가장 좋다고 말해준 사람은 아마도 최현수가 유일한 듯싶었다.

"그 말은 지금의 내가 제일 괜찮고 멋있다는 거지?"

또다시 이마 위로 아프지 않게 손가락이 튕겨졌다.

"마음대로 생각해."

이마를 얻어맞고도 테아는 바보같이 행복한 얼굴로 에헤헤 웃었다. 그녀의 대답이 적어도 부정형은 아니었으니까. 아마도 그것이 수줍음 많은 그녀가 지금 해줄 수 있는 최대한의 고백이란 건, 테아는 알 수 있었다. 그가 할 수 있는 최대한의 애정을 담아서, 테아는 그녀를 향해 힘차게 고개를 끄덕여주었다.

"응, 지금 이 마음, 절대로 변하지 않을게."

'그 어떤 일이 닥쳐도……'라고 테아는 마음속으로 덧붙였다. 아마도 오늘은 정말로 운수 좋은 날임에 틀림없었다. 최현수가 귀엽다는 말도 두 번이나 해줬고, 연인들만 한다는 이마 때리기도 해줬다. 무엇보다 조금씩 테아에게 마음의 문을 열어주었다. 한 발자국씩 그녀의 마음속으로 들어가고 있다는 것을, 순간마다 느낄 수 있었다. 테아는 행복했다. 아마도 지금 이 순간 세상에서 제일 행복한 남자일 거라며, 테아는 배부른 고양이처럼 만족스럽게 웃었다.

하지만 시련은 생각보다 훨씬 더 일찍 다가왔다. 아무도 예상치 못했던 그 사건이 터진 것은 바로 다음 날 저녁이었다. 싱글싱글 웃는 얼굴로 찾아온 치프매니저 윤 실장이 빡빡히 채워진 스케줄 표를 들고 오는 바람에 테아의 기분이 급속도로 다운된 데다가, 이번 주말이면 실밥을 뽑아도 될 정도로 상처가 아주 잘 아물었다는 주치의 선생님의 말에 더욱더 기운이 빠진 그날 저녁의 일이었다.

저녁 대신 시원한 김치말이 국수를 해 먹고 거실의 소파 위에서 현수의 무릎을 베고 뒹굴거리던 테아에게 한 통의 전화가 걸려왔다.

"형님?"

휴대폰 액정에 떠 있는 이름은 '현석 형님'이었다. 처음으로 걸려온 현석의 전화에 테아는 군기 바짝 든 신병처럼 벌떡 일어나 전화를 받았다.

-어, 나다. 할 말이 있어 연락했다.

"예, 형님."

-다른 게 아니라…… 앞으로 너 여자 좀 조심해야겠다.

"네?"

-그냥 그렇게만 알아둬. 여자한테 잘못 얽히면 구설수가 크게 날 테니까, 알아서 조심해.

"섭섭합니다, 형님. 제가 현수 두고 딴 여자한테 한눈파는 그런 놈인 줄 아십니까?"

-아무튼 그런 줄만 알고 있어. 그럼 끊는다.

아닌 밤중의 홍두깨처럼 갑자기 걸려온 현석의 전화는 그렇게 갑작스럽게 끊겨버리고 말았다. 뚜뚜 울리는 휴대폰을 든 채 테아는 황망한 얼굴로 앉아 있었다.

"우리 오빠?"

"응. 근데 되게 웃긴 말 하시네."

"오빠가 뭐라 그랬는데?"

"나보고 여자 조심하래. 아, 진짜 날 뭘로 보시고. 너 절대 오해하면 안 된다. 나 그런 남자 아닌 거 알지?"

"우리 오빠 말이면 새겨듣는 게 좋을걸. 함부로 말하는 사람 아니니까."

"우와, 최현수 웃긴다. 오빠는 믿고 나는 안 믿는 거야? 내가 막 최현수 두고 바람피우는 그런 사람인 줄 알아? 와, 나, 진짜!"

"알았어. 믿어."

"믿으면 뽀뽀."

어쩐지 요즘 들어 얄은꾀만 점점 느는 듯한 테아였다. 어처구니 없다는 듯 쳐다보던 현수는 한숨을 한 번 푹 내쉬고는 쭉 내민 테아의 입술 대신 이마에 쪽 하고 입맞춤을 해주었다. 헤죽대는 테아를 뒤로한 채, 현수는 읽고 있던 책을 또다시 펴 들었다. 테아 얼른 현수의 무릎에 자리를 잡고 누웠다. 여느 때처럼 평화로운 저녁 시간이었다.

열 시가 넘은 늦은 시간 초인종이 울리기 전까지.

"어, 네가 웬일이냐?"

한밤중에 찾아온 뜻밖의 방문자를 보며 테아는 고개를 갸웃거렸다. 조그마한 체구를 지닌 여자가 초췌한 낯빛으로 문 앞에 서 있었다. 테아의 스타일리스트인 윤희주였다.

"오빠. 저 고민이 있어서 그런데, 오늘 저랑 술 한잔만 같이 해주시면 안 돼요?"

원래도 흰 편이던 그녀의 얼굴은 오늘따라 창백해 보였다. 눈 밑으로는 거무스레한 다크써클이 깊게 드리워져 있었다.

"에헤, 나 오빠랑 먹으려고 술도 가지고 왔는데."

그녀가 싱긋 웃으며 들고 온 술병을 들어 보였다. 딱히 술 냄새가 나지는 않았지만, 어쩐지 술이라도 한잔 걸친 듯 해망히 풀어진 웃음이었다. 그녀의 상태가 별로 좋아 보이지 않는다는 것을 깨달은 테아는 잠시 고민했다. 하지만 이내 그녀가 들어올 수 있도록 길을 열어주었다. 때때로 지랄맞게 굴기는 해도, 기본적으로 남에게 모진 성격은 못되는 테아였다. 어린애 같은 앳된 얼굴을 한 윤희주가 지금이라도 쓰러질 듯한 얼굴로 서 있는데, 차마 모른 척 문을 걸어 닫을 수는 없는 일이었다.

"어, 언니도 있었네. 둘이 같이 있는 거구나아. 하긴…… 언니는 경호원이니까. 그죠? 아니, 친구라 그랬었나, 둘이?"

술 취한 듯 해죽해죽 웃으며 희주가 말했다. 하지만 귀엽게 눈웃음치는 그녀의 눈동자 안쪽에서 어쩐지 번득이는 적의를 본 것 같다고, 현수는 생각했다.

"무슨 일인데? 밤늦었는데 내일 얘기하면 안 되냐?"

"네, 오빠. 내일이 되면 너무 늦어요. 꼭 지금 해야 하는 이야기 예요."

평소답지 않게 고집을 부리는 희주의 모습에 테아는 고개를 갸웃거렸다. 싹싹하고 순한 성품이라 일하는 스태프들에게 늘 칭찬을 받는 희주였다. 지금껏 단 한 번도 그녀의 이런 모습을 본 적이 없었기에 테아의 의구심은 커져만 갔다.

"너 오늘 많이 이상하다. 혹시 술 마셨어?"

"에헤, 아니요. 술은 지금부터 오빠랑 마셔야지요. 짜잔, 이것 좀 보세요. 술은 제가 가지고 왔어요. 이거 제가 오빠를 위해 준비한 마음의 선물이에요."

정말로 그녀의 손에는 붉은 리본이 매어진, 꽤 고가의 와인이 들려 있었다. 테아는 어떻게 할까 망설이는 눈으로 현수를 바라보았다. 가도 되냐는 허락을 구하는 눈빛이었다. 현수가 허락이라도 하듯 고개를 끄덕이자 그제야 테아는 희주를 이끌고 1층의 미니바로 향했다. 하지만 곧이어 현수가 부르는 음성이 그의 뒤를 따랐다.

"저, 강테아 씨."

"응?"

"잠시만요."

또박또박 정갈한 걸음걸이로 현수는 테아를 향해 다가왔다. 갑자기 다가온 현수의 손이 자신의 어깨 위로 향하자, 테아는 놀란 얼굴로 바라보았다. 하지만 현수는 무심한 손길로 그의 셔츠 깃을 한 번 정리해줄 뿐이었다.

"옷깃이 구겨졌습니다."

갑작스런 그녀의 행동에 잠시 아연한 표정을 짓던 테아는 곧이어 함박웃음을 지었다. 그녀의 행동이 무슨 뜻인지 알아챘던 것이다. 최현수는 지금 무려 질투를 하고 있었다. 다른 여자에게 마음 주지 말고 어서 돌아오라는 얘기를 최현수만의 방식으로 전하고 있었던 것이다. 테아의 얼굴에 숨길 수 없는 미소가 번졌다. 지금이라도 이 여자를 붙잡고 키스를 퍼붓고만 싶었다. 하지만 안타깝게도 무한한 행복감에 빠져 있던 테아는 그런 자신의 모습을 무섭게 노려보고 있는 또 다른 여자의 시선을 미처 눈치채지 못했다.

"오빠, 저 아무래도 실연당한 것 같아요."

스툴에 앉자마자 희주가 한숨을 쉬며 와인병을 땄다. 와인 오프너를 꺼내려던 테아는 그녀가 와인병의 코르크 마개를 혼자 여는 것을 보고 조금 고개를 갸웃거렸다.

"아하하, 사실은 술 하나도 안 마셨다는 건 거짓말이었어요. 오기 전에 먼저 이거 딱 한 잔 마시고 왔거든요. 제가 먼저 개시해서 죄송해요. 오빠 선물인데. 그래도 화 안 내실 거죠? 그죠, 오빠?"

이미 뚜껑이 열려진 새빨간 레드와인을 테아의 산 위로 촬촬 따르며 희주가 배시시 웃었다. 그 모습이 왠지 처연해 보여서, 테아는 불퉁하지만 따뜻한 목소리로 충고해주었다.

"세상에 널린 게 남자야. 너 싫다고 간 놈은 쳐다도 보지 마."

"그래도요, 오빠. 제가 진짜 좋아하던 사람이란 말이에요."

"인연이 아니었나 보지."

"너무해요, 오빠. 칫, 테아 오빤 너무 차가워."

윤희주가 애교 가득한 목소리로 칭얼거렸다. 사내를 향한 교태가 묻어 있는 '여자'의 목소리였다. 테아는 조금씩 이 자리가 불편해지기 시작했다.

"아무래도 너 오늘은 돌아가는 게 좋겠다. 괜히 나돌아 다니지 말고 집에 가서 푹 자. 그딴 놈팡이 자식은 싹 잊어버리고."

"어어? 오빠 지금 나 귀찮아서 그러는 거예요? 힝, 나 완전 섭섭해."

"귀찮다는 얘기가 아니라……."

"알았어요. 오빠가 싫다니까 오늘은 이만 가볼게요. 대신……저랑 술 딱 한 잔만 해요."

테아의 쌀쌀한 태도에 상처라도 받은 것처럼 희주가 푸욱 한숨을 내쉬었다. 그러고는 어두운 얼굴로 와인이 찰랑거리는 술잔을 들어 보였다. 나름 말 못 할 고민을 안고 찾아온 이를 박대하는 건가 싶어 테아도 찜찜하긴 마찬가지였다. 테아는 희주가 따라준 와인잔을 들어 가볍게 건배를 한 후, 꿀꺽꿀꺽 마셨다. 그러다 홀린 듯한 눈으로 자신을 바라보는 희주를 발견하곤 잔을 멈췄다. 뭔가가 이상하다는 느낌이 본능적으로 들었다.

"넌 안 마셔?"

"네, 오빠 선물이라고 했잖아요."

어쩐지 희주의 분위기가 아까와는 달리 냉랭해져 있었다.

"참, 오빠. 오빠 드릴 선물이 하나 더 있어요."

희주는 어깨에 메고 있던 핸드백에서 연하장 크기의 봉투 하나를 꺼냈다.

"뭔데, 이게?"

"열어봐요."

기대에 찬 듯 희주가 눈을 빛냈다. 봉투가 열리고 내용물이 나오자마자 테아의 얼굴이 와작 구겨졌다.

"너!"

"잘 찍었죠? 어두워서 걱정했는데 굉장히 잘 나왔더라고요."

봉투 안의 사진에는 테아가 현수와 정원에서 키스를 나누는 장면이 선명하게 찍혀 있었다. 그가 생각했던 것보다 훨씬 더 선정적인 모습이었다. 두근거리던 그날의 소중한 기억이 이런 식으로 취급받았다는 사실에 테아는 분개했다.

"뭐 하자는 거야, 너?"

"내가 먼저 묻고 싶네요. 오빠 지금 뭐 하시는 거예요? 설마 진짜로 결혼이라도 하겠다는 거예요? 루나쌤네 부티크에 벌써 소문다 나 있는 거 알아요?"

180도 태도를 바꾼 희주가 사납게 따져 물었다.

"어, 할 거야, 결혼. 근데 그게 너랑 무슨 상관인데?"

"오빠, 미쳤어요? 지금 그게, 말이나 된다고 생각해요? 오빠 하나 보고 사는 팬들은 다 어쩌실 건데요."

"그것까지 내가 상관할 일이야?"

도저히 말이 안 통한다는 듯 희주가 허, 하고 한숨을 내쉬었다. 테아로서는 그야말로 적반하장인 태도였다.

"사진 내놔."

"네, 선물이니까 가져요. 전 집에 똑같은 거 많으니까."

"너 지금 뭐 하는 거야!"

"오빠 위해서 이러는 거예요. 저 긴말 안 해요. 헤어져요."

"윤희주!"

"알았어요. 그럼 그냥 적당히 갖고 놀다 버려요. 하지만 결혼은 안 돼요. 오빠 지금 결혼하면 연예인 생명 끝이에요. 네, 오빠?"

"사진이나 내놓고 꺼져."

한밤중에 난데없이 찾아와 말도 안 되는 억지를 부리는 희주의 태도에, 테아는 이미 완전히 폭발 직전이었다. 사근사근 유난히 친절한 성격이라고만 생각했지, 속으로 이런 맘을 먹고 있는 아이라는 건 정말 꿈에도 몰랐다. 희주는 새하얀 얼굴로 입술만 잘근잘근 깨물었다.

"오빠, 미안한데요. 오빠 마신 술에 제가 약 탔어요."

"뭐?"

"툭락이라는 건데, 베트남 갔다 온 친구한테 얻었어요. 거기선 술에 타서 많이들 먹는대요. 물론 불법이지만요."

어쩐지 몸이 뜨끈하고 열이 오르는 것 같기도 했다. 갑자기 뒷골에서부터 소름이 쫙 끼쳤다.

"조금만 넣었으니까 안심해도 괜찮아요. 아무렴 제가 오빠한테 나쁜 것 먹이겠어요. 그냥 검사하면 나올 만큼, 딱 그 정도만 넣었어요."

"야, 너!"

"정말 어쩔 수 없어서 그런 거예요. 이대로 오빠 망가지는 거 볼수 없어서, 그래서 그런 거예요. 다른 사람은 몰라도 오빤 이해해 줘야 해요. 왜 제가 이렇게까지 해야 하는지, 오빤 정말 모르겠어요? 다시 한 번 말하지만 헤어져요. 정말로 오빠 위해서 하는 소리예요."

"쓸데없는 짓 하지 말고 사진이나 내놔."

"저 오는 길에 친구한테 부탁해놨어요. 오늘 밤 12시가 지나면 마약 투약 혐의로 오빠 경찰에 고발하라고요. 그리고 이 사진도 언론사에 뿌릴 거예요. 그 여자에 대한 재미있는 뉴스거리도 같이 넣었어요. 오빠가 사랑한다는 그 여자가 얼마나 걸레같이 찢기는지 한번 구경해보세요."

"너 미쳤어? 이딴 애들 장난이 통할 것 같아?"

"오빠도 알잖아요. 이 바닥에서 진실 같은 걸 알고 싶어 하는 사람은 아무도 없어요. 그저 자극적인 가십거리면 충분하다는 거, 오빠도 잘 아시잖아요. 경찰에서 조사받았다는 사실만으로도 타격이 엄청날걸요? 거기다 내일 검사하면 오빠 몸에서 마약 성분이 검출될 텐데, 그쯤이면 사람들한텐 오빠를 깎아내릴 수 있는 충분한 증거가 될 거예요. 안 그래요?"

희주가 천천히 미소를 지었다. 어린애 같던 평소의 얼굴에선 상상하기 힘든 섬뜩한 미소였다.

"그러니까 오빠, 그 여자랑 헤어져요. 오빠 미래를 망가뜨릴 만큼, 대단한 여자 아니잖아요. 오빠가 결정만 하면 친구한테 전화해서 전부 다 씩 다 버리라고 할 거예요. 그럼 그냥 아무 일도 없어요. 그냥 지금이랑 똑같을 거예요. 그러니까 내 말대로 해요, 오빠. 네?"

어린애를 꾀는 듯한 달콤한 목소리로 희주가 속삭였다. 하지만 테아는 그녀를 향해 코웃음쳤다.

"마음대로 해."

"오빠."

"네 마음대로 해보라고. 나도 내 마음대로 할 테니까."

테아는 멍해진 얼굴의 희주에게서 사진을 빼앗아 들었다.

"잘됐네. 나도 인증 사진 하나 갖고 싶었는데. 찍어줘서 고맙다."

"오빠!"

희주의 목소리가 앙칼지게 울렸다. 하지만 테아는 개의치 않고 몸을 돌렸다.

"마음 같아선 한 방 쳐주고 싶은데, 여자애니까 참는 거야. 나가는 문 알지? 멀리 안 나간다."

현수의 사진을 손에 쥔 채 테아는 성큼성큼 걸음을 옮겼다.

"오빠, 후회할 거예요!"

찢어질 듯한 희주의 목소리가 그의 뒷모습 위로 허망히 메아리치고 있었지만, 테아는 끝까지 뒤돌아보지 않았다.

"아무래도 형님 말씀이 맞았던 것 같아."

초조하게 거실에서 자신을 기다리고 있던 현수를 바라보며 테아가 씨익 웃었다. 아무 일도 아니라는 듯 여상한 어조였지만, 현수는 그의 상태가 그다지 좋지 못함을 금세 눈치챘다.

"무슨 일이에요? 어디 다쳤어요?"

"둘만 있을 때는 반말 쓰라니까. 최현수 진짜 말 안 들어."

정작 지지리도 말을 안 듣는 건 자기면서, 테아가 사돈 남말을 했다. 딱 봐도 뭔가 예사롭지 않은 상황인 것 같은데 팔자 좋게 반말 타령이나 하고 있는 테아를 보자, 현수는 복장이 터질 것 같다.

"지금 그런 게 문젭니까? 안색이 안 좋은데 진짜 무슨 일 있으신 거 아닙니까?"

"일? 응, 엄청 많았지. 우선 약을 먹었어."

너무나 아무렇지도 않은 얼굴로 테아가 태연하게 대꾸했다. 현수는 잘못 들었나 싶어서 되물었다.

"약이요?"

"응. 뭐라더라, 되게 이상한 이름이었는데. 아무래도 마약 종류인 것 같아."

"네?"

현수의 눈이 휘둥그레지는가 싶더니 재빨리 테아의 이마를 짚어 체온을 재고 목줄기의 경동맥을 짚어 맥박을 쟀다. 자신을 위해 동분서주하는 현수의 모습이 퍽 마음에 들었는지, 테아가 이 와중에도 배시시 웃었다.

"지금 웃음이 나옵니까? 윤희주 씨는 어디 있습니까?"

"보냈어, 내가."

"보내다니요? 그 사람이 범인 아닙니까?"

"응, 맞아. 최현수랑 헤어지지 않으면 경찰에 신고하겠대. 내가 마약쟁이라고."

"그래서…… 뭐라고 하셨습니까?"

"뭐라고 하긴. 내가 최현수랑 헤어질 리가 없잖아."

"그냥 적당히 그러겠다고 달랬어야지, 멍청아!"

결국 보다 못한 현수가 박력 넘치게 성질을 터뜨렸다. 처음으로 불같이 화내는 현수를 본 테아는 잠깐 놀라는 듯싶더니 또다시 방긋 웃었다. 이런 상황에서도 쓸데없이 예쁜 미소였다. 약기운에 발그레해진 얼굴로 천진하게 웃고 있으니, 비주얼만 보자면 천사가 따로 없었다.

"우와, 최현수가 나 때문에 화내주는 거야? 이거 되게 기분 좋은데."

"바보같이 구니까 그렇지. 적당히 달래면서 시간을 끌었어야지, 성질 돋워서 내보내면 어쩌겠다는 거야!"

"그깟 일에 내가 최현수를 버릴 것 같아? 걱정 마. 나 무슨 일이 있어도 최현수 안 놓쳐."

구제불능의 멍청이라고 욕하면서도 현수는 눈시울이 뜨거워지는 것을 느꼈다. 정말이지 바보 같은 남자였다. 하지만 바보 같아서 좋았다. 이 남자가.

붉어진 눈가를 감추며, 현수는 재빨리 무전기를 들었다. 지금은 감정에 휘말릴 때가 아니었다. 그녀는 테아의 경호원이고, 그를 지킬 책임이 있는 사람이었다. 달콤한 감정에 취해서 본분을 망각한 대가는 너무나 컸다. 자신의 방심으로 인해 지켜야 할 의뢰인이자, 소중한 사람이 다치고 말았다는 사실에, 현수는 가슴이 무너질 것만 같았다.

"48 부자 발생. 메인 응답바람(현 위치 부상자 발생. 현장 경호팀장 응답 바람)."

치직거리는 무전기의 소음 위로, 침통한 현수의 목소리가 울려 퍼졌다.

거실 안의 분위기는 침통했다. 소식을 듣고 달려온 김정률 사장의 얼굴은 거의 흙빛이었다. 테아가 위기에 빠졌다는 것은 회사 전체의 흥망성쇠가 달린 중요한 사안이었기 때문이었다. 초조한 듯 마른세수를 하며, 그는 답답한 듯 다시 한 번 테아를 향해 소리쳤다.

"그걸 그냥 보내면 어떡해. 전화기도 꺼놓은 거 보니 완전히 잠수를 탄 것 같은데."

옆에서 말없이 서 있던 동훈도 짧게 한숨을 내쉬었다. 아무리 테아에게 1차 책임이 있다고는 하지만 결과적으로 경호에 실패한 셈이 되었으니, 경호의 총괄책임자로서 할 말이 없었던 것이다. 그리고 그의 옆에는 고개를 푹 숙인 현수가 대역 죄인처럼 서 있었다. 죄도 없는 정태마저도 그녀와 함께 쭈뼛거리며 고개를 숙이고 있었다.

"시간제한이 열두 시라고 했습니까?"

동훈의 질문에 테아는 짧게 고개를 끄덕였다.

"현실적으로 그 시간까지 피의자를 추적하는 것은 불가능합니다. 설령 찾아낸다고 해도 협박 자료가 다른 사람에게 있다면 언론 노출은 피하기 어렵습니다."

김정률 사장은 '허, 참.' 하고 외치며, 거칠게 머리카락을 쓸어 올렸다.

"그래서, 그년이 뭘 푼다 그랬다고? 약이랑 또 뭐?"

"제 개인적인 사진이요."

"개인적인 거 뭐?"

"그냥 제 개인적인 거라니까요."

"인마, 네가 말 안 해도 내일이면 전국에 퍼지게 생겼어. 도대체 그 개인적인 게 뭐냐고!"

난처한 얼굴로 시선을 피하는 테아 대신 대답한 것은 현수였다. 푹 숙인 고개 아래로 침통하지만 단정한 현수의 목소리가 흘러나 왔다.

"죄송합니다. 제 사진입니다."

그녀의 대답에 방 안의 모든 사람이 놀란 얼굴로 그녀를 주시했 다.

"최현수 씨 사진이 왜?"

"정확히는 저와 강테아 씨 사진입니다. 죄송합니다. 면목 없습 니다."

사람들의 얼굴에 동시에 경악의 빛이 어렸다. 굳이 대답을 듣지 않아도 알 것 같았다. 미모의 여 경호원과 찍혀서는 안 될 사진이 찍혔다면 대충 짐작이 가는 내용일 수밖에 없었다. 어이구 소리를 내면서, 김정률 사장은 비틀비틀 소파에 앉았다. 찌푸려진 최동훈 의 얼굴은 지금이라도 폭발할 것처럼 붉어져 있었다. 그녀가 지금 저지른 일은 부하 직원으로서도, 오랜 짝사랑의 대상으로서도, 도 저히 용납할 수 없는 일이었기 때문이었다.

"설마 둘이 잤어?"

"그건…… 아닙니다."

김정률 사장이 어처구니없는 표정으로 묻자, 현수는 입술을 지그시 깨물며 나지막이 대답했다. 하지만 김정률이 뭐라고 더 입을 열기 전에 테아가 불쑥 끼어들었다.

"왜 죄 없는 애를 잡아요. 내가 좋아서 한 건데."

"테아 너……."

"좋아하는 사람끼리 키스 좀 한 게 죄예요?"

"그럼 안 들키게 하든가. 내일 당장 언론에 보도되게 생겼는데, 이를 어쩔 거야."

"결혼하면 되잖아요."

"뭐?"

"마침 잘됐네요. 대표님한테도 얘기하려고 했었는데. 우리 결혼하기로 했어요."

"테아, 너 미쳤어? 네가 지금 무슨 말 하는지 알고나 있어?"

"네. 안 미쳤고, 무슨 말 하는지도 잘 알고 있어요. 저 이 여자랑 결혼할 겁니다."

갑자기 목뒤가 뻣뻣해지는 것 같아서, 김정률 사장은 뒷목을 잡으며 어이구 하고 앓는 소리를 냈다.

"최현수. 지금 이 사태. 설명해봐."

분노를 꾹꾹 누른 나지막한 목소리로 최동훈이 입을 열었다.

"면목 없습니다. 물의 일으키지 않도록 수습하겠습니다."

담담하게 내뱉은 현수의 대답에, 이번에는 테아가 흥분할 차례였다.

"그게 무슨 소리야, 최현수?"

무서울 정도로 차가운 목소리로 테아가 물었다. 하지만 현수의 대답이 향한 것은 테아가 아닌 최동훈 쪽이었다. 일부러 테아 쪽으로는 눈길조차 주지 않은 채, 현수는 딱딱한 목소리로 동훈을 향해 보고하듯 대답했다.

"죄송합니다. 강테아 씨는 제가 설득하겠습니다."

현수의 말이 끝나자마자 테아는 현수의 어깨를 잡아챘다. 양손으로 그녀의 어깨를 부서질 듯 꽉 잡은 채, 테아는 씹어뱉는 듯한 목소리로 으르렁거렸다. 그녀를 바라보는 테아의 두 눈엔 불꽃이라도 튈 것만 같은 눈빛이 이글대고 있었다.

"내 말에 대답부터 해. 지금 그게 무슨 말이냐고 물었어."

현수는 대답하지 않았다. 하지만 굳게 다물린 그녀의 입술은 말하지 않아도 전해지는 그녀의 대답을 대변하고 있었다.

"왜 너 혼자 도망가는데? 우리가 수습해야 하는 그런 관계야? 우리가 무슨 죄 지었어? 사랑하는 게 죄야?"

현수는 다시 한 번 더 입술을 깨물었다.

"제가 잠시 착각을 한 것 같습니다."

"착각? 지금 착각이라고 말했어?"

"더 이상…… 강테아 씨를 위험에 노출되게 만들고 싶지 않습니다."

"네가 지금 이러는 게 나한테 제일 위험한 거야. 나 정말로 미치는 거 보고 싶어서 그래?"

자신을 향해 소리치는 테아를 보며, 현수는 질끈 눈을 감았다. 가장 지키고 싶은 사람이 자신으로 인해 상처 입는 모습을 보고 싶지 않아서였다. 잠시 행복한 꿈에 취해서 현실을 잊고 있었나 보다. 이 사람에게 자신이 얼마나 해가 되는 존재인지 이성적으로 뻔히 알면서도, 계속 모른 척하고 있었던 거다. 이 사람을 잃어버리는 게 싫어서.

자신과 눈을 맞추지 못하고 외면하는 현수를 보자, 테아는 눈에서 불꽃이 일어날 것만 같았다. 정말로 조심스럽게 여기까지 데리고 온 현수였다. 이제야 겨우 자신에게 마음을 열게 된 현수였다. 그런데 지금 이 순간 모든 것이 물거품처럼 사라지려 하고 있었다. 겁쟁이 최현수는 지금 도망치려 하고 있었다.

테아는 붙잡고 있던 현수의 어깨를 놓고는 그녀의 손을 거칠게 붙잡았다. 그러고는 꽈악 맞잡은 두 손이 모두에게 똑똑히 잘 보일 수 있도록 들어 올렸다.

"저 이 여자 못 놔요. 그런 줄 아세요."

법정에서 외치는 판사의 근엄한 판결문처럼, 테아는 모두를 향해 결연히 선언했다.

김정률 사장은 다시 한 번 이마를 감싸 쥐었다. 이 미친놈은 진심이었다. 그리고 테아가 정말로 진심이 되었다면, 막을 방법은 없다는 뜻이기도 했다.

"둘 다 조용히 좀 해봐. 지금 중요한 건 그게 아니잖아."

"지금 이것보다 더 중요한 게 어디 있어요. 현수가 이대로 도망가면 대표님이 책임지실 거예요?"

"알았어. 우선 네 마음 뭔지 알았으니 그건 나중에 의논해보기로 하고, 지금은 더 중요한 것부터 생각해보자."

"저한텐 최현수가 제일 중요하다니까요."

"윤희주가 너 약 먹었다고 고발한다잖아, 이 멍청아!"

결국 김정률 사장 역시 버럭 소리를 지르고 말았다. 정말이지 말이라고는 더럽게 안 들어 처먹는 녀석이었다. 강테아는. 그 점만큼은 처음 만났던 열세 살 꼬맹이 때랑 조금도 달라지지 않았다.

"최 실장. 뭐 방법 좀 생각해봐요. 이 사태를 어떻게 할 거요."

사랑에 눈이 멀어 뵈는 게 없는 미친놈 대신, 김정률 사장은 좀 더 말이 통할 것 같은 최동훈을 바라보았다.

"와인 한 잔 분량의 마약이라면 극미량일 겁니다. 최악의 경우가 발생하더라도 기소유예 정도밖에는 나오지 않을 겁니다."

"그건 일반인일 때의 얘기지, 기소유예든 나발이든, 경찰서에 왔다 갔다 하면서 소문이라도 퍼지면 끝장이라니까."

"우리가 먼저 까면 되잖아요."

답답하다는 듯 소리 지르는 김정률 사장을 향해, 테아가 천연덕스럽게 대꾸했다. 여전히 현수의 손을 꼭 붙잡은 채였다.

"쉬쉬하면서 덮으려면 괜히 일만 더 커져요. 우리가 먼저 경찰에 수사 요청하고 약물검사 같이 요구하면 되잖아요."

김정률 사장은 이마를 감싸 쥐었다. 경찰에 공개한 후의 후폭풍은 보지 않아도 뻔했다. 그의 머릿속에는 테아가 찍어놓은 CF들에 관한 계약서들이 파노라마처럼 흘러가고 있는 중이었다. 모델로서의 이미지를 유지하지 못했을 때에는 그에 상응하는 위약금을 물어야 하는 것이 이 바닥의 규칙이었다.

"고의성이 없다는 건 뭘로 증명할 건데? 약한 게 걸릴 것 같으니 미리 선수 쳐서 자작쇼 하는 거 아니냐고 의심하면, 뭐라고 대답할 건데?"

김정률 사장의 지적에 테아 역시 말문이 막혔다. 그렇지 않아도 증권가에 떠도는 찌라시에 마약 투약설이 종종 나도는 테아였다. 화려한 의상과 파격적인 무대 퍼포먼스 때문인지, 유난히 마약 관련 루머에 자주 시달리곤 했다. 그런 그가 실제로 마약 사건과 연루되었다는 사실이 퍼지게 된다면, 사실여부와 상관없이 대중에 의한 마녀사냥을 당하게 될 것이 뻔했다.

"저…… 그 부분이라면 괜찮을 것 같습니다."

절망에 빠진 김정률 사장 앞에 조용히 나타난 것은 현수였다. 여전히 고뇌가 많은 얼굴을 하고 있긴 했지만, 그녀의 목소리는 평소와 다름없이 침착했다.

"당시 상황에 대한 녹음자료가 있습니다."

"뭐?"

"저도 아직 들어보지는 못했지만, 녹음이 된 것만은 확실합니다."

"어떻게?"

현수는 테아에게 잡혀 있지 않은 다른 손을 들어서 그의 셔츠 깃을 들어 올렸다. 그가 입고 있던 연푸른 셔츠 깃의 안쪽에는 원형의 작은 물체가 붙어 있었다.

"도청기입니다."

담담한 목소리로 현수가 그것의 정체를 설명했다. 자신의 몸에 도청기가 부착되어 있으리라고는 꿈에도 상상하지 못했던 테아는 그야말로 놀란 표정이었다. '대체 왜 그걸 내게?' 하는 눈빛으로 멍하니 현수만 바라볼 뿐이었다.

"저희 오빠 점괘는 틀린 적이 없어서요."

대체 이게 무슨 귀신 씻나락 까먹는 소리냐는 듯한 얼굴로 김정률 사장이 바라보자, 현수는 머쓱한 듯 슬쩍 웃어 보였다.

"오늘 아침에 오빠가 강테아 씨에게 말했거든요. 여자를 조심하라고."

그제서야 테아는 기억해냈다. 윤희주를 따라 거실을 나서기 전에, 자신의 옷깃을 정리해주던 현수의 손길을.

다행히도 테아와는 달리, 현수는 오빠의 말을 아주 잘 듣는 착한 동생이었던 것이다.

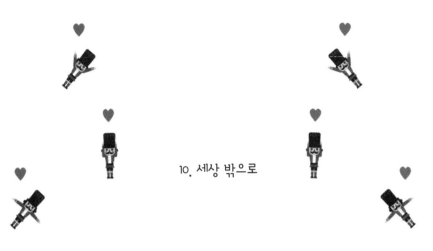

10. 세상 밖으로

　-그러니까 오빠, 그 여자랑 헤어져요. 오빠 미래를 망가뜨릴 만큼, 대단한 여자 아니잖아요. 오빠가 결정만 하면 친구한테 전화해서 전부 다 싹 다 버리라고 할 거예요. 그럼 그냥 아무 일도 없어요. 그냥 지금이랑 똑같을 거예요. 그러니까 내 말대로 해요, 오빠. 네

　도청기에 녹음되어 있던 윤희주의 음성파일이 재생되자, 거실에 모여 있던 모든 이의 미간에 깊은 시름이 내려앉았다. 특히나 김정률 사장은 몇 번이고 마른세수를 하다 애꿎은 머리만 벅벅 긁는 중이었다. 그렇잖아도 앞머리가 슬슬 벗겨지고 있던 그의 머리카락은 하룻밤 사이 점점 더 옅어지고 있는 느낌마저 들었다.

　"이걸 공개하자고?"

　"그럼 다른 좋은 방법 있으세요?"

얄미울 정도로 따박따박 대꾸하는 테아의 대답에, 김정률 사장은 한 번 더 마른세수를 했다.

현수가 설치한 도청기는 성능이 매우 훌륭했다. 윤희주의 목소리에 묻어 있던 표독스러움까지 아주 생생히 잘 재현되어 있었다. 이 음성파일을 제시하기만 하면, 테아에게 씌워질 누명은 말끔히 해소될 수 있을 터였다. 하지만 문제는 내용이었다. 시종일관 '그 여자와 헤어지라'는 말이 반복되어 있는 이 음성파일을 공개하기 위해서는 파일 속에 언급된 '그 여자'에 대한 정체 공개 역시 피할 수 없는 수순이었기 때문이었다. 현수가 가지고 있던 음성파일은 테아를 구할 수 있는 유일한 히든카드이기도 했지만, 동시에 진퇴양난의 딜레마이기도 했다.

"이걸로 마약 혐의 벗으면, 그다음은 어쩔 건데? 이번엔 빼도 박도 못 하게 스캔들 감인데."

"할 수 없죠, 뭐. 진실을 밝혀야지."

조금도 걱정스럽지 않다는 듯한 천연덕스러운 어조로 테아가 대답했다. 어차피 결혼 발표까지 각오한 마당에 스캔들 기사 따위야 조금도 두렵지 않다는 태도였다. 하지만 이 철딱서니 없는 당사자와는 달리, 회사 사장님의 입장은 그럴 수가 없었다. 테아의 스캔들이 섣불리 터지기라도 한다면 륜엔터테인먼트의 주가폭락은 물론이거니와, 잘못하면 CF 계약 위약금까지 덤터기 쓸 위험도 있었다.

"으이그, 이 화상아."

결국 뾰족한 해답을 찾지 못한 김정률 사장은 미워죽겠다는 눈으로 테아를 흘겨보았다.

"그렇게 쳐다봐도 안 속아요. 대표님 저 예뻐하시잖아요."

화병 나기 일보 직전인 남의 속을 아는지 모르는지, 테아가 생글대며 애교를 부렸다. 이러니저러니 해도 열세 살 코흘리개 시절부터 테아와 함께했던 김정률 사장이었다. 그에게 테아는 어려운 시기를 함께 지내온 동지이자, 성공을 가져다준 행운의 파랑새였고, 무엇보다 자신의 손으로 키워낸 아들 같은 존재이기도 했다.

"그래서 넌 어쩔 건데?"

"선택은 둘 중 하나잖아요. 마약이든 결혼이든. 둘 중 하나."

이처럼 간단한 문제가 어디 있느냐는 듯, 테아는 어깨를 으쓱여 보였다. 그 와중에도 현수가 달아나지 않도록 손을 꼭 붙잡은 채 자신의 옆에 앉혀두는 것도 잊지 않고 있었다. 김정률 사장은 한 쌍의 바퀴벌레처럼 징그럽게도 잘 어울리는 두 사람을 얄밉게 흘겨보았다.

자신감이 넘치는 테아와는 달리, 현수는 상념이 많은 듯한 얼굴이었다. 송글송글 땀이 배도록 꽉 붙잡혀 있는 손만 아니라면, 지금이라도 달아나고 싶다는 얼굴을 하고 있었다. 사랑에 단단히 눈이 먼 철딱서니 총각과는 달리, 현수는 지금 이 상황에서 가장 합리적인 선택이 무엇인지에 대해 골똘히 생각하고 있는 중이었다. 테아의 행복을 지키기 위해서는 어떤 방법이 가장 좋은 것인지에 대해, 현수는 아직도 명확한 해답을 찾지 못한 채였다. 그래서 여러 가지 고민이 뒤섞인 표정으로 테아의 손에 꽉 붙잡힌 자신의 손만 내려다보고 있었다. 어떠한 일이 있어도 절대 놓을 수 없다는 듯이, 테아의 커다란 손은 현수의 손을 꽈악 움켜쥐고 있었다.

김정률 사장은 그런 현수의 옆얼굴을 말끄러미 바라보았다. 수

십 년간 사람을 상대하는 일을 하며 살아온 김정률 사장이었다. 단아하고 심지 굳은 표정을 한 현수의 얼굴을 흘낏 바라보는 것만으로도, 그녀가 요즘 시대엔 찾기 힘든 참한 규수감이란 것은 잘 알수 있었다. 그녀야말로 천지분간 못 하고 날뛰는 테아를 제어할 수있는, 세상에서 몇 안 되는 사람 중 하나일 것이다. 과거 테아와 스캔들 비스무리한 것을 뿌리고 다니던 골빈 여자애들과 질적으로다른 부류의 처자인 것만은 틀림없었다. 하지만 개인적으로 현수가 마음에 들고 아니고를 떠나서, 한창 전성기를 누리고 있는 톱아이돌 테아에게 연애나 결혼은 크나 큰 치명타가 될 수밖에 없었다.

"제가 약쟁이라고 소문나면 좋으시겠어요?"

남의 속도 모르면서 옆에서 깐족대는 테아를 김정률 사장은 찌릿 하고 노려봐 주었다. 하지만 테아의 말대로 마약 투약 혐의보다는 열애설이 훨씬 더 나은 대안인 것만은 틀림없었다. 적어도 합법적이긴 했으니까. 하지만 테아의 일부 팬들은 그에게 여자가 생기는 것보다는 차라리 마약을 하는 것이 더 낫다고 여길지도 몰랐다.

"그럼 백보 양보해서 열애 사실 공개로 하자. 정말로 결혼은 안돼."

"어설픈 플레이보이보다는 순정파 이미지로 나가는 게 차라리낫지 않을까요? 네, 대표님?"

김정률 사장이 반쯤 넘어왔다는 사실을 귀신처럼 눈치챈 테아가 다시 한 번 샐샐 애교를 부렸다. 하지만 김정률 사장은 단호히고개를 저었다.

"잘 생각해봐, 테아야. 아이돌한테 연애 문제가 얼마나 치명적인지 잘 알잖아? 그런데 단순한 열애 발표도 아니고, 결혼이야. 연예인 생활, 아이돌 생활, 천년만년 갈 것 같아? 지금은 네가 톱이라곤 하지만 그게 얼마나 갈 수 있을 것 같아? 결혼과 동시에 네 연예인 생명 끝장날 수도 있어. 아직 한창 더 할 수 있는데 왜 하필 지금이야?"

테아는 가볍게 한숨을 내쉬었다. 그리고 그 어느 때보다도 진지한 눈빛으로 김정률 사장을 바라보았다.

"저 할 만큼 했어요. 아시잖아요."

테아의 말뜻이 무엇인지 알아차린 김정률 사장은 차마 곧바로 대답할 수가 없었다. 테아가 지금껏 어떻게 살아왔는지, 누구보다 잘 아는 사람이 바로 김정률 사장 자신이었으니까.

열세 살부터였다. 녀석이 휴일도 없이 앵벌이처럼 바쁘게 일해야 했던 것. 대중의 눈앞에서 대중의 사랑을 구걸하며 살아간다는 것이 얼마나 힘겹고 고된 삶인지 김정률 사장 역시 잘 알고 있었다. 겉만 화려한 연예계에서 십오 년을 구르면서, 속이 문드러진 채 살아온 테아였다. 그에겐 따뜻하게 품어줄 가족도 없었고, 믿고 속내를 털어놓을 친구도 없었다.

물론 테아의 이런 희생 덕분에 조그만 개인 사업체로 근근이 이어가던 률엔터테인먼트는 대한민국에서 손꼽히는 대형 엔터테인먼트 회사로 성장할 수 있었고, 테아 역시 대한민국에서 가장 부유한 연예인 명단에 이름을 올릴 수 있었다. 하지만 그 대가로 지불해야 하는 것 역시 만만치 않았다. 무엇보다도 지난 십오 년간, 테아는 단 한 번도 마음껏 행복하지 못했다. 물론 행복한 순간이 아예 없었다고는 말할 수 없겠지만, 적당히 견딜 만한 날과, 비교적 괜찮은 날과, 견디기 힘들 만큼 괴로운 날들이 대부분이었다.

"그래도…… 테아야."

김 대표가 힘들게 입을 열었다. 하지만 이어지는 테아의 말에 조용히 입을 다물 수밖에 없었다.

"저 이제 좀 사람답게 살고 싶어요. 그럴 때도 됐잖아요, 이젠."

테아는 웃었다. 그 웃음이 너무나 처연해 보여서, 김 대표는 차마 안 된다고 말할 수가 없었다. 지금 그의 얼굴에 가면처럼 그려진 그의 미소가, 썩어 문드러질 대로 문드러진 그의 깊은 곳에서부터 겨우겨우 게워 올린 웃음이라는 걸, 누구보다 잘 아는 김 대표였다. 결국 김 대표는 안 된다는 말 대신 억눌린 한숨 소리만 뱉어 내고 말았다.

그래, 좋게 생각하자. 테아의 말대로 어쭙잖은 열애설이 나서 난봉꾼 이미지가 박히는 것보다는 아예 결혼 발표를 해서 순정남의 이미지를 얻는 것도 나쁘지는 않을 듯했다. 지금은 화려한 이미지 때문에 패션이나 주류 광고 같은 것만 주로 들어오지만, 순정남 이미지를 얻으면 주부를 대상으로 한 가전제품이나 생활용품 광고에도 폭넓은 섭외가 들어올 터였다. 천성적으로 사업가인 김정률 사장의 머릿속에는 수없는 계산기가 돌아가고 있었다. 그리고 마침내 이런저런 경우의 수를 따라 가상 시뮬레이션을 한참이나 해 본 김정률 사장은 마침내 결정을 내렸다.

결국 테아는 그날 밤을 대한병원 특실에서 보내게 되었다. 윤희주의 말에 따르면 12시에 제보 자료를 언론사에 뿌린다고 했었다. 그러니 조간신문이 나오기 전에 사전 작업을 해두는 것이 중요했다. 우선은 병원에 입원해서 진료 기록을 미리 확보해둔 후, 다음 날 상황에 따라 유동적인 대처를 하는 것으로 기본 계획을 세웠다. 최대한 인맥을 동원하여 언론의 입단속을 요청하는 작업도 함께 진행되었다. 테아가 굵직굵직한 대기업의 이미지 광고를 담당하고 있는 덕분에 광고주들의 협력을 받으면 어느 정도 언론의 노출은 막을 수 있을 터였다.

모두가 긴장 속에 밤을 지낸 가운데, 마침내 아침이 왔다. 새벽녘 조간신문이 도착하자마자, 김정률 사장이 대표로 신문을 펼쳐 보았다. 모두의 긴장 속에 마침내 신문의 연예난이 활짝 펼쳐졌다. 그러나 걱정했던 것과는 달리 테아의 기사는 어느 곳에서도 보이지 않았다. 모두의 입에서 휴우 하고 안도의 한숨이 토해졌다. 그래도 혹시 몰라서 신문사와 방송국에 은밀히 선을 대서 알아본 바에 의하면, 그 어느 곳에서도 테아와 관련한 제보를 받은 적은 없다고 했다.

"뭐지, 이거? 뻥카였나?"

하룻밤을 꼬박 새우며 눈에 띄게 수척해진 김정률 사장이 머리를 쓸어 올리며 허탈하게 중얼거렸다.

"그냥 위협용으로 해본 소리였을 수도 있습니다. 사생활 도촬 사진을 공개하는 건 범죄행위니까, 본인에게도 부담감이 컸을 겁니다."

밤사이 오랜 짝사랑의 종말을 맞이한 최동훈 실장도 침울한 어투로 한마디 거들었다. 그에게 현수는 대학 때부터 누구보다 믿고 있던 후배였고, 오랫동안 마음에 담고 있던 여자였다. 그런 현수가 이런 식의 대형 사고를 칠 거라고는 상상하지 못했던 동훈으로서는 이 모든 상황이 커다란 배신감으로 다가올 수밖에 없었던 것이다. 현수와 눈조차 마주치지 않는 그의 얼굴은 그 어느 때보다 어두운 기색을 띠고 있었다.

"그러면 다행이긴 한데……. 그래도 뭔가가 찜찜해서……."

침울한 목소리로 김정률 사장이 중얼거렸다. 다행히 별일 없이 지나가면 좋겠지만, 도청기에 녹음되어 있던 윤희주의 목소리를 떠올려본다면 분명 무언가 안 좋은 일이 벌어질 것 같다는 예감이 들었기 때문이었다. 도청기 속 그녀의 목소리는 이미 반쯤 이성을 상실한 목소리였다. 밤사이 그녀가 이성을 되찾고 자신의 행동을 반성했을 거라고는 도무지 생각되지 않았다.

그때 휴대폰을 뒤적이고 있던 정태가 외마디 소리를 질렀다.

"어? 형님 이름이 실검 순위에 떠 있는데요?"

"내 이름이?"

"네, 형님. 이거 아무래도 느낌이 쎄한데요."

다급하게 휴대폰으로 검색을 해보던 정태 얼굴이 마침내 새하얗게 얼어붙었다.

"이거…… 어쩌죠?"

정태가 내민 조그만 휴대폰 액정 화면엔 외제차 앞에서 열렬히 키스 중인 테아의 사진이 떠 있었다. 옆선만 나온 현수의 얼굴은 제대로 드러나지 않았지만 짧은 원피스를 입은 늘씬한 몸매는 그대로 노출되어 있었다. 무엇보다 테아의 얼굴은 누가 봐도 식별 가능할 정도로 정확히 찍혀 있었다.

"이런 젠장. SNS에 올렸네요."

한숨 섞인 정태의 말에 김정률 사장은 결국 주저앉고 말았다.

이미 여러 사람의 개인 블로그까지 버젓이 퍼져 있는 현수의 사진을 보면서 테아는 주먹을 그러쥐었다. 자신은 괜찮았다. 얼굴도 보지 못한 대중들에게 난도질당하는 경험 따위, 지금껏 수없이 많이 겪어왔다. 하지만 현수에겐 그럴 수 없었다. 소중하고 소중한 자신의 여자가, 대중들의 눈요깃거리로 전시되어지는 이 상황을 테아는 도저히 견딜 수가 없었다.

"정태야, 이거 올린 놈들 모두 다 캡처해놔라. 몽땅 다 고소해줄 테니까."

인신모독급의 악플에도 그냥 허허 웃고 말던 예전의 테아가 아니었다. 지켜야 할 것이 생긴 남자는 그 누구보다 강한 법이었다.

"대표님, 지금 당장 법무팀 연결해주세요. 경찰에 고발하겠습니다. 협박죄를 넣든, 사생활 침해를 넣든, 살인미수를 넣든, 넣을 수 있는 건 뭐든 다 넣어주세요. 윤희주 용서 안 합니다."

"테아야."

"우선 언론사에 보낼 보도자료 부터 작성해주세요. 테아가 독극물 테러를 받아서 사경을 헤매는 중이라고, 최대한 드라마틱하게 올려주세요. 경찰에 수사 의뢰했다는 사실도 크게 터뜨려 주시고요. 이럴 땐 우리 쪽에서도 같이 터트려서 맞불을 놓아주어야 합니다."

"괜찮겠어? 논란이 두 배가 될지도 모르는데?"

"네, 괜찮습니다. 대신 최대한 저한테 초점이 맞춰질 수 있도록 해주세요. 어떤 수단을 쓰든 최현수만큼은 지킵니다."

현수는 눈시울이 뜨거워지는 걸 느꼈다. 이 남자가 진심으로 자신을 지키려 한다는 것을 알 수 있었기 때문이었다. 그것이 어떤 마음인지, 현수는 누구보다 잘 알고 있었다. 누군가를 지키려는 그 마음의 애틋함을 지금껏 직업으로 삼으며 살아온 현수였으니까.

"전 괜찮습니다. 전 일반인이고 강테아 씨는 연예인이니까……."

울컥한 마음을 억누르며, 현수는 머뭇머뭇 입을 열었다. 하지만 테아는 그녀의 제안을 단칼에 거절했다.

"내가 안 괜찮아."

"강테아 씨를 지키는 게 제 임무입니다. 제대로 지키지는 못해도, 최소한 폐를 끼치고 싶지는 않습니다."

"바보야, 경호원이라서 지키는 줄 알아? 내 여자니까 지키는 거야."

테아의 마지막 말은 현수의 심장에 그대로 꽂혀 들어왔다. 누군가가 진심으로 자신을 지켜주려 한다는 것이 이토록 가슴 뭉클한 일일 줄은 몰랐다. 현수는 먹먹한 눈으로 테아를 바라보았다. 굳은 의지로 빛나는 테아의 눈동자는 지금껏 그녀가 보았던 그 어느 때의 테아보다 강해 보였다.

"……감사합니다."

현수는 테아를 향해 정중히 허리를 숙여 감사를 표했다. 이렇게라도 하지 않으면 심장 아래에서부터 치받아오는 이 감정을 도저히 풀어낼 수 있을 것 같지가 않았기 때문이었다.

"으이그, 최현수, 진짜. 남자친구한테 감사합니다가 뭐야. 그냥 나중에 뽀뽀라도 실컷 해줘."

정말이지 최현수답다고 생각하면서, 테아는 웃었다. 한 치 앞을 알 수 없이 일이 벌어지고 있는 와중인데도, 여전히 현수는 진지하고 고지식했고, 그래서 예쁘고 귀여웠다. 아마도 자신은 최현수 한정 중증 콩깍지에 쓰인 것이 틀림없었다.

어쨌든 오전 내내 계속된 치열한 대책 회의 결과 어느 정도의 가이드라인이 정해질 수 있었다. 여론의 움직임에 대응할 수 있는 여러 가지 홍보 전략들을 수립하고 담당자들을 불러 구체적인 업무 지시까지 끝낸 후에야 어젯밤부터 계속되던 장기간의 비상대책 회의가 끝이 났다. 모두들 하룻밤 사이에 부쩍 퀭해진 얼굴이었다. 눈이라도 조금 붙이자며 하나둘 자리에서 일어나기 시작했다. 하지만 다른 사람들과 함께 병실 밖으로 나가려던 현수는 테아의 손아귀에 꼼짝없이 붙잡히고 말았다.

"최현수는 나랑 개별 면담 좀 해."

"네?"

"나한테 할 말이 많을 텐데."

"그런 거 없습니다."

"호오, 오리발을 내미시겠다, 이거지? 근데 어떡하나. 나는 최현수한테 할 말이 아주 많은데 말이야."

지은 죄가 있는 현수가 머뭇거리고 있는 사이, 테아는 현수의 손을 당당히 붙잡은 채 모두를 향해 선언했다.

"자, 그럼 안녕히들 가십쇼. 저는 최현수랑 할 말이 있어서 이만."

지금 우리가 누구 때문에 이 고생인 거냐며 김정률 사장이 일갈하려 했지만, 테아의 심각한 표정을 보고는 입을 다물었다. 에라, 이제 나는 모르겠으니 어디 네 멋대로 잘해보라는 응원인지 협박인지 모를 말만 남기고, 김정률 사장은 테아의 병실 문을 요란하게 박차고 나왔다. 그러나 입으로는 구시렁거리는 불평을 내뱉으면서도, 두 사람만 남겨놓은 병실의 문을 조용히 닫아주는 김정률 사장이었다.

"최현수. 나한테 할 말이 진짜 없어?"

빈 병실에 둘만 남게 되자, 테아는 현수를 향해 다짜고짜 따지듯 물었다.

"……없습니다."

"존댓말은 집어치워. 나 지금 경호원 최현수한테 하는 말 아니야."

평소와는 다른 거친 기색에, 현수는 조용히 고개만 끄덕였다.

"아까 했던 말 나 하나도 안 잊고 기억하고 있어. 뭐? 나를 수습해?"

"그, 그건……."

"수습은 내가 할 거니까 넌 그냥 지켜보기만 해. 아까 말했지? 내 여자는 내가 지킨다고."

"그래도 지금 상황이……."

"암튼 도망가기만 해. 죽을 때까지 쫓아갈 테니까."

여전히 막무가내인 테아의 모습에, 결국 현수는 울컥하고 말았다.

"그럼 어떡해. 너 다치는 걸 그대로 보고만 있어?"

어느새 그녀의 눈가가 촉촉이 젖어들고 있었다. 아무리 슬픈 영화를 봐도, 아무리 힘든 훈련을 해도, 눈물 한 방울 흘리지 않던 그녀였다. 하지만 이상하게도 지금 이 순간만큼은 이유도 알 수 없는 눈물이 울컥 새어나오고 있었다.

"네가 걱정 안 해도 괜찮아. 나 그렇게 약한 놈 아니야. 자기 여자 하나도 못 지키는 그런 못난 놈으로 만들지 마."

결국 현수의 뺨 위로 참고 있던 눈물이 주룩 흘렸다. 어젯밤부터 쌓여 있던 걱정과 긴장이 눈물이 되어 녹아내리는 것 같았다. 테아는 한 걸음 다가와 부드럽게 그녀의 얼굴을 쓸어주었다.

"최현수 바보."

"바보는 너야, 멍청아."

자신이 울었다는 사실에 자존심이 크게 상한 현수가 뚱하게 대꾸했다. 아무튼 간에 테아가 문제였다. 이 자식과 어울린 후부터 현수 자신까지 유치하고 웃기게 변해버린 것 같았다.

"바보야, 네가 왜 미안해 해. 내가 더 미안한데."

테아의 엄지손가락이 눈물에 젖은 현수의 보드라운 뺨을 다정히 쓸었다.

"미안해, 이런 일에 끼어들게 해서."

"너야말로 쓸데없는 걱정이야."

"생각보다 더 힘들지도 몰라. 사람들 입에 오르내리는 거."

"됐어. 네 걱정이나 해."

"안 도망갈 거지?"

"안 도망가."

"힘들다고 도망가기 없기다."

"알았어."

"약속."

테아가 불쑥 손가락을 내밀었다. 이 남자가 왜 이렇게 초조해하는지, 현수는 알 것 같았다. 사람들의 주목을 받고 세간의 입에 오르내리는 것이 얼마나 힘든 깃인지, 이 남자는 누구보다 잘 알고 있었다. 익명 뒤에 숨은 날카로운 악의에 수없이 난도질당해 봤으니까, 그러니까 아는 거다. 그것이 얼마나 힘들고 고통스러운 일인지를.

현수는 말없이 테아의 손가락에 자신의 손가락을 마주 걸었다. 어린아이들처럼 손가락을 걸어 흔들면서 테아는 웃었다. 기쁘면서도 슬퍼 보이는 미소였다.

"큰일 났다, 최현수. 이젠 동네방네 소문 다 나서 딴 덴 시집도 못 가는데. 어쩔 수 없네. 이젠 꼼짝없이 나한테 시집와야겠네."

장난처럼 웃으면서 하는 말에, 현수도 픽 웃으면서 대꾸해주었다.

"그러든가."

"응?"

"뭐, 이왕 이렇게 된 거 할 수 없지. 여차하면 가도 된다고. 시집."

마지막 말은 들릴 듯 말 듯 웅얼거리는, 개미 한숨만큼이나 조그만 소리였다. 하지만 사랑에 빠져 고막에도 초특급 콩깍지가 단단히 장착된 남자가 그 말을 놓칠 리가 없었다. 현수의 말을 듣자마자 테아는 자리에서 벌떡 일어났다.

"최현수! 방금 뭐라고 했어?"

조금 전과는 전혀 다른 벽력 같은 기세였다. 어쩐지 쑥스러워진 현수는 '못 들었음 말구.' 하면서 테아의 눈을 피해보려 했지만, 얼마 도망치지도 못한 채 흥분한 그의 두 손에 어깨를 붙잡히고 말았다.

"너 지금 한 말, 다시 말해봐."

테아의 두 눈에선 꼭 불이라도 뿜어져 나올 것만 같았다. 조금 전까지 헤실대던 어린아이 같은 모습은 사라지고, 무서울 정도로 사내다운 기백이 넘쳐흐르고 있었다. 웬만해선 다른 사람 앞에서 꿀리는 일 없는 현수였지만, 이번만은 내심 좀 찔끔했다.

"아니 뭐……. 그냥…… 하게 되면 할 수도 있다고."

"뭘 할 건데? 똑똑히 다시 말해봐."

"……결혼."

순간, 시간이 멈추기라도 한 것처럼 테아가 그대로 멈춰 섰다. 현수의 팔을 그러쥐고 있는 손가락도, 열정을 뿜어내던 눈동자도, 모두가 멈춰진 새까만 공동으로 빠져 들어간 것만 같았다.

"……싫어?"

내심 쫀 현수가 소심하게 덧붙였다. 천하에 무서운 것 없는 최 현수였지만, 아직 이런 일엔 익숙지 않았던 거다. 맨날 결혼, 결혼 노래를 부르기에 그냥 그러자고 한 것뿐인데, 사실은 그냥 지나가는 농담이었던 건가 싶어서 순간적으로 간이 쪼그라드는 느낌이 들었다.

"……취소할까?"

다시 한 번 조심스레 덧붙이던 현수의 질문은 끝까지 이어지지 못했다. 갑자기 시야가 확 뒤집히는가 싶더니, 정신을 차려보니 병실의 침대 위에 누워 있었던 것이다. 비록 방심하던 상황이었다고는 하나, 누군가에게 이런 기습 공격을 허락한 것은 참으로 오랜만의 일이었다. 하지만 현수에겐 무도인의 상처 난 자존심에 대해 고찰해볼 시간적 여유 따위는 조금도 없었다. 현수를 침대 위로 쓰러뜨린 테아가 곧바로 성난 짐승 같은 키스를 해왔기 때문이었다.

아마도 테아는 아직까지도 약에 취했음에 분명했나. 그렇지 않으면 이런 키스를 할 리가 없었다. 이성 따위는 모조리 사라져버리고 오직 욕정과 열정에만 사로잡힌 사람처럼, 테아는 미친 듯이 현수에게 덮쳐들었다. 마치 영혼까지 파고들기라도 할 것처럼, 테아의 뜨겁고 미끈대는 혓바닥이 입안을 파고들었다. 허리를 부여잡은 손아귀는 뜨거운 열기로 가득 차 있었다. 테아의 입술에 단단히 사로잡혀서, 현수에겐 마음껏 숨 쉴 수 있는 산소조차 제대로 허락되지 않았다. 헉헉 숨이 가빠왔다. 오로지 온몸을 감싸는 뜨거운 사내의 열기만이 느껴졌다. 그의 뜨거움에 전이된 현수의 몸뚱이마저도 한순간 화르르 불타버릴 것만 같았다.

"······현수야."

머리 위에서 야수의 눈빛이 이글대고 있었다. 수컷의 본능에 잠식된 어두운 눈빛이었다. 단단히 눈빛이 이어진 채로, 테아는 현수의 가슴을 움켜쥐었다. 남의 육체에 당당히 제 소유권을 주장하는 무례하기 짝이 없는 움직임이었지만, 현수는 그의 움직임을 막지 않았다. 두 눈을 마주한 채로, 테아는 현수의 가슴 위에 자신의 손바닥으로 인장을 찍었다. 탐욕스러운 네 개의 손가락들이 아플 정도로 강하게 가슴을 파고드는 동안, 엄지손가락이 달래는 것처럼 부드럽게 가슴 끝을 쓰다듬었다. 브래지어 위로도 느껴지는 조그맣지만 단단한 살덩이는 어느새 바짝 일어서서 파르르 떨리고 있었다.

굶주린 눈빛을 빛내며, 테아는 꿀꺽 침을 삼켰다. 지금 당장이라도 거추장스러운 천 조각들을 찢어버리고 그 안에 숨겨져 있는 달콤한 과실을 입안으로 삼키고 싶었다. 부드러운 속살을 헤집고 그녀의 몸속으로 파고들고 싶었다. 이 세상에서는 찾을 수 없는 열락과 행복이, 그녀의 몸 안 어딘가에 숨겨져 있을 것만 같았다. 테아의 달뜬 숨결이 점점 더 가팔라진다고 느껴진 순간, 우악스러운 사내의 손길이 거칠게 현수의 셔츠 깃을 잡았다. 본능적인 위기감을 느낀 현수는 테아의 손목을 붙잡으려 했다. 하지만 그보다 먼저, 똑똑 노크 소리가 들려왔다.

"형님."

문 뒤에서 들려온 것은 정태의 목소리였다. 테아의 입에서 안타까움에 가득 찬 짧은 욕설이 흘러나왔다.

"뭔데?"

"경찰에서 출두 요청이 왔습니다. 피해자 진술이 필요하다고 하는데요."

풀리지 않은 욕망을 나지막한 욕설과 함께 씹어뱉으며, 테아는 천천히 자리에서 일어났다. 그래, 아직은 때가 아니었다. 지금부터 진짜 전투가 시작될 예정이었다. 최현수라는 달콤한 축배를 마시기에는 아직은 좀 이른 시간이었다. 안타까움에 입술을 짓씹으며, 테아는 묵묵히 전장으로 향했다. 총칼은 없지만 사람의 몸과 맘을 너덜너덜 난도질하게 될 지루한 싸움이 지금부터 시작될 예정이었다.

"대표님, 지금 검색어가……. 어떻게 할까요?"

치프매니저인 윤민권 실장의 침울한 목소리를 들은 률엔터테인먼트의 사장, 김정률은 커다란 한숨과 함께 머리를 감싸 쥐었다.

테아 키스 사진, 테아 마약, 테아 검찰 소환, 테아 동영상. 실시간 검색어 10위권에만 무려 네 개의 테아 관련 검색어가 올라가 있었다. 네티즌들을 혹하게 할 만큼 충분히 선정적이고 매혹적인 키워드들이었다. 잘만 하면 대한민국의 톱스타를 나락으로 떨어뜨릴 수 있는 섹스 스캔들을 볼 수도 있다는 기대감에 모든 이들의 흥분은 커져만 갔다.

"우선 포털 쪽에 연락해서 최대한 협조 좀 부탁한다고 말해두고…… 그리고……."

별다른 뾰족한 수가 생각나지 않는지, 김정률 사장은 다시 한 번 벅벅 머리를 긁었다.

"협조 요청은 해보겠지만, 지금 이런 상황이라면 크게 기대하지는 않는 게 좋을 것 같습니다."

"네티즌들 반응은 어때?"

"뭐…… 신났죠."

하긴 신날 수밖에 없었다. 톱스타의 은밀한 사생활에 19금 섹시 코드까지 들어간 사진이니 흥미가 없을 수가 없었다. 특히나 값비싼 고급 외제차와 늘씬한 미녀라는 두 가지 코드가 결합되니, 대중의 반발은 더욱 클 수밖에 없었다. 한순간에 테아는 방탕과 타락과 부도덕의 아이콘이 되었다. 한 번도 그를 만나본 적도 없는 사람들이 익명성의 방패 뒤에서 그를 향한 비난의 화살을 날려댔다.

"대, 대표님. 이, 이런 게 휴대폰으로……."

기어들어가는 목소리로 정태가 자신의 휴대폰을 내밀었다. 김정률 대표는 끙 하고 한숨을 쉬었다. 굳이 눈으로 확인하지 않아도, 심란한 심정을 더욱 심란하게 만들 소식임이 분명했다.

"오늘자 증권사 찌라시로 뿌려진 거라고 합니다."

정태가 건넨 휴대폰을 훑어본 김정률 대표의 입에선 결국 욕설이 튀어나오고 말았다.

"개새끼들, 어디서 말도 안 되는 구라를 쳐."

<평소 룸살롱 단골로 유명한 톱 아이돌 A군. 텐프로로 유명한 룸살롱녀와 밀회를 즐기다 최근에 발각됨. 고발자는 A군이 양다리를 걸치고 있던 재벌가 며느리로 밝혀져…….>

SNS를 통해 들불처럼 번지고 있다는 그것은 짤막한 몇 줄의 글귀에 지나지 않았다. 하지만 그것은 한 사람의 인생을 송두리째 부숴버리기에 충분한 것이기도 했다.

"우리 쪽이 피해자라는 보도 자료를 충분히 냈는데 왜 이런 게 도는 거야? 테아가 룸살롱? 허, 진짜 어이가 없어서. 지 좋다는 여자들이 널리고 널려서 고민인 놈이 왜 여자를 사러 그런 델 가는데? 차라리 그냥 성격이 더럽다고 써!"

김정률 사장은 침까지 튀겨가며 열변을 토했다. 이렇게 억울한데 어디다 하소연할 수도 없다는 점이 더 억울했다. 정태는 혹시라도 흥분한 김정률 사장이 자신의 휴대폰을 던져버리지나 않을까 걱정하며, '예, 예 그럼요. 나쁜 녀석들이구말구요.' 하고 맞장구치고 있었다.

"에이, 제가 성질이 좀 나쁘긴 해도, 더러운 정도는 아니죠."

이 모든 사태의 주범이자 스트레스의 원흉인 테아가 빙글거리면서 들어오자, 김정률 대표는 결국 폭발하고 말았다.

"웃긴 뭘 웃어. 이게 다 누구 때문인데?"

결국 김정률 대표에게 등짝을 한 대 거하게 맞은 테아는 무엇이 그리 좋은지 싱글대고 있었다.

"저 이번에 안티팬 카페도 새로 생겼더라구요. 카페 이름이 '테진요'래요. 테아에게 진실을 요구합니다."

"자랑이다, 화상아."

"그래서 말인데요, 대표님. 저 자리 좀 마련해주세요."

"무슨 자리?"

"기자회견 한번 하려고요."

"네가?"

김정률 대표의 눈이 휘둥그레졌다. 평소 기자들이라면 질색을 하는 테아였다. 어릴 때부터 파파라치들에게 데일 대로 데인 녀석이라는 걸 알기에 이해는 하지만, 과하다 싶을 정도로 인터뷰를 기피하던 테아였다. 언제나 어르고 달래고 협박까지 해가며 겨우겨우 인터뷰 일정을 허락하던 테아가 자청해서 기자회견이라니, 그야말로 놀랄 노 자가 아닐 수 없었다.

"기자회견 하면? 뭐라고 하게?"

"진실이요."

"뭐?"

"원래 진실은 거짓을 이기는 법이래요. 그러니까 우리 이번엔 시원하게 진실을 한번 까보자구요."

김정률 대표는 결국 이마에 손을 얹은 채, 아이구 하고 신음을 내뱉었다. 에라, 이제 모르겠다. 니 멋대로 한번 해봐라. 그것이 결국 그가 내린 마지막 결론이었다.

기자회견장은 빽빽하게 몰려든 기자들로 발 디딜 틈도 없었다.

지금껏 침묵만을 고집하던 테아 측의 첫 번째 기자회견이었다. 그것도 대리인이 아닌 테아가 직접 나서서 발표하는 이례적인 자리였다. 평소 인터뷰조차 따내기 어려운 테아를 직접 찍을 수 있다는 소식에 대한민국의 모든 연예부 기자가 죄다 총출동한 것은 두말할 나위도 없었다. 모 포털 사이트에서는 아예 인터넷 생방송으로 중계까지 할 예정이었다.

마침내 흥분으로 웅성거리는 장내에 기자회견의 시작을 알리는 사회자의 목소리가 울려 퍼지자, 순식간에 장내에는 적막이 내려앉았다. 지금 당장이라도 달려들 준비가 된 맹수들처럼 수백 대의 카메라들이 숨죽인 채 사냥감을 기다리고 있었다. 하지만 막상 테아가 모습을 드러내자 모두들 당황스러운 탄성을 쏟아낼 수밖에 없었다. 모습을 드러낸 테아의 모습이 그들이 생각하던 것과는 크게 달랐기 때문이었다. 그의 등장과 동시에 파박거리는 플래시 소리가 번개 같은 하얀 빛무리와 함께 동시다발적으로 터져 나왔다.

테아의 기자회견은 세간의 기대와는 전혀 다른 모양새였다. 사실 이런 유의 기자회견이야 뻔한 수순이기 마련이었다. 검은 마스크를 쓰고 수척한 얼굴로 나타난 해당 연예인이 몇 번이고 고개를 숙여가며 물의를 빚어 죄송하긴 하지만 자신은 결백하다고 주장하는 천편일률적인 내용이 대부분이었다. 여자 연예인이라면 화장기 없는 얼굴로 눈물을 뚝뚝 흘릴 테고, 남자 연예인이라면 침통한 얼굴로 고개를 숙이고 소속사에서 써준 사과문을 웅얼웅얼 읊어 내릴 게 뻔했다.

하지만 기자회견장에 나타난 테아는 달랐다. 몸을 타고 흐르는 듯 잘 재단된 검정 슈트에, 평소와는 달리 단정하게 검은 머리카락을 빗어 올린 그의 모습은 기자회견장이 아니라 시상식에라도 나온 듯한 모양새였다. 기자들의 수런거림이 점점 더 커진 것은 당연한 일일 수밖에 없었다. 천하의 테아가 비 맞은 생쥐처럼 꼬리 내린 모습을 내심 기대하던 기자들은 그 어느 때보다도 매력적인 모습으로 뚜벅뚜벅 단상 위로 오르는 테아의 모습을 보고 적잖이 놀란 눈치였다.

"안녕하십니까. 가수 테아입니다. 요즘 제 이야기를 궁금해하시는 분들이 많아서 직접 저한테 물어보시라고 이 자리를 마련했습니다. 궁금한 게 있다면 뒤에서만 말씀하지 마시고 오늘 이 자리에서 직접 물어보시기 바랍니다."

당당하게 주변을 둘러보는 테아의 시선에 기자들은 잠시 침묵했다. 하지만 용기 있는 기자 한 명이 재빨리 목소리를 높였다. 첫 질문부터 상당히 센 돌직구 질문이었다.

"마약 투약설이 있던데 사실입니까?"

초면에 나누는 첫마디치고는 상당히 무례한 질문이 아닐 수 없었다. 하지만 테아는 별일 아니라는 듯 어깨를 으쓱해 보였다.

"전혀 사실이 아닙니다. 믿었던 직원에게 선물받은 술 안에 마약 성분이 들어 있었을 뿐입니다. 와인 좋아하시는 분들은 절대 그렇게 드시지 마십시오. 제가 먹어보니 정말 맛이 별로더군요."

유쾌하게 말하는 테아의 입담에 취재진들 사이에서 잔잔하게 웃음이 돌았다.

"몸에 이상을 발견하고 곧장 병원으로 가서 조치를 받았고, 해당 직원은 경찰에 신고했습니다. 협박을 당하는 장면이 녹음된 음성파일을 경찰에 제출했고, 현제 해당 직원은 구속수사 중입니다."

테아의 말은 흠잡을 수 없을 만큼 차분하고 논리 정연했다. 하지만 테아의 답변이 끝나자마자 여러 개의 질문이 동시다발적으로 정신없이 튀어나왔다.

"그 직원이 협박하려던 내용이 구체적으로 무엇입니까? 테아 씨 측에서 협박으로 제보자의 입을 막으려 했다던데 사실입니까?"

"이번에 공개된 사진은 어떻게 된 것입니까? 사진 속 여자분은 누구입니까?"

"문란한 사생활이 도마에 오르고 있는데, 어디까지가 사실입니까?"

한 번에 한 사람씩만 질문하라며 사회자가 급히 제지하려 하였으나, 피 냄새를 맡은 하이에나 떼처럼 흥분한 기자들을 모두 통제하기란 불가능했다.

"제 약혼자입니다."

뜻밖에 터져 나온 테아의 한마디에, 순간적으로 찬물이라도 끼얹은 것처럼 사위가 조용해졌다. 수백 쌍의 눈동자들이 모조리 테아의 입술을 향했다.

"사진 속의 여자분 말입니다. 제 약혼자입니다."

순간 기자들의 카메라 플래시들이 한꺼번에 파바박 터져 나왔다. 속보를 전하기 위한 노트북 타자 소리가 사방에서 탁탁거리기 시작했다. 보통 뉴스가 아님을, 모두가 깨달은 것이다,

"사실 사진을 찍어주신 그 직원에게는 제가 개인적으로 감사해야 할 것 같습니다. 그전까지는 아직 결혼 승낙을 받지 못했었거든요. 그런데 이번 사건으로 간신히 프러포즈에 대한 허락을 받았습니다."

"테아 씨가 먼저 프러포즈 하셨단 말씀입니까?"

"네. 그전까지는 저 혼자서만 좋아하고 있었거든요."

테아는 이런 상황에서도 행복한 얼굴로 발그레 볼까지 붉히고 있었다.

"테아 씨를 거절한 여자분이 누구신지 너무 궁금한데요, 지금 공개해주실 수 있습니까?"

"아니요, 약혼자는 일반인이라서 외부에 공개하고 싶지는 않습니다. 여러분들께서도 그분에 대해서 지나친 관심은 갖지 말아 주셨으면 좋겠습니다."

"정말 결혼까지도 생각하고 계신 겁니까?"

"네, 최대한 일찍 하려고 생각 중입니다."

"언제쯤 결혼하실 겁니까?"

"아마 제가 군대에 가기 전이 아닐까 싶네요. 아무래도 제 인내심이 그 전에 바닥이 날 것 같아서요."

기자단의 경악은 점점 더 커져만 갔다. 평소 인터뷰 때면 무뚝뚝한 얼굴로 할 말만 하던 테아가 그야말로 '사랑에 빠진 남자'의 얼굴을 하고 있었기 때문이었다. 발그레 달아오른 얼굴로 웃고 있는 테아의 모습은 진정으로 행복해 보였다. 그 모습을 본 사람들이라면 누구나 깨달을 수 있었다. 천하의 테아가 진짜로 사랑에 빠져버렸다는 걸.

"예비 신부님께 한 말씀 해주시죠."

센스 있는 기자 한 명이 크게 소리쳤다. 연예 프로그램의 베테랑 기자다운 순발력이었다.

수백 대의 카메라 앞에서 테아는 쑥스럽게 웃었다. 그러고는 두 손을 높이 올려 커다란 하트를 만들었다.

"사랑해, 현수야!"

플래시가 다시 한 번 폭죽처럼 터져 올랐다. 인터넷 포털 사이트의 메인을 장식할 만한 대박 사진을 찍고 있다는 감동에, 사진기자들의 얼굴에도 흥분이 감돌고 있었다.

그리고 그 시각, 인터넷으로 생중계되던 화면을 집에서 걱정스럽게 바라보고 있던 현수는 기어이 들고 있던 물잔을 떨어뜨리고야 말았다. 입을 벌린 채 멍하게 앉아 있는 그녀의 귓불이 불타는 것처럼 벌겋게 달아오르고 있었다.

"저 멍청이가 진짜!"

아무도 들어주지 않는 현수의 경악이 빈 거실 위를 공허하게 메아리치는 동안에도, 하트를 그리며 웃고 있는 테아의 모습은 전국적으로 널리널리 퍼져나가고 있었다.

현수는 웃고 있었다. 아무도 없는 빈 방에서 혼자 피식피식 웃고 있었다. 가끔씩 '어우, 진짜 저 멍청이가.' 하고 중얼거리기도 했지만, 실없는 사람처럼 픽픽 새어나오는 웃음을 막을 수는 없었다. 머리 위로 커다란 하트를 그린 채 행복한 얼굴로 벙싯대는 테아의 얼굴이 도무지 지워지지 않았기 때문이었다.

실명까지 들어간 공개 고백을 전국적으로 떠벌린 어떤 멍청이 덕분에, 아마도 현수의 삶은 조만간 꽤나 시끄러워질 듯싶었다. 번잡스러운 것은 딱 질색인 현수에겐 분명 곤욕스러운 일일 테지만 이상하게도 그다지 나쁜 기분은 아니었다. 뭐, 가끔은 이런 날도 괜찮지 않나 싶었던 거다. 떠들썩하게 세상의 주인공이 되어보는 그런 날.

호랑이도 제 말 하면 온다더니, 때마침 때릉때릉 걸려온 전화의 주인공은 아니나 다를까, 테아였다. 금큼 하고 목소리를 가다듬은 뒤 현수는 전화를 받았다. 홍분으로 상기된 테아의 목소리가 수화기를 타고 햇살처럼 쏟아져 들어왔다.

-현수야, 봤어?

"뭐."

⋯⋯못 봤어?

뭘 말하는지 뻔히 알면서도 짐짓 딴청을 했더니 테아의 목소리가 급속도로 시무룩해졌다. 귀가 축 처진 강아지 같은 목소리가 수화기 너머에서 웅얼대듯 들려왔다.

"전국적으로 내 이름을 공개한 거라면, 잘 봤어."

일부러 새침하게 얘기해주었더니, 아차 싶었는지 테아가 짧게 숨을 들이마시는 게 느껴졌다.

-화났어? 내가 공개적으로 고백해서? 나는 그냥⋯⋯.

의기양양하던 테아의 목소리가 금세 조그매졌다. 전화기 저 너머에서 시무룩해 있을 테아를 생각하니, 현수는 또다시 웃음이 자꾸 나왔다. 꾹꾹 눌러 참아보려 하는데도, 미처 갈무리하지 못한 작은 미소 조각이 입꼬리 부근에서 산들바람처럼 부드럽게 살랑거렸다.

"아니."

-다행이다.

현수의 목소리에 담긴 따뜻한 기운을 눈치챘는지, 테아의 목소리에도 안도감이 스몄다. 더불어 몽글거리는 분홍빛의 기운도 전화기를 넘어서 함뿍 전해졌다.

-아까 한 말 전부 진심이야.

"……알아."

-정식으로 다시 고백할게. 사랑해, 현수야. 지금까지 이런 감정 단 한 번도 느껴본 적 없었어. 네 생각만 하면 가슴이 뛰어서 미칠 것 같아. 같이 있어도 보고 싶고, 안고 있어도 그리워. 난 정말 네가 좋아. 말로 표현할 수 없을 만큼 좋아. 아직은 부족한 거 알지만, 이런 나도 괜찮다면, 너도 나한테 와줘. 내가 너로 인해 행복한 것만큼, 나도 너를 행복하게 해줄게.

아주 오랫동안 가슴 한가운데에 체한 것처럼 묵직하게 걸려 있던 고백을 토해내기라도 하는 것처럼 후련하게 쏟아져 나왔다. 말하면 할수록 테아는 가슴아 뚫린 듯 시원해지는 것을 느꼈다. 지금껏 이 말을 하지 못하고 어떻게 살았을까 싶을 정도로, 마음이 후련했다. 그래, 이거였구나. 내가 하고 싶었던 말이 바로 이거였구나. 말하면 할수록 깨달음이 깊어졌다. 자신이 이 여자를 진심으로 사랑하고 있다는 것을, 테아는 고백하면 할수록 확신할 수 있었다.

하지만 곧이어 테아는 수화기 너머가 이상스러울 만큼 조용하다는 것을 깨달았다. 혹시나 하는 마음에 오싹한 한기가 들었다. 천하에 두려울 것 없던 테아였지만, 지금 이 순간만큼은 진심으로 무서웠다. 최현수로 가득 차 있던 자신의 마음을 이미 조금 전에 온통 쏟아내버렸는데, 혹시라도 현수의 대답이 돌아오지 않는다면 자신은 영영 텅 빈 채로 살아가야 할 것만 같았다. 더 이상은 공허한 빈 마음으로 살고 싶지 않았다.

-……현수야. 듣고 있어?

"응."

-대답은?

전화기 너머의 현수는 아주 잠깐 망설이는 듯했다. 하지만 이내 현수답지 않은 개미처럼 조그만 목소리가 웅얼대듯 들려왔다.

"……집에 오면 대답해줄게."

그 순간, 테아는 웃었다. 짤랑거리는 웃음소리를 내며 행복하게 웃었다. 듣지 않았는데도 알 수 있을 것 같았다. 전화기를 타고 전해 오는 현수의 수줍은 침묵이 테아의 심장을 간질거리게 하고 있었다. 그것은 분명, 거절의 답은 아니었다.

-아, 큰일 났다. 최현수 보고 싶어 죽을 것 같아.

"사람은 그런 걸로 안 죽어."

역시나 가차 없는 현수의 대답이 돌아왔다. 하지만 테아는 이미 알고 있었다. 수줍을 때면 오히려 딱딱하게 굳어지는 현수의 버릇을.

-아니야, 지금 못 보면 죽을지도 몰라. 그럼 나중에 묘비에 써줘. 최현수 결핍증으로 사망했다고.

"……싱겁기는."

현수는 피식 웃었다. 여전히 말투는 무뚝뚝했지만, 빙긋 미소를 머금은 그녀의 모습은 평소와는 다른 말랑말랑한 분위기를 담아내고 있었다.

-안 되겠다. 집에서 딱 기다리고 있어, 최현수. 나 지금 간다.

테아는 점점 더 달아올라가고 있었다. 최현수라는 존재 하나만으로 이미 그는 인내의 한계치까지 다다른 듯했다. 더욱더 쑥스러워진 현수는 발끝을 톡톡 차며 일부러 더 시큰둥한 목소리로 '……그러든지.' 하고 대답했다.

-현수야.

현수의 이름을 부르는 테아의 목소리에선 어느덧 갈증과도 같은 다급함이 느껴졌다.

-미리 말해두는데, 나 오늘 너 안 보낸다.

단호한 목소리로 테아가 선언했다. 그것이 무슨 뜻인지, 성인이고 여자인 현수는 곧바로 깨달을 수 있었다. 뭐라고 대답할지 망설이던 현수는 일부러 더 심드렁한 어조로 대꾸해주었다.

"글쎄. 하는 거 봐서."

-최현수!

"그럼 이따 봐. 끊는다."

결국 쑥스러움을 견디지 못한 현수가 먼저 전화를 끊었다. 누가 쫓아오기라도 하는 것처럼 통화 종료 버튼을 후다닥 눌러서 도망쳐버렸다. 끊어진 전화기에 대고 '최현수! 야, 최현수!' 하고 소리치던 테아는 상대가 사라진 텅 빈 전화기를 한참 동안 바라보다가 피식 웃음을 터뜨렸다. 세상에서 제일 쿨한 얼굴을 하고 있지만 사실은 지독한 부끄럼쟁이인 최현수는 아마도 토끼 굴로 달아나는 흰 토끼처럼 멀찌감치 도망쳐버렸음에 틀림없었다. 뭐, 그런 게 최현수다워서 귀여운 거지만 말이다. 갑자기 테아는 문득, 미치도록 행복하단 생각이 들었다. 폭탄 같은 기자회견으로 바깥은 전쟁통 같았고, 당장 저 자신의 미래도 불안하기 짝이 없는 혼란의 도가니 한가운데였지만, 테아는 행복했다. 그리고 그거면 충분했다.

지금 그가 할 일은 단 하나뿐이었다. 달아난 현수를 쫓아가는 것. 그리고 그녀를 품에 안고 온전한 제 여자로 만드는 것. 테아는 문을 열고 아직까지도 기자들의 무리로 북적이는 바깥을 향해 힘차게 걸음을 내디뎠다. '테아다!' 하는 누군가의 외침과 함께 소란스러움이 성난 해일처럼 그를 덮쳐왔지만, 목적지가 정해진 그의 발걸음은 조금도 거침이 없었다.

좀처럼 책장이 넘어가지 않는 법구경을 무릎에 얹은 채 시계만 흘끗거리던 현수에게 손님이 찾아온 것은 그로부터 약 한 시간쯤이 지난 뒤였다. 어떤 얼굴로 테아를 맞이해야 할지 현수는 잠시 고민했지만, 안타깝게도 방문자는 테아가 아니었다. 열려진 문 앞에 선 것은 침통한 얼굴로 서 있는 최동훈 실장이었다.

"실장님?"

"당장 짐 싸."

동훈의 말은 짧고도 무례했다. 현수의 미간이 저도 모르게 찌푸려졌다.

"무슨 일이십니까?"

"이번 임무는 여기에서 끝이야. 당장 철수하고 나와."

"선배!"

결국 현수의 목소리도 커지고 말았다. 소리 높여 웃는 일도, 소리 질러 화내는 일도 그다지 없는 현수로서는 상당히 격한 반응이었다. 동훈은 그런 현수를 노려보다 후, 하고 짧은 숨을 내쉬었다.

"의뢰인이랑 사적인 감정 갖지 않는 게 기본인 거 몰라? 경호하라고 보냈지, 연애하라고 보냈어?"

평소의 동훈답지 않은 막말이었다. 현수의 얼굴이 딱딱하게 굳어지고 있었지만, 브레이크가 풀려버린 동훈의 말은 쉽사리 그치지 않았다. 벼랑 위의 꽃처럼 고아하게 피어 있던 최현수였다. 수 년간 마음으로만 품었을 뿐 표현조차 해보지 못했던 소중한 사람이었다. 그런 그녀가 창녀처럼 짧은 치마를 입고 사내의 품 안에서 헐떡이던 충격적인 사진은 이미 그의 이성을 반쯤 마비시켜버린 상태였다.

"그 새끼가 진심일 것 같아? 너 갖고 노는 거야. 당장 정신 차리고 거기서 나와."

현수의 얼굴에 새겨진 노골적인 불만의 빛을 읽어낸 동훈은 그제야 어투를 바꿔 달래듯 구슬렸다.

"그 새끼가 네 이름도 밝혔어. 너 신상 털리는 거 순식간이야. 이런 일에 괜히 얽혀서 좋은 꼴 못 봐. 그 자식 팬들 얼마나 사이코 같은지 너도 겪어봐서 잘 알잖아. 한동안 임무에서 열외시켜줄 테니까, 사람들 잠잠해질 때까지만 대기하고 있어."

현수는 동훈을 빤히 바라보았다. 그녀의 눈에만 보이는 검고 붉은 기운이 그의 주변에서 불꽃처럼 일렁이고 있었다. 어렴풋하게나마 사람의 기운을 읽어낼 수 있는 현수에겐, 그가 뿜어내는 독기가 분명하게 느껴졌다. 언제나 그의 주변을 아지랑이처럼 떠돌던 분홍빛 연정의 기운은 어느 순간 질투에 눈이 먼 광기로 변해 있었다. 그것을 보고 있노라니, 현수는 어쩐지 마음이 아파왔다.

"임무를 소홀히 한 건 죄송합니다만, 강테아 씨와의 일은 제 사적인 영역입니다. 선배님께서 관여하실 부분이 아닙니다."

"최현수!"

"죄송합니다."

"내 말이 무슨 말인지 잘 이해를 못 하나 본데, 그럼 공적으로 명령하지. 공식적으로 이번 임무는 종료할 거야. 그러니 당장 짐 싸."

버럭버럭 소리 지르는 동훈의 모습을 가만히 지켜보던 현수는 짧게 숨을 들이쉬고는 담담한 이조로 말했다.

"그럼 저도 공식적으로 답변드리겠습니다. 지금 이 시간부로, 퇴사하겠습니다."

현수의 대답에 동훈은 어처구니없다는 듯 한동안 벌린 입을 다물지 못했다.

"뭐? 너 지금 장난쳐?"

"강태아 씨한테는 지금이 가장 힘든 시기입니다. 공적으로 안 된다면, 개인적으로라도 꼭 지켜주고 싶습니다."

"네가 왜? 네가 뭔데 그 자식을 지켜줘? 그 자식 엄마라도 돼? 그 자식 말 믿고 착각하나 본데, 넌 그 자식한테 아무것도 아니야. 여기 이 바닥, 네가 생각하는 것보다 훨씬 더 더러운 데야. 사람 갖고 놀다가 헌신짝처럼 버리는 일, 이 바닥에 널리고 널렸어. 이 바닥에선 어린애들도 다 아는 사실을 너만 모르는 거야. 순진해서. 정신 차려, 최현수."

동훈을 바라보는 현수의 눈빛이 조금 더 단단해졌다. 동훈의 말이 모질어질수록, 현수의 눈빛 역시 강인함이 더해져갔다.

"설령 그렇게 된다 해도."

동훈의 눈을 똑바로 직시하며, 현수는 한 글자 한 글자 힘주어 말했다. 마치 자신의 결심을 되짚어 확인하는 것처럼.

"저는 강태아 씨를 지키겠습니다."

현수의 목소리는 그 어느 때보다도 흔들림이 없었다. 언제나 순순하던 현수에게서 뜻밖의 반발이 튀어나오자, 동훈은 크게 당황한 듯했다.

"그 자식이 도대체 너한테 뭔데?"

"……인연입니다."

현수의 대답은 명확했다. 21세기에 어울리지 않는 인연 타령이라니, 동훈은 황당한 얼굴로 말을 잇지 못했다. 요즘 세상에선 듣기 힘든 고색창연한 단어였음에도 현수의 입에서 튀어나오니 어쩐지 설득력이 있게 느껴진다는 게 문제였다.

"그게 무슨 말 같지도 않은 소리야. 너 지금 정신을 못 차리고 있나 본데, 너 혼자 착각하는 거야. 그 자식한테 그런 말 해봐야 씨알도 안 먹혀."

"그래도 괜찮습니다."

"뭐?"

"그 또한 인연이라면, 받아들일 각오가 되어 있습니다. 그저…… 지금은 제 마음이 가는 대로 따라가고 싶습니다."

동훈은 입술을 깨물었다. 그리고 억눌린 듯한 나직한 목소리가 뒤틀린 입술 사이에서 새어나왔다.

"그렇다면 나로 해."

"네?"

"네가 말한 인연이라는 거, 나로 해달라고."

현수는 대답하지 못한 채 침묵을 지켰다.

"몰랐다고는 못 하겠지? 지금까지 내가 너한테 어떤 마음 가지고 있었는지. 그 자식보다 내가 먼저야. 내가 먼저 널 만났고, 내가 먼저 마음에 품었어. 그러니까 나한테도 줘. 네 인연이 될 수 있는 기회."

동훈의 억센 손아귀가 현수의 양어깨를 잡았다. 오랜 사랑을 잃을지도 모르는 기로에 선 남자는 품고 있는 절실함만큼 위험한 기운을 뿜어내고 있었다. 그가 뿜어내는 기운에 본능적인 거부감이 든 현수는 그의 팔을 쳐내려 했지만, 완력으로도, 실력으로도 한 수 위인 동훈은 그녀의 움직임보다 조금 더 빨랐다. 동훈의 거친 손아귀에 옥죄어진 양팔에선 정념과 욕정과 원망이 뒤섞인 시커먼 기운이 스며들어 왔다.

"놓으시죠. 이거."

"대답부터 해."

"대답이라면 이미 드렸습니다."

동훈의 얼굴이 일그러졌다.

"도대체 왜 강태야? 그 자식이 인연이라서? 그런 말 같잖은 핑계 말고 제대로 대답해봐."

"그럼 다시 말씀드릴게요. 제 마음이 그 사람을 선택해서요. 그 사람…… 지키고 싶습니다. 진심으로."

그 순간 동훈은 깨달을 수 있었다. 자신의 힘으로는 결코 현수의 고집을 꺾을 수 없다는 것을. 진심으로 지켜야 할 대상을 찾은 여자는 그 어떤 존재보다도 강한 법이었다. 말이 안 통하는 벽창호를 보는 듯한 한심한 눈빛으로 현수를 바라보던 동훈은 기어이 빽 하고 소리를 질렀다.

"후회할 거라니까. 그 자식 너한테 진심 아냐. 너랑은 사는 세계가 다른 사람이라고. 걔한테 넌, 그냥 스치는 바람일 뿐이야."

절대로 그렇지 않다고, 현수는 대답하려 했다. 하지만 그보다 먼저, 동훈의 등 뒤에서 대답이 들려왔다.

"그걸 어떻게 아시죠?"

조소와 분노가 뒤섞인 낮은 목소리였다. 확 하고 돌아본 동훈의 얼굴이 난처한 듯 굳어졌다. 검은 턱시도 차림을 한 테아가 미묘한 웃음을 지은 채 서 있었기 때문이었다. 연적이기 이전에 회사의 오랜 VIP 고객인 테아의 면전에서 그의 험담을 하고 있던 동훈은 입술만 깨물 수밖에 없었다.

테아는 웃었다. 모든 것을 다 가진 승자만이 지닐 수 있는 여유로운 미소가 그의 입술 위에서 매력적으로 피어올랐다. 그러나 관대한 얼굴로 웃고 있는 테아의 입술과는 달리, 그의 눈동자는 싸늘하기만 했다.

"저보다도 제 마음을 더 잘 아는 사람이 있다니, 이것 참 놀랍네요."

한쪽 입술을 들어 올려 웃으며, 테아가 말했다. 노골적인 비웃음이었다. 하지만 그런 테아와 눈이 마주친 순간 동훈이 가장 먼저 느낀 감정은 열패감이었다. 자신보다 월등히 잘난 수컷을 만났을 때 느껴지는 본능적인 위축감이 저도 모르게 울컥 몰려들었다. 지난번 팔뚝에 붕대를 칭칭 감고 병상에서 만났던 테아와 잘 재단된 고급 옷감에 감싸인 테아는 존재감부터가 달랐다. 동훈이 기억하는 것보다 훨씬 더 장신인 그의 온몸에선 사내다운 기백이 물씬 풍겨 나오고 있었다. 분명 그는 예전과 달라져 있었다. 달라진 것은 단지 옷차림뿐이 아니었다. 사랑을 알게 된 사내만이 지닐 수 있는 매력이 그의 온몸을 강렬한 페로몬 향수처럼 휘감고 있었다.

"아직 진짜 인연을 만나지 못해서 모르시는가 본데."

긴 다리를 쭉쭉 뻗으며 성큼성큼 다가온 테아는 현수의 어깨 위로 턱하니 한 손을 걸쳤다. 내 영역이니 감히 넘보지 말라는 수컷의 메시지가 함뿍 담겨 있는 몸짓이었다.

"진짜 인연을 만나게 되면 저절로 알게 되더라고요. 이 여사가 내 여자라는 걸. 아마도 최동훈 씨는 진짜 인연을 못 만나셨나 봅니다."

동훈의 주먹이 불끈 쥐어졌다. 회사의 VIP 고객이니 뭐니 하는 사소한 것들은 이미 그의 머릿속에서 하얗게 사라지고 없었다. 지금 이 순간 이 얄밉기 짝이 없는 자식에게 주먹을 질러 넣지 않는다면 도저히 못 견딜 것만 같았다. 테아를 향해 성큼 다가간 동훈은 결국 테아의 멱살을 와락 붙잡고 말았다. 하지만 멱살을 붙잡힌 채로도 테아는 그저 빙글 웃을 뿐이었다.

"쳐."

"뭐?"

"원한다면 시원하게 한 대 갈기라고."

"뭐, 이 새끼야?"

"고소 같은 거 안 할 테니까 쫄지 말고. 같은 사내새끼로서 무슨 맘인지 아니까 특별히 허락해주는 거야. 한 대 시원하게 치고, 그러고 나서……."

빙글거리던 테아의 웃음이 뚝 그쳤다. 그리고 이글거리는 테아의 눈빛이 동훈을 찌르듯 향했다.

"내 여자한테 관심 꺼."

동훈의 몸이 움찔 굳었다. 하지만 한껏 올린 주먹을 내리지는 않았다. 본능에 따라 한 대 내리칠 것인지 말 것인지 치열하게 고민하고 있는 듯, 그의 주먹이 파르르 떨리고 있었다. 하지만 결국 그의 주먹은 테아의 턱을 향해 날아가지 못했다. 뜻밖의 목소리가 그들의 사이를 파고들었기 때문이었다.

"사랑합니다."

그 어느 때보다도 단정하고 또렷한 현수의 목소리였다. 동훈도, 테아도, 한순간에 굳어져 버리고 말았다.

"제가, 강테아 씨를, 사랑합니다. 그것으로 대답이 되겠습니까?"

한마디씩 또박또박 끊으며, 현수는 동훈을 향해 말했다. 그리고 잠시 동안 주변은 깊은 침묵 속에 빠져들었다. 한참의 침묵을 깨고 동훈이 결국 입을 열었다. 목구멍을 긁는 듯한 메마른 음성이었다.

"……진심이냐?"

"네."

"후회하지 않을 자신 있냐?"

"네."

현수의 대답은 한결같았다. 한결같이 곧고 흔들림 없는 목소리였다.

"……알겠다."

마침내 입술을 꾸욱 깨물면서 동훈은 한 걸음 뒤로 물러났다. 커다란 그의 등이 조그맣게 흔들리고 있었다. 하지만 숨 쉬기도 버거운 모습을 하고서도, 동훈은 천천히 입을 열었다.

"네 말 무슨 뜻인지 충분히 알았다. 혹시라도…… 언젠가 이 결정을 후회하게 된다면, 그땐 꼭 나한테 제일 먼저 말해주면 좋겠다."

그 후 한 번 더 물러서더니 테아를 향해 정중히 고개를 숙여 보였다. 같은 여자를 마음에 품었던 사내로서 보내는 정중한 부탁이었다.

"현수를 지켜주십시오. 그거 하나만 부탁드리겠습니다."

"그런 걱정은 댁이 할 필요가 없을 깃 같은……."

하지만 테아의 대답은 끝까지 이어지지 못했다. 갑자기 날아온 동훈의 주먹에 그대로 나가떨어졌기 때문이었다. 바닥으로 나동그라진 테아를 무심한 눈으로 내려다보며, 동훈은 마지막으로 한마디를 내던졌다.

"고소는 안 한다고 말씀하셨으니, 믿고 가겠습니다. 그럼."

그 말을 끝으로 동훈은 말없이 뒤돌아서 뚜벅뚜벅 걷기 시작했다. 커다란 그의 등 뒤에는 시들어가는 슬픈 분홍빛의 기운이 뒤따르고 있었다. 그리고 그의 발소리가 사라질 때까지, 현수는 가만히 그의 뒷모습을 눈으로 배웅하였다.

"아야, 아야, 아야."

소독약이 살에 닿자마자 테아의 엄살이 작렬하였다.

"단순한 찰과상입니다. 턱관절엔 아무런 이상이 없습니다."

"그 자식이 완전 세게 때렸단 말이야. 아 씨, 나쁜 놈이 방심하고 있을 때 때리냐. 불쌍해서 봐줬다, 내가."

툴툴거리는 테아의 불평을 사뿐히 무시한 채, 현수는 묵묵히 테아의 상처에 소독약을 바르고 있었다.

"참, 아까 그거 한 번 더 해줘."

테아가 반짝반짝 빛나는 눈동자로 현수를 바라보았다.

"무슨 얘기 말입니까?"

"어어, 왜 또 존댓말인데? 은근슬쩍 빠져나갈려고 그러지? 그래 봤자 안 봐줘. 아까 했던 얘기 얼른 다시 해봐."

"글쎄요, 잘 기억이 안 나는데요."

"아까 분명히 말했잖아. 사랑합니다."

현수의 귓가에 대고 테아가 속살거렸다. 현수는 화끈 얼굴이 달아오르는 걸 느꼈다. 자기가 생각해도 닭살스럽기 그지없는 말들이었다. 자신의 입으로 내뱉었다고는 지금도 믿겨지지가 않았다.

"약 바르고 있습니다. 움직이지 마십시오."

현수는 무뚝뚝한 목소리로 발뺌을 해보려 했지만, 어느새 약솜을 든 그녀의 손목은 테아의 손에 붙잡혀 있었다.

"응, 다시 말해 봐. 최현수. 나 사랑해? 인연이라고 생각했어? 응? 지켜주고 싶었어?"

녹아내릴 듯 달콤한 얼굴로 테아는 웃었다. 어느덧 테아의 손바닥이 부드럽게 현수의 뺨을 쓰다듬고 있었다. 결국 현수는 쑥스러운 듯 눈을 피했다. 결국 그녀의 입에서 더듬더듬 어색한 반말이 토해져 나왔다.

"아까 했던 말…… 다 들은 거야?"

"응. 내가 인연이라는 말부터."

'젠장. 이 자식, 다 들었잖아.' 하는 원망 섞인 눈으로 째려봐 주었더니, 테아가 싱긋 웃으면 조금 더 몸을 감싸 안아왔다.

"엿들어서 미안. 근데 최현수의 솔직한 대답을 들을 수 있는 기회가 그리 흔한 게 아니잖아."

"다 들었으면 됐네. 아까 했던 얘기가 다야."

본의 아니게 속마음을 들켜버린 현수는 딴청을 피우며 테아의 품에서 은근슬쩍 달아나려 했지만, 테아의 나머지 한 손이 현수의 허리까지 감싸 안는 바람에 달아날 기회를 놓쳐버리고 말았다. 엎

어치기 한 판으로 이 상황을 빠져나올지, 아니면 못 이긴 척 이대로 계속 있을지, 현수는 잠시 고민 중이었다.

"그거 진심이야?"

현수의 목에 팔을 감은 채 테아가 달콤한 목소리로 물어보았다.

"어떤 거?"

"사랑한다는 거."

조금 망설이던 현수는 가만히 고개를 끄덕였다.

"응."

"내가 진짜 네 인연이라는 것도?"

테아의 목소리가 한층 더 농밀해졌다. 하지만 현수의 대답은 그가 생각했던 것과는 조금 달랐다.

"그냥 말 그대로 이번 생에선 너랑 인연이란 뜻이야. 말했잖아. 이런 거 예민한 편이라고."

"뭐야, 진짜야?"

이번엔 예상치 못한 현수의 대답에 테아가 놀란 얼굴로 반문했다. '이생의 인연' 운운하는 현수의 말이 자신에 대한 감정을 에둘러 고백한 것인 줄만 알았는데, 이제 보니 액면 그대로의 표현이었나 보다.

"진짜로 그걸 알았어? 언제?"

"그냥 보니까 바로 알겠던데?"

"날 보자마자 바로 알았다고? 우리가…… 인연이란 걸?"

"응."

현수는 쿨하게 대답했다. 하지만 테아는 헐, 하고 소리쳤다. 찬 바람이 쌩쌩 불 것 같았던 현수와의 첫 만남이 떠오른 것이다. 새하얀 도자기 인형처럼 차갑고 무표정하기만 하던 그때의 현수에게선 로맨틱함 따위는 개미 눈곱만큼도 없었더랬다. 그런데 이미 그때부터 현수는 알고 있었다는 거다. 두 사람이 끊을 수 없는 인연의 끈으로 엮어진 사이란 것을.

"근데 그땐 왜 그랬어? 좀 설레거나 두근두근하거나 그랬어야 하잖아. 일생의 인연을 만난 건데."

"뭐, 그땐 별로 맘에 안 들어서."

잔뜩 흥분하던 테아는 한순간 바람 빠진 풍선처럼 푸시시 쪼그라들고 말았다. 하긴 그때의 자신은 윤옥의 후임으로 들어오는 새 경호원에 대한 반감으로 가득 차 있었더랬다. 가뜩이나 좋은 성격도 아니었는데, 해고할 꼬투리를 잡으려고 틱틱 시비나 걸고 있었으니 첫 인상이 딱히 좋을 리가 만무했다.

"제길."

테아는 결국 머리를 감싸 쥐었다. 일생의 인연과의 첫 만남에서 거지같이 굴었던 과거의 자신이 진심으로 원망스러워졌다. 그녀가 자신의 인연이란 걸 그때 알았더라면, 가장 멋지고 근사한 웃음으로 그녀를 맞아주었을 텐데.

"……지금은?"

아까보다 훨씬 쪼그러진 목소리로 테아가 조심스럽게 물어왔다.

"지금도 맘에 안 들어? 계속 별로야?"

"글쎄. 그다지 나쁘진 않은 것 같아."

현수가 어깨를 으쓱했다. 그러곤 '정 들었나 봐.'라고 한마디 덧붙였다.

"그게 끝이야?"

현수를 감싸 안은 테아의 손에 슬슬 힘이 들어가고 있었다. 어쩐지 굼실굼실 조금씩 안으로 파고드는 기분이 들었다.

"뭐, 가끔은…… 좋은 것 같기도 해."

귀 끝을 붉게 물들이며 현수가 웅얼댔다. 언제나 상대를 똑바로 응시하던 그녀의 검은 눈동자는 딴청이라도 부리듯 다른 곳을 맴돌고 있었다. 현수의 반응에서 원하던 대답을 읽어낸 테아의 눈빛이 조금씩 빛나기 시작했다.

"똑바로 말해봐, 최현수. 나 좋아하지. 그렇지?"

"뭐, 그런 걸 꼭 말로 해야만 아나."

평소엔 똑 부러지는 성격이면서 이럴 때만 유난히 부끄러워하는 현수의 모습에, 테아는 푸훗 웃음을 터뜨렸다.

"안 되겠다. 지금부터 특훈이야."

갑자기 테아의 단단한 팔이 무릎 아래로 파고들었다. 어어, 하는 사이에, 현수는 테아의 팔 위에 안긴 채, 달랑 들어 올려지고 말았다. 한 번도 남자에게 이런 식으로 안겨본 일이 없었던 현수는 진심으로 당황하고 말았다. 테아의 목젖을 손날 치기로 날린 후 달아나지 않은 것만으로도 현수로서는 많이 참은 셈이었다.

"이거 놔."

"싫어. 말로는 대답 안 해주니까, 몸에다 물어볼래."

"뭐? 그런 게 어디 있어?"

"어디 있긴? 여기 있지."

"잠깐 기다려봐. 지금 말할게."

"싫어. 이미 늦었어."

신변에 위험을 감지한 현수는 얼른 몸을 흔들어 달아나려 했다. 하지만 이번엔 테아가 조금 더 빨랐다. 반쯤 열려 있던 현수의 입술 위로 재빨리 자신의 입술을 포개었던 것이다. 부드러운 입술이 꽃잎처럼 가볍게 와 닿는가 싶더니, 뜨끈하고 뭉클한 살덩이가 입 안으로 파고들어 왔다. 지금이라도 떨어질 것 같은 불안함에, 현수는 테아의 목에 팔을 감았다. 좁혀진 거리만큼 뜨겁게 테아의 몸이 현수를 휘감았다.

　"말했잖아. 오늘 밤 너 안 보낸다고."

　테아의 목소리는 이미 반쯤 잠겨 있었다. 기자회견장에서부터 꾹꾹 눌러 참고 있었던 그의 욕망이 입맞춤과 함께 봉인해제 되어 버린 듯했다.

　"오늘 밤 같이 확인해보자. 너랑 내 인연."

　테아의 목소리엔 이런 쪽으로 둔한 현수조차 생생하게 느낄 수 있는 진한 유혹의 향이 감돌고 있었다. 왈칵 몰려든 부끄러움에 현수의 목소리가 절로 뾰족해졌다.

　"내가 말한 인연은 이런 게 아니란 말이야."

　"왜에. 진짜 인연이라면 그게 필수지. 찰.떡.궁.합."

　욕정이 잔뜩 묻어난 수컷의 얼굴을 하고서, 테아는 현수를 향해 싱긋 웃어 보였다.

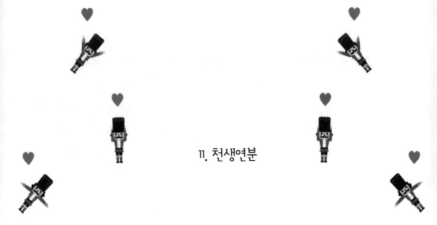

11. 천생연분

　현수의 키는 170센티미터가 조금 못 됐다. 정확하게 말하면 169.5센티미터였다. 호리호리한 몸매이긴 했지만 뼈 사이사이마다 근육이 튼실하게 들어찬 몸이었다. 한마디로 말해서, 결코 가볍지는 않다는 얘기였다. 하지만 사랑에, 혹은 욕정에 눈이 먼 사내의 힘은 굉장했다. 현수를 양팔로 번쩍 안은 채 테아는 1층 응접실에서 2층에 있는 자신의 침실까지 한달음에 올라왔던 것이다.

　아직 현수와 몸을 섞지 않았지만, 테아는 이미 느낄 수 있었다. 그녀와 자신이 찰떡처럼 쫄깃하고 감칠맛 나는 궁합으로 이어져 있으리라는 것을. 아마도 오늘 밤, 두 사람은 보름달 속 달토끼들처럼 즐겁고도 은밀한 방아질에 날 새는 줄 모르게 될 것이었다. 그리고, 얄미운 그녀의 입술이 말해주지 않던 수많은 대답을 오늘 밤새 그녀의 몸에다 물어보리라. 찹쌀떡처럼 희고 고운 그녀의 몸이 대답해줄 달콤한 대답들을 떠올리며, 테아는 행복한 얼굴로 웃었다. 그의 마음속에선 행복에 가득한 만세 삼창이 울려 퍼지는 중이었다. 천생연분 만세. 찰떡궁합 만만세.

결국 거칠게 침실 문을 열어젖히고 목표한 고지인 자신의 침대 위에 현수를 내려놓았을 때, 테아는 반쯤 짐승의 형상을 하고 있었다. 잔뜩 힘을 준 근육은 터질 것처럼 팽창해 있었고, 헉헉 내뿜는 거친 숨결 사이로 욕정으로 시꺼멓게 물든 눈동자가 번득이고 있었다. 평소의 헤실헤실 귀엽던 테아와는 전혀 다른, 생판 처음 보는 모르는 남자 같았다. 이쯤 되니 현수는 좀 무서워졌다. 천하에 겁날 게 없는 현수였지만, 어쩐지 지금만큼은 도망치고 싶은 마음이 모락모락 피어오르기 시작했다.

"저기, 태공아."

생전 부르지 않던 이름을 나름 다정하게 불러보며, 현수는 짐승에 대한 회유를 시작해보았다. 하지만 안타깝게도, 정염에 눈먼 짐승에게는 씨알도 먹히지 않았다.

"늦었어. 나 오늘 너 못 놔줘."

도망가려는 현수의 기색을 눈치챘는지, 테아는 단호한 눈빛으로 대번에 선수를 쳤다. 욕정으로 물든 목소리는 이미 반쯤 잠겨 있었다. 지금이라도 당장 너를 홀랑 벗겨 한입에 삼켜버리겠다는 메시지가 그의 온몸에서 강렬하게 뿜어져 나오고 있는 것만 같았다. 도저히 이 상황을 빠져나오기 힘들겠다고 판단한 현수는 숨을 크게 들이쉬었다. 어차피 이렇게 될 일이었다. 사실 현수는 알고 있었다. 그를 처음 만난 순간부터, 언젠가는 이런 날이 오리라는 것을, 운명처럼 예감하고 있었던 거다.

"좀 천천히 해줘. 처음이잖아."

결국 현수는 좀 약한 소리를 했다. 원래 무예를 배울 때도 초심자는 좀 봐주고 시작하는 법이었다. 딱 봐도 상대의 내공이 보통이 아닌데, 이대로 정면승부를 시작하는 건 절대로 무리였다. 여자이기 이전에 무도인으로서의 재빠른 상황 판단이었다. 다행히도 이번엔 테아에게도 제대로 먹혔다. 처음, 처녀, 첫날밤, 첫 경험 등등 남자의 마음을 설레게 하는 단어들이 테아의 머릿속을 종소리처럼 떠돌며, 이성을 잃고 날뛰던 짐승을 일깨워 주었던 것이다. 여전히 상대를 잡아먹고 싶어서 군침이 뚝뚝 떨어질 듯한 눈빛이긴 했지만, 다행스럽게도 조금쯤은 인간의 이성이 되돌아온 것 같았다.

"미안. 너 보니까 미칠 것 같아서 그랬어. 도저히 참을 수가 없어서……. 그래서 그랬어."

정염이 끈적하게 묻어나는 낮은 목소리로 테아가 속삭였다. 테아로서도 이런 상황이 낯설기는 마찬가지였다. 여자한테 이런 마음이 든 건 정말이지 처음이었다. 처음 여자를 알게 되었을 때도 그저 성적인 호기심으로 두근거렸을 뿐이지, 이렇게 숨 가쁠 정도로 상대를 원한 적은 단 한 번도 없었다. 하지만 지금은 달랐다. 지금 당장이라도 현수를 들이마시지 않으면 죽을 것만 같았다. 숨이 막혀 허덕이는 사람처럼 갈급하게 최현수를 원했다.

"넌 그냥 가만히 있으면 돼. 내가 알아서 할게. 나 믿지?"

들끓는 검은 욕망을 최대한 숨기며, 테아가 상냥하게 속삭였다. 양의 탈을 쓴 늑대가 떠오르긴 했지만, 현수는 가만히 고개를 끄덕여주었다. 이 남자에게라면 순순히 먹혀주어도 좋다고, 그 순간 현수는 그렇게 생각했다. 물론 이 결심을 후회하게 되는 건 얼마 뒤의 일이었지만 말이다.

　가장 먼저 테아가 한 일은 현수가 입고 있던 검은 티셔츠 자락을 조심스럽게 들어 올리는 것이었다. 몸을 가린 검은 천 조각이 사라지고 그 자리에 현수의 새하얀 맨살이 드러나자, 테아의 입에선 경탄이 흘러나왔다. 천신만고 끝에 도착한 보물섬에서, 마침내 손에 얻은 보물 상자를 열어보는 듯한 기분이었다. 그리고 상자 속에 들어 있던 보물은 그가 상상했던 것보다 훨씬 더 아름다웠다. 단단한 근육을 품고 있는 부드러운 맨살을, 테아는 홀린 듯한 눈으로 한참이나 바라보았다. 그러고는 천천히 몸을 굽혀 그녀의 흰 피부 위에 입을 맞췄다. 신에 대한 경배의 기도만큼이나 경건한 입맞춤이었다. 한 번, 또 한 번, 그리고 또 한 번. 마치 삼보일배를 하며 성지를 순례하는 구도자처럼, 테아의 입술은 현수의 보드라운 살결 위에 뜨거운 입맞춤을 남겼다. 난생처음 와 닿는 타인의 숨결에, 현수는 숨을 멈춘 채 가만히 다음을 기다렸다. 뱃가죽이 간질거리며 온몸 구석구석 열꽃이 피어오르는 것만 같았다. 차라리 제 욕심대로 확 덤벼들어 한 번에 끝냈으면 좋겠는데, 테아는 욕망으로 곧 죽을 것 같은 얼굴을 하고서도, 감질 나 죽을 정도로 천천히 현수의 몸을 잠식해왔다.

　키스의 궤적을 따라, 현수의 검은 티셔츠가 장막처럼 서서히 걷혀갔다. 검은 천 조각 아래 숨겨져 있던 현수의 새하얀 맨살이 점점 더 은밀한 속살을 드러냈다. 마침내 풍성한 가슴을 단단하게 받치고 있던 브래지어 끝자락이 모습을 나타내자, 테아의 숨결이 확연할 정도로 거칠어졌다. 허덕이는 가쁜 호흡에 어깨까지 커다랗게 오르내리는 모습이 침대에 누워 있는 현수의 눈에도 똑똑히 보일 정도였다. 현수는 예방주사라도 맞는 아이처럼 두 눈을 꼭 감았다. 어쩐지 더 이상은 맨정신으로 견디기 어려울 것 같았기 때문이었다.

더 이상은 참을 수 없다는 듯 테아의 떨리는 손가락이 브래지어를 밀어 올리자, 새하얗고 탐스러운 가슴이 기다리고 있었던 것처럼 속옷 밖으로 튕겨져 올라왔다. 그 아름답고 경이로운 광경에, 테아는 넋을 잃어버릴 것만 같았다. 눈부시게 하얀 설원 같았다. 혀를 대면 녹아버릴 것 같은 달콤한 생크림 같았다. 그리고 그 순간, 테아의 머릿속 어딘가 간신이 부여잡고 있던 이성의 가는 끈이 뚝 하고 끊어져버렸다. 결국 테아는 굶주린 짐승처럼 현수의 가슴을 향해 덮쳐들고 말았다. 생크림 케이크에 장식된 빨간 체리처럼 수줍게 한들거리던 조그마한 유실이 이성을 잃고 달려드는 짐승의 입속으로 단번에 삼켜졌다. 쭙쭙 소리가 날 정도로 세차게 당기고 빨아들이는 사내의 입술 사이에선 미처 갈무리하지 못한 열락의 신음소리가 뿜어져 나오고 있었다. 다급한 듯 벌어진 현수의 입술 역시 앓는 듯 애타는 신음소리를 끝없이 쏟아냈다.

일평생 속옷 아래에만 감추어져 있던 여리고 예민한 부위였다. 섬세한 신경세포가 빼곡히 들어찬 조그만 살점을 날카로운 타인의 이빨 사이에 내어준다는 것은 생각보다 훨씬 더 무서운 일이었다. 그리고 그만큼 자극적이고 색정적인 일이기도 했다. 가슴 끝을 세차게 빨릴 때마다, 단단한 이빨이 젖꼭지를 아프지 않게 씹어댈 때마다, 온몸으로 쏟아지는 아찔할 만큼 강렬한 감각에 현수는 도무지 정신을 차릴 수가 없었다. 오랜 수련을 통해 고통에는 익숙해진 현수였으나, 몸을 녹여낼 듯한 쾌락에는 그야말로 속수무책일 수밖에 없었다.

"잠깐, 잠깐만."

결국 제 몸에서 일어나는 낯선 감각을 견디지 못한 현수가 '일단 정지'를 외쳤다.

"왜? 아파?"

"아니, 그건 아닌데."

"그럼 괜찮아."

괜찮긴 뭐가 괜찮으냐고, 현수는 버럭 소리를 지를 뻔했다. 이성을 반쯤 잃은 짐승의 입속으로 몸을 내준 것도 자신이고, 눕혀진 채 쭉쭉 빨리고 있는 것도 자신이었다. 당사자가 안 괜찮다는데 대체 뭐가 괜찮다는 거냐고, 현수는 항의하고 싶었다. 하지만 입술로 쏟아지는 진한 입맞춤에, 무력한 항의는 쾌락의 신음소리로 바뀌어버리고 말았다. 독사처럼 칭칭 혀를 감고 세차게 빨아들이며, 테아는 현수의 입안을 제멋대로 잠식해왔다. 비명도, 신음도, 참을 수 없는 열락도, 무저갱처럼 테아의 안으로 빨려 들어갔다. 또다시 끝없는 쾌락이 고문처럼 시작되고 있었다.

테아의 입속에서 잔뜩 괴롭혀지던 붉은 돌기는 집요하게 비비고 당기고 쓰다듬는 열 개의 손가락들에 의해 또다시 점령되고 말았다. 한쪽은 타액에 젖어 통통하게 부풀어 올라 있었지만, 다른 한 쪽은 처음으로 사내의 손길을 받는 것이었다. 양쪽에서 한꺼번에 전달되어 오는 미묘하게 다른 쾌감에, 현수는 작살에 꿰인 은어처럼 퍼들퍼들 몸을 떨었다. 테아의 기다란 손가락들이 뾰족히 솟아오른 붉은 유실들을 작은 공깃돌처럼 동글동글 둥글리다 아플 정도로 집요하게 쭉쭉 잡아당길 때마다, 현수의 입술에선 비명 같은 신음이 쏟아져 나왔다. 하지만 그녀의 신음들은 공기 중에 나오기도 전에, 곧바로 테아의 입속으로 빨려 들어 스러져 버렸다. 마음껏 비명도 지르지 못한 채로, 현수는 견딜 수 없는 쾌락의 나락으로 떨어져가고 있었다.

한참이나 계속된 가슴에 대한 집중 공격은 현수가 녹초가 되어 있을 무렵에야 겨우 끝이 났다. 그래봐야 현수의 바지와 속옷을 벗기기 위한 잠시의 임시 작전타임에 지나지 않았지만 말이다. 생일 선물의 리본이라도 푸는 것처럼 기쁘고 설레는 얼굴로, 테아는 현수의 검은 도복 바지에 달린 허리끈을 풀어냈다. 현수가 당황할 정도로 재빠른 속도였다.

"잠깐, 잠깐만!"

바지가 벗겨져 나가는 휑한 느낌에, 현수가 또다시 '타임'을 외쳤다. 하지만 검은 수풀이 아련하게 비쳐 보이는 조그만 속옷 하나만을 눈앞에 둔 테아가 여기서 멈출 리가 만무했다.

"괜찮아. 아프지 않아."

입맛을 다시는 늑대 같은 얼굴로 싱긋 웃으며 속삭인 테아는 곧바로 현수의 몸에서 마지막으로 남아 있는 마지막 천 조각을 향해 돌진했다. 현수를 향해 맹수처럼 달려드는 그의 뒷모습 어딘가엔 빳빳하게 솟아올라 흔들리는 늑대의 꼬리가 달려 있을지도 몰랐다. 하지만 늘씬한 현수의 양다리를 제멋대로 벌리고 원하던 고지에 도착하려던 순간, 테아는 난데없이 날아온 발길질에 저 멀리 나동그라지고 말았다.

"잠깐만이랬잖아!"

수줍음과 당황함을 넘어서 분노로 불타오르는 현수의 일갈이 그 뒤를 이었다.

"괜찮아?"

"안 괜찮아. 아파."

"그러길래 그만하랄 때 그만하지."

"입장을 바꿔서 생각해봐. 네가 남자라면 그 순간에서 멈출 수 있겠어?"

"그래도…… 거긴 안 돼."

현수는 단호히 고개를 흔들었다. 가슴을 빨리는 것만으로도 영혼까지 탈탈 털릴 것처럼 자극적이었는데, 여기에서 더 과해진다면 도저히 살아남을 것 같지가 않았다. 쾌감으로 죽든지, 부끄러움으로 죽든지, 암튼 맨정신으로 견뎌낼 수 없을 거란 것만은 확실했다. 하지만 현수의 온몸을 맘껏 맛볼 기대로 가득 차 있던 테아는 그야말로 시무룩해지고 말았다.

"그럼 거기 말고 딴 데는 다 괜찮은 거지?"

"딴 데 어디?"

"거기 빼고 다."

현수의 머릿속에서 재빠르게 계산기가 굴러갔다. 어차피 여자 몸에서 중요한 부위는 가슴이랑 거기뿐인데, 이미 가슴은 내줬으니 더 이상의 위험지역은 없을 것 같았다. 떨떠름한 얼굴을 하고서도, 현수는 고개를 끄덕였다.

"알았어."

"나중에 딴말하기 없기다."

"오케이."

한참 달아오르던 와중에 발길질을 날린 죄가 있던 현수는 알았다며 선선히 고개를 끄덕였다. 하지만 싱긋 미소 지은 테아가 자신의 한쪽 다리를 번쩍 들고 복숭아뼈 아래의 오목하고 부드러운 살을 한 움큼 깨물자, 현수는 곧바로 사색이 되고 말았다. 생각지도 않았던 부위에서, 부끄러울 만큼 강렬한 감각이 감미롭게 피어올랐기 때문이었다. 그제야 현수는 아무래도 하지 말아야 할 약속을 한 것 같다는 깨달음을 본능적으로 느꼈다. 하지만 언제나 그렇듯이, 후회했을 때는 이미 늦은 법이었다. 짐승의 얼굴을 한 남자는 이미 그녀의 흰 다리를 타고 서서히 자신의 영역을 확장해 나가는 중이었기 때문이었다.

"아파?"

"아니, 견딜 만해."

"아프면 얘기해."

"얘기하면 멈춰줄 거야?"

"아니, 그건 아니야."

하얀 이마에 송글송글 땀이 맺힌 채로, 현수는 피식 웃었다. 언제나 단정하게 묶여 있던 현수의 검은 머리카락은 마치 비단으로 만든 융단처럼 침대 위에 한가득 펼쳐져 있었다. 테아는 홀린 듯한 눈으로 자신의 몸 아래 누워 있는 자신의 연인을 바라보았다. 아름다웠다. 잔잔하게 일렁이는 검은 머리카락의 물결도, 그 한가운데 자리 잡은 희고 고운 얼굴도, 테아 자신의 입술로 하나하나 찍어낸 붉은 자국들이 꽃잎처럼 점점이 박혀 있는 새하얀 가슴도, 그리고……. 처음인데도 불구하고 장할 정도로 부드럽게 자신을 품어주고 있는 그녀의 그곳도. 테아는 벅차오르는 감동을 주체하지 못하고, 부드럽게 현수의 이마에 입을 맞췄다. 사람의 몸이란 어쩌면 이리도 신비한 것일까. 사람의 인연이란 어떻게 이리도 놀라운 것일까.

정말로 인연이란 존재하는 걸지도 모르겠다고, 테아는 현수와 몸을 섞으며 새삼 깨달을 수 있었다. 세상에서 단 한 벌뿐인 열쇠와 자물쇠처럼, 두 사람의 몸은 꼭 들어맞았다. 빡빡하게 몸을 죄어오는 현수의 동굴 안으로 몸을 밀어 넣으며, 테아는 비로소 느낄 수 있었다. 자신이 진정한 제 짝을 찾았다는 것을. 뜨겁고도 촉촉한 현수의 몸 안은 마치 어머니의 자궁과도 같았다. 태어나고 자란 고향처럼 포근했다. 어둡고 따뜻한 그곳에 몸을 밀어 넣고 온몸의 신경줄을 따라 퍼져가는 쾌감을 음미하고 있노라니, 지금까지의 모든 괴로움과 상처가 한꺼번에 옅어지는 기분이 들었다. 쾌감과는 또 다른 환희로, 눈물이 날 것만 같았다.

"현수야, 사랑해. 사랑해."

현세와 극락의 그 사이 어딘가를 헤매며, 테아는 끝없이 속삭였다. 고백하고, 고백하고, 또 고백하는데도 어딘가 부족했다. 있는 힘을 다해 허리를 흔들고, 있는 힘껏 깊이깊이 몸을 밀어 넣고 있는데도, 점점 더 안타깝고 애가 달았다. 제멋대로 박아대며 절정으로 치닫는 테아의 리듬에 정신없이 흔들리고 있는 와중에서도, 현수는 손을 뻗어 땀으로 흠뻑 젖은 그의 목을 끌어안아 주었다. 그러고는 그의 귓가에 다정한 목소리로 '나도.'라고 속삭여주었다.

그 순간 테아는 현수의 몸 안에서 장렬한 폭발을 맞았다. 눈앞이 새하얗게 점멸하는 아찔한 쾌감 속에서, 테아는 있는 힘을 다해 현수의 온몸을 끌어안았다.

운동으로 다져진 현수의 몸은 놀랍도록 유연하고 강인했다. 밤이 새도록 몇 번이나 체위를 바꾸어 가며 사랑을 나누었는데도, 처음이라고는 믿어지지 않을 정도로 잘 따라왔다. 게다가 놀라울 정도로 잘 느꼈다. 평소의 무뚝뚝한 현수라고는 상상할 수 없을 만큼, 어디를 만져도, 어디를 핥아도, 뜨거운 비명을 지르며 몸을 떨었다. 그러고 나선 자신이 내지른 신음에 부끄러워하며 얼굴을 붉히곤 했는데, 그게 환장할 정도로 귀여웠다. 현수의 반항으로 마음껏 탐하지 못한 것은 좀 아쉬웠지만, 오늘만 날이 아니었으니 이 정도로 만족하기로 했다. 대신 현수의 온몸을 구석구석 탐색하며, 현수가 유난히 잘 느끼는 부위들을 잔뜩 발견했으니, 오늘은 이것으로도 충분했다.

"아하하, 하지 마. 하지 마아."

은방울처럼 짤랑이는 현수의 웃음소리에, 테아는 더욱더 신이 났다. 부끄러울 땐 귀가 빨개지는 현수는, 유난히 귀가 민감했다. 귓불을 앙앙 깨물어주면 자지러질 듯 비명을 질렀고, 귓바퀴를 따라 혀를 내밀어 부드럽게 핥아주면, 어린 강아지처럼 흐느꼈다. 그리고 이렇게 후우 하고 귓속으로 바람을 넣어주면, 숨이 넘어가도록 까르르 웃었다.

"으아악, 간지러. 아하하하, 그만하라니까."

평소엔 기껏 해봐야 빙그레 웃는 미소 정도만 보여주던 현수가 보조개가 팰 정도로 크게 웃는 모습을 보니, 신바람이 안 날래야 안 날 수가 없었다. 싫어하는 현수를 힘으로 찍어 누르고 집요하게 따라다니며 후우후우 입김을 불어넣던 테아는 결국…….

"하지 말랬잖아!"

현수의 손에 목줄기를 눌린 채, 침대 위에서 제압당하고 말았다.

"너무해!"

사랑하는 연인이자 함께 밤을 보낸 약혼자의 손에 볼썽사납게 목이 눌린 테아는 부루퉁한 얼굴로 투정을 부렸다.

"간지럽단 말이야."

조금 난처한 얼굴로 현수가 붉어진 귓가를 쓰다듬으며 변명을 웅얼거렸다. 하지만 현수는 미처 생각하지 못했다. 자신이 아직도 벌거벗고 있는 상태였고, 커튼 사이로 스미는 환한 햇살이 자신의 젖가슴 위에서 보얗게 부서지고 있는 중이었으며, 때는 남자가 발정하기 딱 좋다는 이른 아침이었다는 사실을.

"미안하면 한 번 더 해."

'뭘?'이라는 현수의 물음은 또다시 덮쳐오는 짐승의 그림자에 묻혀 스러지고 말았다. 체력 좋기로는 남부럽지 않은 연인의 밤은 아침까지도 그렇게 이어지고 있었다.

"아, 좋다. 행복하다. 이대로 죽어도 여한이 없겠다."

현수에게 팔베개를 해준 채, 귀엽게 솟아오른 현수의 가슴을 가지고 조물조물 손장난을 하며, 테아가 만족스럽게 중얼거렸다.

"아니, 아니, 죽으면 안 되지. 우리 색시랑 천년만년 행복하게 살아야지."

현수는 별 싱거운 소리 다 한다는 얼굴로 피식 웃었지만, 테아가 마음껏 갖고 놀 수 있도록 순순히 자신의 가슴을 내어준 재였다. 밤을 보낸 연인만이 지닐 수 있는 친밀함이 이미 두 사람 사이를 끈끈하게 이어주고 있었다.

"얼른 하자. 결혼."

현수의 검은 머리카락을 다정하게 쓸어주며, 테아가 속삭였다. 하지만 그가 들은 대답은 기대와는 사뭇 다른 것이었다.

"군대 간다며."

현수가 피식 웃으며 대꾸해주자, 테아의 얼굴이 와작 구겨졌다. 달콤한 천국에서 차가운 현실로 훅 떨어진 느낌이었다.

"제길. 이럴 줄 알았으면 스무 살 때 바로 갔다 올걸."

테아는 아직도 통일되지 않은 비극적인 한반도의 정세와 분단 조국의 암울한 현실에 대해, 난생처음으로 뼈아픈 자각을 하는 중이었다.

"안 돼. 너 두고 못 가. 가더라도 혼인신고서에 도장부터 찍고 갈 거야."

이렇게 예쁜 색시를 두고 가긴 어딜 간단 말인가. 보쌈이라도 해서 데려가고 싶지만, 그렇게 할 수 없다면 제 거라는 도장은 확실히 찍어두어야만 했다.

"우선 결혼부터 하고, 그리고 얼른 군대부터 다녀오고, 그러고 나서…… 우리 여행 가자."

한쪽 팔을 괴어 몸을 세운 채, 테아가 현수를 바라보며 속삭였다.

"여행?"

"응, 세계 여행. 나 그거 꿈이었거든."

"해외에 많이 다니지 않았어?"

"그건 여행이 아니고 출장이지. 나 진짜 여행은 한 번도 못 가봤거든. 수학여행도 못 가봤어."

초등학생 때부터 연습생으로 시작한 터라, 학교는 수업일수만 겨우 채울 정도로 다녀 봤었다. 수학여행은 고사하고 소풍조차 제대로 다녀온 기억이 별로 없었다.

"······일은 어쩌고."

혹시라도 자신 때문에 아이돌로서의 커리어에 흠집이 생기고, 그래서 그의 일에 방해가 될까 봐 걱정이 많은 현수였다. 하지만 테아는 그저 씽긋 웃을 뿐이었다.

"이제부터 인생 2막 시작이지, 뭐. 최현수 덕분에 예상보다 좀 빨라지긴 했지만, 예전부터 쭉 생각해왔던 일이야."

아이돌이란 직업은 화려함만큼이나 사람을 혹사시키는 직업이었다. 무대에서 반짝이면 반짝일수록 진정한 자신은 지치고 소진되어간다는 것을 테아는 매번 느끼고 있었다. 언젠가는 아이돌의 굴레를 벗고 진짜 음악, 진짜 인생을 찾아보겠노라고, 테아는 아주 오래전부터 생각해오고 있었다.

"아쉽지 않겠어?"

"무대를 완전히 떠나는 것도 아닌데, 뭐. 음악이랑 무대는 평생동안 걸어갈 내 길이야. 지금까지는 앞도 뒤도 보지 않고 달려왔지만, 이제는 좀 천천히 가고 싶어. 꽃도 보고, 나무도 보고, 가끔은 쉬어 가기도 하고."

꿈꾸는 듯한 눈동자로 그가 말했다. 아무것도 걸치지 않은 맨몸의 그는 편안하고, 또 행복해 보였다.

"같이 가줄 거지?"

테아의 웃는 눈동자가 현수를 향했다. 웃고 있는 다갈색 눈동자가 참 따뜻한 빛깔이라고, 현수는 생각했다. 비바람이 불어도 언제나 듬직하게 서 있는, 오래된 나무 등걸 같은 색깔이었다. 현수는 미소를 지으며, 그를 향해 조그맣게 고개를 끄덕여주었다.

"평생 동안?"

테아의 눈동자에 담긴 웃음의 빛깔이 조금 더 깊어졌다. 이번엔 그가 잘 볼 수 있도록, 현수는 '응.' 하고 커다랗게 고개를 끄덕여주었다. '참 잘했어요.' 하고 칭찬해주는 것처럼, 테아의 입술이 쪽 하고 현수의 이마 위에 도장을 찍었다.

"같이 가자, 평생 동안."

미소가 배어 있는 테아의 나직한 목소리가 현수의 귓가에 속삭여졌다.

에필로그. 그 후의 이야기들

　"뭐 해?"

　컴퓨터 앞에서 열을 올리고 있는 테아의 뒷모습을 바라보며, 간식을 들고 들어오던 현수가 물었다.

　"응, 악플 달아."

　뭐 좋은 일을 한다고, 당당하기가 이를 데 없었다. 어처구니없는 테아의 대답에 현수는 테아가 몰두 중인 컴퓨터 화면을 흘끔거렸다.

　"이 자식들이 어디 감히 남의 색시한테 악플을 달아?"

　미간까지 진지하게 찌푸린 채로 테아는 악플 달기에 몰두 중이었다. 타이핑을 치는 테아의 손가락들이 점점 더 빨라지고 있었다.

　"옥수수 먹고 해."

　김이 모락모락 나는 채반을 탁자 위에 내려놓으며, 현수는 피식

너는 돌　393

웃었다. 수험공부 하는 아들내미도 아니고 악플 다는 신랑을 뒷바라지하게 생겼으니, 헛웃음이 날 만도 했다.

"식는다. 얼른 먹어."

현수의 채근이 한 번 더 이어지자, 그제야 테아도 탁자 앞에 앉아 초롱초롱 눈을 빛냈다.

"우와, 맛있겠다. 장인어른이 보내주셨어?"

"응, 올해 옥수수가 유난히 맛있게 익었대."

두 사람은 소파 위에 나란히 앉아, 먹음직스러운 황금빛으로 노랗게 익은 옥수수를 손에 들었다. 알알이 터지는 노란 알갱이들에선 고소하고 달콤한 감칠맛이 흘러나왔다.

"악플러들 아직도 많아?"

"응, 한 번 대대적으로 고소할까 봐."

"됐어. 그래봐야 컴퓨터 끄면 그만인 일인데, 뭐. 안 보면 되지. 그런 거."

별일 아니라는 듯이 옥수수를 뜯으며, 현수가 고개를 저었다.

"우리 색시보고 학교 다닐 때 일진이었대잖아. 이놈들이 어디 말도 안 되는 소리를."

지금도 새카만 머리 타래를 곱디 곱게 늘어뜨리고 있는 현수가 고등학교 때 일진에 나이트 죽순이라니, 웃기지도 않는 소리였다. 테아를 꼬셔낸 여우 같은 년이라는 딱지를 달고, 현수는 인터넷 상에서 수없이 난도질당해야 했다. 자신을 선택했다는 이유만으로, 이 곱고 귀한 여자가 뭇 사람들의 안주거리로 씹혀야만 한다는 사실이 테아에게는 가장 큰 아픔이었다.

"후회 안 해?"

"뭘?"

"나 선택한 거."

"별 싱거운 소릴."

"그렇잖아. 나랑 결혼해서 쓸데없이 욕도 먹고, 외출도 맘대로 못 하고."

현수는 시무룩해진 테아를 향해 싱긋 미소를 지어주며, 그의 머리카락을 쓰다듬어 주었다.

"됐어. 대신 더 좋은 거 얻었으니까."

"더 좋은 거 뭐? 나?"

"뭐, 그렇다고 해두지."

"그렇다고 해두는 게 뭐야. 똑바로 얘기해봐. 응? 나랑 결혼해서 좋은 거지? 응? 행복한 거지?"

현수의 대답을 재촉하는 테아의 손길이 어느새 점점 더 과감해지고 있었다. 한창 불타오를 신혼이었다. 함께 붙어 있는 것만으로도 화르르 불이 붙는 것은 당연한 수순일 수밖에 없었다.

"진짜 나랑 결혼해서 행복해?"

현수의 가슴께를 더듬는 음흉한 손길과는 반대로, 현수의 이마 위에 입 맞추는 입술을 경건하기만 했다.

"응."

"진짜?"

"뭘 두 번씩이나 물어."

"……불안해서."

톱스타의 아내로 산다는 것은 결코 쉬운 일이 아니었다. 사랑을 얻는 대가로 그녀가 감당해야 할 것은 너무나도 컸다. 테아만큼이나 행동이 제약되는 것은 물론, 사람들의 구설수에 자신을 통째로 내어주는 것도 감수해야만 했다. 하지만 현수는 이 남자를 선택한 것을 결코 후회하지 않았다. 현수는 자신을 감싸 안은 테아의 어깨를 가만히 도닥여주었다. 테아의 영혼 깊이까지 자리 잡은 오랜 상처까지 감싸 안아주려는 듯이.

"쓸데없는 소리."

결혼했지만 현수는 그다지 변하지 않았다. 여전히 무뚝뚝하지만 따뜻한 최현수였다. 퉁명스러운 듯한 한마디 말을 들었을 뿐인데도 테아는 마음 깊은 곳까지 따뜻해지는 것을 느꼈다. 부드럽고 따스한 현수의 품에 안겨 있어서였을지도 몰랐다.

"너야말로 후회 안 해?"

"뭘?"

"나랑 결혼한 거."

테아의 가슴에 기댄 채, 조그만 목소리로 현수가 물었다. 오물거리는 현수의 입술을 따라 따뜻한 숨결이 테아의 가슴께를 간지럽혔다.

결혼 발표 이후 테아의 팬클럽 회원 수는 절반 가까이 줄었다. 눈물을 흘리며 떠나는 팬들은 그나마도 양반이었다. 테아의 앨범을 산산이 부순 후 인증샷을 찍어 자신의 블로그에 올려놓으면서, 테아를 향한 저주와 원망을 쏟아놓는 팬들도 많았다. 팬들의 우상이던 그는 하루아침에 팬들을 기만한 배신자가 되었다. 하지만 테아는 후회하지 않았다. 이 여자를 얻기 위해 치른 대가라고 생각하면 조금도 아깝지 않았다.

"안 되겠다, 최현수. 그렇게 가르쳤는데도 아직 보람이 없어."

장난스럽게 웃으며, 테아는 현수를 번쩍 들어 안았다.

"아직도 내가 얼마나 사랑하는지 모르는 걸 보니, 이번엔 아주 제대로 가르쳐줘야 되겠어."

현수를 번쩍 안은 채로, 테아는 2층으로 향하는 계단을 향해 씩씩하게 발걸음을 옮겼다. 최종 목적지가 두 사람의 침대 위인 것은 말할 나위도 없었다. 하얀 웨딩드레스를 입은 현수와 새카만 턱시도를 멋스럽게 입은 테아가 행복하게 웃고 있는 웨딩사진이 놓여 있는 침대는 요즘 두 사람이 가장 많은 시간을 보내는 장소였다.

두 사람이 결혼한 것은 테아의 깜짝 열애 발표 기자회견 후 얼마 지나지 않아서였다. 사람들이 놀랄 틈도 주지 않을 만큼 빨리 진행된 결혼이었다. 화려한 도심의 결혼식장이 아닌 지리산의 풍광 좋은 산자락에서, 두 사람은 소박하고 조촐한 야외 결혼식을 올렸다. 테아에게도, 현수에게도 초대할 친지나 가족이 없었기 때문에, 진심으로 두 사람의 결혼을 축하해줄 만한 친한 지인들만 초대된 작은 결혼식이었다. 화려하지도, 북적이지도 않은 결혼식이었지만, 그 어떤 결혼식보다 아름다운 예식이기도 했다. 거추장스러운 모든 것을 내려놓고, 오직 반짝이는 햇살과 푸른 바람, 그리고 아름다운 신랑과 신부만이 존재하는 빛나는 결혼식이었다. 훗날 비밀리에 침투한 파파라치에 의해 공개된 두 사람의 결혼식 장면은 화보 같은 아름다움으로 두고두고 세간에 오르내렸다.

결혼 이후에도 크게 바뀐 것은 없었다. 현수의 방이 1층에서 2층으로 바뀐 것과, 테아 방의 침대가 주문 제작된 대형 더블침대로 바뀐 정도가 눈에 띄는 차이점이었을 뿐이었다. 여전히 두 사람은 함께 아침을 먹고, 함께 운동을 하고, 함께 하루를 보냈다. 검을 들고 수련하는 현수를 바라보며 음악을 구상하는 테아나, 소파 위에서 현수의 무릎을 베고 뒹굴거리며 이런저런 이야기를 재잘대는 테아의 모습은 이전과 크게 달라지지 않은 풍경이었다.

물론, 달라진 것도 있었다.

"그러니까 입대까지 남은 스케줄을 다 소화하려면 좀 더 서둘러야 해. 선유 쪽에서 들어온 세제 광고는 어떻게 할까? 공백기에도 계속 노출을 해두려면 역시 CF가……. 테아야! 강테아! 듣고 있어?"

윤 실장이 버럭 소리를 높이자, 그제야 테아의 시선이 윤 실장을 향했다. 하지만 쓸데없을 만큼 행복한 얼굴로 헤실거리는 그의 눈동자는 지금껏 윤 실장의 기나긴 브리핑을 조금도 듣지 않고 있었음을 증명해주고 있었다.

"대체 정신을 어디다 팔고 다니는 거야?"

윤 실장의 타박에, 옆에 있던 정태가 잽싸게 끼어들었다.

"이해해주세요, 실장님. 새신랑이잖아요."

"누군 결혼 안 해봤냐? 신혼여행 때도 난 안 저랬어."

윤 실장이 툴툴거리자, 테아가 방싯 웃었다. 원래부터도 예쁜 얼굴이었는데, 새색시가 해주는 맛난 음식 먹고 다녀서 그런지, 아주 얼굴이 보얗게 활짝 폈다. 얄미워서 눈꼴실 만큼 행복해 보이는 얼굴이었다.

"우리 현수가요, 어제는 쿠키를 구워줬어요."

윤 실장의 복장을 터지게 만든 걸 아는지 모르는지, 테아가 병싯 웃으며 뚱딴지같은 말을 꺼냈다.

"그냥 쿠키도 아니고 곰돌이 쿠키예요. 몸에 좋으라고 율무가루를 넣었대요."

그래서 뭐 어쩌라고! 윤 실장은 버럭 소리 지르고 싶은 걸 간신히 참았다. 이 노릇도 이제 한 달밖에 남지 않았기 때문이었다. 한 달 후면 군대에서 이리저리 구르게 될 예정인 이 가련한 어린 양에게 그 정도의 친절 정도는 충분히 보여줄 수 있었다. 때문에 윤 실장은 현수의 곰돌이 쿠키가 얼마나 달콤하고 바삭하며 귀여운지에 대해서 떠드는 테아의 일장연설을 인내심을 가지고 참아주었다.

"그럼 선유 CF 건은 어떻게 할까? 거절해?"

반쯤 자포자기한 얼굴로 윤 실장이 내뱉었다. 테아를 설득하기 위한 준비를 잔뜩 해 왔는데 아무래도 쓸모없어진 것 같았기 때문이었다.

"아니요, 할게요. 윤 실장님이 절 위해서 추천해주시는 거잖아요. 할게요."

이번에야말로 윤 실장이 기함하고 놀랄 차례였다. CF는 싫다고 까칠하게 굴면서 콘티부터 제품까지 깐깐하게 확인하던 예전의 테아라면 상상도 하지 못할 일이었기 때문이었다.

"테아야, 너 혹시 어디 아픈 건 아니지?"

"아프긴요, 저야 튼튼함 빼면 시체인데요. 우리 현수도 저보고 짐승 체력이래요. 아하핫."

뭐지, 이 팔불출은? 윤 실장은 진심으로 경악했다. 분명히 테아는 결혼과 동시에 영혼개조를 당한 게 분명했다. 15년간 테아를 봐 왔던 윤 실장이었지만, 이렇게 커다랗고 행복하게 웃는 테아는 단한 번도 본 적이 없었다. 윤 실장은 아직도 경악이 가시지 않은 얼굴로 정태를 바라보았다. 정태는 모두 다 이해할 수 있다는 관대한 표정으로, 고개만 끄덕이고 있는 중이었다. 이놈이나 저놈이나 다 똑같은 놈들이었다. 결국 윤 실장은 포기한 듯 소파 등받이 위로 벌렁 몸을 젖혔다.

"좋냐, 결혼하니까?"

피식 웃으며 묻고 있는 그는 유능한 치프매니저 윤 실장이 아니라, 오랫동안 함께해온 '친한 형님'의 얼굴을 하고 있었다. 사실 끝까지 두 사람의 결혼을 반대하던 윤 실장이었다. 테아의 브랜드 이미지를 관리하고 이를 통한 최대의 이익 창출을 담당하고 있는 윤 실장으로서는 당연한 일일 수밖에 없었다. 결혼 문제로 테아에게 싫은 소리도 많이 했고, 프로답지 못하다는 이유로 테아에게 실망하기도 했었다. 하지만 저렇게 좋아 죽는 모습을 보니, 그대로 두긴 잘했다는 생각이 들었다.

"좋죠."

테아의 대답은 짧았다. 하지만 새어나오는 웃음을 미처 갈무리하지 못한 채 벙싯거리는 얼굴은 그가 느끼는 행복감을 노골적으로 드러내 보이고 있었다.

"잘 해주냐, 제수씨가?"

"네. 엄청요."

테아의 웃음이 한층 더 행복해졌다. 단정하고 예쁜 얼굴이긴 하지만 차갑고 무뚝뚝한 인상의 현수인 데다가 둘이 있는 모습을 봐도 테아 혼자서만 매달리는 것 같은 모양새였는데, 의외로 둘만 있을 때의 현수는 꽤 다정한 타입일지도 모르겠다고, 윤 실장은 생각했다. 어쨌든 테아는 행복한 새신랑이란 무엇인가를 보여주는 모범 답안 같은 얼굴을 하고 있었으니까. 정말이지 샘이 나서 짜증스러울 정도로 행복한 얼굴이었다.

"으이그, 됐다. 여기 도장만 찍고 들어가 봐. 너희 색시 기다릴 텐데."

그 말이 떨어지기가 무섭게 테아는 벌떡 일어섰다. '정태야, 도장!' 하고 소리치더니, 정태가 갖고 온 도장을 계약서에 쿵쿵 찍고는 부리나케 내빼버렸다. 실로 바람처럼 빠른 동작이었다. 집에 돌아가 보라고는 했지만, 정말로 저렇게 꽁지가 빠지게 가버릴 줄은 몰랐던 윤 실장은 그야말로 어이가 없어서 웃기만 했다. 윤 실장의 입에선 '허, 참.' 하는 바람 빠진 소리만 몇 번이고 반복해서 흘러나오고 있었다. 하지만 어쨌든 오늘 꽤 굵직한 CF계약 하나를 성사했으니 꼭 나쁜 것만은 아니었다.

테아의 결혼 이후, 예상대로 륜엔터테인먼트는 회사가 휘청일 정도의 큰 충격을 받았다. 그러나 막상 테아가 결혼하고 예상보다 훨씬 건전하고 소박한 삶을 이어가는 모습에 대중들의 날 선 시선도 조금쯤 누그러지기 시작했다. 결혼 이후 발표한 신곡 '사랑가'가 대중과 평단의 호평을 받으며 크게 히트한 것도 인기의 회복에 큰 영향을 끼쳤다. 배신감을 느끼고 떨어져나간 팬들도 많았지만, 만인의 연인으로 군림하던 화려한 스타가 한 여자의 남자로 소박하게 자리 잡는 것에 호감을 보이는 이들도 조금씩 늘어나고 있었다. 예전에는 절대 들어오지 않았던 주부 대상 가정용품 광고들이 심심찮게 들어오는 것도 바로 그러한 증거였다. 이 정도면 꽤 나쁘지 않은 딜이었다고 생각하며, 윤 실장은 만족스럽게 CF 계약서

들을 챙겨 넣었다.

"현수야, 현수야! 나 왔어."

현관부터 시끄럽게 울리는 테아의 귀가 인사에 현수는 읽고 있던 책을 조용히 덮었다. 그러고는 곧바로 덮쳐들 것이 분명한 테아를 맞이할 마음의 준비를 했다. 아니나 다를까, 달려 들어온 테아는 반가움에 꼬리치며 어쩔 줄 몰라 하는 대형 강아지처럼, 곧바로 현수를 향해 달려들었다. 귀가 인사라고 하기엔 과도하게 진한 키스가 곧바로 쏟아져 들어왔다. 입안으로 파고드는 테아의 혀를 부드럽게 감싸 안아주며, 현수는 테아의 넓은 어깨를 가만가만 도닥여주었다. 잘 다녀왔어, 수고했어, 못 본 사이 그리웠어, 라고 인사해주듯이.

현수의 온몸을 으스러지게 붙잡아 안고 입을 맞추며, 그녀를 통째로 들이마시기라도 할 것처럼 강렬한 키스를 한참이나 퍼부은 후에야, 테아는 간신히 현수에게서 떨어졌다. 물론 그 후로도 한참 동안이나 현수의 머리카락을 쓰다듬고 이마와 목덜미에 아기새 같은 립키스를 몇 번이고 반복한 다음에야 기나긴 귀가 인사가 끝날 수 있었지만 말이다.

"잘 다녀왔어?"

"응. CF 하나 더 찍기로 하고 왔어. 세제 CF."

"잘했네."

"잘했으면 뽀뽀."

조금 전까지 실컷 입을 맞췄음에도 테아는 또다시 당당하게 뽀뽀를 요구했다. 하지만 현수는 싫은 내색 없이 테아의 입술 위에

쪽 하고 입을 맞춰 주었다. 현수의 키스를 받은 테아의 얼굴엔 금세 행복한 미소가 담뿍 어렸다.

"아, 이렇게 예쁜 색시 두고 어떻게 가나."

입대 날짜가 한 달밖에 남지 않은 테아가 둥개둥개 현수를 안은 채, 심란한 얼굴로 한숨을 내쉬었다.

"2년인데, 뭐. 금방 지날 거야."

"2년이라니. 하아. 2년이라니."

테아의 한숨이 더욱 깊어졌다. 지금도 하루하루 지날 때마다 더욱더 사랑스러워지는 현수인데, 장장 2년 동안이나 떨어져 있을 생각을 하면 눈앞이 캄캄해져 왔다.

"매일매일 편지 쓸게."

백설기처럼 뽀얗고 달콤한 현수의 이마 위에 입을 맞추며, 테아가 중얼거렸다.

"틈나는 대로 전화할게."

"그러다 고참들한테 혼나려고."

"까짓것 혼 좀 나면 어때."

"쓸데없는 생각 말고 훈련 열심히 받아. 그리고…… 다치지 말고 건강하게만 돌아와."

"응. 우리 색시 말 명심할게. 가서…… 진짜 멋진 남자가 되어서 돌아올게."

다정하게 현수의 머리카락을 쓸어 올리며, 테아가 속삭였다.

"지금도 충분해. 나한텐…… 지금도 멋있어."

귓불을 발갛게 물들이며 현수가 대답했다. 말로 하는 애정표현에는 그야말로 자린고비처럼 인색한 현수에게선 좀처럼 들을 수 없는 고백이었다. 넘쳐흐르는 환희와 감격으로 테아는 현수의 몸을 꽈악 끌어안았다. 눈앞에서 기적을 목도하는 듯한 황홀한 눈빛으로, 테아는 눈앞에 있는 현수를 다정하게 바라보았다. 내 색시, 내 아내, 내 반려, 이 세상을 떠나는 날까지 남은 일생을 함께할 또 다른 나의 반쪽. 보면 볼수록, 안으면 안을수록 너무 귀하고 예뻐서 견딜 수가 없었다. 지금까지의 외롭고 힘겨운 날들이 이제는 한때의 꿈이었던 것처럼 아련하기만 했다. 현수로 가득한 지금의 삶은 따사로운 햇살 같았다. 너무나 행복해서 때때로 왈칵 무서워질 정도로 행복했다.

어느덧 현수의 이마에서 시작된 테아의 입맞춤은 관자놀이를 따라 천천히 내려오고 있었다. 현수의 약점인 조그만 귀를 발견하자, 악동처럼 후우 하고 따뜻한 숨결을 불어넣기도 했다. 몸을 뒤채며 짤랑대는 웃음을 터뜨리는 현수를 꽈악 붙들어 안고, 테아는 눈앞에서 귀엽게 달랑거리는 부드러운 현수의 귓불을 앙 하고 한입에 털어 넣었다. 입속에서 말캉거리는 부드러운 살점은 녹여먹고 싶을 만큼 달착지근한 맛이 났다. 먹어도 먹어도 질리지 않는 최현수의 맛이었다. 간지러움에 쿡쿡거리는 현수의 웃음을 달콤한 배경음악으로 삼으면서, 테아는 행복한 얼굴로 현수의 귓불을 마음껏 음미했다. 물론 그사이, 옷 속에 감추어진 현수의 다른 부분에 대한 욕심도 무럭무럭 자라나고 있었다. 절제 따윈 장착하지 못한 새신랑의 하반신도, 테아의 욕망을 따라 부쩍부쩍 몸집을 부풀리는 중이었다.

"여기서 해도 돼?"

이미 현수의 옷깃을 잡아 벌리고 목덜미 사이로 입술을 들이밀고 있는 주제에, 허락을 구하는 목소리만큼은 쓸데없이 정중했다. 얼마 전 소파 위에서 일을 벌이다 고급스런 패브릭 소파를 못쓰게 만들어버린 전력이 있기 때문이었다. 값비싼 소파를 버리는 것도 안타까운 일이었지만 정체 모를 얼룩이 묻은 소파를 처분하는 것도 상당히 낯부끄러운 일이었기 때문에, 그 일로 테아는 현수에게 톡톡히 야단을 맞았다. 이제는 물걸레로도 잘 닦이는 튼튼하고 질긴 새 가죽소파로 바뀌어 있건만, 밝고 넓은 공간에서는 아직도 부끄러움을 타는 현수 덕분에 새 소파 위에서는 한 번도 한 적이 없었다.

"침대까지 못 갈 것 같아서 그래."

귓가에 속삭이는 테아의 목소리는 사탕처럼 달콤하고 끈적였다. 어린애를 꾀듯 현수를 살살 구슬려 어르는 사이, 어느새 잔뜩 벌어진 셔츠 자락 사이로는 이미 현수의 하얀 어깨가 모습을 드러내고 있었다.

"너무 밝은데."

"뭐, 어때. 나만 보는데. 이리 와봐. 보고 싶어. 구석구석 전부 다."

어느새 테아의 손바닥은 탐스러운 현수의 한쪽 가슴을 점령하고 있었다. 부드럽게 손에 쥐어지는 탄력 있는 살덩이를 살살 구슬리듯 매만지며, 테아는 현수의 밀어 올린 브래지어 사이로 깊이 파인 새하얀 앙가슴에 얼굴을 묻었다. 달콤한 현수의 체취가 콧속으로 흠뻑 스며들어왔다. 종소리를 들으면 반응하는 파블로프의 개처럼, 현수의 향기를 느낀 테아의 아랫도리가 바짝바짝 흥분해 일어서고 있었다. 아직은 생경한 그 감각에 현수는 어깨를 움츠리며 몸을 물리려 했다. 하지만 현수의 몸을 묵직하게 짓누르고 있는 테아 때문에 달아날 수도 없었다.

"만져줘. 부드럽게."

열에 달뜬 목소리가 현수의 귓가에 뜨겁게 속삭여 왔다. 습하고 뜨거운 숨결에 귓가가 녹아내릴 것만 같았다. 조금 망설이던 현수는 용기를 내어 천천히 테아의 어깨를 쓸어내렸다.

"현수야, 현수야."

넓고 단단한 어깨에서 미끈하게 뻗어 내린 등을 따라 현수의 손길이 부드럽게 움직이자, 귓가에서 맴도는 속삭임은 더욱더 뜨겁고 갈급해졌다. 고통과도 닮은 강렬한 쾌락이 몸의 중앙에서부터 온몸으로 퍼져가고 있었다. 마치 달콤한 맹독 같았다. 연인의 손 안에 온몸을 온전히 내맡긴 채, 테아는 온몸을 경련하고 있었다. 마음 같아선 현수의 손길을 좀 더 느끼고 싶은데, 안타깝게도 연약한 남자의 인내심이 허락하지 않았다. 치솟는 욕망을 견디지 못한 채, 테아는 거칠게 현수의 바지 끈을 잡아당겼다. 현수가 즐겨 입는 도복 바지는 고무줄이 아닌 얇은 끈으로 둘러매는 방식이었는데, 테아로서는 매우 비극적인 일이 아닐 수 없었다. 흥분으로 이성을 잃어버린 한 마리 짐승과 같은 상황에서 차근차근 끈을 풀어내는 일이란 정말이지 너무나 가혹한 미션이었던 것이다. 맘처럼 풀리지 않는 허리끈에 분노한 테아가 바지를 찢으려고 달려들기 전에, 현수는 피식 웃으며 자신의 허리끈을 풀어주었다. 단단히 묶인 매듭이 풀리고 스르르 끈이 풀어지는 과정을, 테아는 군침이 뚝뚝 떨어질 것 같은 얼굴로 바라보고 있었다. 맛있는 간식 앞에서 '기다려' 명령을 들은 강아지 같은 얼굴이었다.

마침내 완전히 끈이 풀어지자, 테아는 사나운 짐승처럼 달려들었다. 으르렁거리는 숨소리만 들으면 짐승과 크게 다를 바가 없어 보이기도 했다. 순식간에 현수의 미끈한 다리가 벌어지고, 그와 그녀의 몸이 서로 겹쳐졌다. 그 순간 테아의 입에서 비명 같은 탄성이 흘러나왔다. 참아왔던 것만큼 더욱 짜릿한 쾌감이 그의 온몸을 관통하고 있었다. 사내를 알게 된 현수의 몸은 처음보다 훨씬 더 부드럽고 능숙해져 있었다. 사내의 몸을 빨아들여 조이고 녹여냈다. 온몸이 현수의 안으로 빨려 들어가 녹아들어갈 것만 같다고, 테아는 생각했다. 하지만 그래도 상관없다고, 아니 그렇게 되고 싶다고도 생각했다. 현수에게 녹아들어가고 싶다는 열망으로, 테아는 깊이 더 깊이, 현수의 몸 안으로 파고들었다. 사랑해, 사랑해, 사랑해. 소리 내지 않은 고백이, 그의 몸을 타고 현수의 안으로 쏟아져 들어오고 있었다.

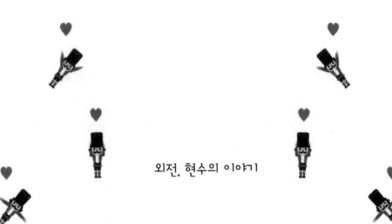

외전. 현수의 이야기

그를 처음 만난 순간 부터였다. 아니, 정확히 말하면 자신에게
건네진 서류뭉치 첫 장에 첨부되어 있던 한 장의 사진을 본 순간
부터였다.

"알지? 가수 테아. 이번에 네가 담당하게 될 프로젝트야."

마주 앉은 탁자의 맞은편에선 동훈이 말하고 있었지만, 현수에
겐 잘 들리지 않았다. 사진 속에서 웃고 있는 사내에게 온 정신이
쏠려 있었기 때문이었다. 정확히는 사진도 아니고 A4용지에 출력
된 이미지였다. 잉크 절약모드라도 썼는지 조악하게 출력된 종이
안에서, 남자는 웃고 있었다. 소년처럼 웃고 있는 그의 웃음에선
여름날의 백사장 같은 싱그러운 반짝거림이 뿜어져 나오고 있었
다. 그것은 참으로 이상한 일이었다. 고작 칼라로 출력된 얇은 종
이에서 그렇게 강렬한 기운을 느낄 수 있다는 것은.

"가수…… 입니까?"

"역시 넌 잘 모르는구나. 가끔은 TV도 좀 보고 그래. 어디 가서 쟤아도 모른다고 하면 간첩 소리 듣는다."

동훈이 쿡쿡 웃었다. 다른 이들에겐 얼음 교관 소리를 듣는 무뚝뚝한 그였지만, 유독 현수에게만은 친절하고 상냥한 그였다. 그가 품은 마음이 무엇인지 어느 정도 알고 있기에, 현수는 좀 불편했다. 답변해줄 수 없는 마음을 일방적으로 받고 있는 것은 상당히 난처한 일이었으니까. 비단 동훈에게만 그런 것도 아니었다. 현수를 잘 아는 친구들이나 후배들 역시 그녀에게 비슷한 말을 했다. 차갑다고. 다가가기 힘들다고. 애정을 줘도 돌아오지 않는 것 같아 맥이 빠진다고.

현수 역시 자신에게 뭔가가 좀 부족하다는 것을 알고 있었다. 현수는 남들이 느끼지 못하는 것을 느끼는 대신, 남들이 느끼는 것은 잘 느끼지 못했다. 딱히 좋은 것도, 딱히 싫을 것도 없이 대체로 모든 일에 무감하고 무덤덤했다. 하지만 어쩌면 그것은 다행스런 일인지도 몰랐다. 사람에게서 뿜어져 나오는 보이지 않는 기운을 느낄 수 있는 그녀가 민감한 성격까지 지녔다면, 아마 하루도 살지 못해서 미쳐버렸을 테니까.

그래서 더욱 이상했다. 사진 속 남자는. 흑백사진처럼 평온한 현수의 일상에 그렇게 강렬한 색감을 지니고 나타난 생물체는 단연코 처음이었기 때문이었다. 금발머리를 휘날리며 소년처럼 웃고 있는 사내를, 현수는 몇 번이고 신기하게 바라보았다.

"잘생겼지? 근데 성격은 개판이야. 이 바닥에서도 성질 더럽기로 유명하다고 하더라고. 윤옥 선배가 특별히 부탁한 일인데, 아무리 생각해도 적임자가 너밖엔 없을 것 같다."

"밀착 경호라면 동성이 더 나을 텐데, 어째서 저입니까?"

"남자는 싫대."

여전히 의문이 풀리지 않는 듯한 현수의 얼굴을 흘낏 보고 나서, 동훈은 말을 이었다.

"이건 외부 비밀인데, 어렸을 때 남자 경호원한테 성추행을 당한 적이 있었나 봐. 미친놈한테 더럽게 당한 건데, 어쨌든 그 일로 트라우마가 생겨서 남자 경호원은 싫다고 하더라고."

현수는 여전히 해맑게 웃고 있는 사진 속 남자를 바라보았다. 햇살같이 반짝이는 저 남자에게 뜻밖의 그늘이 있다는 사실이 현수에겐 좀 충격적이었다.

"외부 활동이나 큰 프로젝트가 있을 땐 전담팀을 꾸려줄 테니까 넌 그냥 생활 경호만 해주면 돼. 집안으로 잠입하는 극성팬이나 좀 관리해주고, 이 친구 성질머리나 좀 받아주면서 지내면 되는 거니까 크게 어려운 일은 아닐 거야."

현수는 평소처럼 말없이 고개를 끄덕였다. 하지만 그녀는 이미 느끼고 있었다. 이 일이 동훈의 말처럼 그리 쉽지도, 그리 평범한 일도 아니라는 사실을.

처음 테아의 집을 찾아갔을 때 느꼈던 감정은 '을씨년스럽다'였다. 화려하고 세련된 색감으로 꾸며진 고급 저택에서 그러한 감상을 느낀다는 것은 조금 의외의 일이었다. 집주인의 성격을 반영하듯 독특하고 재미난 인테리어 소품들로 가득 찬 테아의 저택은 살림집이라기보다는 미술관이나 고급 카페 같은 인상이었다. 반대로 말하면 사람 사는 집 같은 느낌이 그다지 들지 않았다. 화려하고 고급스러워 보이긴 했지만, 어딘지 모르게 삭막했다. 그의 사진에서 느꼈던 햇살 같은 반짝거림을 기대하고 온 현수로서는 좀 실망스러운 일이었다.

촌각을 쪼개서 살아가는 테아의 바쁜 스케줄 탓에, 현수는 테아의 콘서트가 끝난 한밤중이 돼서야 간신히 그를 만날 수 있었다. 벌컥 거칠게 문이 열리고 스태프들로 보이는 여러 남자들을 대동한 채 폭풍처럼 들이치는 그를 만났을 때, 현수는 그야말로 충격으로 꼼짝도 할 수가 없었다. 처음 본 순간 바로 알 수 있었다. 그녀의 본능인지, 육감인지, 아니면 피 속에 흐르는 무당의 기운인지는 알 수 없었지만, 어쨌든 보는 순간 그녀의 온몸이 외치고 있었다. 이 남자가 자신의 인생에서 정말로 특별한 사람이라는 걸. 난생처음 느껴본 이상한 감각에, 현수는 그저 멍하니 남자의 얼굴만 바라보고 있었다. 표정을 겉으로 드러나지 않는 성격 탓에, 남들이 보기에는 딱딱하고 무덤덤한 표정을 짓고 있었지만 말이다.

"안녕하십니까?"

목소리가 떨리지 않도록 주의하면서, 현수는 천천히 일어나서 인사를 했다. 날카로운 남자의 눈매가 자신의 몸을 훑어 내리는 것이 느껴졌다. 사실 노골적으로 무례한 눈빛이었다. 마음에 들지 않는다는 기운을 아무렇지도 않게 뿜어내며, 남자는 현수를 바라보고 있었다. 남자의 생김새는 이전에 보았던 사진과 똑같았다. 큼직큼직 사내답게 잘생긴 얼굴이라기보다는 예쁘다는 표현이 먼저 나올 만큼 고운 얼굴이었다. 고운 얼굴과는 대조적으로 떡 벌어진 어깨라든지 옷 아래로 느껴지는 강단 있는 근육들은 그가 엄연히 사내임을 증명해주고 있었지만, 그와는 별개로 사내는 참 아름다웠다. 하지만 실제로 만난 사내에게선 사진 속에서 느꼈던 햇살 같은 웃음 따윈 보이지 않았다. 그에게서 뿜어져 나오는 것은 현수에 대한 적의와 그 아래 깊숙이 자리 잡은 외로움이었다. 그에게서 쏟아지는 슬픔과 절망의 기운이 너무 커서, 현수는 미처 자신에 대한 적의를 느낄 새도 없었다.

이번 프로젝트를 맡게 된 후 인수인계를 위해 만났던 윤옥의 마지막 말을 현수는 똑똑히 기억하고 있었다. 잘 챙겨달라고, 알고 보면 많이 불쌍한 아이라고, 윤옥은 눈물까지 글썽이며 현수를 향해 말했다. 그것은 전임 경호원이라기보다는 자식을 부탁하러 온 엄마 같은 모습이었다. 실제로도 윤옥과는 어릴 때부터 함께 해 온 가족 같은 사이라고 했다. 엄마 같은 그녀 대신 난생처음 보는 자신이 들어가게 되었으니, 그가 느끼는 적의는 당연한 것일지도 몰랐다. 실제로 그가 풍겨내는 기운 속엔, 또다시 버림받아 혼자가 되었다는 절망감이 음습한 어둠처럼 깔려 있었다.

"연습생이야?"

적의가 뚝뚝 떨어지는 목소리로 남자가 물었다.

"아닙니다. 경호원입니다."

현수의 대답이 떨어지기가 무섭게 남자가 어처구니없다는 듯 '헐!' 하고 외쳤다. 그러고는 못마땅하기 짝이 없다는 듯한 눈빛으로 현수를 아래위로 몇 번이나 훑어 내렸다. 몸을 관통하는 듯한 사내의 시선을 견뎌내며, 현수는 문득 안타까워졌다. 지금의 사내에게선, 사진 속에서 보았던 반짝이는 기운 따윈 없었다. 물론 남자는 여전히 강렬한 색감을 지니고 있기는 했다. 무채색 같은 삶을 사는 현수에게는 과도할 정도로 강렬한 기운을 뿜어내는 사내였다. 하지만 오늘 그녀가 만난 그의 색깔은 어둠보다 더 어두운 검은빛이었다. 홀로 깨어 만나는 새벽녘의 푸른빛처럼, 스산하고 외로운 빛깔이었다. 그래서일까. 취조라도 하는 것처럼 거만한 태도로 사내가 무례한 질문을 틱틱 던져대는 데도, 그다지 화가 나지 않았다.

자신의 도발에도 굴하지 않고 평정을 유지하는 현수의 모습에 배알이 꼴리기라도 한 듯, 사내의 표정이 점점 더 일그러지고 있었다. 현수를 꼭 이기겠다는 다짐이라도 한 듯, 남자는 고집스럽게 굴고 있었다. 하지만 이상했다. 어째서인지, 현수와의 대화가 이어지면 이어질수록 사내의 주변에 자리 잡은 어둠의 기운이 점점 더 옅어지고 있었다. 단단하게 굳어 있던 남자의 얼굴도 조금씩 편안하게 풀려갔고, 어둡고 외롭기만 하던 그의 기운 역시 조금씩 밝아지고 있었다. 안개처럼 서서히 스러지고 있는 사내의 기운을 보며, 현수는 어쩐지 신기해졌다. 그것은 분명히 자신으로 인한 변화가 틀림없었기 때문이었다.

"이름이 최현수라고?"

"네."

"나이는 스물여덟이고?"

"네."

"나랑 동갑이네."

"네."

"근데 어쩌지? 난 1월생인데. 그래서 학교도 일곱 살에 들어갔어."

순간 현수는 푸훗 하고 웃어버릴 뻔했다. 처음에 보였던 날카로운 적의와는 달리, 이제는 고집쟁이 어린애 같은 얼굴을 하고 있는 남자 때문이었다. 생각보다 귀여운 데가 있는 남자라고, 현수는 속으로 생각했다. 물론 겉으로는 전혀 그런 티를 내지 않고 그저 예의 바른 목소리로 '네.'라고 대답했지만 말이다. 이런 현수의 속내를 아는지 모르는지, 남자는 나름 진지한 얼굴로 말을 이었다.

"내가 엄연히 너보다 나이가 위라는 거야."

마치 '우리 집엔 백만 원 있다' 하고 자랑하는 꼬맹이 같은 모습이라서, 현수는 자신도 모르게 새어 나오려는 웃음을 가까스로 참았다.

"그러니까…… 오빠라고 불러."

그것이 사내의 결론이었다. 처음 눈이 마주친 두 사람의 기싸움은 얼토당토않은 남자의 고집으로 이렇듯 유치하기 짝이 없는 결말을 맞고 말았다.

"테아 오빠라고 부르라고. 여기서 일하고 싶으면."

마치 승전 선언이라도 하듯 남자가 당당하게 선언했다. 이쯤 되니 천하의 현수도 조금은 당황하고 말았다. 원래부터 오빠나 언니 같은 다정하고 친근한 호칭에는 그다지 익숙하지 않은 현수였다. 친오빠인 현석을 제외한 외간 남자에게, 오빠라는 간지러운 호칭을 써본 적은 지금껏 단 한 번도 없었다. 오빠라는 단어에 담겨진 간살맞은 느낌과는 선천적으로 맞지 않는 현수였다. 그런데 오늘 난생처음 본 잘생긴 남자에게, 그것도 분명 자신과 어떠한 방식으로든 특별한 인연을 맺게 될 남자에게, 마치 교태를 부리는 연인이라도 된 것처럼 간지럽게 속살거려야 한다니, 어쩐지 부끄럽고 민망했다.

"뭐야? 여기서 일하기 싫은가 보네?"

드디어 이 싸움에서 이겼노라는 듯한 당당한 얼굴로, 눈앞의 남자가 뻐기듯 말했다. 그제야 현수는 울컥 부아가 났다. 기싸움에서 질 수 없다는 호승심 때문이었을까. '그럼 나도 됐……' 하는 테아의 말이 끝나기도 전에 현수의 입술이 저도 모르게 움직이고 말았다.

"……빠."

입속에서 맴돌던 문제의 단어가 튀어 나왔을 때, 현수는 자신의 귓불이 뜨끈하게 달아오르는 것을 느꼈다. 자기가 말해놓고도 자기가 부끄러워졌기 때문이다. 직접 소리 내어 말해보니, '오빠'란 단어는 생각보다 훨씬 더 간살맞은 울림을 지니고 있었다.

"뭐라고? 제대로 안 들리는데?"

현수가 부끄러워하는 기색을 눈치챘는지, 남자의 공격이 점점 더 집요해졌다. 숨길 수 없는 즐거운 기색이 남자의 온 얼굴에 떠올라 있었다. 차마 남자와 눈을 마주치지 못한 채, 현수는 뜨거운 감자처럼 입속을 맴돌고 있는 단어를 가까스로 뱉어냈다.

"오…… 빠."

"제대로 불러야지. 테아 오빠 하고."

"테아…… 오빠."

현수의 입에서 나온 소리들이 정확한 음절을 이루며 공기 중으로 튀어 오른 그 순간, 눈앞의 남자가 웃음을 터뜨렸다. 짤랑대는 종소리처럼 기분 좋은 울림을 띤, 해맑은 웃음이었다. 그리고 사내의 웃음이 사방으로 퍼진 그 순간, 현수는 마치 눈앞에서 기적을 본 것 같은 기분이 들었다. 사내를 둘러싼 어둡고 음습한 기운들이 한순간에 걷히며, 햇살같이 반짝이는 황금빛 기운이 쏟아져 나왔기 때문이었다. 그것은 마치 꽃이 피어나는 것처럼 아름다운 광경이었다.

"좋아, 면접 통과!"

호쾌한 목소리로 사내가 말했다. 조금 전까지 그를 가리고 있던 어둠의 기운이 말끔히 걷힌 그에게선 어린아이처럼 맑은 기운이 넘쳤다. 이것이야말로 그의 진짜 모습인 것 같았다. 어느덧 현수의 입가에는 작은 미소가 걸려 있었다. 햇살 같은 기운을 이 남자가, 생각했던 것보다 더 마음에 들었던 것이다. 이 남자와 함께라면, 무채색 같던 자신의 삶에도 반짝이는 색깔이 덧입혀질 것 같다는 강력한 예감이 그녀의 본능을 두드리고 있었다. 남자와 함께할 미래가 두렵지만 또한 기대됐다.

그제야 그녀는 확실하게 느낄 수 있었다. 이 남자가 자신의 '인연'이라는 것을. 지금부터 함께할 자신의 인연을 향해, 현수는 빙그레 미소를 지었다. 앞으로 잘 지내봅시다, 하고 인사라도 하려는 듯이.

-마침-